20世纪90年代社会文化语境下的文学理论转型

江西师范大学文学院
正大语言文学研究丛书

本书系2015年度国家社科基金项目（15BZW009）的阶段性成果

肖明华◎著

中国社会科学出版社

图书在版编目(CIP)数据

20世纪90年代社会文化语境下的文学理论转型／肖明华著．—北京：中国社会科学出版社2017.4

ISBN 978-7-5203-0844-1

Ⅰ．①20… Ⅱ．①肖… Ⅲ．①文学理论-研究 Ⅳ．①I0

中国版本图书馆CIP数据核字(2017)第204752号

出版人 赵剑英
责任编辑 任 明
责任校对 郝阳洋
责任印制 李寡寡

出 版 中国社会科学出版社
社 址 北京鼓楼西大街甲158号
邮 编 100720
网 址 http://www.csspw.cn
发行部 010-84083685
门市部 010-84029450
经 销 新华书店及其他书店

印刷装订 北京君升印刷有限公司
版 次 2017年4月第1版
印 次 2017年4月第1次印刷

开 本 710×1000 1/16
印 张 15
插 页 2
字 数 248千字
定 价 68.00元

序

陶东风

20世纪90年代所发生的文学理论转型是一个不容置疑的事实，也因此有不少的研究著述以此为研究对象。杨飏早在2001年就写了名为《90年代文论转型》的专著。杨俊蕾也有涉及90年代文论转型的专著《中国当代文论话语转型研究》。陈庆祝、葛卉则分别从接受和话语权力的角度对90年代文论转型做了研究。2014年，又有陈力的一本相关专著出版。此外，在文学理论学科史的一些回顾性和反思性的研究著述里，也有对90年代转型问题展开专门研究或间接论述的。这里就不一一列举了。但我们需要思考，为什么90年代文论转型会成为密集关注的研究对象呢？

毋庸置疑，由于历经重要社会历史事件，90年代以来知识分子的社会角色发生了变化。对此，我曾经写了《社会转型与当代知识分子》一书予以关注。学界也有不少相关文献涉及此问题。比如，对于知识分子形象的变迁，出现了诸如从“精英”到“大众”，从“批判型”到“专家型”，从“立法者”到“阐释者”的各种说法，甚至有人认为“知识分子”俨然成为“知道分子”。知识分子的这种变化，必定影响文学理论知识生产。一方面，它使得文学理论知识生产出现专业化和体制化的趋向。这当然也是文学理论知识生产的社会条件自身因素所决定的。但另一方面，随着市场经济体制的实行，文学/文化的社会存在也发生了根本的变化。在这种情况下，不少文学理论学人选择主动转型，试图把握变化了的现实，文学理论转向文化研究就是其中之一。1993年，我在《文艺争鸣》杂志发表《欲望与沉沦：当代大众文化批判》一文时，大概就开启了我的这种选择。虽然我后来反思了这篇文章在理论资源的使用和知识立场的选择上存在一定局限，但我认为它所代表的学术转型方向是值得肯定的。应该说，这种转型是社会现实之需。

这样说来，知识分子身份变化所导向的文学理论知识生产的专业化和体制化与社会文化现实所要求的文学理论走向文化研究，二者之间就难免发生冲突。然而，在我看来，这种冲突的“缓和”并不必然需要以“悲剧”的形式告终，它完全可以在文学理论转向文化研究的过程中把冲突“中和”。因为，一方面，文化研究有回应现实的内在需要，在理性的公共运用之时并非完全地推迎俯就，如“技术专家”和“御用知识人”一样丧失清明的理性和必要的批判性。换言之，文化研究始终不会因为专业化、体制化便放弃知识分子的底线。另一方面，文化研究在回应现实之时，是对文学/文化乃至整个的社会历史文本进行专业阐释，也即是有获取知识的诉求。这就避免了知识分子的批判所可能带来的情绪化弊端。恐怕正是基于此一考虑，我对文学理论转向文化研究是有认同感的，曾经也为推动这种转型做了一些努力。但是，这种转型是艰难的，转型本身恐怕也是一个值得探讨的问题。毕竟，由于种种原因，人们对变化了的现实有不同的理解，每个人对未来的想象也不尽相同。因此，在从事文学理论知识生产之时，人们就会选择不同的学术资源、知识立场和价值取向，而且这种选择还不完全是一种主观行为。从布迪厄的文学场理论看，这恐怕是由其在场域中的占位情况所决定的。

进入 21 世纪以来，文学理论界的相关论争还在继续，这恐怕印证了这种转型的艰难，说明了它的确是一个“问题”。如果将文学、文化和文论问题与 20 世纪 80 年代以后的社会共识渐趋消失、阶层分化越发明显甚至“断裂”等语境关联起来，我们还可以说，文学理论转型之所以“艰难”，之所以是一个“问题”，它是有社会原因的。为此，我们就有必要对转型问题展开合乎具体历史语境的分析。肖明华的《20 世纪 90 年代社会文化语境下的文学理论转型》就是基于这一考虑展开的研究。因此，他此书的标题看起来很朴素，但却是有深意的。这也是我当年建议他使用的博士学位论文标题。

前几天，肖明华打电话告诉我，他的博士论文要出书了，希望我给他写个序。我欣然答应了，并很快回忆起当初阅读他博士论文的经验。我觉得他的书稿有这样一些值得肯定的地方：其一，该书将 20 世纪 90 年代文学理论的转型放置在了大众文化兴起、现代性反思发生和身份政治凸显等社会文化语境中予以观照。这使得此书有一定的思想史特点，同时也使得他的文学理论转型研究有较强的历史感和较大的深度。其二，把文论转型问题当成文学基础理论来展开研究，也就是在学科意义上探讨这种转型。

这是其鲜明特点之一。其三，抓住转型的艰难，将文学理论转型问题置于转型过程中所出现的文化研究与文学理论之争这一具有知识型意义的认知框架下展开。这是其他相关著述较少自觉做到的。其四，能够落实到具体的“学案”中去。着重探讨了理论的批评化、文化研究、文化诗学、后殖民批评、女性主义批评等几种与转型有关的理论话语，并对相关争鸣进行了再讨论。其五，此书颇有一些创建，比如认为20世纪90年代以来的文学理论知识生产出现了“大文学理论”转型，认为文化诗学要调整对审美、大众文化的理解，认为后殖民批评被误读的学理原因与詹姆逊的“第三世界文化理论”有关，等等。这都是值得重视的。也因此，此书相关部分在一些学术刊物上发表，并有转载引用。此外，肖明华的这本书稿在文献梳理上下了功夫，在学术讨论时有可贵的对话意识，并且表现得很真诚。凡此种种，使肖明华此书有一定的学术价值，也不至于在同类著作中湮没。这是我感到庆幸的。当时的答辩委员会也肯定了其博士学位论文的价值。

肖明华是我2008年在北京师范大学兼职指导的博士生。记得他的论文选题颇费周折，我曾经建议他写“1993年的文学事件”，也曾经认同他自选的“海德格尔在中国的接受”一题，但最终都放弃了。最后，选择了他最有言说冲动的文学理论转型问题。现在，一晃过去这么多年，论文也终于要出书了，这是值得庆贺的事情。作为他的老师，我由衷地感到高兴。值得一提的是，博士毕业后，他还写了另一本有关文学理论学科反思的书。前些日子，我已经给他写过序了。我感到他的学术道路似乎越走越宽广，但我希望他继续努力，接着展开文学理论的转型研究。诸如更理论地“概括”描述文学理论的转型，转型之后的文学理论基本观念的建构，具体的文学文化批评理论和个案研究，等等，都是值得继续深入展开的。我甚至觉得肖明华还可以做一些与“八十年代访谈录”“七十年代”相类似的“九十年代”的研究工作。在我看来，这是90年代文学理论转型研究所需要的“感觉结构”和“历史视野”。肖明华有了“九十年代”的文献基础，再增加一些历史感和跨学科训练，我相信他将来会在当代文论研究中取得更大成绩。

是为序！

2016年12月26日于首都师范大学

目　　录

引　　言

一

20世纪八九十年代之交所发生的一些社会事件具有重要的历史文化价值。然而，具体而详尽地阐述这些事件及其所带来的历史效果却并非我们的旨意。这里仅要指出的是：八九十年代之交的中国，由于这些事件的发生，其社会历史发生了转型。[①] 不妨从以下两个方面来对这种转型的具体情状，进行一番简要的叙述：

---

① 本书的时间段和年份点，除特别说明外，都约定俗成地限定在20世纪以内。比如90年代，是指90年代。依历史学家布罗代尔的“长时段”理论，研究“九十年代”的确是个“短时段”的历史叙事。因此，关于它的研究更多的是鲜活的理解。但是这种理解也不一定就会因为时间距离的原因而丧失合法性。有研究当代的学人因此说：“虽然90年代至21世纪之初这一阶段缺乏一种时间距离，无法给人们详细思考与反复斟酌留下更多余地，但真相的出现并不由时间的长短来决定。在第二时间做出的思考，也许并不会强于第一时间做出的判断。它所遗漏的东西可能与它所获取的东西恰好成正比。”（陈晓明：《中国当代文学主潮》，北京大学出版社2009年版，第9页）这种说法无疑是有道理的。特别是当我们强调“感觉结构”对于研究的重要性时，尤其如此。对我们来说，研究当代文学理论问题，同时还是文学理论知识生产走向自觉的一种表征。以一种学术史的姿态，对当代文学理论的发展进行一番思考，提出一种理解，这是有必要的。不妨再就时间距离问题作一说明。所谓时间距离，其意思并不是说要出现与现在完全无关的距离，它的意思是时间距离可以提供一个去除“假前见”的理解。其实，以阐释学视野看，也没有这种与现在完全无关的距离，同时，也并非缺乏长时段的时间距离就绝对的不能“理解”。这种看似矛盾的说法，其实是因强调的重点不同而致，一个着眼于本体论，另一个着眼于认识论。海德格尔和伽达默尔的哲学阐释学的总体旨趣是更强调本体论的，而伽达默尔阐释学之提出时间距离则是试图用认识论来“完善”或“导出”本体论的认识，也就是说，本体论的认识，最终还是需要认识论的参与。没有认识论的认识，本体论的真理（艺术真理）就不能实际地呈现。但是，没有本体论的真理，认识论的认识也会毫无意义。为此，伽达默尔在承认前理解的合法性的同时，又强调前理解也有坏的，即那种偏见式的前理解，因此就需要有效的历史意识和对话观念，强调时间距离也是出于此一考虑。

其一，先看政治方面的转型。某种意义上说，八九十年代之交的思想文化呈现出了“去政治”的特征。[①] 这一点已有不少学人予以指认。比如，孙津将八九十年代以来社会转型的“去政治”特点概括成为“政治后现代”，并且指出：“当我们从社会转型的意义上来理解邓小平关于‘不争论’的发明时，可以清楚地看出，邓小平要我们不去浪费时间争论‘姓社姓资’，其核心含义正在于以经济建设为中心的说法和做法本身已成为当前最大的政治了。”[②] 汪晖则从政党政治的角度指出，当代中国的“去政治化过程”有两个特点：“一是意识形态领域的‘去理论化’，即以‘不争论’为契机将20世纪逐渐形成的理论与实践的明确的互动关系转化为‘摸着石头过河’的改革实践；二是政党内部的路线斗争的终结，即以经济改革为中心将全党的工作转移到‘建设’（而不是‘革命与建设’）上来。”[③] 应该说，这些论说都有一定的道理，表明了八九十年代之交的某种政治现实。但是不可忽视的是，八九十年代之交的“去政治”并不意味着一切政治话语的终结。那种党派意义上的政治越来越远离了知识分子的学术生产活动，不再成为学术活动的“直接”旨趣，但那种公共领域意义上的政治诉求在90年代却变得更为强烈，并且以“隐微书写”或“显白表达”的方式予以言说。需要说明的是，这里依据的理论

① 1991年《学人》的创刊，是当时“去政治”的标志性事件之一，毕竟《学人》在一定意义上是知识人身份转换的表征。《学人》主编之一的陈平原在创刊号上著文《学术史研究随感》《在政治与学术之间》时坦言：“不否认这个时候谈论学术史研究，有对八十年代中国学术‘失范’纠偏的意图”；“在政治与学术之间，注重学术；在官学与私学之间，张扬私学；在俗文化与雅文化之间，坚持雅文化”。《学人》在90年代，产生了广泛的影响。旷新年曾认为：“《学人》以它所蕴含的话语力量内在地、无声地规范了90年代学术的发展，一个新的知识秩序围绕它已经默默地生成。90年代，《学人》已经由一份‘民间刊物’迅速凸显为‘学术主流’。”（旷新年：《无居随笔》，云南人民出版社2001年版，第147页）多年以后，还有人在回忆《学人》时指出：“某种程度上，我们可以把《学人》创刊视为一个富有象征意义的文化事件：它既是知识者在八九十年代之交对政治文化困境的一次决绝的挣脱，又是一次集体退守，即退回到学院体制中，培养和消磨自己的耐心、热忱、智慧及生命。在某些学者看来，前途虽不容乐观，却也不无希望：当知识分子摆脱了对意识形态的依附后，或许能够在学术中寻找、构建自身的独立品格；或许，学术的边缘化正是学术当行本色的回复。”（杨扬主编：《新中国社会与文学》，上海人民出版社2009年版，第69—70页）

② 孙津：《后什么现代，而且主义》，《读书》1992年第4期。

③ 汪晖：《去政治化的政治——短20世纪的终结与90年代》，生活·读书·新知三联书店2008年版，第19页。

基础是阿伦特的政治哲学观。在阿伦特看来，政治是区分于劳动、工作的一种行动，它发生在公共领域中，摆脱了目的—手段逻辑，能够赋予人生意义。因此，这里所谓公共领域意义上的政治，主要指的是在公共领域中就某些具有公共意义的学术话题展开讨论所显现的一种政治。①

当邓小平1992年“南方谈话”的精神写入了党的十四大报告，并最终在1993年以《中共中央关于建立社会主义市场经济体制若干问题的决定》的形式获取最终通过时，它标示的是市场逻辑及其实践已然制度化，这对人们的日常生活无疑发生了真实的影响。此时，人们表现出了一种复杂的心绪，生发了对社会现实的较多困惑。正是在这种复杂和困惑中，知识分子对社会文化公共事务越来越有了某种较为独立的思考，以至于在知识界出现了人文精神讨论、市民社会的讨论、后现代与后殖民之争、自由主义与新左派之争，等等。对此，汪晖写道：“中国的知识界在90年代展开了激烈的思想辩论，这些辩论构筑的是一个新的模式：第一，辩论并不发生于政党体制内部，而是在知识分子之间；第二，知识分子的思想辩论直接地触及国家变革的方向，从而也在国家变革取向和政策方面产生了影响。”② 知识分子就公共事务展开讨论，试图以此来影响国家的政策走向。从这个意义上说，进入90年代，一种公共领域的政治的确是在切实地发生。有学人甚至将其视为一股重要的成长中的社会力量。③

---

① 需要说明的是，汪晖以“去政治”作为90年代转型的重要原因及表现，这是值得肯定的。但其“去政治”说尚需讨论。比如汪晖认为“不争论”乃“去政治”的表征，这似乎是认为80年代以前就有“争论”，有“政治”。然而，有论者曾反问道：“何曾有过争论。”（姚振函：《何曾有过“争论”》，《读书》1994年第10期）陶东风也曾撰文指出，理论论辩或都不曾存在，更遑论有理论论辩的机制了（可参见陶东风《中国有真正的理论论辩吗——评汪晖先生的“纠错”论》，http：//blog. sina. com. cn/s/blog_ 48a348be01017szr. html）。这里借用“去政治”之说，主要是表达政党政治在八九十年代之交的敏感性，以至于不能“触碰”。还需要说明的是，学术政治与政党政治也并非没有关联，好的政党政治也许与学术政治并不冲突，或也可以说，好的政治乃学术政治与政党政治的合二为一。90年代出现了如此之多的学术论辩，一定意义上即是一种好政治的表征，因为没有好政治的年代，学术论辩往往也难以切实地展开（可参见陶东风《中国有真正的理论论辩吗——评汪晖先生的“纠错”论》，http：//blog. sina. com. cn/s/blog_ 48a348be01017szr. html）。

② 汪晖：《去政治化的政治——短20世纪的终结与90年代》，生活·读书·新知三联书店2008年版，第22—23页。

③ 施雪华：《建构有成熟规则的中国公民社会》，《学习月刊》2005年第8期。

因此，我们认为八九十年代的历史转型过程中所发生的“去政治”文化思潮，并不意味着政治死了，更不是说我们要识时务地远离政治，毋宁说是发生了政治的转型。政治的形态变得多样了，一如有学人曾指出的那样：“当代政治概念当然不能不包含阶级问题，马克思有关无产阶级只有解放全人类才能解放自己的论断并没有过时，但是阶级之外，还应包括地域、民族、阶层、职业、集团、各种社会组织等构成的‘无数的形态’。”[①] 为此，我们要区分不同的政治形态，辨认出哪一种政治在消失和终结，哪一种政治在发生与兴起，人们避而不谈的是何种政治，又为何不谈，等等。从另一个角度来说，在八九十年代，面对社会历史的转型，我们有政治方面的更为紧迫的具体问题需要处理，那就是如何“重新政治化”，怎样“重建政治价值”，“如何在市场经济条件下创造出真正的公共领域和公民文化”[②]，等等。[③]

其二，再看社会发展方面的转型。由于八九十年代之交重要历史事件的发生，人们越来越感受到那种主要以西方为师的现代化道路难以为继。于是，与80年代的那种相对单纯的现代化憧憬不同，90年代进入了现代性反思之中。从此，人们不再简单地认为通往现代化的道路是一元的，不再认为中国的现代化进程与西方相比是一个时间上的“先来—后到”的线性关系，甚至不认为中西之间的社会状况存在着等级上的“落后—先进”“好—坏”之别。这也就爆破了以西方为旨归的现代性神话。正如有

---

① 阎国忠、张艺声：《文艺与政治——一个应重新审视的话题》，《理论与创作》2002年第5期。

② 汪晖：《去政治化的政治——短20世纪的终结与90年代》，生活·读书·新知三联书店2008年版，第57页。

③ 需要指出的是，近年来，在文学研究界，再政治化问题的研究甚至成为一个热门课题，这可谓是对90年代政治转型语境下的文学研究再政治化的一份珍贵的应答。相关文献大致有陶东风：《文学理论的公共性——重建政治批评》（福建教育出版社2008年版）、《文学理论与公共言说》（中国社会科学出版社2012年版）、《文化研究与政治批评的重建》（中国社会科学出版社2014年版）。何言宏：《当代中国文学的“再政治化”问题》，《当代作家评论》2008年第3期。刘锋杰：《试构“文学政治学”》，《学习与探索》2006年第3期；刘锋杰：《文学想象中的“政治”及其超越性——关于“文学政治学”的思考之三》，《西北大学学报》2009年第6期。刘锋杰等：《文学政治学的创构：百年来文学与政治关系论争研究》，复旦大学出版社2013年版。朱晓进等：《非文学的世纪：20世纪中国文学与政治关系史论》，南京师范大学出版社2004年版。曾永成：《文艺政治学导论》，四川大学出版社1995年版。

学人所指出的那样："八十年代思想、学术趋向的最显著特征是，在不同领域、不同学科的研究和争论中，人们一致认同现代性这个价值标准，它的意义被视为是不言而喻的"①；"在九十年代，现代化仍然是中国的国策，在政治和社会生活层面，它仍然是主流和方向，但在学术层面，现代性往往成了反思、质疑，甚至批判的对象"②。简言之，因为有了八九十年代之交的经历，90 年代知识人在现代化的想象与认同上发生了改变，他们对中西关系的处理，表现得更为复杂一些，似乎没有了一种如 80 年代或现代性发生时期的那种历史共识。③ 对此，有学人指出，80 年代有一个"新时期共识"，即"现代化是西方化"的"发展共识"和个人主体、个人解放乃文化的中心议题的"个人共识"，而随着 90 年代进入了"后新时期"，其明显的标志就是"新时期共识"遭遇反思，比如，"个人共识"未曾充分展开，但为何却不影响现代化？④ 不妨说，这种对新时期共识的反思事实上即是人们对社会发展的反思，它标明的是整个社会发展出现了从"呼唤现代化"到"反思现代性"的转型。⑤

然而，1992 年以来，随着市场话语在国家层面的崛起，人们越来越切实地经验到了一个为 80 年代所召唤的现代化被中断了之后，却又通过新的方式被体制性地实践了起来，那个为 80 年代所欲求的世俗社会也变换成了一种新的形态而逐渐进入人们的视野之中，并切实地成为一种日常的生活状态。这说明，在社会发展方面，虽然出现了从呼唤现代化到反思现代性的转型，但是事实上还是没有完全否认现代化，甚至在一定程度上的确可以说是在践行有特色的现代化。

面对八九十年代之交的转型，由于思维的惯性、身份转换的迟缓、八

① 徐友渔：《学术范式的转换》，载赵汀阳、贺照田主编《学术思想评论》第一辑，辽宁大学出版社 1997 年版，第 8 页。

② 同上书，第 17 页。

③ 在 80 年代，诸如现代派讨论、方法论热和文化热等，其主导的方面都是走向现代化，并且这种现代化常常以西方现代化为师，以脱离中国传统为指向。而当人们将"文革"乃至 50 年代以来的社会实践与封建主义、"去启蒙"相勾连时，这种 80 年代的现代化共识无疑是确定的。

④ 张颐武：《"新文学"的终结与新世纪文学》，载王宁主编《文学理论前沿》第 3 辑，北京大学出版社 2006 年版，第 248—250 页。

⑤ 陶东风：《从呼唤现代化到反思现代性》，《二十一世纪》1999 年 6 月号。

九十年代之交的社会历史事件所带来的复杂心理，以及市场逻辑给人们的生活所带来的震惊效应等各种原因，不同的群体对这个真实的世俗社会的适应程度和态度取向，表现出了鲜明的差异，出现了不可避免的分化，以至于似乎没有可能交往、对话。在这种境况下，人们感受到的是历史总体性的消失，于是，“去历史化”成为了90年代之后以至于今的认知经验和心性体验。正如有学者所指出的：“在八九十年代之交，中国社会的意识形态实践已经发生了深刻的变化，潜在的多元化情境使真实的历史面目变得模糊，当然也使历史本质变得难以把握。尽管表象系统依然非常发达，但它与历史/现实的实践发生脱节，‘本质’从历史表象中滑落，这就使表达变成纯粹的表达，变成符号指涉自身的运动。”① 简言之，人们似乎难以触摸到处于转型之中的90年代社会历史整体，“阐释中国的焦虑”自打90年代以来就已然蔓延开来。②

当然，这倒也并不意味着面对90年代，人们只能失语。虽然要简单

① 陈晓明：《表意的焦虑：历史祛魅与当代文学变革》，中央编译出版社2002年版，第129页。陈晓明甚至做出了“历史终结”的判断，认为“进入90年代以来，建立在意识形态基础上的历史观念已经处于弱化的状态，与之相关的一整套的历史表象体系和叙事策略也发生根本的变动，年青一代作家以个人记忆为基础，质疑经典的历史叙事或者创建新的非历史化的符号体系，由此表现出新的第三世界文学叙事的特征”（陈晓明：《“历史终结”之后：九十年代文学虚构的危机》，《文学评论》1999年第5期）。

② 张颐武曾在一篇题为“阐释‘中国’的焦虑”的文章中称：“中国似乎已变成了一个无法加以驯服的‘他者’。在这个空间中所发生的一切，犹如一种异常尖锐的挑战，它在嘲弄着我们业已形成的‘知识’。这就构成了一种有关‘中国’的巨大的阐释焦虑。”（参见张颐武《阐释“中国”的焦虑》，《二十一世纪》1995年4月号。另载汪晖、余国良编《90年代的“后学”论争》，香港中文大学出版社1998年版，第43—44页）另外，张颐武还在《二十一世纪》1996年4月号上，撰写了一篇题为“再说‘阐释中国’的焦虑”的文章（另参汪晖、余国良编《90年代的“后学”论争》，香港中文大学出版社1998年版，第57页）。金元浦、陶东风曾以“阐释中国的焦虑”为题对谈，并出版专著指出：“今日的中国是历史上最为复杂、多元的，其结果之一是在知识界产生了所谓‘阐释中国的焦虑’以及共识的消失。知识分子不知道应当如何去把握这个社会，尤其是，再也不能像以前一样用一种单一的阐释角度与价值标准对这个社会作出完整而准确的解释与评价。这种状况是每一个有志于解读当下中国的知识分子必须正视的现实。”（金元浦、陶东风：《阐释中国的焦虑——转型时代的文化解读》，中国国际广播出版社1999年版，第108页）此外值得一提的是，多年以后，经济学学者林毅夫还曾在中国人民大学的一次论坛上指出，西方经济学不能解释90年代以来的中国经济发展问题，而国内又未曾有自己的经济学，这也在一定程度上表征了阐释中国的焦虑（林毅夫：《西方经济学不能解决中国问题》，《中国经济信息》2005年第15期）。

而又具体地描述出90年代社会历史的情状不是那么容易，但我们至少可以用“转型”来阐释并理解90年代的社会历史。对此，张颐武指出：“无论如何，九十年代与八十年代之间已发生了巨大的历史转型，无论你如何评价这种转型，也无论你对这一转型怀有怎样的情感，但拒绝承认业已无法继续下去了。”① 这也即是说，转型成为共识，具有无须争论的事实性。②

二

实际上，在90年代的知识叙事中，“转型”的确已然成为一个关键词。③ 有学人因此认为：“90年代被人们普遍公认的命名是‘转型期’：经济转型、社会转型、思想转型、文化转型。”④ 但究竟如何命名这种转型恐怕难以达成共识，因为它是一个牵涉阐释框架、参照体系、时空范围等要素的复杂问题。比如，我们可以在八九十年代之内予以比较⑤；

---

① 张颐武：《反思九十年代：新的课题与挑战》，《文学自由谈》1998年第2期。

② 刘康、王一川、张法：《中国90年代文化批评试谈》，《文艺争鸣》1996年第2期。

③ 经查阅国家图书馆、北京师范大学图书馆、北京大学图书馆的相关藏书，我们发现90年代以来所出版的著作中，带有转型字样的达1000种以上。涉及经济学、社会学、政治学、法学、历史学、传播学、伦理学、哲学、美学、文学等各个学科，并业已出现转型经济学、转型社会学、转型法律学、转型传播学等专门的研究领域。另外，以中国知网提供的文献为例，1979—1989年以“社会转型”为题名的人文社科论文仅3篇，而1990—2000年以之为题名者则有1066篇。其中，1990—1992年共有9篇，1993年开始逐渐增多，有12篇，1994年则有44篇，1995年有96篇，1996年有171篇，1997年184篇，此后社会转型成为稳定的关键词，每年都有百余篇论文以此命名。值得注意的是1992年李培林发表了一篇《另一只看不见的手：社会结构转型》（《中国社会科学》1992年第5期），1993年有《社会转型范畴的哲学思考》（《学术界》1993年第5期），1993年12月24日，中国社会科学杂志社、中国社会科学院青年社会科学研究中心在北京召开了“社会转型期的价值观和文化座谈会”，1994年《甘肃社会科学》与甘肃省社会科学院哲学所联合在兰州召开了“社会转型时期的道德状况与重建”座谈会。可以看出，南方谈话，市场经济体制的确立，让人们普遍感受到了90年代社会转型的发生。

④ 王岳川主编：《媒介哲学》，河南大学出版社2004年版，第280页。

⑤ 1994年，在给《二十一世纪》的信中，李泽厚写道：“90年代大陆学术时尚之一是学问家凸显、思想家淡出，王国维、陈寅恪被抬上天，陈独秀、胡适、鲁迅则‘退居二线’。这很有意思，显现出某种思想史的意义，提示的或是人生价值、学术价值究竟何在，及两者的复杂关系等等问题。”（李泽厚：《三边互动》，《二十一世纪》1994年6月号）此后，在大陆探访期间，李泽厚还提及过其所命名的“学问家凸显、思想家淡出”，之后，渐已流行开来，成为关于90年代转型的一个颇有影响之说。

可以在百年之内进行言说①；甚至可以置于更长的历史时段之中予以

（接上页）社会学研究者孙立平也在此框架中，得出了一个断裂说。他认为，与80年代不同，90年代的社会发生了转型，从生活必需品的生产和消费的时代，转到了耐用消费品生产和消费的时代，并逐渐定型了一个新的“断裂”式的社会。这个社会最先进的那个部分与社会“失去”了联系，同时又有一部分被甩到了社会结构之外，难以形成一个“整体的社会”（孙立平：《断裂——20世纪90年代以来的中国社会》，社会科学文献出版社2003年版，第1—35页）。

文学研究者谢冕、张颐武、王宁等人试图在此框架中，阐释出一个“后新时期”说（参见谢冕、张颐武《大转型：后新时期文化研究》，黑龙江教育出版社1995年版；谢冕《新时期文学的转型——关于“后新时期文学”》，《文学自由谈》1992年第4期；张颐武《“分裂”与“转移”——中国“后新时期”文化转型的现实图景》，《东方》1994年第4期；张颐武《新空间：实用精神的崛起——“后新时期”价值的转换》，《作家》1994年第4期；王宁《继承与断裂：走向后新时期文学》，《文艺争鸣》1992年第6期；王宁《后新时期与后现代》，《文学自由谈》1994年第3期）。值得一提的是，1992年9月12日，北京大学中国语言文学研究所和《作家报》联合发起召开了题为“后新时期：走出80年代的中国文学”的研讨会（参见白烨《关于“后新时期”文学的研讨》，《中华文学选刊》1993年第1期）。会后，《文艺争鸣》1992年第6期组织发表了白烨的《“后新时期小说”走向刍议》、张颐武的《后新时期文学：新的文化空间》、赵毅衡的《二种当代文学》、王宁的《继承与断裂：走向后新时期文学》4篇有关后新时期的论文。

此外，在此一框架中关于90年代的理解，还有“一个时代结束了”（冯骥才：《一个时代结束了》，《文学自由谈》1993年第3期）、“理想主义的终结”（张颐武：《理想主义的终结》，赵祖谟编：《生存游戏的水圈》，北京大学出版社1994年版）、“文化溃败时代”（陈晓明：《文化溃败时代的馈赠》，《无边的挑战——中国先锋文学的后现代性》，时代文艺出版社1993年版）、“告别八十年代的光荣与梦想”（王干：《告别八十年代的光荣与梦想》，《文学评论》1996年第5期）、“新意识形态”的重构（汪晖：《九十年代中国大陆的文化研究与文化批评》，《电影艺术》1995年第1期；王晓明主编：《在新意识形态的笼罩下》，江苏人民出版社2000年版；王晓明：《半张脸的神话》，南方日报出版社2000年版；王晓明：《九十年代与“新意识形态”》，《天涯》2000年第6期），等等。

① 李泽厚、刘再复在对话中反思了八九十年代之交乃至整个20世纪的革命事件之后，“痛苦地”选择了“告别革命”（李泽厚、刘再复：《告别革命》，香港天地图书股份有限公司1997年版）。此言一出，便基本上成为90年代的“基调”，90年代因此被指为是“后革命氛围”时代。“后革命氛围”是德里克的一本汉语著述名。德里克是这样来描述的：“社会主义是我们所熟悉的，革命也是我们所经历的，但这也许属于已经过去的某个历史阶段，因为它也许再也不可能产生出所包含的那种集体认同。而另一方面，它们的遗产则依然有着重要意义，因为它们所造成的氛围依然存在于我们周围，即使由于新的发展和新的问题已变得复杂起来。”（德里克：《后革命氛围·序》，王宁等译，中国社会科学出版社1999年版，第3页）据王宁说，“后革命氛围”并不是一个德里克著述的现成英文本，而是他与汪民安共同商定，为德里克编选的一本专题文集（参见王宁《“后理论时代”的文学与文化研究》，北京大学出版社2009年版，第209页）。此文集在学界具有一定的影响，被不少著述转载引用。“后革命”更是成为一个“关键词”“术语”。

审视。① 不过，以转型为视角去完整而具体地考辨 90 年代以来的社会文化语境的变化并为其命名，这并非我们的旨趣与目标。我们这里要关注的是，这种政治和社会历史转型语境下的文学理论的存在境况。在我们看来，90 年代的社会文化语境变化改变了 90 年代文学理论的知识社会学基础，使得其无论在研究对象、研究方法、理论资源，还是在价值取向、身份认同、功能定位等方面，都发生了转型。② 这里，不妨简要地述之为三：

① 王一川、张法、张颐武等人认为，90 年代以后是中国文化历经了 1840 年前的古典性阶段、1840—1990 年的现代性阶段之后的又一阶段，即“中华性”阶段（参见张法、张颐武、王一川《从“现代性”到“中华性”——新知识型的探寻》，《文艺争鸣》1994 年第 2 期；另参见刘康、王一川、张法《中国 90 年代文化批评试谈》，《文艺争鸣》1996 年第 2 期）。

此后，王一川曾在其建构的“中国现代学”中又提出了一种现代性分期的理论，认为由于现代性的发展具有长时段的性质，因此有必要根据现代性进程中所表现出来的不同特点，将现代性分为如，现代Ⅰ、现代Ⅱ乃至现代Ⅲ。现代性发生以来到 80 年代，是现代Ⅰ时期，90 年代开始走向了现代Ⅱ时段。当然现代Ⅰ、现代Ⅱ之间不存在完全的断裂，而是一种断续的关系。现代Ⅰ、现代Ⅱ的划分，主要根据现代性的起始、动力、主题、特征、地位等多个层面所表现出来的异同（王一川：《中国现代学引论》，北京大学出版社 2009 年版）。依此说，也可以得出 90 年代以来的历史时期发生了转型，即中国文化走向了与现代性Ⅰ不同的现代性Ⅱ阶段。

另外，有学人甚至认为，相对于整个的中国传统文化而言，90 年代发生的转型，是从群体本位文化向“个体本位文化”的转型（参见葛红兵《障碍与认同——当代中国文化问题》，学林出版社 2000 年版）。对此有学人不予认同，但他也承认 90 年代开始了“准个体文化时代”（黄发有：《准个体时代的写作》，上海三联书店 2002 年版，第 9—10 页）。

② 90 年代以来的文学理论具有学术的特征，以至于关于其的转型之论是一个近乎学术场域之内的问题。因此，需要说明的是，我们并不认为文学理论的 90 年代转型与社会历史转型之间存在一种直接的对应关系，否则 90 年代以来的文学理论转型问题就会沦为一个非学术的问题。但即便如此，也不可否认文学理论知识生产的社会历史语境影响，特别是当知识生产的自主性依然处在建构的过程之中时，社会历史语境与文学理论知识生产之间的关系就会显得更为紧密一些。关于当代中国社会科学学术的自主性问题，我们基本认同这样一种看法：“在当代中国，从某种程度上讲，个人的知识活动既不是一种单纯的‘智性活动’，也不是西方当代社会中的那种高度制度化的‘个人性’社会实践活动，而毋宁是一种‘集体性’的知识生产和再生产活动”，“可以据此提出这样一项假设，即这些类型知识并不是个人性知识活动的结果，而是知识分子或根据某种特定的‘知识规划’，或以经济场域、社会场域及政治场域的逻辑为原则，而由某种特定的‘集体性知识生产机器’生产和再生产出来的。”（邓正来：《对知识分子“契合”关系的反思与批判——关于中国社会科学自主性的再思考》，《天津社会科学》2004 年第 6 期）正是由于包括 90 年代以来的文学理论知识生产的这种自主性特征，使得人们关于其的转型之说聚讼纷纭，难有定论，也因此才值得投以学理的研究。

其一，文学理论研究的对象发生了转型。

这种转型又主要表现在两个方面，一是作为文学理论研究对象的文学，在90年代发生了分化，大众文化/通俗文学/大众文学逐渐成为主导的文学形态。① 一如有学人所言及的：

> 1992年邓小平“南巡”以后，中国大陆兴起了市场经济的热潮，通俗文学有了市场的动力。在经济利益的推动下，许多作家开始从事通俗文学的写作，形成了通俗文学的作家队伍。同时，由于图书流通体制的改革，引进了市场机制，也大大刺激了通俗文学的繁荣。②
>
> 由于1989年春天发生的政治风波的影响，人们对政治的热情冷却，80年代流行的严肃文学已经提不起人们的兴趣，人们需要感性的放纵和逃避，因而刺激了消遣娱乐需求。于是，严肃文学衰落，走向边缘；而通俗文学由边缘而成为主体。③

的确，90年代尤其是1993年以来，大众文化开始“显影”出来，使得即使不以其为旨趣的其他文学形态也难免受其影响。一方面，任何文学都难以摆脱体制性的市场力量，比如其出版传播、消费接受的过程都难免

---

① 需要说明的是，这里是就整体的文学分化而言，就此可谓是形成了一般而言的主流文学、精英文学、大众文学的分化格局。但若要具体考察各种文学形态，又可能会有其他的理解。比如，精英文学已然走向个人化书写，正如有当代文学研究的学人所指出的：“90年代以来，中国文学确实发生了某些深刻的变化，其显著的特征之一就是过去那种深厚的历史感，那种崇高的价值观消失了。取而代之的是个人化的写作。”（陈晓明：《批评的旷野》，花城出版社2006年版，第179页）这种个人化书写现象，也从一个角度说明了文学理论研究对象的变故和转型，因此它也就是一个牵涉文学理论研究的身份认同乃至精神价值取向的转型问题。

② 杨春时：《现代性与中国文学思潮》，生活·读书·新知三联书店2009年版，第341页。

③ 同上。有诗人也曾指认，八九十年代之交以来，“已经在写出和正在写出的作品之间产生了一种深刻的中断”（欧阳江河：《89后国内诗歌写作：本土气质、中年特征和知识分子身份》，《今天》1993年第3期）。有学人也曾指出，90年代诗歌与80年代诗歌有着不同的定位，“90年代严酷的现实迫使诗人正视基本国情，直面生存处境，并探寻从寻常琐屑的生存现实中发现诗意、将日常生活经验转化为诗歌材料的可能性。叙事性话语的加强就是其中之一”（吴思敬：《转型期的中国社会与当代诗歌主潮》，《江苏行政学院学报》2001年第2期）。另有学者提出了散文的转型说，认为：“1990年是一个转折点”，“90年代散文与建国后的主流散文有联系，但也有明显的区别。”（林贤治：《90年代散文：世纪末的狂欢》，《文艺争鸣》2001年第2期）

要媒介化，乃至商业化。[①] 有学者为此曾提醒说：“人们容易忘记的，恰恰是市场对文学彻底的颠覆性。像政治一样，市场有自己极其严密的体制，而这一体制是以‘利益’编织成的。市场体制具有强烈的迷惑性，也具有无情的排斥性。一个作家要想走入读者的视野，为他们所接受，必须首先为书商、出版社、编辑也即为市场所接纳。在此之前，他虽被告知他有‘无限的’艺术创造的机会，但一旦进入创作过程，精神和艺术便失去了真正的自由。”[②]

另一方面，面对大众文化的时代，其他形态的文学要在文学场域中角逐而生，其结果甚至只能是被大众文化收编，即使不被收编，它恐怕多少也要沾上大众文化的气息。一如有学人所言：“九十年代文学呈现出与八十年代迥异的特征，大众文化的勃兴使九十年代文学呈现出浓郁的世俗化色彩。”[③] 如此说来，大众文化确实是或直接或间接地参与到了90年代以来的文学理论知识生产之中。抑或也可以认为，90年代始，文学理论知识生产已然难以避而不谈大众文化了。大众文化甚至成为文学理论知识生产过程中的主导性经验之源。

而作为大众文化的文学，其性质特点、生产流程、接受样式乃至文化功能等都发生了变化，以至于不妨径直地称90年代以来的主导文学为大众文学，这样恐怕还会显得更为准确一些。而对它的研究，“从文学生产机制的角度切入，是直接的切入方式。从这一角度分析政治、经济、社会结构与文学的关系问题，就不是传统文学研究理解的前者是后者的背景、环境，而是将各种政治、经济力量和社会权力关系作为文学生产机制的重要组成部分。……这样，文学创作、出版的过程，就是文学生产的过程；创作文学作品的个人就不再是作家，而是‘文学生产者’；对文学的研究就不能局限于作家、作品的分析，而是要把作品生成的物质条件和生产关

① 比如考察媒介传播与文学的关系，都已然成为文学研究的一个领域，甚至成为一个学科。相关文献参见钟琛《当代文学与媒介神话》，华夏出版社2008年版；黄发有《媒体制造》，山东文艺出版社2005年版；陈霖《文学空间的裂变与转型——大众传播与20世纪90年代中国大陆文学》，安徽大学出版社2004年版；陈平原等编《大众传媒与现代文学》，新世界出版社2003年版；祁述裕《市场经济下的中国文学艺术》，北京大学出版社1998年版。

② 程光炜：《拒斥文学性的年代》，《山花》2001年第4期。

③ 王铁仙、杨剑龙、方克强等：《新时期文学二十年》，上海教育出版社2001年版，第272页。

系纳入研究视野，关注文学‘生产’、‘传播’和‘消费’的模式”[①]。可以说，这种由于研究对象的变化而导致的从生产机制切入并展开的具有实践性、参与性和更大阐释力的文学理论研究，无疑也是90年代文学理论研究方法转型的一个表征。

二是面对变化了的文学场域，文学理论开始反思自身的研究对象、理论资源、身份认同、理论效用，等等。在这种反思中，文学理论自觉或不自觉地走向了“文学理论学”。所谓文学理论学，是指它以反思文学理论自身为旨趣，以其自身作为研究对象，从而型塑了一种关于文学理论的“理论”，也可称为“元文学理论”[②]“理论诗学”[③]。这种以研究文学理论自身为旨趣的学术研究现象，是90年代以至于今的文学理论的一道风景。据90年代发表的文献看，学者童庆炳、蒋济永、余虹、郑元者、张荣翼、郭淑梅、孙津、陶东风、杜卫、许明、王光明、南帆、孙绍振等，都可谓是这种风景的自觉打造者。[④] 而我们则可从中窥见90年代文学理论研究对象的变故与转型。

---

① 邵燕君：《倾斜的文学场——当代文学生产机制的市场化转型》，江苏人民出版社2003年版，第1页。

② 郑元者：《走向元文艺学》，《文学评论》1996年第4期。

③ 周启超：《开放与恪守——当代文论研究态势之反思》，河北大学出版社2013年版，第20页。

④ 相关的90年代发表的文献，大致有：童庆炳：《论文艺学研究的客体、视角、学术空间》，《文艺争鸣》1998年第1期。蒋济永：《当代文艺理论的危机（之一）——理论体系的危机》，《柳州师专学报》1993年第3期；《当代文艺理论的危机（之二）——伪马克思主义的理论倾向》，《柳州师专学报》1994年第1期；《当代文艺理论的危机（之三）——本体论走向虚幻》，《柳州师专学报》1994年第2期；《当代文艺理论的危机（之四）——“当代形态”建构中的问题》，《柳州师专学报》1994年第3期；《当代文艺理论的危机（之五）——文艺学作为一门学科的终结》，《柳州师专学报》1994年第4期。蒋济永：《补牢：对“当代文艺理论危机”的再叙述——答亡羊先生》，《柳州师专学报》1995年第3期。余虹：《对二十世纪中国文论叙述的反思》，《文艺研究》1996年第5期。郑元者：《走向元文艺学》，《文学评论》1996年第4期。张荣翼：《文艺理论阿基米德点的寻求》，《海南大学学报》1997年第3期。郭淑梅、孙津：《世纪末断想——文艺理论的动荡与危机（上）》，《文艺评论》1997年第5期。郭淑梅、孙津：《世纪末断想——文艺理论的动荡与危机（下）》，《文艺评论》1997年第6期。陶东风：《80年代中国文艺学主流话语的反思》，《探索与争鸣》1999年第2期。杜卫：《走出审美城——新时期文学审美论的批判性解读》，东方出版社1999年版。许明：《作为科学反思的文艺学是否可能?》，《文学前沿》1999年第1期。王光明、南帆、孙绍振等：《关于学科开放与文艺理论建设的对话》，《福建师范大学学报》1999年第3期。

此外，如果我们将关于文学理论建设的各种具有策略性的学术话语，如走向“理论的批评化”，走向“修辞论诗学”，走向“文化研究”“文化诗学是可能的”“中国古代文论的现代转换”等，都当作具有反思性的文学理论研究的话，那么，90 年代以来的文学理论的确具有元文学理论的性质，并因此改变了文学理论研究的对象。

其二，文学理论研究者的身份认同发生了变化。

90 年代以来，文学理论研究者的知识分子认同、国族身份都发生了变化。这里仅以知识分子认同而言。八九十年代之交，受社会历史文化语境的影响，包括文学理论研究者在内的知识分子，继续其业者，几乎无不从广场逐渐地回到了书斋，并逐渐在学科之内或自觉或无奈地被体制化了。[①] 1991 年，就曾有学人倡议道：“如果说八十年代是中国学术史上充满激情和想象的变革时代，‘跑野马’或者‘学风空疏’都可以谅解；那么，九十年代或许更需要自我约束的学术规范，借助于一系列没有多少诗意的程序化操作，努力将前此产生的‘思想火花’转化为学术成果。”[②] 此一呼吁，应者云集。多年以后，有学人在反思 90 年代以来的文化景观时，也基本上得出了与此相近的结论：“80 年代文化与 90 年代文化的一个最明显的差异便是，知识分子的批判、启蒙、思想等存在方式转变为操作资料、论据的学者化生存方式。”[③]

可以说，90 年代以来的这种立足于学术体制内的生存方式，使得文学理论研究者一方面已然没有了独立于体制的真实力量乃至内在诉求，另一方面，其学术生产不受市场的影响，而更多的只需要对体制负责。这就使得文学理论知识分子对世俗社会和商业市场不屑一顾。然而，由于体制规训的力量和体制利益的诱惑所致，加上知识生产自身的体制化作用，文学理论知识生产者的批判空间逼仄不已。这就使得他们对知识分子的消失

---

① 有社会学研究者指出：“20 世纪 90 年代，发生了一个重要变化，就是体制对社会精英进行了成功的吸纳。”（孙立平：《重建社会——转型社会的秩序再造》，社会科学文献出版社 2009 年版，第 11 页）

② 陈平原：《学术史研究随想》，《学人》第一辑，江苏文艺出版社 1991 年版，第 3 页。

③ 冯黎明：《走向全球化：论西方现代文论在当代中国文学理论界的传播与影响》，中国社会科学出版社 2009 年版，第 94 页。此种说法几乎成为一种共识。不妨再列举一例：“80 年代是李泽厚的时代，是思想启蒙和思想解放的时代。90 年代则是‘学人’的时代，是学术规范的时代。”（旷新年：《无居随笔》，云南人民出版社 2001 年版，第 148 页）

有切身之感，于是，不甘于放弃独立精神与自由思想的知识分子，便又有选择性地借助于对世俗生活与商业文化的批判性言说来获得其身份认同。这样，就出现了有研究者所指出的这一现象：“在80年代，判别真正的知识分子的标准，主要是看对官方文化的态度；而今天，这个标准似乎被许多人抛弃了，代之以知识分子对世俗生活与商业文化的态度，似乎认同世俗生活与商业文化者就不是真正的知识分子。”①

然而，当文学理论知识分子发现其所批判的世俗生活与商业文化，在一定程度上乃与其借以立足的官方体制具有同谋性质，并且它们往往还是其追求的理想社会愿景的推动力量，这时，他们的知识分子认同便左右为难起来了。同时，当这种批判因为过于直接地对抗社会和大众而难以奏效时，知识分子的那种远离世俗与商业所获取的精英认同，又总是显得不合时宜。这一点，有学人曾予以了深切地指认：“1989年的风波在政治的层面拒绝采纳激进的全盘改革的要求，从而致使知识分子关于‘知’与‘行’之间的逻辑链条被割裂，学术真正呈现出了边缘化的特点。……在民众的层面，随着社会经济的发展、利益关注点的转移，上述知识分子广场式的发言方式，以及那种自明的合法性基础，逐渐被现实生活所‘悬置’，因而一下子变得空洞无力起来。这样，在政治与经济的合力作用下，在90年代，学术迅速地边缘化。这是一种真正的边缘化，它意味着80年代的时代激情突然被社会晾在了一边，而颇有些画地为牢、自说自话的意味。”② 如此说来，文学理论知识分子的身份认同相对而言，已然一改80年代的清晰单一，而变得暧昧不明起来，并不得不宿命般地在精英与大众之间、体制内与体制外之间徘徊不已，甚至在漂泊中总是找不到归宿。但不妨说，这正表征了90年代以来作为文学理论言说主体的知识分子发生了身份的转型。③

其三，文学理论研究的价值取向发生了转型。

价值取向既关涉文学理论的精神内涵，又与文学理论作为一种人文教

① 陶东风：《“人文精神”遮蔽了什么?》，《二十一世纪》1995年第12月号。

② 高瑞泉、杨扬等：《转折时期的精神转折——“新时期”以来中国社会思潮及其走向》，上海古籍出版社2008年版，第547页。

③ 恐怕也因此，90年代的知识分子问题已然成为一个研究主题。相关文献有陶东风：《社会转型与当代知识分子》，上海三联书店1999年版；陶东风主编：《知识分子与社会转型》，河南大学出版社2004年版；祝勇编：《知识分子应该干什么》，时事出版社1999年版。

育所可能具有的心性建构诉求有关，同时还与文学理论的自身形态相关。在80年代，文学理论往往以追问个体形而上学价值为其主导性的旨趣，诸如个体存在、人生命运、终极关怀、偶然性境况等，常常被作为价值标准来衡量一种文学乃至文学理论的精神深度及其合法性。而且，它往往还以审美作为这种价值取向的表征，同时，又以“向内转”和“去政治”的文学理论作为这种取向的实现之途。这恐怕是因为“去政治”就是当时最大的政治。

而90年代以来，随着大众文化的兴起和世俗社会的来临，以及一种可能的生活秩序的建立，人们的价值认同也慢慢地发生了变化，文学理论的价值取向也因此生发了转型诉求。这一点突出表现在其对政治文化价值的态度上：一方面它要摆脱政治，走“去政治”化道路；但另一方面它又不能不“再政治化”，进行政治价值的重构。因此可以说，包括文学理论在内的“90年代以后中国学术风貌的变化、展现，仍然是以政治与学术之间的关系为起点的”①。为此之故，政治是否以及如何成为一种精神价值取向的问题不可小觑，它甚至成为影响90年代以来文学理论走向的一个核心因素，以至于多年以后，有学人不无道理地指出：“‘再政治化’思潮是一种特定的文化思潮，这一思潮的基本构成及其意向在深层次上制约着文学理论批评的现实运作及其转向。文学理论批评在自身的现实运作中所呈现出的‘再政治化’态势无疑是一种‘向外转’的思潮，其在转型时期90年代的兴起，既相关于文学研究‘向内转’思潮的深化及其弊端的显现，相关于‘后新时期’中国新的社会文化情势的出现，如大众文化的迅猛崛起，也相关于西方‘文化研究’思潮的深刻影响。在我看来，于其中更为重要的是，‘后新时期’中国大陆‘新政治’的出现。”②如果我们不把政治仅仅看成一种工具，不把政治视作单纯的意识形态乃至污名化为一种权力斗争，那么我们就有可能对90年代社会历史转型之后的文学理论与政治的关系问题作出新的理解和建构。或也可以认为，究竟有无一种政治及其文化精神与文学理论相契合，以及怎样保持文学理论的自律性，成为90年代以来文学理论的焦点。也正是围绕于此一焦点，文

① 高瑞泉、杨扬：《转折时期的精神转折——“新时期”以来中国社会思潮及其走向》，上海古籍出版社2008年版，第547页。

② 杨春忠：《二十世纪中国文学理论史论》，齐鲁书社2007年版，第321页。

学理论发生了突围乃至转型。比如，怎样看待大众文化与现代市民社会的关系，如何将后殖民批评与公共领域勾连，性别政治的文学书写如何可能等问题就与怎样看待政治，以及认同何种政治价值等问题息息相关。

三

毋庸讳言，90年代文学理论转型的表征无论如何也是难以一言述尽。[①] 作为一段已然发生的过往故事，它却并未尘封。它甚至还在进行，还在对当前的文学理论产生重要影响。为此之故，它值得人们投以回望、倾听和理解。其学术的重要性不妨在这里先简述几点：

其一，对90年代文学理论转型的看法，牵涉人们怎样评估90年代以来乃至整个中国文学理论的学术史问题。

不妨以人们对90年代文学理论的学术评估为例。有学人对90年代以来文学理论的转型不曾投以同情式理解，同时，未曾找到一种属于90年代的精神认同，因此认为90年代文学理论的转型纯粹只是陷入危机而无新生之望，并由此表现出对90年代以来的文学理论极其悲观的态度来，故而认为："80年代有一个明确的中心问题，就是文学如何从政治理性束缚下获得解放，如何启蒙，从而推动了文学理论的发展。而90年代则失去了对文学理论的需求，文学理论也丧失了对文学的影响力。动力的丧

① 比如，90年代文学理论的转型还可以从具体的学者个案中见出。不妨列举一些与此相关的学者个案：王元骧曾回忆说，90年代的市场经济所引发的现实变化，促成了其文学理论观念在1994年左右由认识论到实践论、价值论的转型（王元骧：《探寻综合创新之路·后记》，陕西师范大学出版社2000年版。另可参王元骧《我的学术道路》，《社会科学战线》2006年第2期；王元骧《在解决现实问题中求得理论自身的发展》，《文艺报》2003年7月19日；王元骧《审美超越与艺术精神》，浙江大学出版社2006年版，第7、323页）。陶东风也曾自述其1993年左右的知识调整问题（参见陶东风《文化与美学的视野交融》，福建教育出版社2000年版，第263页；《社会理论视野中的文学与文化·自序》，暨南大学出版社2002年版，第1—6页）。王光明也曾回忆说："在90年代初，我预感到中国在变化，学问的方式也需要调整，同时比较自觉地读了一些书，自觉进行从批评到学术的转移。"（王光明等：《关于学科开放与文艺理论建设的对话》，《福建师范大学学报》1999年第3期）。蔡翔则认为，80、90年代的问题差异导致了文学研究的知识资源诉求的转型，80年代围绕在哲学、美学、心理学周围，90年代则凸显了以社会学、经济学、政治学为代表的社会科学对文学研究的重要性（王晓明、蔡翔：《美和诗意如何产生——有关一个栏目的设想和对话》，《当代作家评论》2003年第4期）。

失、方向感的迷失，使中国文学理论现代性步履艰难。”① 的确，由于转型之故，80 年代与 90 年代文学理论表现出了诸多不同，但如果我们承认 90 年代文学理论所具有的反思性特点，并且不认为这是以失去对文学的影响力为代价所获得的，同时，将它视作 90 年代文学理论的多元化格局的推动力量，那么，我们就有可能得出不同于此说的 90 年代文学理论观。比如，有学人将 90 年代文学理论的转型与晚清五四时期现代性发生以来的文学理论进行比较，认为只有转型时期的 90 年代的文学理论才具有后现代性，而此前的文学理论是一种现代性形态，并因此表现出对 90 年代文学理论的好感。② 这无疑是借重了 90 年代文学理论转型的学术之镜。由此可见，是否认同 90 年代文学理论转型，对人们书写与评价包括该时段在内的文学理论史有重要影响。

其二，90 年代文学理论的转型与当下文学理论建设勾连甚紧。如何看待这种转型，常常会影响其对当下文学理论建设之路的选择。

以 90 年代文学理论转型所导致的反思性文学理论研究为例。在文学理论的转型语境中，各种反思文学理论学科如何建构的学说涌现了出来③，那种具有反思维度的文化研究的凸显，④ 使得一种可名之为反思性的文学理论渐已发生。如果我们对这种反思性的文学理论投以好感，承认“这种反思式的讨论除了学术上的自我批评以外，还涉及在政治上无能为力者在特定情境中重建自己认同的努力，是一种化被动为主动的社会行为和历史姿态”⑤，那么我们或许能够从中看到希望，并认为反思性的文学理论言说方式，隐微地完成了学术式地参与社会公共事务的书写。不妨

① 杨春时：《中国文学理论的现代性问题》，《学术研究》2000 年第 11 期。

② 余虹：《革命·审美·解构——20 世纪中国文学理论的现代性与后现代性》，广西师范大学出版社 2001 年版。

③ 2000 年以后，在学科反思的文献中，还有专著出版。如李春青的《在审美与意识形态之间——中国当代文学理论研究反思》（北京大学出版社 2006 年版）。对于文艺学的反思，有学人写道：“自 20 世纪 90 年代中期以来，为了推动中国文艺学的学科建设，积极有效地回应转型时期社会文化的迅猛发展，学界众多学者主动参与到文艺学的学科回顾与学术反思话题中来，使其成为世纪之交以来文艺学界的焦点话题之一。”（傅守祥：《文艺学的拓疆与文化研究的崛起》，《湖南文理学院学报》2009 年第 1 期）

④ 卢衍鹏：《文学与文化联姻：文化研究及其权力流转》，《学术论坛》2010 年第 4 期。

⑤ 汪晖：《必要的沉默——关于学术史与学术规范的随想》，《旧影与新知》，辽宁教育出版社 1996 年版，第 128 页。

说，如此看待文学理论的转型及其带来的效果，就有可能会承认一种反思性文学理论的理论形态。①

甚至也可以说，即使不曾有意地对90年代文学理论转型所导致的反思性文学理论有过具体的研究，而只要对其理论的效果有一定的认同，也会影响其当下的文学理论选择和认同。比如，那种与反思性文学理论相关的“没有文学的文学理论”，就曾有学人看好。认为没有文学的文学理论，一样可以借助于对文学理论的言说，来表达关于文学文本乃至社会文本的期待，并宣称：“将诗论诗学或文学理论某种程度地从文学中疏离出来，赋予其哲学的品格绝对是文学理论的大解放。没有文学的文学理论就是推促它驶出小桥流水、向生活的大海破浪远航。”② 比如，有学人以反思性文学理论所具有的开放性和自主性特征，指认它表征了一种文学理论的自觉性诉求。③ 由此，我们也可以隐约看出，对90年代文学理论转型的认识，是如何的重要。还可顺便提及的是，有学人曾以80年代和90年代进行比较，指出：“强调80年代的经验似乎没有太大用处，因为我们现在所面对的社会、所要处理的问题要远比80年代复杂得多，所以必须引进新的思路，新的视野。在这方面，文化研究可以给我们很多启发。”④如果不意识到转型已然发生及其对文学理论的新诉求，而依然用此前的观念和经验去理解90年代，就难免会影响人们对90年代文学理论研究的合理评估，同时，也会制约当下文学理论研究的有效性。

其三，它会影响当下文学理论学术效用的发挥，比如会影响文学理论研究在人文素养培育方面的效果。

90年代以来的文学理论转型，由于其依然还在途中，因此它的现实情状和未来走向并非已然厘定。毋宁说，这一切都是以争论开始，但历经多年，有些问题依旧没有好的应答，更遑言定论。一定意义上说，如果我们未曾寻找到好的转型方案，比如没有建构出契合于它的精神价值取向，

---

① 李春青、赵勇的《反思文艺学》著作，将反思性文学理论命名为反思文艺学，并视它为未来文学理论发展的一条路径（李春青、赵勇：《反思文艺学》，北京师范大学出版社2009年版，第153—154页）。

② 金惠敏：《没有文学的文学理论——一种元文学或者文论“帝国化”的前景》，《文艺理论与批评》2004年第3期。

③ 陶东风：《走向自觉反思的文学理论》，《文艺争鸣》2010年第1期。

④ 倪伟：《作为视野和方法的文化研究》，《中国现代文学研究丛刊》2002年第3期。

那么，它无疑会影响文学理论的实际学术效用的发挥，既而也会影响其人文素养教育的展开。

不妨就以精神价值取向来说，如果我们在现代世俗社会中，举荐一种个体形而上学的终极关怀，并以此来建构心性认同，那么它无疑难以培养出具有公共性精神的现代公民人格，恐怕也不契合当今时代的文化语境和未来社会的美好期待。因为，个体形而上学的终极关怀，多半是一种宗教性价值。它已然在现代社会走向式微，更难以被宗教信仰基础本来就薄弱者相信，因此它往往只是一种个体的选择，并常常很难被他人所承认，因此，也就不容易在现代世俗社会中成长为普遍有效的公共心性认同。为此之故，它要成为现代性语境中的文学理论转型的一种好的价值选择，其可能性也就较小。不妨再顺便提及的是，这也即是90年代人文精神讨论中，那种主张道德理想主义和审美理想主义的学说，之所以难以有效参与到社会文化建构之中的一个重要原因。并且，它还有可能已然使得我们失去了国民文学教育和人文素养培育的一次绝好机会。由此也可看出，90年代文学理论转型问题并非小事。难怪会有文学研究者感叹："20世纪90年代是一个值得纪念和研究的时期"①。

总之，凡此种种的有关90年代文学理论转型的未定性及其可能具有的重要性，都可谓是我们选择其作为研究对象的一些缘由，恐怕也值得学界同人投以更多的关注。

① 周海波主编：《最后的浪漫：20世纪90年代文学研究》，中国文史出版社2006年版，第362页。

第一章 “理论的批评化”与90年代文学理论如何可能

八九十年代之交，尤其是进入1992年以来，由于总体的社会历史转型的发生，文学理论知识生产的文化语境也发生了转换。具体而言，可简述为三：

其一，八九十年代之交社会语境的转换，使得知识分子尤其是人文学科的知识分子在受挫中不免茫然失措起来，原来那种以“立法者”姿态所从事的话语实践工作已经不能再继续下去。一种恍如隔世之感顿然涌起。此一境况之下，知识分子只能改变自己，不再相信理论能够为世界“立法”，倒是觉得具体地去做点“阐释”工作，才较务实。

其二，后现代主义在八九十年代的兴起，使得那种本质主义的真理观变得虚幻起来，似乎很难找到一个可靠的元叙事作为逻辑演绎的支撑，于是，人们越来越不寄希望于去建构一套能够包打天下的、成体系的理论。

其三，90年代以来，大众文化兴盛起来。其重要性日益为人们所发现，也因此它需要被纳入学术研究之中，参与到知识生产的过程中来。而大众文化相对而言表现出的是一种平等、参与、对话的精神，它所诉求的知识合法性更大程度上乃决定于该知识是否能够有效地对某一文化现象做出阐释。

诸如这些变化，在提供给90年代文学理论以新的知识社会学语境的同时，也使此前文学理论的合法性遭遇了危机，以至于有学者认为80年代的理论盛况成为一个“神话”。[①] 这是有道理的。不妨说，正是在这种“神话”行将爆破之时，90年代文学理论发生了转型的诉求。关于它的知识合法性重建，因此也就成为一个问题。此一境况之下，各种建设性的方案被提了出来，“理论的批评化”就是这样的方案之一。

---

① 王一川：《九十年代文论状况及修辞论批评——兼谈中国形象诗学研究》，《山花》1998年第6期。

第一节 “理论的批评化”的提出

就现有文献看，较早提出此一说法的当是王一川、孔耕蕻等人。1993年，王一川在《文艺争鸣》所设“九十年代文艺理论新趋势笔谈”的栏目中，发表了《文艺理论的批评化》一文，提出了“理论的批评化”一说，认为“理论的批评化，既是对文艺理论的现状及前景的一种描述，也是对实践中的一种理论取向的说明”①。此后，王一川还发表了多篇相关文献，如《走向修辞论美学——90年代中国美学的修辞论转向》（《天津社会科学》1994年第3期）、《走向修辞论诗学——90年代中国文学理论和批评的新形态》（《作家》1995年第8期）、《批评的理论化——当前学理批评的一种新趋势》（《文艺争鸣》2001年第2期）、《理论的批评化——在走向批评理论中重构兴辞诗学》（《文艺争鸣》2005年第2期），等等。

在距王一川发表《文艺理论的批评化》一文不到一年的时间里，孔耕蕻发表了《论理论的批评化》（《文学评论》1994年第1期）、《论理论的批评化——对文学研究中唯逻辑规范主义的批判》（《文艺理论研究》1994年第1期）、《论批评的理论化——对文学研究中纯经验描述主义的批判》（《文艺理论研究》1994年第2期）等文。在这些论文中，他也表达了“理论的批评化”的主张。此后，对“理论的批评化”的回应和运用，散见于各种文本之中，延续有年。②

---

① 王一川：《文艺理论的批评化》，《文艺争鸣》1993年第4期。

② 这里不妨列举三例：“走向实践就是要使文学理论批评化，使之与整个文学研究领域建立密切的、内在的联系。这里讲的‘批评化’并不意味着要求文学理论研究成为文学批评，并不是要让文学理论去具体分析个别作品，而是要使文学理论的研究重心转向文学批评和文学史研究所必需的基本概念范畴，这是实现文学理论与文学实践相结合的必由之路。这样的文学理论所关注的不仅仅是文学的性质和规律，它更关注的是文学对于文化、对于人的生存的可能的意义。”（杜卫：《作为一门学科的文学理论》，《文艺研究》1999年第5期）“文艺学家要评论家化。文学评论是文艺学人文价值得以实现的关键性中介环节。在这种理论与实践的对立统一中，文艺学才能在不断提升的层面上，深入考察文学活动各方面的特殊规定性，进一步研究文学主体在文学活动各个阶段中的行为过程及行为状态，进而不断地从整体上对文学活动在人类全部实践活动中的价值和作用做出新阐释。同时，也才能充分发挥其原理对文学活动的导向作用。”（畅广元：《论文艺学的人文价值》，《陕西师范大学学报》1996年第1期）“文学理论这门学科——如果它依然存在下去，并且势力雄厚的话，它应该更多地朝具体的批评发展”（陈晓明：《元理论的终结与批评的开始》，《中国社会科学》2004年第6期）。

接下来，我们再以直接提出了“理论的批评化”主张的几种文献为例，来考察“理论的批评化”的提出所具有的一些特点。细察之下，可述为三。

其一，它以回溯或依据西方理论与批评的历史进程和发展现状的方式来讲述和展开其观点。比如《文艺理论的批评化》一文，认为20世纪以降，“理论不再享有中心的权威，批评不再甘居边缘”，① 理论与批评的关系渐已平等了起来，从而昭示了“理论的批评化”的现状与前景。

而《论理论的批评化》一文，也是依据西方文学理论的大线条考察而展开论述的，认为西方文学理论的不足之处即是它未曾处理好理论与批评的关系。这一问题已经引起了一些西方理论家的注意，其中艾布拉姆斯就有关于此的较好解决方法。在解读艾布拉姆斯《镜与灯》中一段相关论述后，该文阐发了几点艾布拉姆斯的批评理论观，诸如任何批评理论，都应该回应现实，都要能够与审美事实互证互释，衡量一种批评理论是否好的批评理论，在于它是否具有足够的阐释力；任何批评理论的阐释力是有限度的，是有历史语境局限的；等等。② 可以看出，在该文看来，艾布拉姆斯给出的解决方案就是“理论的批评化”③，这也正是该文所认同的最佳方案。

如果说，《文艺理论的批评化》一文是通过描述20世纪以降的西方文论趋势来讲述“理论的批评化”，那么《论理论的批评化》一文则是通过讲述艾布拉姆斯个人的思想，并以此作为其“理论的批评化”一说的理论基础乃至现身说法。但不管怎样，它们都是借讲西方理论的方式来谈

① 王一川：《文艺理论的批评化》，《文艺争鸣》1993年第4期。

② 孔耕蕻：《论理论的批评化》，《文学评论》1994年第1期。其原文为：“①任何批评理论，其出发点和归宿都必须诉诸实事；②任何批评原则都是对审美事实的概括，这些原则又反过来帮助我们证明、整理和澄清对这些审美事实本身的阐释和评价；③任何批评理论只能对‘无限的’审美事实和文学现象进行‘有限的’概括。批评理论只能根据审美事实、文学现象发展的步履，而不断修正、完善自身，任何试图建立一种包罗万象、横贯中外古今文学现象的批评理论，都是不可能的；④衡量任何一种好的批评理论（A good critical theory）的标准，在于能否说明各种不同的文学艺术。”（孔耕蕻：《论理论的批评化》，《文学评论》1994年第1期）

③ 孔耕蕻：《论理论的批评化》，《文学评论》1994年第1期。

中国问题。①

其二，“理论的批评化”的提出，具有反思中国80年代以来文学理论的旨趣。比如，《文艺理论的批评化》表达了不满于80年代的理论与批评的不平等关系的意见，反思了理论过于体系化，理论凌空蹈虚等问题。②《论理论的批评化》一文，有对80年代借鉴西方理论所产生的局限性进行反思的自觉性，在肯定80年代西方理论引进的积极意义的前提下，主要对其局限性进行了列陈，诸如西方文论未能与中国已有文论融合，也没有成功结合现实的批评实践，而更多的是一种简单的理论介绍等。③“理论的批评化”就有可能解决诸如此类的问题，让西方理论“中国化”，甚至因此生产出“中国文论”来。简言之，90年代文论发展应该解决单纯的“西方文论在中国”这个现实问题，而“理论的批评化”不失为一种可能。《文艺理论的批评化》一文是这样论证的：首先，中国古典文艺理论往往不离开具体文本。理论与批评的关系往往是理论融化在批评中，而批评中又往往能见出理论。为此之故，我们可以认为“中国古典文艺学正具有‘批评理论’的特征”④。这种特征之有，使得其阐释力获得了一定的保证。其次，中国古典文艺理论能与20世纪的西方文论构成对话

① 值得注意的是，《文艺理论的批评化》看重的是20世纪尤其是60年代以来的西方文论的批评化趋势，而《论理论的批评化》则认为整个的西方文论即使到20世纪，都没有解决好理论的批评化问题。“20世纪西方文学研究领域，实践的批评，总的说来，处境很悲惨，要么受到冷落，要么由于有的理论家们忙于理论金字塔的构造，‘粗暴地放弃了批评的任务’，以致影响了批评理论的有效性。”（孔耕蕻：《论理论的批评化》，《文学评论》1994年第1期）今天看来，《论理论的批评化》的理论主张虽然与《文艺理论的批评化》相仿，但其关于20世纪尤其是60年代以后的西方文论的判断的确不够准确，对更具理论色彩和社会文化意味的“批评理论”的认识不够历史理性，而偏向于伸张文学理论与文学实践的关系。然而，这并不妨碍其讲述“理论的批评化”的有效性。关于20世纪西方文论的特点论述，还可参见其他相关文献。如《知识分子图书馆丛书》（中国社会科学出版社1998年版），如王达敏《理论与批评的一体化：论20世纪西方文学理论的性质与特点》（《文艺理论研究》1998年第1期）等文献。当然，关于西方文论与文学之关系，晚近的“强制阐释”论则提出了不同的看法。相关文献可参见孙绍振《文论危机与文学文本的有效解读》（《中国社会科学》2012年第5期），张江《当代西方文论若干问题辨识》（《中国社会科学》2014年第5期）等。

② 王一川：《理论的批评化——在走向批评理论中重构兴辞诗学》，《文艺争鸣》2005年第2期。

③ 孔耕蕻：《论理论的批评化》，《文学评论》1994年第1期。

④ 王一川：《文艺理论的批评化》，《文艺争鸣》1993年第4期。

关系，这也就说明了中国古典文艺理论具有当代性和世界性的品格。最后，鉴于此，提倡“理论的批评化”一方面有了中国古典文论传统的学理基础，另一方面“理论的批评化”又延续了中国古代的文脉并创新了中国文论传统。多少年来为学界所焦虑的知识合法性问题恐怕因此就给解决了。① 如此说来，在当代提倡“理论的批评化”的意义不可谓不大。我们不得不承认它是一种具有“中国现代性”意味的文艺理论。

在相差不大的另一篇文章《论理论的批评化——对文学研究中唯逻辑规范主义的批判》中，作者坦陈其提出“理论的批评化”的缘由之一，就是要对80年代后中国文学理论与批评进行历史的回顾与反思，并进而解决其所存在的理论与批评脱节的问题。② 虽然事实上，它并没有做到对80年代文学理论与批评的相对具体的分析，但我们并不能因此否定其可贵的“述行”。

其三，在提出“理论的批评化”的同时，批评的理论化问题也给予了一定的关注，特别是《论理论的批评化》《走向修辞论诗学——90年代中国文学理论和批评的新形态》等文尤为自觉。它并没有有意在理论与批评之间非此即彼。③ 多年以后，还有认同此一说法者强调指出：“所谓‘理论的批评化’并不是说理论本身已不重要，或理论已被批评实践所取代，而是意在言明……理论不再处于关注的中心，它不再有君临天下的赫赫威势，甚至它自以为荣的追求体系化、整体性的言说方式也被灵活多样的、结构松散的论文体言说方式所取代。”④

然而，需要承认的是，“理论的批评化”，其旨归是讲述文学理论的建设问题，它表达了一种关于文学理论的想象性认同，认为“从对普遍有效的理论概括力的自信与追求，转向对具体文本的批评”，⑤ 这才是当

---

① 这种说法可存疑（参见汤拥华《告别与执守：有关文学理论的论争》，《浙江学刊》2004年第1期）。此外，对于强调文论的中国性问题，也有学人持保留态度（参见陈晓明《元理论的终结与批评的开始》，《中国社会科学》2004年第6期）。

② 孔耕蕻：《论理论的批评化——对文学研究中唯逻辑规范主义的批判》，《文艺理论研究》1994年第1期。

③ 王一川：《走向修辞论诗学——90年代中国文学理论和批评的新形态》，《作家》1995年第8期。

④ 董希文：《文学文本理论与理论的批评化》，《德州学院学报》2006年第1期。

⑤ 王一川：《文艺理论的批评化》，《文艺争鸣》1993年第4期。

今文学理论的一大特征。为此，当人们质疑此一说法的时候，也往往在文学基础理论的基点上展开，并有意忽视其“批评的理论化”这一与文学批评有较为紧密关联的方面。

综观之，“理论的批评化”，其内涵并不复杂。简言之，“一是强调理论与批评实践的结合，二是期望从事理论研究的人，要重视批评实践”①。然而，这种看似内涵简单的理论说法，却极有学术生命力，引来了延续于今的积极回应。比如《中国社会科学》也曾刊文指出，文学理论近年来“开始走出元理论束缚的困局，开始向着批评转化”②，这显然是在一定程度上赓续了“理论的批评化”一说。当然，由于种种原因，这种赓续恐怕并不自觉。但即便如此，我们也得承认，“理论的批评化”已然成为90年代以来关于文学理论建设的一个说法。③ 其原因何在呢？

考察其发生就可以看出，其中的一个原因，就是它承担了反思80年代文论的功能，契合了90年代文学理论转型的内在诉求。这一点，也是“理论的批评化”提出者的自觉追求：“在告别80年代而进入90年代的时候，中国的文学理论和文学批评——这里统称为诗学，曾面临何去何从的选择困窘”。④“理论的批评化”是这个转型发展中的一个具有较大可能性的选择。⑤ 它呼应了这个转型的诉求，可谓是推动并参与了90年代文学理论的转型。这样，我们也就可以理解为什么数量不多的几篇文章所提

---

① 孔耕蕻：《论理论的批评化》，《文学评论》1994年第1期。

② 陈晓明：《元理论的终结与批评的开始》，《中国社会科学》2004年第6期。

③ 金永兵、杨伯特所撰《新时期以来文学理论的“他者化”问题》一文，将文学理论的“批评化”看成与文学理论政治化、审美化、文化化等文学理论“他者化”的几种形态之一，一定程度上可以说明此说的重要性（金永兵、杨伯特：《新时期以来文学理论的“他者化”问题》，《黑龙江社会科学》2008年第5期）。

④ 王一川：《走向修辞论诗学——90年代中国文学理论和批评的新形态》，《作家》1995年第8期。

⑤ 其中原因不妨再强调一下，大致有：其一，它针对80年代文论，并对80年代文论有克服与超越的功能。其二，它契合了90年代大众文化的语境。90年代大众文化的浮出水面可谓是新变化，它需要被理论关注，而理论的批评化正有此意。其三，它与大众文化语境下的批评理论、文化研究有某种相通性。此外，理论的批评化，它还抓住了理论与批评、文学理论与文学的关联性等一些具有合法性与正当性的基础理论问题，因此，即使在不加论证的情况下，它都能成为一个有效的选择。这也是其具有较长理论生命力，以及争议较小的一个原因。就实际的学术发展看，它引发的争议也的确较小（参见金永兵、杨伯特《新时期以来文学理论的“他者化”问题》，《黑龙江社会科学》2008年第5期）。

出的一个理论说法，虽然并没有非常具体地结合90年代的实际研究诉求来展开详尽和深入的论证，但却能够成为90年代文学理论建设中的一个话题，并引发一些相关讨论。

第二节 “理论的批评化”的相关问题及其讨论

毋庸讳言，“理论的批评化”在知识合法性的论证方面，的确还留有一些空间。以《论理论的批评化》为例，其提供的合法性论证，主要有三条：“理论必须获得实践批评的求证”[①]；“批评理论本身的发展与更新，有赖于批评提供新成果、新经验”[②]；“任何批评理论都是对文学现象、文学经验的概括”。[③] 这三条理由，是从理论的来源、评价、发展等不同方面展开的，但强调的都是经验的重要性，并且暗含了一种有用即是真理的朴素逻辑。另外，该文还表现出了自相矛盾之处：在评估西方现有的文学理论时，认为它们都是片面深刻的产物，但当其论证“理论的批评化”时，又承认任何理论都不可能“涵盖所有的文学现象”[④]。出现这一矛盾的原因，就在于它没有承认，片面的深刻并非理论的局限所在。同时，也由于它对任何理论的建构都是一个历史“事件”这一点缺乏认同。

《文艺理论的批评化》一文也存在论证不力的现象。为此，有论者曾指出，它“只能让我们得出理论与批评应该充分融合的判断，而不能令人信服地说明为什么要‘理论批评化’。……比方说孔子的诗学直接的是对《诗经》的批评，亚里士多德的《诗学》主要是对希腊悲剧的批评，尤其是中国古典美学（诗学），从不追求体系或鸿篇巨制，而善于在具体的文本批评中发现对象的价值等，也都只能说明文艺理论可以是与批评紧密结合的，却不能说明为什么现在这种学科上的分离状态必须被改变，体系性的文艺理论建构必须被中止”[⑤]。这样的批评，就学理而言无疑有一定的道理，它指出了“理论的批评化”的“合法性危机”。但是，需要注

① 孔耕蕻：《论理论的批评化》，《文学评论》1994年第1期。

② 同上。

③ 同上。

④ 同上。

⑤ 汤拥华：《告别与执守：有关文学理论的论争》，《浙江学刊》2004年第1期。

意的是，“理论的批评化”，作为一个构想，它有具体的针对性。简言之，它是对80年代文论的一个反思，同时又表达了90年代文论转型的诉求。不妨说，批评者并没有很好地意识到，“理论的批评化”的一个合法性在于，任何知识都是一种建构，都是社会文化语境中的一个“事件”。为此之故，就难免会引发一些争议。其中最为关注的议题是，基础理论的建设是否会在“理论的批评化”的认同中发生危机。

有论者正是基于此一考虑来对文学理论批评化之说提出批评的。依其之见，“理论的批评化”由于其去理论性而不能成为文学理论发展的正途，加强文学基本理论的研究才是文学理论的学科出路。① 在《文学理论批评化：趋势与问题》一文中，另有学者在承认“理论的批评化”的趋势的同时，又从理论弱化和科学品格降低上指出了其缺陷，认为，“文学理论的主要职能仍在于研究和回答关于文学的一些基本理论问题……过去的文学理论观念不可能给我们提供现成的完全适用于当今文学现实的理论依托和支点，那么就需要通过今天的理论研究来加以锻造”②。这也主要是对“理论的批评化”有可能导致的基础理论研究弱化乃至缺失这一问题深表担忧。

但问题在于，“理论的批评化”是否就意味着不要基础理论研究？倡导基础埋论研究者是否就完全否认“理论的批评化”呢？显然不是的。“理论的批评化”，主要是对那种“唯逻辑规范主义”的理论没有好感，③认为“一味崇信‘体系’、‘系统’，或恒定不变的理论，往往会牺牲对象的特殊、个别、具体或变化特性。这时理论走向批评，从批评中吸取活的灵性，正是理论本身变革的必然要求”④。“理论的批评化”，是要变革理论形态，而不是要否认理论本身，并不是认为理论因批评化了就不需要学理性和科学性，不需要基础理论研究了。而提倡基础理论研究者也并没有否认理论的批评功能和阐释效用，并且认为：“当今的文学理论研究也需要适当改变过去那种过于玄虚高蹈的姿态，以及只注重概念逻辑演绎的套

① 盖生：《批评化不是中国文学理论的出路》，《扬州大学学报》2006年第5期。

② 赖大仁：《文学理论批评化：趋势与问题》，《甘肃社会科学》2006年第1期。

③ 孔耕蕻：《论理论的批评化——对文学研究中唯逻辑规范主义的批判》，《文艺理论研究》1994年第1期。

④ 王一川：《文艺理论的批评化》，《文艺争鸣》1993年第4期。

路，更多地面向现实和体现时代精神。"① 不妨说，"理论的批评化"者所认为的"文学理论的研究，如果脱离批评实践，忽视对文学现象的仔细考察，或者批评缺乏理论的观照与指导，都是难以想象的"②，这应该也是基础理论研究者共同的信念。

那么，双方的分歧在哪里呢？我们认为主要在三个方面：其一，在理论与现实的关系上并未达成共识。"理论的批评化"，更倾向于有效地理解现实，希望理论能对现实发生作用。不管这种理解和作用是肯定的还是否定的。而基础理论倡导者虽然也承认理论与现实的关系，但它似乎认为理论的合法性之途，有可能与当下的经验南辕北辙，并且有可能正是这种南辕北辙才成就了某一理论。换言之，在基础理论倡导者看来，"理论的批评化"，有可能使得那些不具有当下有效性的理论，不能和现实发生直接关联的理论被遮蔽。从这个方面看，基础理论倡导者所认为的，文学理论批评化会导致人们"为当前现实中的一些新潮文学现象或热点文学问题所吸引，致力于对其做出及时性的描述与阐释时，这些表面性的现象与事实，可能会障蔽一些真正值得关注的深刻的普遍性学理问题"③，应该说这是值得重视的。虽然"理论的批评化"并不反对学理化，但此一学理化与基础理论倡导者所认为的学理化并不是一个意思。前者的学理化是说理论和批评实践本身所应该具有的特点，它不主张在理论批评化的同时，回到那种纯经验层面的印象式、感悟式、评点式批评，甚至满足于一种文学创作式的对话式批评。而后者所言及的学理化，其实是说理论研究要有理论的本性，换言之，理论可以脱离实践的直接关联性，可以做一些相对而言的无外在功利指向的自律的研究工作，而且这种研究工作往往具有学术史意义。为此之故，论者才会有如此担忧："文学研究者都成为了时评家，都不愿意或不屑于去思考探讨文学中的一些基本的重要的深层次的甚至是'本质性'的问题，都以追'新'逐'后'评说时尚文学现象或热点问题为基本取向，那就很难说文学研究不会浮躁化、泡沫化，文学理论也难以指望有真正的深化拓展。"④

---

① 赖大仁：《文学理论批评化：趋势与问题》，《甘肃社会科学》2006年第1期。

② 孔耕蕻：《范式转换中批评的作用》，《思想战线》1994年第4期。

③ 赖大仁：《文学理论批评化：趋势与问题》，《甘肃社会科学》2006年第1期。

④ 同上。

基础理论倡导者所言及的这种学理化是有一定道理的。其道理除了他对理论之于现实的非功利关系的相对认同之外，还在于他对理论的长远性有一定的追认。“无论是文学理论的批评化，还是文学批评的理论化，都是一种重操作而忽略学理的短视行为，长此以往，势必造成理论的荒芜和所谓批评化理论思想资源的匮乏”①。“理论的批评化”为了获取其关于现实的有效批评和阐释，这种“批评中的理论”，就可能会更多地注重知识生产的外部关系和当下语境，从而可能忽视知识生产所可能具有的穿越性维度，这恐怕是一个问题。但这一问题无疑又与“理论的批评化”所体认的知识转型有关。如果说，基础理论倡导者更多的是表现出一种对人文学科知识的认同，那么，“理论的批评化”对社会科学有更为自觉的诉求。后者相对而言，更为追求知识的具体性和阐释效用，前者更多的是把知识当成一种文化想象和生活的方式。然而，90年代的社会文化语境，无疑是社会科学突飞猛进的时代，文学理论知识生产是否要予以跟进？如果答案是肯定的，那么“理论的批评化”所表征的知识旨趣就可以得到一定程度的理解了。②

其二，在知识社会学的认识和贯彻上有分歧。“理论的批评化”，倾向于认为没有那种真理型的理论，没有一种理论可以阐释任何现象。任何

---

① 盖生：《质疑反“本质主义”并商榷“文学理论的批评化”》，《浙江社会科学》2003年第1期。

② 然而，有学者对文学理论与文学批评进行了“根本性的区分”，认为“文学批评仅仅对具体文学现象进行分析和评价，文学理论则对文学现象与其他相关现象的关系以及文学现象背后潜在的复杂原因进行探讨；文学批评只回答具体文学现象是什么和怎么样的问题，文学理论则回答为什么的问题；文学批评关注的是作为文学的文学，文学理论关注的是作为人类精神存在方式的文学；文学批评以具体的文学文本为对象，文学理论则以文学思想、文学观念为对象，因此，文学理论也以文学批评为对象”（李春青：《对文学理论学科性的反思》，《文艺争鸣》2001年第3期）。不妨说，如果这种区分是根本性的，而理论的批评化及其所期待和表征的批评理论，不能兼容文学批评和文学理论的特性，要跨越这种根本性的区分，的确是较难的。然而，理论的批评化者却认为：“文学批评与文学理论实际上是一回事：都是对于特定文学现象的理性思考。所不同的只是它们的侧重点：文学理论侧重于在对特定文学现象的分析和评价中提取出具有一定普遍性的概括，而文学批评则侧重于对特定文学现象的具体分析和评价本身。两者不过体现了同一过程的不同方面而已。”（王一川：《文学理论》，四川人民出版社2003年版，第65页）依此之见，文学理论与文学批评并没有根本性的区分。但有学人认为，王一川所谓的文学理论就是文学批评理论（方克强：《跋涉与超越》，上海文艺出版社2007年版，第12页）。

理论都是某一语境下的产物，它只提供一种阐释[1]，一种“意见”。我们只要把这种意见讲述得深刻，就可以成为一种“说法”。这也就够了。从这个方面看，“理论的批评化”并没有否认本体论，而只是转换了本体论形态。为此之故，理论的形态就要告别体系化的逻辑限定，就要做到理论与批评平等，并在批评中找到理论的生长点，那种高高在上的远离批评的理论则是一种“神话”。而基础理论倡导者其实也并不认为有一种包打天下的“真理型”理论，但是它并未完全认同知识生产的语境化，所以他较为担心“理论的批评化”难以处理言说者与对象的距离关系，不能生产出有系统的思想，[2] 并且依然认为理论的生长点主要是从理论的研究中，经过学理的演绎来获得。理论研究者在已有思想观念形态的基础上，本着一种学术史的指向意识，以接着说的姿态，有意识地去追问和阐释出一种思想的可能性，并由此建构出一种理论形态。依其之见，这是有可能的。[3] 同时，他们还试图维持理论的“立法者”角色[4]，有理论高深于批评的区隔观念，以至于认为“理论的批评化”可能因其批评的特性而流于琐屑和平庸，[5] 并可能导致应有规范的缺失。[6] 有论者在评论基础理论倡导者时说：“虽然缺乏对文学理论批评化和文学批评理论化这一相互过程的总体认识，但这种担忧还是值得思考的。因为文学理论的功能不仅仅是批评，它还须总结，还须探索，还须预测。”[7] 这样的评说也是认同了理论的“立法者”角色及其对批评的区隔和规范意义。

---

① 王一川：《走向修辞论美学——90年代中国美学的修辞论转向》，《天津社会科学》1994年第3期。

② 盖生：《质疑反“本质主义”并商榷“文学理论的批评化”》，《浙江社会科学》2003年第1期。

③ 值得提及的是，生产出了理论的布迪厄却认为：“理论不大产生于与其他纯理论的碰撞，而是产生于与新的经验对象的冲突。”（皮埃尔·布迪厄：《艺术的法则》，刘晖译，中央编译出版社2001年版，第221页）

④ 有学者认为：“文学理论的言说者必须调整自己的言说立场——从立法者变为阐释者。”（李春青：《谈谈文学理论的转型问题》，《新疆大学学报》2004年第3期）

⑤ 盖生：《质疑反“本质主义”并商榷“文学理论的批评化”》，《浙江社会科学》2003年第1期。

⑥ 赖大仁：《当代文论：危机及其应对》，《学术月刊》2007年第9期。

⑦ 金永兵等：《新时期以来文学理论的“他者化”问题》，《黑龙江社会科学》2008年第5期。

其三，在关于“批评理论”的看法上，表现出了不同。“理论的批评化”，对批评理论有较大的认同，虽然它不一定认为理论就要远离文学，但它并不认为文学研究可以离开具体的社会历史语境。对于文学理论在某一具体语境中的文化参与力，它也是很有期待的。从这个方面看，它试图成为一种具有实践参与力的“文学批评理论”。而基础理论倡导者虽然也有这种实践参与的认同，但是它没有如“理论的批评化”那样的急切和具体。为此之故，它更能停留并认同一种偏向于“学理化的空间”，倾向于在理论中把握时代精神。不妨说，“理论的批评化”，并不以延误其基础理论建设为能事，更不认为讲学理是一种弊端，它只是对具体的社会文化语境，如大众文化语境表现出了较大的关注兴趣，自觉契合了90年代知识生产的社会氛围。

有论者对现代尤其是90年代以来的批评进行了这样的判断：“那种没有自己的主体性，没有自己的立场、观念和方法，简单地从自己的感觉对作品进行解释的情况再也不被允许了。批评一变为‘理论性批评’、‘理论化的批评’，成为一种生产性的实践，成为一种从理论与作品相交处而开始的、又一轮的意义生产过程。……在现代条件下，批评得以和作为对象的本文一起，在特定社会的文化生活空间中发挥独到的文化效应。我们可以把批评话语中出现的这种新趋势，称为批评理论化。”[①] 应该说，这种判断是符合实际的，批评的确变得越来越有学理，这同时也表明了90年代以来的批评与理论并非敌对关系，批评与理论结合，乃是一种变化了的趋势。为此之故，我们对于“理论的批评化”的关注，就应该不在理论思辨的层次上去纠缠它是否可能导致基础理论的被忽视乃至危机，而应该面对理论发展的现实，专注于它是否可以以及如何更好地开启和重构一种新的文学理论批评的转型发展之路，这应该是更为切实的90年代以至于今的文学理论知识生产问题。我们较为认同“理论的批评化”的倡导者所言及的：“在理论走向批评的过程中，可能会出现一种奇特情况：理论似乎不再像理论，而更接近批评；而这种批评也仿佛不再是传统意义上的批评，而显示出理论特色。这种表面上的不伦不类并不意味着文

---

① 陈雪虎：《批评理论化及其问题》，童庆炳等主编：《新中国文学理论50年》，安徽大学出版社2000年版，第294页。

艺学的衰落或终结，而应看作新的文艺学形态萌芽的信号。”[①] 理论的批评化无疑是90年代文学理论在谋求转型发展的过程中所出现的一种新的话语形态，是“新的文艺学形态萌芽的信号”。这一点我们恐怕要予以足够重视和肯定。

当然，任何一种话语，都不可能也没有必要做到周延无遗，“理论的批评化”也是这样的话语，它恐怕也只是新的文艺学形态萌芽中的“一种”信号。王一川先生曾写道：“理论的批评化不应被视为文艺学的唯一或正宗取向。文艺学的形态应当是多样的，丰富的。只应成为文艺学的多形态格局中之一方面，是‘众声喧哗’中之一‘声’。”[②] 简言之，它只是90年代文学理论转型语境下的一种话语而已。[③] 如此说来，“理论的批评化”认同多元，亲近于分化与差异。同时，由于它在知识生产方面有具体化和语境化的内在诉求，因此它也可能成为这种多元、分化和差异的推动者。“理论的批评化”为此之故不得不面对一个更为关键的问题，那就是怎样面对共同文化的建构？理论怎样实现共通性，如何建设一个理论的共同体，诸如此类既与文学理论有关，又与当今社会历史语境相契合的问题，则有待于我们继续思考。

第三节　转型视域中的“理论的批评化”再思考

“理论的批评化”，与90年代社会文化的转型有着某种契合性。对此有必要再论一番。90年代，当那种大一统的意识形态失效后，任何“主义话语”都难以为继，没有一种理论话语具有统一和整合的力量，理论无可奈何地走向了分化和差异。[④] 有学者指出：“90年代以来，理论界的分化已成了必然，路子多样化了，各说各的，杂语喧哗嘛，这很正常，谁

① 王一川：《文艺理论的批评化》，《文艺争鸣》1993年第4期。

② 同上。

③ 与理论的批评化有内在关联的修辞论批评，倡导者也自觉地承认，它“不过是众多批评之路之一”（王一川：《九十年代文论状况及修辞论批评——兼谈中国形象诗学研究》，《山花》1998年第6期）。

④ 蒋原伦：《90年代批评》，天津社会科学院出版社2000年版，第1—25页。

也不能说自己就是正宗而别人是异端。”① 与这种精神气候一致，学人们也失去了建构理论体系的兴趣，再也不相信有一套体系化的，能阐释任何现象，如绝对真理般的理论话语。其表现在理论话语的讲述上，如著述的结构和叙述的文体等，都以反体系的“论文集体”为特征。② 此一语境下，提出“理论的批评化”就显得合乎时宜。不妨说，它既是对80年代文学理论的一种反思，也表达了对90年代文学理论的一种转型期待。

更为关键的是，90年代的社会文化转型带来了知识合法性的重建危机，人们不再盲目地相信某一种元叙事。“相信的政治”/“卡里斯玛型政治”转换成了切实的“承认的政治”。而要获取承认，就需要承认者的自主参与和对话交往，这也就要求理论要有可见的实践能力。在此语境下，“理论的批评化”主张知识的合法性建立在学术话语的有效性之上，它认为只有一种话语具有阐释力的时候，才可能会有“承认的政治”发生。换言之，这种理论话语才会得到他者的承认，成为一种有合法权力的话语。这无疑是“理论的批评化”要让理论走向实践，让理论参与对话，既而有可能完成合法性重建的一个重要原因。多年以后，“理论的批评化”的这一主张还得到了回应：“每一种理论的生成活动都是从具体文学研究中提出问题而开始的。中国当代文学批评要在建构原创性理论方面真正有所建树，必须从具体文学研究中提出有价值的问题切入。”③“文学理论这门学科——如果它依然存在下去，并且势力雄厚的话，它应该更多地朝具体的批评发展”。④

值得提及的是，90年代的社会历史文化转型，使得西化的意识形态，不那么容易继续作为中国文学理论的观念基础。此时的人们不再简单地将某一西方的理论当成真理而予以使用，人们往往会以其实践的能力和合乎语境的有效性作为取舍和认同的标准。而“理论的批评化”，恰也是将那种没有批评实践能力的理论视为空洞、玄虚乃至僵化的，在知识合法性

① 王一川：《九十年代文论状况及修辞论批评——兼谈中国形象诗学研究》，《山花》1998年第6期。

② 王一川：《文艺理论的批评化》，《文艺争鸣》1993年第4期。事实上，我们也会发现，当前大多数学人的专著的确都是论文集。

③ 饶先来：《当代中国文学批评形态的研究及启示》，《学习与探索》2006年第5期。

④ 陈晓明：《元理论的终结与批评的开始》，《中国社会科学》2004年第6期。

上，是不论这种理论的中西古今身份的。[①] 从这个方面也可以看出，“理论的批评化”的旨趣是契合于这一历史语境的。[②]

在知识合法性重建的语境下，本质主义往往被视为需要放弃的，因为不放弃，就难以重建合法性。理由也不复杂，因为一种本质主义的观念，难免会使得此一观念的合法性未曾公开讨论就建立起来了，这样的合法性就难免独断甚至专制，而成为一种“解合法性”。“理论的批评化”，所具有的反体系、去真理、注重有效性等观念，与反本质主义无疑是有一定的关联，的确表达了文学理论知识生产的反本质主义旨趣。这一点，“理论的批评化”论者是有自觉意识的。多年以后，在一篇相关文章中，王一川自陈了其提出的“理论的批评化”，与放弃理论至上和本质主义等信念有关。[③] 此外，也有论者指出过：“这种‘批评化’，更多地源于 20 世纪后半叶以解构主义、反本质主义等思潮引导下的对理论体系的不信任感。”[④] 那么，我们应该怎样看待“理论的批评化”所具有的反本质主义旨趣呢？

有学人在反思文学理论学科时，认为本质主义依然是 90 年代以来文

---

① 孔耕蕻：《论理论的批评化》，《文学评论》1994 年第 1 期。

② 在理论的批评化的主张者看来，中国文学理论甚至可以在理论的批评化的知识合法性重建中获得复兴，因为理论的批评化，与中国古典文学理论有某种程度的相似性。“中国古典文艺学正具有‘批评理论’的特征，或者说，它本身就原初地意味着理论的批评化。这并不等于中国古典文艺学很少具有理论性，更不能由此说它毫无普遍意义，而只是说，它使理论始终似乎不露痕迹地融化在具体文本的批评之中，在批评中汲取并积蓄其无限生机。因为在它看来，理论如果离开具体批评，从批评中抽象出来，普遍化为包罗万象的第一原理，势必成为无源之水，从而失去生命力。由此看来，理论的批评化不仅不致走向理论的衰落，反而可能走向理论的复兴。”（王一川：《文艺理论的批评化》，《文艺争鸣》1993 年第 4 期）“批评化的论述文体追求一种针对性和心智性，开启思想的功能往往不逊于体系性著作。它适于表现‘灵机一动’的‘思想’，应和了后工业社会快捷的脉搏，更便于针对当今人们的心态、环境‘加注’。而且似乎，它正与我国传统的理论模式不谋而合，值得研究。”（萧燕雄：《论当代西方文艺理论的批评化》，《广东社会科学》1998 年第 6 期）这里暂不对此说进行评论，而只想借此指出：理论的批评化，似乎也在一定程度上表现出了对单一的西方话语的知识合法性的某种不信任感，同时，也表达了 90 年代文学理论的确有知识合法性重建的诉求，甚至可以说，理论的批评化有寻找“中国现代性”的意味。

③ 王一川：《九十年代文论状况及修辞论批评——兼谈中国形象诗学研究》，《山花》1998 年第 6 期。

④ 金永兵、杨伯特：《新时期以来文学理论的“他者化”问题》，《黑龙江社会科学》2008 年第 5 期。

学理论的局限性所在。它甚至成为“我们的文艺学在解释90年代新的文化与文艺状态时依然显得十分无力”的一个主要原因。[①] 如果这种得到了较大认同的说法可以相信的话，那么我们就可以认为，本质主义并没有因为“理论的批评化”的存在而逐渐消失。由此，指责“理论的批评化”过于反本质主义的说法，就是逃逸语境的凌空蹈虚之论。如果文学理论要有发展，表征了反本质主义的“理论的批评化”即使到今天，恐怕也是一种有效的话语。就此而言，“理论的批评化”，因其具有反本质主义的诉求，它就为90年代以来的文学理论带来了新意，可谓是借此参与并推动了文学理论的转型。

回到文学理论知识生产的现实语境，大众文化就不得不被提及。我们甚至可以认为，“理论的批评化”所参与的文学理论转型之所以要发生，除了上面提到的大众文化兴起所表征的大众时代会影响知识合法性的论证这一原因之外，一个最为现实的理由是90年代大众文化的兴起使得文学理论的知识生产有了新的诉求。大众文化成为文学理论知识生产的直接对象，同时也是文学理论学术生产的知识社会学语境。文学理论要建立与现实的真实关联，不可能离开此一对象和语境。我们甚至可以认为，不去具体地研究大众文化，文学理论知识的合法性危机就依然会发生。然而，90年代以前的文学理论并没有切实地将大众文化纳入知识生产的视域之中，这就使得90年代以后的文学理论，如果要获取合法性，便自然要变革转型。[②]“理论的批评化”，正是一种与90年代大众文化兴起而导致的文学理论转型诉求有着深刻接合性的话语。

其一，大众文化不是一种独断的文化，它相对而言更是一种允诺参与和“自选”的文化。大众文化的重要特征，就是它贴近真实的日常生活，让受众有参与感。这也是人们认同它的一个理由。因此，对大众文化的阐释和理解，更多的是一种个体行为。只要一种阐释和理解能够进入受众的某种期待视野，它就有可能获取受众的承认。为此之故，大众文化时代的理论，就应该以具体而有差异的批评为主，通过这种批评来满足大众的不

① 陶东风：《日常生活的审美化与文化研究的兴起——兼论文艺学的学科反思》，《浙江社会科学》2002年第1期。

② 王一川：《走向修辞论诗学——90年代中国文学理论和批评的新形态》，《作家》1995年第8期。

同诉求，而不可能局限在一种抽象和“同一”的理论之中。同时，大众文化时代的理论应该成为一种大众参与度较大的批评理论，而不适合于成为一种高高在上的远离大众的理论批评。从这个方面看，“理论的批评化”表征了大众文化时代的理论旨趣。[①] 有学者敏锐地发现了这一点：“文学理论走向批评化的最大好处也许就在于，把文学研究从‘形而上’的半空中拉回到了地上人间，直接面对当今社会的各种文学现象发言，改变了过去高高在上和一本正经的学究研究姿态，或者紧跟政治意识形态的附庸角色，贴近了文学现实，介入了社会文化生活，拉近了与大众的距离，体现了文学研究的现实人文关怀精神。”[②] 换言之，大众文化时代的理论当以具体和差异的批评为主，通过这种批评来满足大众的不同诉求。事实上，大众文化的兴起本来就表明了一个大众社会/时代的产生。这样的时代，任何的合法性重建都需要有参与、选择的维度。文学理论也一样。在此境况下，高高在上的姿态是很难有合法性的，任何合法性的重建都难免要考虑大众时代的诉求，“理论的批评化”所表现出来的较低姿态恐怕与其大众趣味有关，与文学理论的去精英化有关。

其二，90年代大众文化的兴起，使得文学理论的研究对象变得模糊起来。这一方面是由于大众文化语境下的文学已然大众文化化了，另一方面是大众文化时代的广告、媒体信息都具有文学性，并且肆虐般地蔓延开来，承担起了大众时代的表意实践的功能，由此也就不无道理地与文学理论发生了关联，成为一个与故有文学相当的有同样分析意义的“文本”。[③] 这就要文学理论，要自觉地保持研究对象的开放性，由此也就自然而然地生发了知识转型的诉求。虽然转向何处去，即使到今天也依然是一个问题，但敞开理论的视域范围，对现实存在的文学状况进行批评和阐释，却是一个前提条件。由此来看，“理论的批评化”所强调的关注现实实践和直面批评，的确具有主动选择和走进研究对象的效果。

同时，由于研究对象的新变迁，文学理论产生了转型的诉求，而“理论的批评化”可谓是应答了这种诉求。从这个方面来看，它是一种基

---

① 赖大仁：《当代文论：危机及其应对》，《学术月刊》2007年第9期。

② 赖大仁：《文学理论批评化：趋势与问题》，《甘肃社会科学》2006年第1期。

③ 余虹：《文学的终结与文学性蔓延——兼论后现代文学研究的任务》，《文艺研究》2002年第6期。

础理论，表达了一种好文学理论的期待。它所期待的文学理论，绝非故有的文学理论形态。不妨说那种能够阐释大众文化语境下的文学乃至文学性的批评理论，是其认同的文学理论知识形态之一。在1993年发表的《文艺理论的批评化》一文，就有了对批评理论的认同感，认为文艺理论的批评化的提出契合了20世纪以来尤其是60年代以来的西方批评理论发展实际。而在2005年发表的《理论的批评化——在走向批评理论中重构兴辞诗学》一文，除去了“文艺”二字之后，就有了对批评理论的更为切身的感受。该文甚至认为理论的批评化、批评的理论化以及批评理论，是中国文学理论的三个阶段。① 因此，也可以认为“理论的批评化”一经提出，表达的即是批评理论的隐微诉求。这一点，有论者予以了敏锐的指认，认为《文艺理论的批评化》一文写作时，作者“完全没有必要说理论的批评化，他尽可以说自己对‘体系性理论’已不感兴趣，而希望在‘批评理论’上作一些探索。……批评理论关心的是理论如何在批评实践中，在对一个个具体审美对象的特点的把握中构建起来，而这构建起来的理论又如何尽可能多地，而且——更重要的——尽可能贴切、深透和新颖地解释文学现象”②。可以说，“理论的批评化”的批评理论诉求，具有较大的合法性，因为只有如此大众文化化了的文学以及文学性才能得到有效的阐释和较好的理解，只有如此才能接合文学埋论与当下日常生活的关联，满足大众文化时代人们关于文学理论的期待。

从另一个角度看，“理论的批评化”也可谓是对学术体制的一种反叛。如果说90年代学术的主导话语是学科体制的建设，是学人身份的专家化，那么“理论的批评化”在一定程度上，是要突破这种学院体制，它主张回到社会文化事件的发生现场，通过具体的批评实践，让文学理论参与到公共领域之中，既而生成文学理论的实践感。借此，文学理论就有可能发挥公共领域的作用，并且有可能转换为一种具有参与力的文学批评理论。所谓文学批评理论，是说它借助于对文学的言说，来同时实现对社会历史这个更大的文本进行批评反思和文化建构，并以此形成一套批评理论话语。这套话语既可为文学所共享，又能对社会发生效用。

需要说明的是，它并非就因此远离了文学理论研究，相反，如果处理

---

① 王一川还主编了《批评理论与实践教程》（高等教育出版社2005年版）。

② 汤拥华：《告别与执守：有关文学理论的论争》，《浙江学刊》2004年第1期。

得好，它有可能重建文学理论知识生产的合法性，并逐渐完成文学理论知识转型的要务。晚近以来，仍有不少学人坚持批评理论的本土意义：“批评理论对中国还没有失去意义，它仍将流行，并显示生命的活力。因为它仍然为我们的生活提供解释。”① “今天不是理论过剩的问题，而是需要发展、提高和深化的问题，是如何结合社会现实在实践中更好地运用的问题。……如果不考虑或不联系整个社会和文化现实问题，企图通过文学阅读来提高每个人的素质以达到社会的和谐发展，恐怕只能是一种美好的空想”②。“理论的批评化”，所回应的八九十年代的转型语境及其所期待的批评理论，正是满足了论者对理论所具有的勾连日常生活和指涉社会文化语境的功能诉求。这恐怕也是“理论的批评化”这一说法之所以具有生命力的一个原因。但是，需要提醒的也许是，我们应该切实地去实践“理论的批评化”，努力“针对中国的文学实践得到自己的结论”③，去生产出一套具体的批评理论话语乃至一种有效的批评模式，这恐怕是一个较为务实并有待解决的问题。

---

① 周小仪：《批评理论之兴衰与全球化资本主义》，《外国文学》2007年第1期。

② 王逢振：《“理论过剩”说质疑》，《文艺研究》2005年第11期。

③ 赵慧平：《对于文学批评困境的一种判断》，《当代作家评论》2009年第3期。

第二章　文化研究：90 年代文学理论转型的一种方案

如果没有文化研究的到来，90 年代文学理论转型过程中的知识分化和重组的发生可能要来得更晚一点，关于它的故事恐怕也将变得更为平淡一些。这样的判断是基于我们对文化研究在 90 年代的发生、作为和效果的全面考察而来。

总体而言，文化研究之于文学理论转型的“故事”可以从两个方面来看：一方面，文化研究的发生及其本身所具有的“以柔克刚”的特性①，已然让文学理论的转型表现得“自然而然”。但另一方面，文化研究的开放性特点又让文学理论的转型充满了风险，使得文学理论既有可能“文化研究化”为一种“文化理论”，又有可能因此而生成一种能把握大众文化时代精神要义的“文学理论”。如此的可能性还难免使得即使“自然而然”的文学理论转型，也要发生一场关于它的知识合法性之争。不妨说，所有的争论都是围绕着文化研究是否能够成为 90 年代文学理论转型的一种方案来进行的。这也是一个即使到今天都依然没有定论的难题，对此作简单的肯定或否定恐怕都将无济于事。为此，有必要去叩访有关于

---

① 这种“拟人化”的“以柔克刚”之说，不是要指陈文化研究的“阴谋”，而是针对文化研究在 90 年代发生的特点和它自身具有的特点，所做的一种判断。就文化研究的发生来说，它是从大众文化研究开始的，然后逐渐地在实践中反思，并建构为一种“知识型”。同时，它自身所具有的特点的确有让人容易接受的“柔性”：其一，它声称的边缘立场往往让人“同情”。其二，它所张扬的跨学科乃至反学科所表现出的“开放性”，让人觉得有解放感，因而符合接受者的心理。其三，它彰显的批判性及其所表现出来的道义，更易于折服和感召众人。其四，它所具有的参与和实践的特点，也是一种易于接纳的公共诉求。文化研究的这种柔性特点，其实是有冲击力的，因此它才可能导致文学理论的转型，可谓是柔中有刚了。此外，文化研究还往往具有自反性，声称没有固定的研究对象、研究方法、理论框架、话语形态等，这也是一种“柔性”的表达，是“卮言”。

它的行程踪迹。

第一节 文化研究发生的特点与文学理论转型的方式

要勘测文化研究在90年代的发生，并非一件轻易之事。文化研究不是一个实体性的存在，它恐怕算得上既定学术场域中最为灵动无形的一种形态。我们有必要在文献考据的基础上，根据文化研究展开的实际情况，并结合90年代文学理论的历史现状来进行。这里我们先勾勒出其发生的几个主要特点：

其一，文化研究的发生先通过实践的形式展开，后又以理论探讨的方式进行。换言之，文化研究在90年代的发生经历了从不自觉到自觉的渐变过程。

文化研究先以实践的形式发生，也即是说学界并不是在有了非常清楚的文化研究认知之时才展开文化研究的，相反，却可能是在理论上并不很明白文化研究为何物的时候，就已经在从事具体的文化研究了。其集中表现就是，有学者在90年代早期就已经开始关注大众文化了，也即是展开了实质意义的“文化研究”。而且，文化研究在中国主要是以大众文化研究的方式来呈现的。对此，有学人说：“最早出现的中国的文化研究比较关注大众文化”①，“狭义的文化研究即是大众文化研究”②。诸种说法都表明了文化研究的发生最初是以这种实践的方式展开的。也因此，才会出现有论者所描述的如下情状：“中国文化研究自初期就对大众文化领域表现出明显兴趣的同时，却对其它研究领域表现出淡漠态度，这使中国文化研究在一些领域的研究严重欠缺。譬如对少数民族、边缘群体、亚文化群体关注太少。”③ 然而，随着文化研究理论在中国的传入，这种形式的文化研究，逐渐走向了自觉。于是，开始反思此前的学术旨趣、研究方法、知识立场等，同时在理论上开始为自己的研究合法性进行辩护，甚至开始

① 陶东风：《文化研究在中国——一个非常个人化的思考》，《湖北大学学报》2008年第4期。

② 陈晓明：《文化研究：后—后结构主义时代的来临》，载陶东风等主编《文化研究》（第1辑），天津社会科学院出版社2000年版，第2页。

③ 马征：《文化研究在中国》，《文艺理论与批评》2005年第1期。

实施扩张策略，与故有的制度化了的“知识型”进行争鸣甚至争胜。

所谓理论探讨的形式，是说它是以追问“什么是文化研究”的形式，来讲述自身的独特性，从而去争取一种他者的承认。这种形式的文化研究，在 90 年代初期比较薄弱也很难得。这种理论探讨形式的文化研究在 90 年代初期并没有完全清晰，因此人们还常常将文化研究与 80 年代的文化热意义上的文化研究乃至晚清、五四时期的文化讨论进行比附。有论者甚至称：“把西方当代的文化（研究）热同中国的文化（争论）热相对照是必要的和有益的，这将有助于我们对学术与非学术间的界线有清醒的意识，避免将价值判断类的命题误解为学理上的问题，避免用‘应当如何’的争论取代或遮蔽、淹没‘是什么’和‘为什么’的深入探究。”[①] 这种说法固然有一定的道理，表达了对文化研究的敏感和认同，但只有语境化地看待文化热与文化研究的不同，才有可能凸显文化研究的独特性，才能更好地进行知识生产。对此，李陀也曾指出：“且不说这里有大概出于顾名思义而产生的种种误解，这种思路可以说与我们此处所要做的文化研究完全不相干，无论从历史的来路还是研究的对象，或是社会现实的根据，它们都不是一回事。”[②] 但是，在 90 年代早期要分清楚两者之间的区别尚不是很容易，由此我们不得不重视汪晖。汪晖也曾将 90 年代的文化研究与此前的文化热进行比较，但他更多地看到两者的不同：“虽然就规模而言，文化研究在大陆的再次兴起不能与 80 年代的文化热相比，但此次讨论不仅在方法论的意义上更具有学理意味，而且讨论的对象也与先前大不相同。”[③] 顺便提及的是，就文献看，1994 年应该是理论探讨这种形式的文化研究的诞生年份。这一年，李欧梵、汪晖在《读书》第 7 期和第 8 期分别发表了《什么是“文化研究”?》《文化研究与地区研究》两文。这里简要介绍一下《什么是“文化研究”?》一文。它当是汉语学界较早的文化研究文献了。该文简要介绍了英国伯明翰学派的文化研究情况，认为他们的文化研究有几个特点：一是重视实践，试图将理论与生活尤其是工人阶级的日常生活勾连起来。二是重视文化，将文化生产视为生产方式之一，注重对消费文化的分析。把文化与社会的关系看作新语境下的重要问

---

① 叶舒宪：《文化争论与文化研究》，《海南师院学报》1995 年第 2 期。

② 李陀：《我们为什么要搞文化研究?》，《电影艺术》2000 年第 1 期。

③ 汪晖：《九十年代中国大陆的文化研究与文化批评》，《电影艺术》1995 年第 1 期。

题来对待。同时，该文对美国的文化研究进行了论及，指出美国文化研究与左翼的关联，不同于此前的“行动”一代，现在的左翼借助文化研究从事的是一种理论活动，将一些社会问题，如同性恋、女性主义和少数民族问题以及后殖民问题等作为论题。在此，它又标示了文化研究的第三个特点：彰显文化实践。最为值得提及的是，他们的对话意识到了诸如英国、美国的文化研究不管边缘还是中心，它依然是一套他者话语，并不具有世界性，因此“我们现在所要做的工作，即把文化理论真正地世界化”，“本土的经验是文化研究必须关注的问题”。不妨说，这又揭示了文化研究的另一特点，即主张理论问题化、问题语境化。总体而言，这篇文献对文化研究的把握还是较为准确的，成为文化研究在中国发生的一种“理论形式”。

当然，随着“实践形式”的大众文化研究的逐渐自觉和理论探讨形式的文化研究继续展开，① 以及二者的相通汇合，文化研究便越来越成为了主导的形态，甚至成为一种压抑性的存在，并危及自身②。

其二，文化研究主要发生在文学研究领域，受其冲击最大的当属文学理论。

大众文化研究在90年代初期就已然成型，并逐渐成为一个专门的研究领域在文学理论界存在。并且，在研究对象、研究方法和理论效用上表现出与此前文学理论的诸多不同。而当这种不同成为一种对文学理论的冲击力量的时候，文学理论自身也发生了变化。因此，它对文学理论转型起到了直接的作用。有学人因此不无道理地将大众文化研究置于90年代文学理论转型的框架中予以论述：“90年代美学和文艺学的话语开始告别80年代那种带有浓重的古典人道主义色彩，被精英化了的文人话语，而开始将自身的话语根据建立在对所处的历史文化语境的真实的体悟之上，从天上回归到人间。当相当多的人仍然在本能地依恋那个已经逝去了的80年

① 比如1995年出现了重要文章，如，汪晖《九十年代中国大陆的文化研究与文化批评》，《电影艺术》1995年第1期；周小仪《文学研究与理论—文化研究：分裂还是融合?》，《国外文学》1995年第4期，等等。

② 所谓危及自身，是说文化研究的理论指向难以实现，比如文化研究若“中心化”了，那么它将有违其初始的“边缘化”角色定位。当然，如果我们去除那种形而上学的思维方式，不对文化研究的存在仅作理论上的推演和认知上的假设，而更多地回到现实语境中去，我们将会看到，文化研究其实尚未进入此一悖论之中。关于这一问题，我们将会继续阐发。

代的时候，一批知识装备精良，思想敏锐，受过系统的学院教育的年轻学者，开始扎扎实实进行以‘阐释中国的焦虑’为动因的理论话语的建构。这突出表现在对大众文化的批判性的阐释和学理化研究上。”① 这种评论切中肯綮，触摸到了 90 年代文学理论转型发展的文脉，同时它对大众文化研究的肯定也表现出了清明的历史理性。

不妨说，大众文化冲击下的文学理论转型是以两种形式表现出来的。一种是实际地改变了文学理论研究的对象、研究的目的等；另一种是因大众文化研究的实际存在及其所表征的文化研究理念驱使文学理论走向了反思，这种反思在使得文学理论走向自觉的同时，也使得文学理论走向了转型，即从阐释文学型的文学理论走向了学科反思型的文学理论。

其三，文化研究是以一种反体制的体制化方式来展开的，依然难以回避诸如举办学院内的会议②、在知名刊物发表论文③、在体制内设立学术机构④等一些学科建设的惯用形式。同时，文化研究在中国主要是以理论形式展开，相对而言缺乏那种实践形态的、个案式的研究。这与它主要拘囿于在体制内反体制，并试图争取其知识合法性有关。文化研究的这种反体制的体制化形式，使得它更多的是一种学术形态，因此在勾连日常生活

① 陈传才主编：《文艺学百年》，北京出版社 1999 年版，第 266—267 页。

② 文化研究发生时期，召开的学术会议大致包括：1994 年《读书》杂志召开了“文化研究与文化空间”讨论会（白露：《生活在“不可理解之中”——对〈读书〉9 月份“文化研究与文化空间”讨论会的记录与感想》，《读书》1994 年第 12 期）。1995 年在大连召开了“文化研究：中国与西方”国际研讨会（徐燕红：《“文化研究：中国与西方”国际研讨会在大连举行》，《外国文学评论》1995 年第 4 期）。1995 年在北京召开了“文化对话与文化误读”国际学术会议（陈跃红：《面对二十一世纪的文化挑战——“文化对话与文化误读”国际学术研讨会综述》，《中国社会科学》1996 年第 1 期）。1996 年在南京召开了“文化接受与变形”国际研讨会（斯义宁：《文化研究语境之下的比较文学——文化接受与变形国际研讨会综述》，《中国比较文学》1997 年第 1 期）。1998 年在北京召开了“全球化与人文科学的未来”国际研讨会（其中有两个议题直接与文化研究有关：“文化研究”及其对文学研究和知识分子生活的影响；“文化研究”的重要理论家及其理论研究。参见王宁、薛晓源主编《全球化与后殖民批评》，中央编译出版社 1998 年版，第 2 页）。1999 年在北京召开了“文学理论与文化研究”学术研讨会（陶东风：《“文学理论和文化研究”研讨会综述》，《文艺研究》2000 年第 3 期）。

③ 比如《读书》《国外文学》《电影艺术》等。另外值得一提的是：2000 年创刊的由陶东风等人主编的《文化研究》辑刊，相对而言避开了体制化的干扰。

④ 1995 年戴锦华就在北京大学设立了文化研究机构，但她颇有意味地称之为“文化研究工作坊”，以凸显其反体制的民间特点。

的诉求以及政治指向上不如伯明翰学派时期的文化研究那般鲜明和自觉，甚至也没有法兰克福学派大众文化研究的那种冲击力，这恐怕与中国学术环境有关。为此，不妨说文化研究要实现自身的抱负并不是一件容易的事情，它实践起来往往达不到其理论言说所指向的那种意图。这一点在中国表现得尤甚，在发生时期就已然可以感知到此一特点。①

但是，不管怎么说，由于文化研究的特性所在，它一经发生，就宿命般地会带来许多新的变化。就文学理论而言，它必定要导致转型的切实发生。细究起来，与其发生的方式一致，它主要也是以两种方式来进行的，其一，大众文化研究的实践方式；其二，文化研究所引发的文学理论反思的方式。

第二节　大众文化研究的践行与 90 年代文学理论转型的展开

由于文化研究在中国的发生主要是由大众文化研究开始的，而且大众文化研究的确对文学理论的转型产生了实际的影响。因此，考察大众文化研究就显得较为必要。一方面，它可以让我们切实地感受到 90 年代文学理论转型的存在，并具体对转了什么型，怎样转的型，为什么转型等问题有一个更为理性的把握；另一方面，又可以让我们对大众文化研究本身有一个自觉的判断和选择，进而有助于我们更为有效地从事大众文化研究这种具有文学理论转型意义的知识生产。

综观 90 年代的大众文化研究，已然相对而言地形成了几种较为稳定的研究范式，并且就文献发表看，它还有一定的先后次序。这里，不妨分别名之为：批判理论的研究范式、现代化的理论范式、新左派的理论范式。②

其一，批判理论的研究范式。

就事实而言，大众文化在 20 世纪 80 年代就蔓延开来了。以通俗歌曲

① 近年来由王晓明领头在上海大学这个具有一定体制意味的空间里，艰难地展开了文化研究的“实践”，试图在实践中，直面中国经验，并生产出中国的文化研究。他认为中国经验，“就是直面日常的生活感受，承继‘中国革命’的丰富记忆，追究现实内部的压迫性结构”（参见王晓明《文化研究的三道难题——以上海大学文化研究系为例》，《上海大学学报》2010 年第 1 期）。另有其他诸多学人也在从事文化研究实践工作。兹不赘述。

② 此处吸收了陶东风先生的相关研究成果，特此致谢。参见陶东风等《当代中国的文化批评》，北京大学出版社 2006 年版，第 60—124 页。

为例，1986 年中央电视台举办的全国青年歌手大奖赛开始设置了通俗唱法，与美声唱法、民族唱法成三足鼎立之势。这就说明了以通俗唱法为标志的音乐大众文化已经在事实上蓬勃发展乃至成熟了起来。[①] 但那时候的大众文化总体而言，在学界还没有获取“意义”，甚至不曾“存在”，因为当时人们并没有明确地意识到它，或者意识到了但也不敢确认它。李陀曾回忆说：“我记得还在八十年代中，电影评论界讨论中国可不可以拍商业片的时候，我们参加讨论的人都不敢用‘商业片’这个词，用‘娱乐片’来代替。”[②] 这一状况的改变，一直要到十四大确立社会主义市场经济的理论，将与市场有关的大众文化纳入官方意识形态后才有可能，因为意识形态的承认，对于向来被纳入社会结构中来理解的文化而言，就等于承认了大众文化在社会结构中的合法性。对此，有学者指出：“大众文化和学界对大众文化的认识在 80 年代还没有浮出水面。”[③] 这也就是说，20 世纪 90 年代以后，大众文化才得到了承认。[④]

然而，不可否认的是，虽然 20 世纪 90 年代始，人们承认了大众文化，但这种承认只是对大众文化有了基本的认知，知道有一种大众文化在事实上已经存在。[⑤] 大多数的学者对大众文化感到不适应，其切身的体会

---

① 夏之放：《转型期的当代审美文化》，作家出版社 1996 年版，第 164—172 页。

② 李陀、杨建平：《失控与无名的文化现实——访“当代大众文化批评丛书”主编李陀》，《天涯》2000 年第 1 期。

③ 赵勇：《透视大众文化》，中国文史出版社 2004 年版，第 18 页。

④ 赵剑英主编：《世纪之交的中国文化》，广西人民出版社 1994 年版，第 124 页。

⑤ 在 1993 年之前，人们对大众文化的认识都还是模糊的，诸如 1991 年第 1 期的《上海文论》上刊登的一组“关于大众文艺的笔谈”的文章（包括毛时安的《大众文艺：世俗的文本与解读》、宋炳辉的《大众文艺：传统的与现代的》、方克强的《“批评家”与大众文艺》、花建的《别一种机制》等），虽然敏锐地意识到了大众文化的“创新性”，但还是用“大众文艺”来言说“大众文化”的。当然，这已经是非常难能可贵的了。因为，这些文章并没有表现出对“大众文化”的“不适应”感，而是很理性地纳入关注的视野之中。这可以见诸这样一些文字：“面对大众文艺的批评家，就不能照搬原有的那套雅文艺的批判标准。大众文艺作为独立的批评对象，应该拥有符合自身特点的相对独立的标准。”（方克强：《“批评家”与大众文艺》，《上海文论》1991 年第 1 期）“它在展开的过程中受到双重机制的制约：一种是审美规律的潜在制约，另一种是市场规律的显在制约。”（花建：《别一种机制》，《上海文论》1991 年第 1 期）“作为一种学术研究对象的大众文艺，如果要充分揭示其内涵特征，是不是更应该在其他学科领域揭示其非文艺的特征。从社会学、文化学的角度审视大众文艺也许更能确切把握其本质。”（宋炳辉：《大众文艺：传统的与现代的》，《上海文论》1991 年第 1 期）

是精英知识分子身份的失落。一如陈平原所认为的："1992 年很可能是中国文化发展的重要转折关头。早已酝酿、积蓄多年的商品经济大潮，终于得到政治形态的认可。此后文化精英们所主要面对的，已经转为市场规律。对他们来说，或许从来没有像今天这样感觉到金钱的巨大压力，也从来没像今天这样意识到自身的无足轻重。此前那种先知先觉的导师心态，真理在手的优越感，以及因某种遭遇而产生的悲壮情怀，在商品流通中变得一文不值。"① 面对这种失落，知识分子不免产生身份的焦虑，于是把它释放在了大众文化的研究之中，通过对大众文化的极力挞伐来求得一点平衡。

而当此时，法兰克福学派的一本名著《启蒙辩证法》旅行到了中国。② 此著对大众文化取批判姿态，数落大众文化的诸多局限。举其要者如，其一，大众文化是商品性、不自律的文化，并且不以此为羞，反而"以自己变为消费品而自豪"③。其二，大众文化是模仿性、没创新的文化。这"不仅是由于文化工业生产方式的标准化，个人只有当自己与普

① 陈平原：《近百年中国精英文化的失落》，《陈平原自选集》，广西师范大学出版社 1997 年版，第 306—307 页。

② 此译著于 1990 年出版，对大众文化研究产生了较大影响（陶东风：《文化研究在中国——一个非常个人化的思考》，《湖北大学学报》2008 年第 4 期）。需要说明的是，包括法兰克福学派在内的"西方马克思主义"早在 80 年代就已经有了译介和研究。甚至可以说，以法兰克福学派为代表的批判理论已然成为知识分子的"前理解"。如此说来，批判理论的大众文化研究也有"所见出于所知"的意味。

③ ［德］霍克海默、阿多尔诺：《启蒙辩证法》，洪佩郁等译，重庆出版社 1990 年版，第 148 页。原文为："由于出现了大量的廉价产品，再加上普遍地进行欺诈，所以艺术本身就更加具有商品的性质，艺术今天明确地承认自己完全具有商品的性质，这并不是什么新奇的事，但是，艺术发誓否认自己的独立自主性，反而以自己变为消费品而自豪，这却是令人惊奇的现象。"（霍克海默、阿多尔诺：《启蒙辩证法》，洪佩郁等译，重庆出版社 1990 年版，第 148 页）（另有译文为："一旦廉价的大众奢侈品以及与之相应的产品被生产出来，就会产生大量的骗子，艺术商品本身也就变了质。新奇的东西不是商品，然而今天它已经彻头彻尾地变成商品了；艺术抛弃了自己的自主性，反而因为自己变成消费品而感到无比自豪，于是，新奇事物便产生了魔力。"霍克海默、阿多尔诺：《启蒙辩证法》，渠敬东、曹卫东译，上海人民出版社 2003 年版，第 175 页）

遍的社会完全一致时，他才能容忍个性处于虚幻的这种处境”①。其三，大众文化是欺骗性、不真实的文化。它允诺人们虚假的娱乐消遣，在逃避中沉沦，更遑论对解放的追求。② 其四，大众文化是强制性、不民主的文化，“把人们再现为社会需要塑造的那种样子。”③ 同时，该著还专门以“文化工业”这个具有否定意味的语词来指认大众文化。不妨说，这套话语正好契合了 20 世纪 90 年代初期大部分精英主义知识分子的心态、视野和诉求，因此很容易得到他们的认同。一如有学者所指出的：“在精英文化与大众文化的对峙中，作为否定性范畴的‘文化工业’概念成为精英知识分子维护自己的文化权威的最好武器。于是，人们对法兰克福学派的文化工业批判产生了极大共鸣。”④ 在此境况之下，一大批批判理论型的

① ［德］霍克海默、阿多尔诺：《启蒙辩证法》，洪佩郁等译，重庆出版社 1990 年版，第 145 页。原文为：“文化工业中，个性之所以成为虚幻的，不仅是由于文化工业生产方式的标准化，个人只有当自己与普遍的社会完全一致时，他才能容忍个性处于虚幻的这种处境。从爵士音乐典范的即席演奏者，到为了让人们能看出自己在影片中所扮演的角色，不得不仍用鬈发遮住眼睛的演员，都表现出个性的虚假。”（霍克海默、阿多尔诺：《启蒙辩证法》，洪佩郁等译，重庆出版社 1990 年版，第 145 页）（另有译文为：“在文化工业中，个性就是幻象，这不仅是因为生产方式已经被标准化。个人只有与普遍性完全达成一致，他才能得到容忍，才是没有问题的。虚假的个性就是流行：从即兴演奏的标准爵士乐，到用卷发遮住眼睛，并以此来展现自己原创力的特立独行的电影明星等，皆是如此。”霍克海默、阿多尔诺：《启蒙辩证法》，渠敬东、曹卫东译，上海人民出版社 2003 年版，第 172 页）

② ［德］霍克海默、阿多尔诺：《启蒙辩证法》，洪佩郁等译，重庆出版社 1990 年版，第 135—136 页。原文为：“享乐意味着全身心的放松，头脑中什么也不思念，忘记了一切痛苦和忧伤。这种享乐是以无能为力为基础的。实际上，享乐是一种逃避，但是不像人们所主张的逃避恶劣的现实，而是逃避对现实的恶劣思想进行反抗。娱乐消遣作品所许诺的解放，是摆脱思想的解放，而不是摆脱消极东西的解放。”（霍克海默、阿多尔诺：《启蒙辩证法》，洪佩郁等译，重庆出版社 1990 年版，第 135—136 页）（另有译文为：“快乐意味着什么都不想，忘却一切忧伤。根本上说，这是一种孤立无助的状态。其实，快乐也是一种逃避，但并非如人们认为的那样，是对残酷现实的逃避，而是要逃避最后一丝反抗观念。娱乐所承诺的自由，不过是摆脱了思想和否定作用的自由。”霍克海默、阿多尔诺：《启蒙辩证法》，渠敬东、曹卫东译，上海人民出版社 2003 年版，第 161 页）

③ ［德］霍克海默、阿多尔诺：《启蒙辩证法》，洪佩郁等译，重庆出版社 1990 年版，第 126 页。原文为：“文化工业的每个运动都不可避免地把人们再现为社会需要塑造的那种样子。”（霍克海默、阿多尔诺：《启蒙辩证法》，洪佩郁等译，重庆出版社 1990 年版，第 126 页）（另有译文为：“整个文化工业把人类塑造成能够在每个产品中都可以进行不断再生产的类型。”霍克海默、阿多尔诺：《启蒙辩证法》，渠敬东、曹卫东译，上海人民出版社 2003 年版，第 142 页）

④ 陶东风、徐艳蕊：《当代中国的文化批评》，北京大学出版社 2006 年版，第 76 页。

大众文化研究文献得以面世。就目前已有文献看，较早的一篇当是1993年陶东风发表在《文艺争鸣》第6期的《欲望与沉沦：当代大众文化批判》一文。该文主要对大众文化的生产、文本、接受等不同的方面所表现出的“负面”特点进行了逐一概括，并指认出大众文化是一种“欲望与沉沦”的文化。

此后，这类文献增多了起来，较为重要的有：张汝伦《论大众文化》①、金元浦《试论当代的“文化工业”》②、李彬《从“西方的没落”到批判学派》③、尹鸿《大众文化时代的批判意识》④，等等。应该说，从批判理论的角度看，这些批评都较为到位。它们虽然都运用了法兰克福学派的理论，但从单个的文本本身看，却也并不显得过于机械。⑤ 而且，大多数文章还显得很敏锐，也很有才情。比如陶东风的《欲望与沉沦——当代大众文化批判》一文，不管其立场如何，有一点却是值得肯定的，那就是它对大众文化的定义比较准确：“‘大众文化’特指现代化都市工业社会或大众消费社会的特殊文化类型，是通过现代化的大众传媒所承载、传递的文化产品。因此，大众消费社会是大众文化的社会土壤，而现代大众传媒则是它的承传工具，这两项硬指标厘定了大众文化的特定时空维度，使之有别于普遍所说的通俗文化或民俗文化（乡土文化）”；“大众文化是指现代印刷媒介和电子媒介等传递、承载，在大众消费社会流行的

---

① 张汝伦《论大众文化》，《复旦学报》1994年第3期。

② 金元浦《试论当代的“文化工业”》，《文艺理论研究》1994年第2期。

③ 李彬《从“西方的没落”到批判学派》，《北京广播学院学报》1994年第1期。

④ 尹鸿《大众文化时代的批判意识》，《文艺理论研究》1996年第3期。

⑤ 正如有论者指出的那样：“如果套用法兰克福学派理论，确实应该对具有世俗性、他律性、平面化、感官化等特点的大众文化持强烈的‘批判态度’，因为工业时代及电子时代在流水线上生产出来的大众文化产品确实可能使人成为‘单向度的人’，使文化丧失必要的‘意义’，甚至严重缺乏理性的人应该具有的‘意义追寻’，还有可能在机械复制的非人性化的虚拟狂欢中制造出新的神话甚至独裁，即不利于人性的健康发展和人类文化社会的多元化演进。”（王珂：《论当前大众文化的尴尬生态——为大众文化辩护》，《文艺评论》2002年第3期）值得提及的是，有学人对批判理论的选择还是较为自觉的，甚至意识到了这种选择所可能带来的效果，比如陶东风《欲望与沉沦》一文最后，作者写道：“本文是从批判的角度来分析大众文化的，因此在有限的篇幅中也不必对大众文化的正面效应作过多的说明了。”（陶东风：《欲望与沉沦——当代大众文化批判》，《文艺争鸣》1993年第6期）为此之故，对这类文本的反思，不能局限于该文本本身，因为它是一种“话语”，是当时的一个“知识型”。

广告、流行音乐、流行舞蹈、电视、商业电影、消闲报刊书籍等等。"[①]这算是大陆学界初识现代意义上的大众文化的一个收获。

虽然我们今天可能会不认同批判理论范式的大众文化研究，会认为此一范式下的大众文化认识不准确。但我们发现，当时使用批判理论范式的学人在运用批判理论观照大众文化时，是非常自觉的，甚至他们自身就意识到了这种选择所可能带来的效果。比如陶东风先生的《欲望与沉沦》一文最后，作者自己便有明确交代："本文是从批判的角度来分析大众文化的，因此在有限的篇幅中也不必对大众文化的正面效应作过多的说明了。"[②] 对此，我们不得不说，从理论资源的选择与学理的遵循方面看，批判理论范式的大众文化研究几无缺陷。这一点，正如有论者所指出的那样："如果套用法兰克福学派理论，确实应该对具有世俗性、他律性、平面化、感官化等特点的大众文化持强烈的'批判态度'，因为工业时代及电子时代在流水线上生产出来的大众文化产品确实可能使人成为'单向度的人'，使文化丧失必要的'意义'，甚至严重缺乏理性的人应该具有的'意义追寻'，还有可能在机械复制的非人性化的虚拟狂欢中制造出新的神话甚至独裁，即不利于人性的健康发展和人类文化社会的多元化演进。"[③] 为此之故，如果我们要对此一大众文化研究范式予以反思，不能局限于这些文本自身，而应该将视域放大，然后才能发现此一大众文化研究范式的局限所在。其中最为关键的一点恐怕是，作为一种知识生产对象的大众文化文本，没有与更大的社会历史文本勾连起来，因此就难以生产出那种与日常生活有更为真实关联的知识。要克服这个局限，就只有选择具体语境的研究策略，比如，从政治经济学的角度，对大众文化进行冷静的分析，追问大众文化文本之所以成为大众文化文本的社会文化机制，从而才有可能获得更为有效的阐释力。而当这种阐释力显现之时，研究者的理论立场、言说身份乃至思想资源的选择等，也将随之发生转换。

不可忽视的是，批判理论的范式，与人文精神讨论还有内在的关联。

---

① 陶东风：《欲望与沉沦——当代大众文化批判》，《文艺争鸣》1993 年第 6 期。

② 同上。

③ 王珂：《论当前大众文化的尴尬生态——为大众文化辩护》，《文艺评论》2002 年第 3 期。

人文精神讨论直接借用了批判理论的资源，在面对大众文化之时表现出了相同的精英主义取向。因此也可以说，人文精神讨论将批判理论研究范式本土化了，可谓是形成了人文精神的大众文化批判研究范式。有学者因此指出："把批判理论范式专门指向中国本土的大众文化，是开始于1993年的'人文精神'讨论。"[①] 这是非常有见地的说法。

人文精神讨论的最初缘起，直接地讲的确是与大众文化息息相关。因为从事后来看，那标志讨论开始的《旷野上的废墟》一文[②]，实际上有一个重要主题即是对王朔的畅销小说和张艺谋的电影这种90年代的大众文化文本进行"批判"，认为它们缺乏一种人文精神。因此有学人称人文精神讨论，"是人文学者与初级形态的大众文化的最初接触"[③]。这的确有一定的道理。只是需要说明的是，讨论者未必自觉意识到了他们是在对"大众文化"进行批评。此外，除了直接参与了讨论的那种人文精神派之外，还有不曾直接参与人文精神讨论者，他们也生产了同类的文献，如童庆炳《大众文化需要人文引导》[④]、童庆炳《隐忧与人文关怀》[⑤]、尹鸿《为人文精神守望：当代中国大众文化批评导论》等，[⑥] 他们其实也可归之为人文精神一派。

人文精神的大众文化批判理论，有一个特点那就是比较钟情于个体形而上学的审美主义和道德理想主义这种较为抽象的人道主义、人情和人性论思想。不妨说，这种思想更多地延续于80年代的新启蒙主义观念，一定意义上存有知识分子常有的那种"遗老"心态之嫌，往往表现出一种高调的精英主义色彩。比如《旷野上的废墟》中，就提倡抽象的"殉道""敢死队"精神，提倡文学表达个体的精神自由，并用这套标准来衡量那种针对社会体制的"调侃文学"和面向世俗的大众娱乐。[⑦] 尹鸿的《为人

① 陶东风：《文学理论的公共性——重建政治批评》，福建教育出版社2008年版，第168页。

② 王晓明等：《旷野上的废墟——文学和人文精神的危机》，《上海文学》1993年第6期。

③ 张闳：《变迁中的"大众文化"，方法论的"文化理论"，在场的"文化批评"》，《郑州大学学报》2005年第6期。

④ 童庆炳：《大众文化需要人文引导》，《东方论坛》1994年第1期。

⑤ 童庆炳：《隐忧与人文关怀》，《文艺研究》1994年第1期。

⑥ 尹鸿：《为人文精神守望：当代中国大众文化批评导论》，《天津社会科学》1996年第2期。

⑦ 王晓明等：《旷野上的废墟——文学和人文精神的危机》，《上海文学》1993年第6期。

文精神守望》一文，虽然看到了大众文化的复杂性，但是总体而言，该文还是提倡一种精英主义的大众文化，一种“以人文理想为终极价值的大众文化”[①]。这无论如何也难以深入到大众文化的内部特征之中而发生直接的批评效应，可谓是在知识使用上表现出了“异元批评”[②] 的局限。“异元批评”是借鉴刘安海先生的一个说法，其意“是指在进行批评的时候各个批评者由于自己的文化背景、文学观念的不同以及所持的批评理论、批评观念、批评标准、批评方法的相异，常常使得在批评同一对象时所持的见解和所得出的结论不仅迥然有别，而且批评的双方根本无法形成对话”[③]。批判理论的范式存在的“异元批评”现象，得到了不少学者的认同。比如，有学者指出：“探讨现阶段的中国大众文化，应该放在一个与传统的通俗文化，尤其是与西方的大众文化有着本质差异的，因而还有待于深入探讨的文化定位中，也意味着，用‘平面化、制作化、商业化、复制化’这些西方法兰克福学派的批判术语来描述中国的大众文化，不仅可能同样描述了精英文化在中国现阶段的生存形态，而且也触及不到中国大众文化的实质性问题。”[④] 这倒不是说大众文化不需要人

① 尹鸿：《为人文精神守望：当代中国大众文化批评导论》，《天津社会科学》1996 年第 2 期。

② 刘安海：《阻隔与沟通：异元批评与对话批评——文论建设中的一个问题》，《华中师范大学学报》2002 年第 1 期。

③ 同上。刘安海的“异元批评”说是对严家炎的“异元批评”说的一个“改造”，它使得“异元批评”变得更为泛化了一些。严家炎的“异元批评”是指“在不同质、不同‘元’的文学作品之间，硬要用某‘元’做固定不变的标准去批判，从而否定一批可能相当出色的作品的存在价值”（严家炎：《走出百慕大三角区——谈二十世纪文艺批评的一点教训》，《文学自由谈》1989 年第3 期）。不知严家炎是否又受到了其他人的影响，比如早在1986 年就有学术译著表达过相似见解：“从批评对象本身提取标准出来，它不把从作品之外获得的标准强加给作品。它不是根据外在的给予和接受的标准、原则或规范来评价艺术品，它根据的是批评者从艺术品本身认识到或总结出来的标准。”（G. E. 尤斯：《自立标准的艺术品》，载李普曼编《当代美学》，邓鹏译，光明日报出版社 1986 年版，第 486 页）

④ 吴炫：《中国的大众文化及其批评》，《上海文学》1998 年 1 月号。其他相关观点如：“真正有效的对大众文化的关注，必然要求知识界反省自己关于大众文化的知识谱系和借以存身的文化机制，从而剔除那种建立在‘天然’的文化等级秩序上的文化观念。”（贺桂梅：《“知识分子”与“大众文化”——大众文化研究的实践和可能性》，《解放军艺术学院学报》2001 年第 3 期）“真正的问题在于用精英文化的标准来衡量大众文化，这样的批评实际上很难深入到大众文化的文本特征内部去，常常只是重复精英文化的标准或者为大众文化增加‘不堪承受之重’。”

文精神，不需要超越的理想，而是说这种世俗社会的文化形态，难以承担那种终极意义的人文精神。因此不能用这样的标准来要求大众文化，即所谓“真正的文化决不会有助于仅仅是尘世的富足这一意义上的幸福”①。换言之，大众文化的理想、超越往往是在尘世之内的理想和超越，主张爱这个世俗社会，让每个人都能参与这个社会，在这个社会中过上幸福的生活。就此而言，我们也可以认为，“‘人文精神’倡导者延续了80年代的新启蒙主义思想，但新启蒙主义是在批判正统官方意识形态的过程中形成的，它的‘民主’、‘个性’等现代主义诉求主要是一种精英主义的话语，而并没有包容大众社会和大众文化的能力”②。那种与现代世俗大众社会相距较远的个体形而上学思想是难以获得有效理解大众社会及其文化的效用的。无论在真理、自由的观念上，还是在生活的信念上，都表现出了一种格格不入。因此，“尽管这种知识话语具有强烈的批判性，但却缺乏包容已经变化了的文化现实的能力，在固守某种未经反省的精英主义立场的同时，把大众文化排斥出去，并认为导致人文精神‘沦丧’的原因是大众文化的‘侵入’——这种思路的保守倾向在今天可以看得相当明显。”③

为此，我们不妨在此提出一种公共性精神的批判话语。公共性精神倒是有可能承担起大众文化批评的价值规范功能。所谓公共性精神，是受阿伦特思想的启发而来，大体是指以一种世俗的爱，来维护这个我们共同生活于此的公共世界的精神，它要求我们平等地看待他人，认同那种真理存在于不同主体间的交往中，是由各种不同意见经过理性的辩论之后而建构生成的观念。同时，它认为自由主要乃政治自由。政治自由有三个特点：一是这种自由是公共领域中的自由，具有公共性。它因此具有可见性、

（接上页）（王先霈：《为大众文化减负》，《文艺报》2003年1月23日）“任何一种批评肯定是从一定的前提出发，比如说大众文化批评、纯文学批评。丧失了前提的批评不成其为批评。比如说大众文化批评，就应该有其特定的理论尺度。而现在对大众文化的批评，就几乎很少有人能从大众文化的前提出发，而是从纯文学的前提出发，所以他眼中看到的大众文化就是一无是处。反过来说，从大众文化前提出发的批评家眼中的纯文学实际也是一无是处。”（潘知常在1996年的一次发言，参见王干等《王干文学对话录》，漓江出版社2004年版，第93页）

① ［德］鲁道夫·奥伊肯：《生活的意义与价值》，万以译，上海译文出版社1997年版，第34页。

② 贺桂梅：《人文学的想象力》，河南大学出版社2005年版，第136页。

③ 贺桂梅：《“知识分子”与“大众文化”——大众文化研究的实践和可能性》，《解放军艺术学院学报》2001年第3期。

可表达性，要求他人的在场；与公共利益相关，有可交流性。二是这种自由要求人们摆脱生活必然性的束缚，此时的人不是局限在劳动中、工作中，而是展示在行动中，具有表演性、艺术性。三是这种自由具有一定的冒险性、不可预期性，同时也具有开创性、创造性。简言之，公共性精神，认同的是尘世中的公共性价值，而非去另一个世界寻找所谓的超越价值。大众文化如若能够表达一种公共性精神，并以这种精神来批判地参与公共事务，建构人们的文化素养，这无论如何也是具有正当性的。

不管怎么说，批判理论对文学理论的转型是具有开掘意义的，在较为准确理解大众文化的基础上，对大众文化进行了关注，并纳入知识生产的程序之中。从这一点看，它在勾连学术研究与日常生活的关联性方面已经迈出了关键的一步。虽然它的理论立场、言说身份乃至知识的有效性都还不那么令人满意，但它毕竟已经开始有意识地在转换文学理论的知识形态了。同时，它对文学理论研究还有一个启示，那就是即使不直接研究大众文化，在一个大众文化时代，从事文学理论研究，若要生产有效的知识，恐怕也要意识到文学已然去精英化。去精英化时代的文学，不能再以否定市场、逃逸政治乃至远离大众为要务，更不能企图借此完成文学自主性的建构。因为在没有制度性保障的情况下，比如文学的流通制度都不健全的情况下，这种否定、逃逸和远离难以切入社会的结构之中，也不能很好地建立与日常生活的真实关联，从而使文学的效用难以发挥，并有可能陷入一种现实的困境之中，甚至将延宕制度的建构历程。因此，应该积极地以建构文学生产和接受的合理制度为取向，在此过程中发挥文学的公共效用乃至实施文学的素养教育，既而才有可能积淀成文学的自主性。有学者曾敏锐地指出："真正致力于中国文艺自主性的学者，应该认真分析的恰恰是中国文艺自主性所需要的制度性背景，并致力于文艺场域在制度的保证下真正摆脱政治与经济的干涉。"① 其实，法兰克福学派的批判理论的批判目的和学术指向并没有忽视制度，其数落大众文化的同时，无不是在对那个政治经济体制进行"西方马克思主义"式的分析和批判。这一点已有学人予以了指认："法兰克福学派对大众文化的批判虽然有文化贵族与精英主义的偏见，但重要的是对一种体制的批判。"②

---

① 陶东风：《大学文艺学的学科反思》，《文学评论》2001 年第 5 期。

② 赵勇：《整合与颠覆：大众文化的辩证法》，北京大学出版社 2005 年版，第 22 页。

值得一提的是，批判理论的大众文化研究这种理论范式在90年代中国使用的过程中所表现出来的局限性，已然得到了诸多反思，包括当时的一些倡导者，后来也进行了有效的自我清理，并借此发生了转型。而这种转型的一个成果就是此后的文学研究更为关注市场、政治和大众。这对于文学理论走向文化研究无疑起到了重要的作用。这一点只要看看学者陶东风、王晓明与尹鸿等人的学术实践活动即可明了。

在批判理论的倡导者中间，作自我清理最为自觉的当为陶东风。在《欲望与沉沦——当代大众文化批判》一文之后，他相继写作了一系列具有反思性与建构性的文章，如《超越历史主义与道德主义的二元对立：论对于大众的第三种立场》（《上海文化》1996年第3期）、《批判理论与中国大众文化批评》（《东方文化》2000年第5期）、《批判理论的语境化与中国大众文化》（《中国社会科学》2000年第6期），等等。同时，他还对人文精神派进行了颇有影响的反思。[①] 此后，他走向了政治批评这种更具文化研究意味的研究范式。[②] 人文精神派的王晓明，则走向了具有左派意味的"意识形态"分析的文化研究。[③] 尹鸿此后的研究也涉及具体的政治经济学的大众文化研究。[④] 不妨说，这三位学人的学术转型都走向了文化研究，都注重体制分析。

其二，现代化的理论范式。

在90年代的大众文化研究中，要生发出一种现代化的研究范式来，并不是一件容易的事情。一个重要的原因在于，90年代最初几年，是现代化出现反思的时刻，它突出地表现在"民族主义"的诉求上，诸如激进与保守之争、国学热、后殖民兴起等多少是有一点"民族主义"的影子。虽然这种反思并非要完全否定现代化本身，但至少也表现出了对它的压抑。加之80年代呼唤现代化的知识分子，进入90年代后，对20世纪末的事件尚未释怀，便要应付90年代尤其是1993年市场经济体制对他们的去精英化"贬损"，这无论如何也是有难度的。换言之，人文知识分子

---

① 陶东风：《社会转型与当代知识分子》，上海三联书店1999/2001年版。

② 陶东风：《文学理论的公共性——重建政治批评》，福建教育出版社2008年版。

③ 王晓明：《九十年代与"新意识形态"》，《天涯》2000年第6期。

④ 尹鸿：《意义、生产与消费——当代中国电视剧的政治经济学分析》，《现代传播》2001年第4期。

按理来说难以保持清明的“历史理性”，更难以认同由主导意识形态推动而兴起的大众文化。

然而，现代化的大众文化研究范式毕竟发生了。为此，我们有必要予以追问，其原因何在？不妨说，它和两个契机相关。①

一是市民社会的讨论在 1993 年前后的兴起，它为人文知识分子从事大众文化研究提供了一个社会科学的知识语境。这种语境对于激发人们对大众文化持一种较为冷静的社会理论分析，无疑起到了重要的作用，甚至对于复杂性地思考大众文化都有一定的功效。这一点，陶东风先生曾回忆道：“我把市民社会理论引入大众文化研究，摆脱了单一的法兰克福立场，也在很大程度上改变了原先那种简单化的精英主义立场和单一的人文科学视角（市民社会理论属于一种社会理论）。”② 在 90 年代那个精英文化衰落的年代，人文知识分子主动使用社会理论，直接来讲是为了取得阐释的有效性，但同时也是为了维护知识分子的地位。正如有学人所指出的：“精英文化的失落并不完全等于全部知识分子的失落。人文知识精英依靠政权用意识形态主导社会的时代结束了，但是知识分子的整体地位并没有动摇。科学技术专家仍是受尊敬的权威，社会科学家也在逐渐形成一个相对独立的群体，对社会和经济的实际运行发挥着越来越重要的作

① 不妨说，它还与一个经验有关，持现代化大众文化理论范式的人，往往对极“左”意识形态有切身的“创伤记忆”。即使在 80—90 年代之交的语境下，王蒙、李泽厚都遭遇过一定的“麻烦”。有论者称王蒙的“《坚硬的稀粥》是一篇政治倾向有严重错误的作品，将这样的作品加以表彰，确实是很不妥当的”。（山人：《〈坚硬的稀粥〉是一篇什么作品？》，《文艺理论与批评》1991 年第 6 期）而对李泽厚的批评就更是直接：“李泽厚把五四新文化运动加以旧民主主义化、非政治化和非群众化，这是对五四新文化运动的全面曲解，是很不符合五四新文化运动的历史实际的。他的目的是要将五四新文化运动与共产党领导的整个中国人民革命割裂和对立起来，与社会主义道路对立起来，与马列主义、毛泽东思想对立起来，从而很方便地去宣扬所谓‘救亡压倒启蒙’和所谓转换性的创造（即‘西体中用’）的观点。这是不能不予以揭露和批判的。”（蒋茂礼：《李泽厚同志是怎样曲解五四新文化运动的？》，《高校理论战线》1990 年第 5 期）这样的经历，就使得他们较为敏感并认同于世俗化/现代化，因为世俗化/现代化，在中国语境下，“所消解的不是典型的宗教神权，而是准宗教性的集政治权威与道德权威于一身的专制王权”（金元浦、陶东风：《阐释中国的焦虑——转型时代的文化解读》，中国国际广播出版社 1999 年版，第 335 页）。

② 陶东风：《文化研究在中国——一个非常个人化的思考》，《湖北大学学报》2008 年第 4 期。

用。"[①] 如果我们有根据认为这样的判断在90年代具有真实性的话，那么我们也可以认为，现代化的理论范式的发生与时代对社会科学知识的诉求不无关系。

其实，的确是有根据的。历经那个年代的学人后来有大量而专门的回忆。比如陶东风先生就曾回忆自己1993年后有意识地调整知识结构，加强了对社会理论的研习，以至于都在社会理论视野中观照文化/文学问题；[②]蔡翔先生也曾指出，20世纪80、90年代的问题差异导致文学研究的知识资源诉求的转型，80年代围绕在哲学、美学、心理学周围，90年代则凸显了以社会学、经济学、政治学为代表的社会科学对文学研究的重要性。[③] 这些都证明了人文科学"跨学科"地吸收社会科学的阐释效能，几近成为一种必要的选择。有学人曾以佛道学说为例，指出"我们用佛教的语言或者道教的语言讨论当代社会问题，那么，这种讨论至多被理解为个别人的意见。作为一种解释社会的系统知识则是无效的"[④]。为此之故，要阐释大众文化，并在阐释中达到对一个更大的社会文本较为有效的理解，即要把大众文化"放在中国社会转型的历史进程中来把握"[⑤]，那么无疑需要一种社会科学的视野。不妨说，从这个阐释的有效性方面，我们都可以看到"从道德主义、审美主义或宗教性价值的尺度完全否定世俗化与大众文化是不可取的"。[⑥]

二是现代化理论范式的大众文化研究与人文精神讨论有一定的关联，甚至可以认为它是在人文精神讨论的过程中发展起来的。[⑦]

先以王蒙先生为例。1993年前后，王蒙在《躲避崇高》中对王朔甚为畅销的"痞子文学"表达了相当的认同，认为它一改百年来的主流文

① 高丙中：《精英文化、大众文化、民间文化中国文化的群体差异及其变异》，《社会科学战线》1996年第2期。

② 陶东风：《社会理论视野中的文学与文化·自序》，暨南大学出版社2002年版，第1—6页。

③ 王晓明、蔡翔：《美和诗意如何产生——有关一个栏目的设想和对话》，《当代作家评论》2003年第4期。

④ 汪晖：《死火重温》，人民文学出版社2000年版，第493页。

⑤ 陶东风：《大众消费文化研究的三种范式及其西方资源》，《文艺争鸣》2004年第5期。

⑥ 同上。

⑦ 陶东风曾回忆道："正是在与'人文精神'与'道德理想主义'的论争中，我逐渐修正了前期机械搬用批判理论的做法，形成了我的大众文化观点。"（陶东风：《大众消费文化研究的三种范式及其西方资源》，《文艺争鸣》2004年第5期）

学和精英文学的风貌，“撕破了伪崇高的假面具”，把文学“玩”了起来，并很适应市场经济体制。更为关键的是，它还对旧有的意识形态有一定的冲击力，对高调、“大话”，对专制体制都有颠覆意义，所谓“多几个王朔也许能少几个高喊着‘捍卫江青同志’去杀人与被杀的红卫兵。王朔的玩世言论尤其是红卫兵精神与样板戏精神的反动”[①]。应该说，王蒙对王朔的“痞子文学”所表达的宽容乃至激赏的态度，虽然并不能直接就认为这是在自觉地建构一种现代化的大众文化研究范式。但是，他的这种思维方式，这种对市场经济语境中的大众文化的理性看法却起到了建构现代化理论研究范式的效果。王蒙的这篇《躲避崇高》无疑是人文精神讨论的一个“潜文本”，它甚至是引发人文精神讨论的一个导火索。正如有学者所言，它“实际上已拉开有关‘人文精神’讨论的帷幕”。[②] 这种说法的确有些道理。因为两篇文章都牵涉关于王朔的看法，而且后来王蒙的观点的确是人文精神倡导者所批评的对象。

此后，王蒙在《躲避崇高》一文中所表达出的批评观念，还在其后继的一些文章中得到了贯彻，甚至表达得更为自觉鲜明了起来。比如《人文精神问题偶感》中，他对市场经济采取认同的姿态，认为市场，包括文化市场也是人的需要，在市场经济条件下，人文精神才更容易寻找得到，因为有一个产生人文精神的社会基础。王蒙把这个社会表述成：“一个人人靠正直的劳动与奋斗获得发展的机会的更加公平也更加有章可循的社会。”[③] 在他看来，王朔的“痞子文学”即使不能促成这样的社会建构，但也无疑与这样的社会相契合。因此，力挺王朔也就有了他的理由。

总之，王蒙在讨论人文精神的过程中自觉或不自觉地就建立了一种批评范式，那就是结合社会语境，重视市场经济对社会文化现代化的积极意义，并因此选择自己关于大众文化的立场。

在王蒙之后，以自觉或不自觉的现代化视角对大众文化进行言说者还有李泽厚先生。在一次访谈中他不经意地表达了一些可名之为现代化理论范式的大众文化观。他认为应该“正视大众文化在当前的积极性、正面

① 王蒙：《躲避崇高》，《读书》1993 年第 1 期。

② 董之林：《近期有关“人文精神”讨论述略》，《当代文学研究资料与信息》1995 年第 4 期。

③ 王蒙：《人文精神问题偶感》，《上海文学》1993 年第 6 期。

性功能”；“当前知识分子要与大众文化相联系……它们的联盟有两个作用：一是消解正统意识形态，二是引导大众文化走向一个健康的方向”；“大众文化不考虑文化批判，唱卡拉OK的人根本不去考虑要改变什么东西，但这种态度却反而能改变一些东西，这就是……对正统体制，对政教合一的中心体制的有效的侵蚀和解构”。[①] 王蒙、李泽厚这种看似不经意的言说，有才情也很敏锐，具有很大的启发性，不可谓不是一种有效的知识创新方式。但不可否认，他们毕竟没有直接而学理地进行大众文化研究的理论建构，并未在学术史的意义上有意识地“接着说”，或者“对着说”，它不是在学术论文中表达的，而是在随感、访谈中完成的。因此，现代化的大众文化理论范式并未建构完成。[②]

但有了上述两个契机之后，现代化理论范式开始了更为自觉的建构，并大致朝着两个相互关联的方面进行：一是受人文精神的影响，主动反思法兰克福学派“批判理论”的局限性，借此建构现代化理论范式的大众文化研究。陶东风先生曾回忆道：“正是在与‘人文精神’与‘道德理想主义’的论争中，我逐渐修正了前期机械搬用批判理论的做法，形成了我的大众文化观点。”[③] 二是学理化地建构现代化理论范式。相关的重要文章大致包括《超越历史主义与道德主义的二元对立：论对于大众的第

---

① 李泽厚等：《关于文化现状与道德重建的对话》，《东方》1994年第5期。

② 不妨说，现代化大众文化理论范式的建构还与个体经验有关。持此一范式的人，往往对极“左”意识形态有切身的“创伤记忆”。即使在80—90年代之交的语境下，王蒙、李泽厚都遭遇过一定的“麻烦”。有论者称王蒙的“《坚硬的稀粥》是一篇政治倾向有严重错误的作品，将这样的作品加以表彰，确实是很不妥当的”（山人：《〈坚硬的稀粥〉是一篇什么作品?》，《文艺理论与批评》1991年第6期）。而对李泽厚的批评就更是直接：“李泽厚把五四新文化运动加以旧民主主义化、非政治化和非群众化，这是对五四新文化运动的全面曲解，是很不符合五四新文化运动的历史实际的。他的目的是要将五四新文化运动与共产党领导的整个中国人民革命割裂和对立起来，与社会主义道路对立起来，与马列主义、毛泽东思想对立起来，从而很方便地去宣扬所谓‘救亡压倒启蒙’和所谓转换性的创造（即‘西体中用’）的观点。这是不能不予以揭露和批判的。”（蒋茂礼：《李泽厚同志是怎样曲解五四新文化运动的?》，《高校理论战线》1990年第5期）这样的经历，就使得他们较为敏感并认同于世俗化/现代化，因为世俗化/现代化，在中国语境下，“所消解的不是典型的宗教神权，而是准宗教性的集政治权威与道德权威于一身的专制王权”（金元浦、陶东风：《阐释中国的焦虑——转型时代的文化解读》，中国国际广播出版社1999年版，第335页）。

③ 陶东风：《大众消费文化研究的三种范式及其西方资源》，《文艺争鸣》2004年第5期。

三种立场》[①]《人文精神与世俗化》[②]《无确定性的解放——大众文化与中国社会的现代转型》[③]《社会转型期的大众文化定位》[④]《重新审视大众文化》[⑤]，等等。[⑥] 这些文献关于大众文化的批评，相对而言不再局限于其大众文化文本本身，大众文化文本只是某一社会文本的表征，因此只有分析到社会文本，或者说结合社会文本来分析大众文化文本，才有可能解释清楚某一大众文化文本的内在特点，才能理解其文化逻辑。由是，研究者对于如何看待与大众文化相关联的社会的性质、大众文化对于社会发展的意义等问题表现出了极大的兴趣。

具体来说，在现代化理论范式看来，大众文化是 90 年代社会的文化形态，而 90 年代的社会是一个世俗化的社会，世俗化的社会也即一个现代化的社会。它与 80 年代或说改革开放以来的社会及其文化在性质上具有一致之处，如有学者所言："如果我们不否定中国的改革开放与现代化运动具有不可否认的历史合理性与进步性，那么，我们就必须承认：当今社会的世俗化过程及其文化伴生物——世俗文化，具有正面的历史意义，因为它是中国现代化与社会转型的必要前提，如果没有 80 年代文化界与知识界对于准宗教化的政治文化、个人迷信的神圣光环的充分解除，改革

---

① 陶东风：《超越历史主义与道德主义的二元对立：论对于大众的第三种立场》，《上海文化》1996 年第 3 期。

② 陶东风、金元浦：《人文精神与世俗化》，《社会科学战线》1996 年第 2 期。

③ 尹权宇：《无确定性的解放——大众文化与中国社会的现代转型》，《社会科学辑刊》1996 年第 1 期。

④ 邹广文：《社会转型期的大众文化定位》，《吉林大学社会科学学报》1998 年第 6 期。

⑤ 金元浦：《重新审视大众文化》，《中国社会科学》2000 年第 6 期。

⑥ 需要说明的是，还有一些相关文献未列入进来，这主要是出于两种考虑：其一，我们关注的文献主要以 90 年代的为主。其二，这种文献没有丰富此一范式，甚至只是自觉或不自觉地受此一范式影响而已。比如有论者的如下观点恐怕就可如是看待："中国的大众文化有力地冲击和消解了改革开放前的那种专制和单一的意识形态，它打破了所谓神圣的主流权力话语一统天下的局面，使得我国的文化从单一的革命教化的文化向多元的大众文化发展。文化的世俗化就是对教条和空洞的理想主义的反叛，它使审美和艺术脱离了专制的政治文化，更多地介入人们的日常生活，注重大众生活的经验和体验。大众文化改变了中国当代的意识形态，成为作用于意识形态的合力中一股不可忽视的力量，它在主流权力话语之外建立了公共文化空间，给个人的情感和文化要求提供了场域。"（贾明：《现代性语境中的大众文化》，上海人民出版社 2007 年版，第 7 页）

开放的历史成果是不可思议的。”[①] 90 年代的世俗社会虽然也可能存在一些问题，但毕竟与“文革”时代甚至是几千年以来的“旧社会”迥然不同。“世俗化无论有多少负面后果，它仍具有消解一元的意识形态与一元的文化专制主义，推进政治与文化的多元化、民主化进程的积极历史意义”。[②] 认识到这一点，是有清明历史理性的表现。我们可以认为，现代性在晚清民初已然萌动，到 80 年代还主要留在了思想层面，如有学人所言，“当时是在思想上追求现代社会，追求个性解放、个体自由，但还没有真正落实到个人利益”[③]。而到了 90 年代则落实在了日常生活的层面，几近让每个普通百姓都有了现代性的生活想象及其实践。这种现代性的生活，意味着过一种参与感、世俗化的生活。大众文化是这种生活的一个重要表征。为此之故，90 年代需要继续沿着 80 年代乃至晚清民初所开启的现代化道路前行，而绝对不能远离更不能背叛。即使 90 年代的社会有诸多的不足之处，也不能成为我们遗弃现代化的理由。为此之故，对 90 年代的盲目批判更多的可能是一个误区。[④]

同时，现代化还是判断大众文化是否具有合法性的一个指标，只要大众文化在主导的方面，对于社会的现代化建设有益，特别是“具有消解政治文化与正统意识形态的功能”[⑤]，那就应该积极肯定它的社会历史意义。发生于 90 年代的大众文化，与市场经济体制有内在的关联，这就使得这种文化具有了现代化的意义，“是一场解构神圣的世俗化运动”，因为它的确“提供了文化的个人空间和个性表达方式”，“创建了适应各种不同层次和等级的文化消费空间和消费方式，使大多数人可以更自由、方便、快捷地获得自己喜爱的文化资源”。[⑥] 有学人还曾指出，90 年代的大众文化起到了转换主流意识形态的积极功能，“使主流意识形态很大程度

① 陶东风：《超越历史主义与道德主义的二元对立：论对于大众的第三种立场》，《上海文化》1996 年第 3 期。

② 陶东风：《社会转型与当代知识分子》，上海三联书店 2001 年版，第 170—171 页。

③ 李泽厚：《李泽厚近年答问录》，天津社会科学院出版社 2006 年版，第 164 页。

④ 金元浦、陶东风：《阐释中国的焦虑——转型时代的文化解读》，中国国际广播出版社 1999 年版，第 36 页。

⑤ 陶东风：《社会转型与当代知识分子》，上海三联书店 2001 年版，第 170—171 页。

⑥ 金元浦：《重新审视大众文化》，《中国社会科学》2000 年第 6 期。

地世俗化、柔媚化甚至商品化了”。[①] 这既抚平了 20 世纪八九十年代之交的事件所留下的裂痕，又提供了契合于现代化的新征程的一种“新意识形态”。对于这种表征了新意识形态的大众文化，现代化理论范式主要持肯定的态度：“从历史主义的价值立场出发，我们应该对当代中国的大众文化实践给予一种基本肯定，即应该看到大众文化对当代中国市场经济的发展，对中国文化的真正现代化所起的不可替代的历史作用。”[②] 也正是在这里，现代化理论范式对法兰克福学派的批判理论范式主要指陈大众文化的局限性，以及力主否定 90 年代大众文化等做法不甚赞同，并予以反思，认为这是一种不切合语境的做法，因此要“慎用”。[③] 其实，最为关键的倒不是批判理论对大众文化本身的态度，而是它的这种态度有可能在实践中危及 90 年代依然未曾完成的现代化转型。在现代化理论范式看来，90 年代以来的现代化过程中的确有不少问题存在，作为其表征的大众文化的局限性也的确是有，但是对于这些问题和局限，要持一种历史理性优先的态度，“在肯定其历史意义的前提下对之加以优化”[④]。有学者也正是在此基础上立论的，认为“大众文化作为我国社会由旧体制、旧传统向现代社会转型时期的文化，固然有它不成熟，甚至浮浅、混杂的缺点，但它毕竟带有背叛旧传统，从旧传统中挣脱出来，解放出来的时代痕迹。……尽管它扮演得不是那么像，那么有力量。但导演者并不是它本身，而是时代，是历史”[⑤]。对于人文精神一派的批判理论，在现代化理论范式看来，与其并没有本质的差异，因为人文精神一派并非认同“文革”，并非要回到专制体制，为此，在现代化理论范式这里，历史主义和道德主义可以“握手言和”。[⑥]

总之，现代化理论范式的大众文化研究持有的观念是，90 年代的社会“尽管处于前现代、现代与后现代的交叉路口，但它的主导趋势无疑

---

① 赵勇：《意象形态与 90 年代中国文学》，《文艺争鸣》2000 年第 6 期。

② 邹广文：《社会转型期的大众文化定位》，《吉林大学社会科学学报》1998 年第 6 期。

③ 陶东风：《超越历史主义与道德主义的二元对立：论对于大众的第三种立场》，《上海文化》1996 年第 3 期。

④ 陶东风、金元浦：《人文精神与世俗化》，《社会科学战线》1996 年第 2 期。

⑤ 尹权宇：《无确定性的解放——大众文化与中国社会的现代转型》，《社会科学辑刊》1996 年第 1 期。

⑥ 陶东风：《社会转型与当代知识分子》，上海三联书店 2001 年版，第 201 页。

是从前现代走向现代的转型，因而现代化是我们的主要历史使命，现代性是我们所要建构的价值系统的核心。我们的文化发展战略，包括我们对于世俗文化、大众文化的态度、立场，都应当以此为轴心而加以建构”①。多年以后，现代化理论范式的代表人物陶东风先生，依然难能可贵地坚持并发展了这种观点，认为“是否具有抵抗全权主义、推进民主化的政治功能是我评价大众文化与消费主义最主要的尺度。这个立场与尺度迄今未变”②。

不妨说，90年代的现代化理论范式的大众文化研究，的确抓住了20世纪80、90年代之交的核心问题，那就是大众文化自身以及与之相关的社会政治环境的“现代化”问题。陶东风先生曾敏锐地指出，大众文化“必须在与官方主流文化不正面冲突的前提下才能生存，无论多么突出市民文化的娱乐功能，消闲功能，煽情功能，宣泄功能，它都谨慎地回避与官方文化的冲突（主要是在政治观念和道德观念上的冲突）以求得官方文化的认可甚至赞赏”③。持现代化理论范式者有一个开放、民主、自由、宽容、活得有尊严的世俗化社会愿景。它不希望再看到一个在集权中丧失人性，人人自危的社会，也不愿意看到整个社会在左冲右突中贻误建设和发展的良好时机，它希望看到的是经济文化政治乃至个体的心性结构，都能够渐渐地实现现代转型。

就学术研究而言，此一范式的研究有一个重要特点，即注重沟通大众文化文本与社会政治语境这个大文本之间的关联，并试图透过大众文化文本来表达一种关于社会政治的学术关切。而且，它的研究往往较为具体有效，因为它不设定一个规范性的大众文化法则，并对大众文化本身提出应该性的要求。依其之见，这种研究不能理解某一大众文化之为某一大众文化的具体的社会语境，因此难以见效。而且，即使大众文化有诸多的局限性，那也应该去寻找这种局限性之所由生的体制性和结构性的原因。这样就可以让人们对于某一大众文化文本的社会生产机制有较为清晰而理性的

① 陶东风：《超越历史主义与道德主义的二元对立：论对于大众的第三种立场》，《上海文化》1996年第3期。

② 陶东风：《大众消费文化研究的三种范式及其西方资源》，《文艺争鸣》2004年第5期。

③ 陶东风在1993年5月北京雁栖湖“通俗剧研讨会”上的发言，参见解玺璋《百家争鸣说“通俗”》，《中国电视》1993年第10期。

认识。比如有论者对大众文化进行批评时指出："'大众文化'平庸的生产者，在努力制造着平庸的受众，平庸的受众再鼓励着更为平庸的文化生产，从而形成恶性循环，这就是当下一些电视剧、小说总是表现没完没了的清宫秘事，相互效仿的感情纠葛，大同小异的男欢女爱的根本原因。"①这种分析当然有一定的道理，但是在现代化理论范式看来，这种分析的结论是不准确的，因为根本原因不在生产与消费的恶性循环。只有通过追问为什么会这样的生产与消费的具体体制性原因，才有可能挖掘到根本原因。不妨说，正因为坚持现代化理论范式的此一重要特点及其旨趣，我们才会坚持认为，不能因为大众文化在此后的发展中表现出了诸如物质主义与消费主义的问题，便完全否定大众文化及其所表征的世俗社会，甚至还做起回归宗教文化与社会的美梦，或者企图退回到大众文化的极端时代。合理的做法也许是，继续以现代化理论范式的大众文化批评为旨趣，合乎语境地分析大众文化是在怎样的社会条件下出现诸如物质主义、消费主义之类问题的，既而有针对性地展开相应的社会文化批评，并建构大众文化和世俗社会的公共价值认同和公共交往方式，② 乃至于建构公共批评的大众文化研究范式，这当是一条可行之路。

不可否认，由于持现代化理论范式的学人对 90 年代社会性质的判断和诉求，以及其历史理性优先的思维逻辑和研究方法等原因，他们往往看到的是大众文化的优点，并认同这样一种大众文化观，即大众文化"抹平了文化特权、垄断、偶像，大大推动了文化的多元化和民主化进程；'大众文化'的开放性、宽容性及丰富多彩的文化产品创造了一种共享的文化空间"③。就此说来，现代化理论范式也就对大众文化持认同的态度更多一点，但也正是这种认同，使得它既能走进大众文化，又能拉开一个知识论的距离，从而有效地阐释大众文化。

同时，现代化的理论范式，还在所不惜地放弃了自己的精英主义，因为研究者意识到，"如果斤斤于政治一体化时代那种可怜的精英意识与中心地位，缺乏历史发展进程的深刻洞察，就必然会无视历史提供给我们的

① 盖生：《价值焦虑：新时期以来文学理论热点反思》，上海三联书店 2008 年版，第 215 页。

② 陶东风：《畸变的世俗化与当代大众文化》，《文学评论》2015 年第 4 期。

③ 朱立元：《精英文化的困顿》，《上海文化》1994 年第 3 期。

重要机遇。……应看到世俗化带来的文化民主与文化自由，世俗化的平民性本来就是当代知识分子80年代精神诉求的合理延伸与结果。我们绝不是为媚俗主义辩护，问题是，当代文化的新机制，当代文化的更大的更快的发展，当代文化艺术的新的保护方式，只能从市场经济这一起点开始，只能从世俗化现实开始。我们别无选择"①。这种有意识地从精英主义中走出来的态度，更多地表现出了对90年代大众文化的积极认同。这种认同才使得它有可能将大众文化作为"研究室"的研究对象，② 才有可能在研究中勾连起学术与日常生活的真实关系，从而语境化地看到大众文化的性质、特点和功能，并改变那种"集体无意识"般地使用域外理论来批判大众文化的做法。③

至此，我们可以看到现代化理论范式的大众文化研究有较多的文化研究特质，诸如"去精英化"的认同、语境化的方法、关注社会政治问题的旨趣，等等。这种大众文化研究范式的践行，已然悄悄地走向了自觉的文化研究。如果我们承认90年代以来的文学无论是在生产、传播还是在接受上都已然大众文化化了，那么这种具有较多文化研究意味的大众文化研究恐怕是一个有效应对这种变化的研究方案。

其三，新左派的研究范式④。

从文献看，"新左派"大众文化研究的出现，恐怕是在1995年左右。⑤ 但作为一种范式被承认，则被认为是1997年。那一年，《读书》杂

① 金元浦、陶东风：《阐释中国的焦虑——转型时代的文化解读》，中国国际广播出版社1999年版，第47页。

② 同上书，第110页。

③ 陶东风：《文化研究：西方与中国》，北京师范大学出版社2002年版，第38—43页。

④ 在大众文化几近日常生活化的今天，学界时有大众文化研究成果出现，如张贞《日常生活与中国大众文化研究》（华中师范大学出版社2008年版）、张慧瑜《影像书写——大众文化的社会观察（2008—2012）》（生活·读书·新知三联书店2012年版）、张慧瑜《文化魅影：中国电视剧文化研究》（中国电影出版社2016年版）等就是其中有代表性的作品。在业内颇有影响的当代文化研究网、左岸文化网以及当前较为活跃的中国艺术研究院"青年文艺论坛"上，也偶有相关的大众文化研究成果面世。综观其中某些成果，可以发现其理论范式与90年代出现的"新左派"研究范式颇有渊源。

⑤ 1995年出现的重要文献有：汪晖：《九十年代中国大陆的文化研究与文化批评》，《电影艺术》1995年第1期；李陀：《"开心果女郎"》，《读书》1995年第2期。

志刊发了以“大众、文化、大众文化”等“关键词”为话题的一组笔谈。[①] 这被视为“新左翼的象征性表述”，“标志着在大众文化研究方面理论运用的一个重要转变”。[②] 由于论者对于其为什么是重要转变不曾论证得清晰有力，因此也就未必完全可信。但它的确又道出了一个“事实”，那就是从此以后，一个可名之为“新左派”的研究范式更为清晰地呈现了出来。此后还有众多相关研究文献可以归入此一范式。[③]

“新左派”的研究者非常重视大众文化研究。在他们看来，大众文化具有重要的社会文化功能，在现实社会文化生活中扮演着不可忽视的角色，它裹挟的“新意识形态”具有非常强大的社会文化构造功能。李陀指出：“大众文化可能正在成为今日意识形态和价值观念借以建构起来的主要动力和主要机制。”[④] 多年后，他依然认为：“今天的大众文化现象对认识中国目前社会的转型，对认识中国的历史变革是最好的窗口。”[⑤] 与李陀的看法一致，戴锦华也认为，大众文化“以愈加有力而有效的方式参与着转型期的当代中国文化构造过程”。[⑥] 能够发现大众文化的重要，这说明“新左派”研究者对社会文化事实的观察是敏锐的，同时也说明他们已然具备了一定的“文化唯物主义”观念。因此，他们要研究大众文化。在他们看来，一个人文学者只有通过研究大众文化，才能建立起与当前社会生活的真实关联，才能看清楚 90 年代社会转型是如何发生的，新的社会结构又是怎样被合法化的。“新左派”学人写道：“九十年代——尤其是一九九三年以降，通俗文化的迅速扩张和繁荣，以及它对社会日常生活的大举入侵和深刻影响，使得我们无法对它继续保持可敬的缄

① 这组“笔谈”包括的文章为：韩少功：《哪一种“大众”?》，《读书》1997 年第 2 期。戴锦华：《文化地形图及其它》，《读书》1997 年第 2 期。李陀：《“文化研究”研究谁?》，《读书》1997 年第 2 期。旷新年：《作为文化想象的大众》，《读书》1997 年第 2 期。

② 陈建华：《帝制末与世纪末》，上海教育出版社 2006 年版，第 36 页。

③ 其中 2000 年之前出版的重要文献就有：戴锦华的《大众文化的隐形政治学》（《天涯》1999 年第 2 期）、戴锦华：《犹在镜中——戴锦华访谈录》（知识出版社 1999 年版）、王晓明主编的《在新的意识形态的笼罩下》（江苏人民出版社 2000 年版）、王晓明的《半张脸的神话》（南方日报出版社 2000 年版）及李陀主编的“当代大众文化批评丛书”等。

④ 李陀：《“文化研究”研究谁?》，《读书》1997 年第 2 期。

⑤ 李陀、杨建平：《失控与无名的文化现实——访“当代大众文化批评丛书”主编李陀》，《天涯》2000 年第 1 期。

⑥ 戴锦华：《文化地形图及其它》，《读书》1997 年第 2 期。

默……这一特定的文化现实对中国的人文学者，乃至人文学科构成了全新的挑战。"① 这也即是说，如果不研究大众文化，生产的知识话语恐怕不具有实际的阐释力，也不能理解变动中的当代社会文化现实。基于此，"新左派"学人勇于面对"全新的挑战",② 甚至于甘愿经历痛苦的学术转型，主动调整知识结构，建构新的言说话语和阐释框架。戴锦华曾回忆说："90年代以后我始终处于相当茫然的状态。这种茫然到92、93年之交达到了极致。这主要是因为商业大潮不期而至。就个人经验而言，我经历了真正的'失落'。首先是80年代自己所从属的学术群体的溃散，似乎所有人都在一夜间放弃了学术。……因无法容忍商业化突然全方位地降临中国而感到一种绝望乃至某种程度的精神崩溃，我们仿佛一觉醒来……突然面对着大众文化、商业文化、文化市场的全面兴起。……我经历了一场'知识的破产'。自己过去所娴熟使用的大部分理论和方法都在新的现实面前显出了苍白无力。"③ 旷新年也不无"修辞"地写道："对于知识分子来说，一九九三年是一个致命的年头。他们曾经拥有的知识在这一时刻已经全盘崩溃和失效，这因此导致了所谓'失语症'。与此相伴随的是大众文化/大众传媒洪水一般地涌来，迅速填满了表意空间。大众文化/大众传媒取代'历史'成为现实的一种充分表象。"④ 戴锦华、旷新年等"新左派"知识人的描述乃是学人的普遍感受，非常真实。多年后，历经那个年代的众多学人都有过相关回忆。王晓明与蔡翔在一次对话中，还具体提及了20世纪八九十年代之交的主导性知识资源从哲学、美学、心理学到社会学、经济学、政治学为代表的社会科学转型的问题。⑤ 只不过，面对这种转型，有学人依然从事体制内的专业文学研究。而"新左派"学人则跨出文学研究的学科限制，意欲在大众文化场域中建立"文化领导权"。这一点是值得肯定的。

"新左派"学人从事大众文化研究，有其自身的关注点和研究风格。他们关注大众文化并非要从中窥视那抽象的审美、道德问题，也不是要关

---

① 戴锦华：《文化地形图及其它》，《读书》1997年第2期。

② 同上。

③ 戴锦华：《犹在镜中——戴锦华访谈录》，知识出版社1999年版，第5页。

④ 旷新年：《作为文化想象的"大众"》，《读书》1997年第2期。

⑤ 王晓明、蔡翔：《美和诗意如何产生 有关一个栏目的设想和对话》，《当代作家评论》2003年第4期。

注共同体的政治文化建设。其目的在于透过大众文化来观察 90 年代市场经济语境下的“意识形态政治”，诸如贫富悬殊、阶级分化问题即是其主要的观察点。其得出的一个基本判断是，大众文化裹挟着一种特有的“新意识形态”，并以一种“隐形书写”的方式展开其实践。在看似与官方或主流的对抗中，又暗度陈仓般地与之合谋，以获取官方的支持，并成为这个时代的“文化英雄”。对此，汪晖早已指出：“官方或主流与大众文化的二元对立中，没有看到两者通过资本的活动而形成的复杂关系……大众文化与官方意识形态相互渗透并占据中国当代意识形态的主导地位……恰恰是当代中国社会文化的主要特点之一。”①

几年以后，戴锦华也表达了相近的意思：“90 年代，大众文化无疑成了中国文化舞台上的主角。在流光溢彩、盛世繁华的表象下，是远为深刻的隐形书写。在似乎相互对抗的意识形态话语的并置与合谋之中，在种种非/超意识形态的表述之中，大众文化的政治学有效地完成着新的意识形态实践。”② 这即是说，大众文化在与官方或主流的合谋中，共同书写着这个时代的美好生活想象，并实际地构造了一个全新的社会结构。这个全新的社会结构，其凸显的是各种各样的资本、欲望、消费、享乐、财富、竞争、成功等符号所表征的一种“新意识形态”③。这一翻天覆地的社会变化，在大众文化的参与下，完成得那么自然而然，实乃“绝妙”的“隐形书写”。戴锦华在《大众文化的隐形政治学》一文中，对此也予以了较为具体而精彩的分析。比如她以“广场”这个词为例，一个本来具有政治意味，甚至具有革命想象的语词，已然非常普遍而又自然而然地挪用作了商场的代名词，这就“似乎在明确地告知一个革命时代的过去，一个消费时代的降临”。④ 接着，戴锦华继续分析指出，借助于杂志、广告、电视剧、咖啡馆等各种各样的大众文化形式，消费时代的意识形态几近覆盖了整个日常生活空间，人们渐渐地接纳了这样的生活方式，并不再追问这样的生活是否偏离了曾经的承诺，是否完全放弃了一份本该继承的

---

① 汪晖：《九十年代中国大陆的文化研究与文化批评》，《电影艺术》1995 年第 1 期。

② 戴锦华主编：《隐形书写——90 年代中国文化研究》，江苏人民出版社 1999 年版，第 283 页。

③ 王晓明主编：《在新的意识形态的笼罩下》，江苏人民出版社 2000 年版，第 18—19 页。

④ 戴锦华：《大众文化的隐形政治学》，《天涯》1999 年第 2 期。

遗产。换言之，新意识形态已然合法化了，甚至业已主宰了这个时代关于好生活的想象。

在“新左派”大众文化研究者看来，“新意识形态”的这种主宰，除了表明大众文化是“中产阶级”的文化且不与官方相冲突之外，它还表明了大众文化善于使用超强的“隐形术”。这种“隐形术”使得人们遮蔽了对底层的生存关切，并且将底层自身的阶级意识都消解殆尽，底层自身几近失去了反思的能力。正如有学者所指出的那样：“由广告和传媒塑造成形的那个富有、漂亮，享受名车、豪宅的‘成功人士’，大有充任当代中国人‘现代化’想像的聚焦点的气势。事实上，这些流行想像已经蒙住了许许多多人的眼睛，使他们看不见经济发展背后的隐患，看不见生态平衡的危机，自然更看不见‘新富人’的掠夺和底层人民的苦难，甚至使他们根本不关心这些事情。”①

不妨说，新左派的大众文化批评，仅凭其关注弱势群体，批判权贵，为底层说话这一点，就能够获得更多道义上的优越感，同时，它对阶级分化的关注和对新富阶层的合法性质疑，对于90年代以来的贫富分化现实的确有一定的针对性。而且，由于资本逻辑几近蔓延了整个世界，因此它对“新意识形态”的批判性思考就带上了一定的国际视野，这还有可能使得新左派的知识话语具有反思全球的意味。这些无疑都是可圈可点之处。“新左派”的大众文化研究范式的影响力因此并不可小觑。此后，人们在涉及大众文化问题时，不得不考虑“新左派”研究者所考虑的问题。比如，多年后有学者在底层问题的研究上还自觉或不自觉地对“新左派”予以了一定的“回应”：“不管存在多少分歧，这一点显而易见：大众文化并非直接抵达底层，表述底层。遮蔽还是敞开？这只能取决于底层与大众文化之间持久的博弈。”② 此外，“新左派”的大众文化研究彰显了政治经济学的研究维度，这在后革命时代，或者说马克思主义已然文化唯物主

① 王晓明：《半张脸的神话》，南方日报出版社2000年版，第9页。有学者曾以底层问题为例，表达了与之相近的观点：“不管存在多少分歧，这一点显而易见：大众文化并非直接抵达底层，表述底层。遮蔽还是敞开？这只能取决于底层与大众文化之间持久的博弈。”（南帆：《底层与大众文化》，《东南学术》2006年第5期）

② 南帆：《底层与大众文化》，《东南学术》2006年第5期。

义转向的语境下，显得弥足珍贵。[①]

然而，“新左派”的批评范式也有其较大的局限性，它没有对大众文化做语境化的分析。简单地将大众文化视为中产阶级文化，这是很可疑的。如果说 80 年代的大众文化无可争辩地具有反体制特点，那么 90 年代的大众文化在一定程度上也延续了这一特点，它并非一种官方文化，更没有与体制合谋。毋宁说，它伸张了一种社会文化民主的梦想。这一点可以从 90 年代最初几年里最具代表性的王朔文化现象看出，王朔以其痞气十足的风格解构了特定时期意识形态政治的权威，这几乎是一种常识。有学者为此非常理性地指出：“中国大众文化以其颠覆性与反叛性，成为‘文革’后解构革命话语的催化剂；中国大众文化用感官愉悦、读图想象代替了传统的宏大叙事与理论说教，使大众文化呈现出有别于主流文化的新特质。”[②] 大众文化的这些特质在 90 年代中后期也是明显的。它在引导个体心性结构与整个社会走向开放、自由与宽容等方面所起的作用不可小觑。而如今，大众文化依然还承载着大众阶层实现梦想的功能，它作为特定生存环境下人们对社会文化的民主化想象之表征这一点是不可否认的。简言之，大众文化在特定语境下是具有较强的公共精神及政治意义的。也因此我们认为要用公共批评的范式去对大众文化进行批评。[③]

即使退一步说，90 年代的人众文化“沉沦”为了中产阶级趣味，但这种“沉沦”也并非简单地表明大众文化与主流权力合谋了。也许我们要思考的是，主流体制提供了多少大众文化发展的空间？是什么样的文化环境使得大众文化放弃必要的担当而在“沉沦”中“娱乐至死”，心甘情愿地戴着畸形的“消费意识形态镣铐”跳舞？换言之，我们在批判大众文化局限的时候，也应该联系语境去做具体的分析，而不应该抽象地批评大众文化。若如此，我们就会认同有学者所主张的用公共理性的视野去对大众文化进行批评，“以推进我们大众文化真正建立起属于自己的公共领域，恢复大众文化‘实质未受损害的文化’”。[④] “新左派”大众文化研究

① 从其不忘革命初衷而言也是值得肯定的，只是过于原教旨主义的革命理解容易失去理性，失去常识，极不重视历史经验等。

② 周骅、黄宗喜：《喧嚣与骚动：中国大众文化的特质与发展》，《当代文坛》2013 年第 6 期。

③ 肖明华：《走向公共批评的大众文化研究》，《山西师大学报》2010 年第 5 期。

④ 和磊：《公共理性视野中的当代大众文化批判》，《文艺评论》2012 年第 5 期。

者显然没有此一意愿。这就使得这一研究范式在批判大众文化局限的同时，遗忘了90年代大众文化的主导性功能，即它表征了一个开放、自由、宽容的社会环境的开始。也因此，“新左派”大众文化研究者常常陷入简单化思维，一味地把大众文化“丑化”，甚至视之为一种“敌对”的文化。对此，有学人曾一针见血地指出：“新左派并没有对于资本与权力的关系、对于大众文化的生产机制真正进行深入的剖析，没有令人信服地揭示出资本是如何在中国特殊的经济与政治体制中运作的，在资本与权力、市场与原先遗留的政治体制之间存在怎样的关系。这就在很大程度上削弱了资本（主义）批判的理论深度，同时也难以在一个更深的层次上解释大众文化—资本—权力之间的复杂关系。”①

由于缺乏语境分析，“新左派”的批评者还常常陷入“意识形态”的冷战思维中而不能自拔。不愿承认今日变化了的社会现实，不肯对实际的社会进行理性的分析。他们完完全全地把作为学术实践活动的大众文化研究变成了一场直接的意识形态斗争。难怪有学人会说：“‘新左派’的真正兴趣根本不在于研究大众文化而是借此骂消极自由者。”② 虽然大众文化研究难免有自己的倾向，但“新左派”的倾向或也太不自然而然了。如此境况之下，怎么可以得出有说服力的大众文化观呢？比如有论者指出：“大众文化已经变为了‘小众文化’，是‘西方式大众文化’，是中产阶级文化，因此要维护人民大众的文化权益。”③ 认为大众文化变为了小众文化的确有一定的事实依据，但恐怕更多的是一种逻辑推理所得。在“新左派”看来，大众文化乃中产阶级意识形态的文化，而中产阶级在中国不占大多数，自然而然就得出了大众文化不是大众的文化的结论。这种把“中产阶级”视为人民大众之外的说法，是一种过度受制于阶级意识的表达。其实，中产阶级也是人民大众。

“新左派”范式的大众文化研究，打着人民大众的旗号这一点是可疑的。在一个后革命的时代，人民大众已然不是一个抽象的阶级语词，更不能将它理想化，它不能成为正义的化身。人民大众与中产阶级并不是二元

① 陶东风：《文学理论的公共性》，福建教育出版社2008年版，第187页。

② 陶东风、和磊：《当代中国文艺学研究（1949—2009）》，中国社会科学出版社2011年版，第552页。

③ 马龙潜、高迎刚：《人民大众的文化权益》，《文艺报》2005年7月28日。

对立的。有学者在研究费斯克的大众文化理论时指出："左派需要的是找到把自己对于社会正义的关心与大众的幸福欲望——尤其是物质欲望——相结合的方式。统治系统通过满足人民需要（无论多么有欺骗性）而'收买'人民，而左派则在批评资本主义的唯物主义与个人主义的同时，贬低人民的物质需要本身，而不是寻找更加进步的满足这种需要的方式。这种理论只能建立在下列前提上：人民将抑制自己已经在统治系统中得到满足的需要，遗憾的是，这个前提当然是一厢情愿的。"① 费斯克所指出的这个非常契合现实语境的问题，是值得"新左派"认真考虑的。人民大众并非一个本质的概念，把它视为铁板一块的做法是不合适的。有学者不无道理地指出："当代大众文化的表述，断然消解了'经典'的想象性表述，而大胆凸现感性、即时和碎片化的大众生活经验。这种崭新的城市表述，尽管缺少体现任何具有实质深度的价值持久性，然而它却有可能通过平凡而富有诱惑的欲望叙事，安慰现代大众对世俗幸福生活的'渴望'，实现大众对理想生活的永恒梦想。"② 从这个方面说，大众文化其实很有人民性的。对此，王朔也曾指出："学院派知识分子可以从各种角度批判大众文化，就是不要从'人民性'这个立场出发，因为那是大众文化本身的立场。"③ 如果我们回到语境，要思考的切实问题恐怕是，在什么样的文化环境与生产机制下，大众文化越来越不大众。在什么样的制度环境下，大众会以今日面目出现。如果能够如此提问并对此类问题做更具体的分析，"新左派"焦虑的大众文化不大众的问题恐怕就能找到原因并逐渐予以解决。而任何简单化地从意识形态角度来抱怨乃至否定大众文化的做法都是无济于事的。

由于缺乏语境的具体分析，"新左派"批评者所指出的大众文化的问题即使在一定意义上都是真问题，但是其解决问题的方式，往往也是不可取的。意气用事，甚至毫无常识是其存在的问题。比如，他们往往把某一时期几乎以失败告终的社会改造实践说成是"反现代化的现代化"，甚至对它顶礼膜拜。强调"反现代化的现代化"的遗产之重要性，虽然具有

① 陶东风：《超越精英主义与悲观主义——论费斯克的大众文化理论》，《学术交流》1998 年第 6 期。

② 徐国源：《"都市想象"与大众表述》，《江苏社会科学》2012 年第 2 期。

③ 王朔：《我看大众文化》，《天涯》2000 年第 2 期。

一定的学理价值，但它与基本的常识和伦理相去甚远。这是一个值得反思的问题。当革命的浪漫想象及其实践，已然被惨痛的历史经验“教训”过了一次之后，“告别革命”就不失为一个策略性的语词。不妨说，伴随着90年代的现代化而生的一些如贫富分化的社会问题，即使要“革命”地解决，“革命”也不应该简单地指那种“均贫富”式的，将目标锁定在生活“必需品”上的低层次革命。依阿伦特之见，那不是好的革命，甚至不叫革命。“只有发生了新开端意义上的变迁，并且暴力被用来构建一种全然不同的政府形式，缔造一个全新的政治体，从压迫中解放以构建自由为起码目标，那才称得上是革命”①。阿伦特所言的革命，我们恐怕尚缺乏经验。它之需要与否也还是可以讨论的。但如果不是此一意义上的革命，恐怕还是“告别”的好。“新左派”未加分析就对李泽厚等人的“告别革命”进行简单的否定，恐怕也是因为在他们看来，“告别革命”就是中产阶级的意识形态，就是大众文化之所以不大众的原因。这难道不是把“革命”浪漫化了么？不是不尊重“事实真理”地过度肯定了那段历史所导致的么？对此，陶东风先生曾理性地指出：“我们既不可能简单天真地鼓吹革命暴动，回到‘文革’时期的阶级斗争，也不可能廉价地（也是完全和乖巧地）宣称‘告别革命’，而是把革命当作认真严肃的学术问题进行反思。”② 只有理性地看待革命，我们在面对大众文化的所谓新意识形态的时候，才有可能得出更为合理，更为复杂的判断，至少不会简单地、二元对立地看待中产阶级的意识形态。大众文化在否定那种应该否定的“革命”方面是有贡献的，同时大众文化在期待那种应该期待的“革命”方面恐怕也是有担当的。“新左派”大众文化研究者几乎完全忽视了大众文化的成绩。难怪有学人质疑说，“新左派”在言说中产阶级隐形术的时候，是否也遮蔽了不该遮蔽的东西呢？③ 如果答案是肯定的，那么我们再来看待大众文化的时候，也许感觉就会不同。

不妨再以当下一些具有“新左派”意味的大众文化观为例。比如，有论者把大众文化描述成这样一种“形象”：“大众文化在本质上主要是

① ［美］阿伦特：《论革命》，陈周旺译，译林出版社2007年版，第23页。

② 陶东风：《革命的祛魅：后革命时期的革命书写》，《渤海大学学报》2010年第6期。

③ 刘小新：《文化研究的激进与暧昧——评李陀主编的“大众文化批评丛书”》，《文艺研究》2005年第7期。

反人文精神的……主旨不是叫人活得更像人，而是把人腐蚀为符合资本主义统治需要的消费动物。可以说，这是发达资本主义社会最成熟、最成功的统治方式之一。众所周知，发达资本主义基本上是橄榄形的两边小、中间大的社会结构，真正的无产阶级事实上已经萎缩，而且有中产阶级化的趋势；中产阶级已经成为社会主体，作为既得利益者的中产阶级，在政治上是最没有理想和信念的阶级，几乎是平庸甚至庸俗的代名词……大众文化，就是大资产阶级所操控的商业资本逻辑在文化领域的体现，并通过中产阶级的自由自觉的接受，进而影响无产阶级，达到在文化、思想上统治整个社会。"① 这样的判断，不无庸俗阶级论的嫌疑。试想，如果不冷战思维、不二元对立地看待中产阶级，人们还会认为中产阶级、大众文化是平庸与庸俗的代名词么？更不要说，这样的判断是否适合中国语境了。

最后需要指出的是，新左派的大众文化研究，是一种自觉的文化研究，因此在调整研究对象、采用新的研究方法、转换研究目的方面，都表现出更多的学术敏锐性和研究自觉性。对于不能不面对大众文化发展现实的文学理论研究而言，它是提供了知识转型的一个较好案例的。

行文至此，我们已然对 90 年代大众文化研究的几种范式进行了考察。目力所限，肯定还是遗留了不少值得探究的大众文化研究范式。② 但是，

---

① 盖生：《价值焦虑：新时期以来文学理论热点反思》，上海三联书店 2008 年版，第 213 页。

② 由于篇幅所限，这里不妨略提一种公共领域的研究范式。其代表性文献是孙占国主编的《当代中国大众文化》。这是 1997 年立项的由孙占国主持的国家哲学社会科学"九五"规划基金项目的最终成果（原课题名称为《当代中国大众文化的问题与对策研究》）。该书以哈贝马斯的公共领域理论来分析大众文化，认为精英文化与大众文化的边界逐渐模糊乃至消失，与国家和社会的相对分离有关，由于这种分离出现了中间地带即公共领域，它具有相对的独立性，各种不同风格的文化能否进入公共领域进行流通，主要就取决于这个领域的消费者的认同。正如论者所言："尽管严格说来，我们的国家与社会尚未完全分离，公共领域还不如西方那样明显，但国家对大众文化生活管理的松动却造成了这个领域文化生产与消费的非意识形态化。在当今社会，制约文化产品生产的因素，一是政治权威，二是市场规律。当国家权威淡出之后，便只有市场规律在发挥作用。这样，严肃、高雅的文化产品也不得不重新调整自己的生存战略。由理性、批判、超越而转向感性、媚俗、愉悦。""因为道理很简单，公共领域文化产品的流通有它自己的流通规则，这就是认同。而认同者是大众。特别是随着我国市民社会的日趋发展，大众的人数增多，似乎也可以这样说，伴随工业化、城市化与市场化的发展，原来公共领域的主体已由知识分子群体改变为大众，而大众的文化品位、消费趋向、审美趣味都具有鲜明的特征，这个特征如用丹尼尔·贝尔的话说，那就是'它不需要文化，只需要娱乐'。这样，进入这个领域的文化产品的价

就已经考察的几种研究范式而言，它们无疑是文学理论研究转向大众文化研究的几个基本方案。

不妨说，90年代的文学理论，关注大众文化，将之作为研究对象，以此来生产有关这个时代的知识，既而把握时代的脉动，参与到这个时代的公共生活之中，这已然是一个必然的选择。这主要是由大众文化的性质以及它在当今时代中的地位所决定的，因为“大众文化的特征是话题型，而非系统型或逻辑型的。所谓话题型是指大众文化是跨符号系统的，它……打破各种界限，围绕着社会的热点话题或时髦话题而展开，这些话题又同当下的社会生活息息相关”。[①] 也因此，研究大众文化，就成为切入现实的一种知识生产方式，大众文化的文本因此就值得被细读。而因其与“文学性”的关联，以及文学在90年代大众文化化的事实，甚至“无论从哪方面看，大众文化都成了当今主要的文学形式”[②]，这也就为文学理论研究者涉猎大众文化提供了足够的理由，也因此可成为该学科发展转型的一个重要方案。早在90年代初期，就有学者略显模糊但也很是敏锐地以大众文学为例，指出：“新的文学理论也将在与大众文学的相互‘争吵’、‘批判’和‘对话’中显出自己的新貌。”[③] 而已然展开的几种研究范式，即是新的文学理论风貌的表征。虽然不同的理论立场，相异的阐释框架，会影响到这种知识生产的有效程度，但是只要其生产的知识能建立起学术研究与日常生活的真实关联，只要这种关联多少有助于人们理解这个大众文化化了的文学世界乃至整个的社会生活，既而可以在一定程度上推动人性建设，促进共同体生活走向更好的方向，那就可以称其为一种“文学理论”知识。已有的几种不同范式的大众文化研究恐怕都可以算作这样的知识。因此，我们可以说，大众文化研究已经让文学理论转型走在

（接上页）值方位就只有一个：娱乐，也就是想着法让大家高兴，能让小市民的犬儒意识得以补偿。”（孙占国主编：《当代中国大众文化》，吉林人民出版社1999年版，第159、160页）论者的这种说法多少有些道理，但是它依然存在局限。这里不妨提及两点：其一，它没有将公共领域的出现所导致的大众文化视为一种现代化的推动力量，因此它没有分离出大众文化所具有的历史意义，而更多对大众文化持批判立场。其二，它指认的小市民的犬儒意识，一定意义上是敏锐的，但是它没有具体地分析和追问为什么会出现这种犬儒，其结构性的原因在哪里，等等。

① 蒋原伦：《大众文化的兴起与纯文学神话的破灭》，《文艺研究》2001年第5期。

② 赵勇：《新世纪文学理论的生长点在哪里》，《文艺争鸣》2004年第3期。

③ 张法：《中国文论转型的几个维度》，《思想战线》1994年第4期。

了路上。意识到这一点，并非不很重要，因为未来的文学理论研究要走向自觉，就难免要回望并重视这种转型。

多年以后还有学人指出："90 年代以后，我国文艺学研究的影响力逐渐减弱的重要原因之一，就在于它仍然拘守在原有的学科体系和模式中，与正在发生深刻变化的大众日常审美经验和文化生活的关系越来越疏远。"① 这种判断是否准确并不重要。重要的是为什么在面对当下，回望过去了的 90 年代的时候，人们还要强调文学理论与大众文化研究之间的关联？还要申论从事文学理论研究的恰当态度就是积极地"介入"大众文化，努力地"面向"大众文化？这难道是由于 90 年代的大众文化研究被遮蔽了，因此需要重提，还是由于大众文化虽然已然研究，并几近成为一个专门的领域，但其与文学理论的关联未曾合法化呢？答案恐怕都是肯定的。缘此，我们有选择性地对 90 年代以来的大众文化研究范式进行回望恐怕是有必要的，同时，我们还有必要对文化研究的合法化问题进行一番考察。

第三节 文化研究的合法化及其作为文学理论转型的一种知识方案

虽然 90 年代开展的几种范式的大众文化研究，其实已经在切实地推进文学理论转型的发生了，但是，作为一种知识形态的文化研究，却并没有与文学理论发生自觉的关联，或者即使发生了，也没有引起文学理论界的重视。② 这一方面是由于大众文化研究兴起之时，它未曾自觉到自身研究的独特性，因而没有直接冲击到文学理论的知识生产体制；另一方面，作为理论形态的文化研究还未来得及展开，更遑论进行合法化论证了。③ 这两方面的原因使得文化研究的合法化工程未曾完成，同时，文学理论转型的自觉性程度也因此不可能太高，更难以将大众文化研究与文学理论的

① 陈传才：《当代文化转型与文艺学的重构——关于当代文艺学建设的思考》，《文艺争鸣》2003 年第 3 期。

② 周小仪的《文学研究与理论—文化研究：分裂还是融合？》（《国外文学》1995 年第 4 期）一文，其实已然触及到了文学理论研究与文化研究的关系问题，但它并未引起反响。

③ 1995 年，王宁曾作为发起人，组织召开了"文化研究：中国与西方"学术研讨会，但他后来回忆说，那时，他其实也对文化研究的特性了解不多。

转型关联起来。这就导致了这样一种现象的发生，即大众文化研究已然展开了十余年，但直到2004年时，大众文化还有必要被强调为文学理论知识生产的“自救的办法”①。这倒不一定意味着强调大众文化研究的那批学者就没有意识到大众文化研究已然发生了转型的意义。更可能的情况是，大众文化研究的学术意义没有被学界很好地重视起来，在学科体制化程度较为严重的文学理论界没有合法化，更遑论成为知识生产的主导，甚至依然没有改变李陀曾指认的情况：“以大学体制为象征的现代知识体系，根本上拒绝大众文化有必要成为现代人认识当今社会和历史的一个重要的知识对象，更不必说把大众文化研究看作是现代知识体系的一个必不可少的领域”。② 的确如此！此后多年，还有学者指出，高校的教学体制和课程体系依然自觉或不自觉地在排斥/抵制大众文化研究。③

然而，就文献看，文化研究的合法化论证工作的展开，并自觉地关联到文学理论学科建设之事，在90年代却已然发生，虽然其完成之日即使到今天都还没有确定。综观文化研究合法化的方式，大致可分为两种：一是学术会议的形式；二是学科反思的形式。这两种方式又互相关联，比如学科反思往往就出现在某次学术会议中，甚至成为该会议的主要议题。

所谓学术会议的形式，是说通过学术会议，学者们直接交锋，通过平等、公开而又理性的学术论辩，来为文化研究的合法性进行伸张、辩护，从而获得学界的认同。这种会议的方式，又往往相对而言地分为两种形

① 赵勇：《新世纪文学理论的生长点在哪里》，《文艺争鸣》2004年第3期。需要说明的是，2004年前后正是文学理论与文化研究发生争鸣的时候，此时强调大众文化与文学理论的关联无疑在一定程度上有助于文化研究的合法化。

② 李陀：《我们为什么要搞文化研究?》，《电影艺术》2000年第1期。

③ 陶东风主编：《大众文化教程》，广西师范大学出版社2008年版，第1页。顺便提及的是，2004年前后出版了不少专门的大众文化、文化研究教材。这是否表明了文化研究的胜利？相关教材如：王一川主编：《大众文化导论》，高等教育出版社2004年版；陶东风主编：《大众文化教程》，广西师范大学出版社2008年版；陆扬：《大众文化理论》，复旦大学出版社2008年版；陆扬、王毅：《文化研究导论》，复旦大学出版社2006年版；陆扬主编：《文化研究概论》，复旦大学出版社2008年版；陆扬主编：《文化研究导论》，高等教育出版社2012年版；周志强：《大众文化理论与批评》，高等教育出版社2009年版；赵勇主编：《大众文化理论新编》，北京师范大学出版社2011年版；曾军主编：《文化批评教程》，上海大学出版有限公司2008年版；朱大可主编：《文化批评：文化哲学的理论与实践》，苏州古吴轩出版有限公司2011年版；祁进玉编著：《文化研究导论》，学苑出版社2013年版。

式，一是直接将文化研究与文学理论勾连起来，进行学术争鸣。这主要以1999 年在首都师范大学召开的“文学理论与文化研究”学术研讨会为代表。[①] 二是以介绍文化研究为主题和议题的学术会议。这种形式的学术会议，在 90 年代有过多次。

学科反思的方式，是文化研究合法化的最主要途径。它往往在指陈文学理论学科局限乃至危机的同时，又申言自身具有弥补这种局限和危机的能力，甚至认为只有走文化研究之路，才有可能改变已有文学理论的学科局限和危机。这里不妨举几种主要文献为例，来细究一番。

较早对文学理论学科进行反思，并将这种反思与文化研究勾连起来的文献，应该是《评新时期文学理论中的“审美论”倾向》一文。该文对新时期以来的文学理论将其研究对象建构为一种审美论的文学观进行了语境化的反思，较为具体地考察了这种审美论文学观的建构历程，认为它是特定时期里出于对普遍人性、人情和人道主义的张扬，而生产出来的一种具有理论价值和现实意义的文学观念。但是，这种审美论的文学观，无论是在理论上，还是在现实中，它都具有一定的局限性。比如，它难以切实地区分文学与其他艺术类型审美特性的不同，它难以揭示文学所具有的丰富性和复杂性，等等。而且，它还有一个最根本的局限性，即“它从注重文学的自律性而走向对文学的社会历史关联的忽视，无法适当地说明文学的社会性”[②]。为此之故，该文提出到了“向外转”的时候了，诸如文学中的性别、种族、权力、国际政治文化关系等问题都应该引起文学理论的关注。这恐怕就是一种隐约的文化研究话语了，虽然它并未使用文化研究一词。

如果说，这篇文献之于文化研究的合法化论证还不甚直接，那么到了1998 年，《文化研究视野中的文学》一文则已经明确地使用了文化研究这一语词，并受文化研究的启发，且以其为理论出发点，在对已有的审美论、文化论文学观进行局限性批判之后，该文合乎学理地得出：“我们的文学理论不应该一味地给文学画地为牢，使它变成一个固定的、封闭的

① 从该次学术研讨会的记录看，文学理论与文化研究并没有形成切实的争鸣和交锋。但是，它已然具有“仪式化”的意义（参见陶东风《“文学理论和文化研究”研讨会综述》，《文艺研究》2000 年第 3 期）。

② 杜卫：《评新时期文学理论中的“审美论”倾向》，《学术月刊》1996 年第 9 期。

‘对象’，而是应该把审美话语的组织形式及其文化意义作为研究的核心，并引进多学科的研究视野和方法，把文学作为一个研究领域作多学科的批评性探讨”。[①] 这不能不说，该文乃文化研究与文学理论建立直接关联的重要文献，因为一方面它已经表达了与此前文学理论在研究对象上的不同看法，另一方面它明确地吁求一种跨学科的研究方法。不过，它最终走的是一条综合的道路，将文学界说为“审美话语”，并且认为“作为审美话语的文学是人的生命世界的实现和伸展”[②]。这就说明，该文并没有完全抛弃原有的文学审美观，只是将文化研究作为一种视野，而不愿意彻底地“走出审美城”。但不管怎么说，它已然展开了文化研究的合法性论证工作，只是它没有将文化研究视为替代性的方案，而仅作为了一种扩充故有研究的有益视野。

真正自觉地以反思社会学理论对文学理论进行反思，应该是始自《在社会历史语境中反思中国当代文艺学美学》一文。它借重布迪厄的反思社会学方法，对80年代以来的文学理论主导话语进行合乎学理而又切合语境地深度反思。也正因为这种社会理论视角的反思，使得它有可能与文化研究勾连起来，并得出结论：“只有与具体的、语境化的、充分考虑实践活动的差异性的社会文化理论结合，才能有效地解释社会文化活动，包括审美与文艺活动。”[③] 这无疑是以文化研究的视野看待文学理论研究，试图改变既定的文学理论知识状况，同时也为文化研究合法化做了非常有力的论证。

不过，将这种自觉的反思真正地与文化研究勾连起来，从而为它做了较有力度的合法化工作的，还是《80年代中国文艺学主流话语的反思》一文。它首先以反思社会学的知识框架，对80年代的主流文学理论观念进行反思，认为所谓文学自主性、文学主体性等，都是特定语境下生产出来具有利益诉求的知识，比如这种远离政治，凸显个体自由的思想观念，契合了主流意识形态反思“极左”政治，既而具有思想解放的效用。然而，这种知识在90年代新的语境下已然失效，原因主要是它“失去了对90年代中国社会文化极度复杂化了的新状况的言说能力，以及对于新产

① 杜卫：《文化研究视野中的文学》，《浙江师范大学学报》1998年第5期。

② 同上。

③ 陶东风：《在社会历史语境中反思中国当代文艺学美学》，《哲学动态》1998年第9期。

生的审美活动与艺术生产、艺术消费方式的阐释能力”①。为此之故，该文认为，90 年代文学理论知识生产就不能固守一套 80 年代的成规，而应该走具有历史化、语境化特点的文化研究之路。同时，出于这种研究旨趣，该文对大众文化研究的合法性进行了论说，认为应该对大众文化的生产接受机制进行具体的分析，进而找到有效的阐释框架。不妨说，这样的结论来得是较为自然的，因为它既有理论的学理性证明，又有问题意识的有效引导，还深得语境的契合和支持。

至此，我们就可以认为，上述诸文已然很好地完成了一次阶段性的文化研究的合法化重建工作。简言之，它较有说服力地告诉了人们，80 年代以来的文学理论主导观念不具有天然的也不具有永恒的合法性。实际的情况则是，它在 90 年代遭遇了危机，而文化研究的理念和方法是 90 年代社会语境下，能够克服 80 年代以来文学理论危机的一种知识范式。为此之故，我们不应该因为大众文化不甚符合 80 年代的主导观念，就对其加以排斥和挞伐，而应该走进它，并有效地去研究它。如果不这样，就有可能导致文学理论找不到研究对象，更找不到那种能够建立起与社会生活真实关联的研究对象，或者找到了，但也生产不出有效的知识。如果我们联系 90 年代以来大众文化研究几近专门化了的现状，我们难免不会想起这样联系文学理论来言说大众文化，难道不是在为大众文化研究的合法性进行论证么？它又何尝不是要让大众文化研究浮出水面呢？答案应该是肯定的。甚至可以直接地认为，它已然让文学理论与大众文化研究勾连了起来，并且视大众文化研究是 90 年代文学理论的一种有效的知识生产方式。当然，需要说明的是，在大众文化研究的过程中，并非没有为其合法性进行过论证，但自觉联系文学理论来进行论证者，在 90 年代尚不多见。这也正是上述诸文，尤其是《80 年代中国文艺学主流话语的反思》一文的重要贡献。

然而，难道文化研究这种号称“反学科”的“流动型”知识就如此被规训成了文学理论的一种知识了么？文化研究的合法性论证就完成了么？

对此，我们的看法是：文化研究并非被规训成了一种故有的学科知

---

① 陶东风：《80 年代中国文艺学主流话语的反思》，《学习与探索》1999 年第 2 期。

识，而是充当了文学理论转型的一种知识方案。换言之，即使认为它是一种学科知识，那它也是一种与转型之前有较大差异的学科知识。对此，陶东风曾有过较为清晰的论述。他认为贯穿文化研究整个历史的，一直是其“实践性品格、政治学旨趣、批判性取向、开放性特点”。[①] 这些特点的存在使得文学理论发生转型顺理成章。对此，童庆炳也曾中肯地写道：“文化研究由于其跨学科的开阔视野，和关怀现实的品格，也可以扩大文学理论研究的领域，和密切与社会现实的关系，使文学理论焕发出又一届青春，这难道不是一个发展自己的绝好机遇吗？”[②]

可以说，文化研究以其自身的方式使 90 年代文学理论发生了转型。这种转型主要表现在三个方面：其一，文学理论本身的研究对象、研究方法、研究目的等方面的转型。比如，在研究对象上，它使得文学理论不再局限于文学研究，而更多地关注大众文化，甚至变得没有固定的研究对象，而以一切文学性/符号/文本作为研究对象。其二，它在一定程度上加重了文学理论知识形态本身的转型。比如，由于受其冲击，文学理论的分化更为严重，出现了文学理论的学科反思，也就是文学理论本身作为了研究对象，即出现了学科型的文学理论。其三，它还催生了文学理论转型的一些方案的生成。这最为明显地表现在文化诗学的发生这一点上。童庆炳曾认为他所提出的文化诗学即是一种吸收了文化研究特性的文学理论。[③]

总之，在大众文化兴起的语境下，大众文化研究/文化研究的发生是最为正常不过的了。也正因此，文化研究可谓是对故有文学理论冲击最为剧烈的一种知识形态，它所引发的文学理论转型也最为自觉。然而，文化研究与文学理论的关系却并非在 90 年代就已然有了定论。在 21 世纪之初，围绕着诸如它们之间的关系、文学理论究竟走向何处去等问题，曾发生过更为直接的论辩。这种论辩迄今也还未曾有确定之论。这里不拟对此

---

① 陶东风：《文化研究：西方话语与中国语境》，《文艺研究》1998 年第 3 期。

② 童庆炳：《文化诗学刍议》，《北京师范大学学报》2001 年第 3 期。

③ 童庆炳：《植根于现实土壤的“文化诗学”》，《文学评论》2001 年第 6 期。对于文化研究与文学理论转型在 2000 年以后的情状，可以参考拙作《走向自觉反思的文学理论》，北京师范大学出版社 2017 年即将出版。

细加评说。[1] 但不管怎样，我们都得承认，90 年代大众文化的兴起以及关于它的研究的切实展开，已然推动了文学理论在 90 年代的转型，而当文化研究作为一种更为自觉的知识形态冲击文学理论的成规，并具有转化文学理论危机和建构新的文学理论知识形态之时，我们就可以先行地下一个结论：文化研究，无论在理论上，还是在实际的批评实践中，它都是 90 年代文学理论转型的一种有效方案。即使这一方案还未曾在 90 年代的文学理论史上予以完全地承认，但它至少也被问题化了，因而值得给予回望。

① 不妨说，2000 年以来所出现的“日常生活审美化之争”“文艺学边界之争”“本质主义与反本质主义之争”等一些“事件”，无疑都共享了文学理论与文化研究的关系如何处理这一问题意识。有学者曾将 2004 年视为文学理论与文化研究之间的“战争”年代（张法：《文学理论与文化研究之争——对 2004 年一种学术现象的中国症候学研究》，《天津社会科学》2005 年第 3 期）。此外，文化研究的合法化还以文学批评与文化批评之争的形式予以了展开（90 年代发表的相关文献主要有：阎晶明：《文学批评与文化批评》，《作家报》1997 年 11 月 13 日。路文彬《救救文学批评——让文学批评回到文学》，《文艺争鸣》1998 年第 1 期。吴义勤等：《关于今日批评的答问》，《南方文坛》1999 年第 4 期。吴炫：《文化批评：走向“本体性否定”》，《文学前沿》1999 年第 1 辑。黄仁强：《文学批评与文化批评——与路文彬先生商榷》，《重庆师专学报》1999 年第 2 期。张柠：《文学批评与文化批评》，《文艺争鸣》1997 年第 2 期。唐欣：《文化批评：新的可能性》，《甘肃社会科学》1999 年第 1 期。王宁：《文学批评和文化批评：学术化和国际化》，《山花》1999 年第 3 期。赵勇：《文化批评：为何存在和如何存在——兼论 80 年代以来文学批评的三次转型》，《当代文坛》1999 年第 2 期）。

第三章　文化诗学与90年代文学理论的“通变”如何可能

相对于大众文化的兴起来说，文化诗学在90年代的提出，多少有些晚了点。这当然不是要责备理论提出者的敏锐性不足，更可能的解释恐怕是，这是由其所持有的一种守正创新的“通变”式文论发展观所致。所谓“通变”式文论发展观，即是说它也坚持文论要随情而变，只是这种变要与故有的文论传统相通相继，也就是在继承中发展，在综合中创新。这一点文化诗学的倡导者童庆炳是有自觉意识的，他曾多次指出：“文学理论的建设应该是累积性的。”① 其实，这种累积性的文论“通变”发展观，从其文化诗学的命名本身即可看出。它表达的是既要文化，又要诗学的这种双重式占有；既要在语境上与90年代的文化现实相契合，又要在“学理”上与其他文论话语构成对话。这样就使得它很难在逻辑上先于文化研究发生，也不容易在事实上认同大众文化以及大众文化语境中存在的文学。同时，也不可能在观念上比90年代文论转型中的其他选择更“激进”。正如学者姚爱斌所指出的：“文化诗学的一个基本立场，就是要在文化研究的时尚冲击中保持一份发展中国文学理论所必需的沉稳的学术心态和成熟的学术风范，在开拓的同时不忘记守成，在创新的同时不忽视积累。”② 诚哉斯言！

相对而言，文化诗学的发生，其学理的原因要大于语境的原因。它并不主要因为有了大众文化的现实才提出一种文化诗学来，而更多的是因为文化研究的冲击才构想出应对学科发展的文化诗学。文化诗学因此不是因现实批评实践之需而生，毋宁说是为坚守审美理想、“改良”学术话语而

---

① 童庆炳、马新国：《文化诗学刍议》，《北京师范大学学报》2001年第3期。

② 姚爱斌：《移植西方与植根现实——20世纪90年代以来文化诗学研究的两种理论取向》，《黑龙江社会科学》2008年第4期。

生。在保持学术话语与时俱进的同时，文化诗学倡导者绝不把坚守审美内核的做法视为落后。有学人因此不无道理地称之为“新审美主义的文化诗学”。①

需要指出的是，由于文化诗学在发生之初就不是为了分析阐释当下的文学/文化实践，因此它往往不对大众文化进行社会语境化的分析，而主要以是否具有直接的审美品质和人文关怀为旨趣来对大众文化展开批判。这种以人文精神为旨趣的批判，往往与大众文化表现出较大的异质性。比如，面对大众文化中的恶搞现象，文化诗学往往会认为它不审美，不符合规范，然后铁肩担道义般地对它实施人文批评。至于结合语境，分析这种恶搞现象出现的体制原因，以及它表征了怎样的社会问题等，则不是文化诗学的研究目的。因此，文化诗学虽然也立足于现实社会发展状况，但它的长处是能够从学理上规范一种好的大众文化应当如何。文化诗学为此也就不像文化研究那样容易将大众文化作为直接的研究对象。这也是它难以“降伏”大众文化的一个原因，同时也是它的发生要晚于文化研究的一个原因。当然，如果将文化诗学的这种大众文化研究推到90年代的人文精神讨论的话，它的发生也不晚于文化研究式的大众文化研究。但是，即便如此，作为一种基础理论，它也很难做到比文化研究发生早。理由是，由于研究旨趣之异，文化研究关注大众文化更多的是先认同它，而且还要在理论上对这种认同进行辩护，加之大众文化在学科体制的知识生产中的边缘地位等原因，使得文化研究易于反抗，并冲击文学理论。而当受此冲击之时，文化诗学才会有可能被提出。所以文化诗学的发生还是会晚一点到来。

第一节　文化诗学的提出：一种文学理论转型的可能

就语词而言，早在1990年，曹旭的《流水与情思的系谱》② 一文开始使用了“文化诗学”一词。1991年彭兆荣的《贵州文学分析的“文化诗学”视角》③ 一文，也已然使用了“文化诗学”一词。但这样的文化

① 王柯平：《挪用与建构中的文化诗学》，载李春青《手握青苹果：童庆炳教授七十华诞学术纪念集》，广西师范大学出版社2005年版，第144页。

② 曹旭：《流水与情思的系谱》，《名作与欣赏》1990年第6期。

③ 彭兆荣：《贵州文学分析的“文化诗学”视角》，《山花》1991年第6期。

诗学语词无疑与作为文学基础理论话语的文化诗学不相干。

时间到了1993年，葛林伯雷（又译格林布拉特）的《通向一种文化诗学》一文被收录在张京媛主编的《新历史主义与文学批评》一书中。[①]同时，其首次提出“文化诗学”观念（新历史主义）的文献《文艺复兴自我造型》被部分收录在中国社会科学院外文所《世界文论》编辑委员会编的《文艺学与新历史主义》[②]一书中。受此影响，汉语学界使用“文化诗学”者此后逐渐多了起来，而且大多在其文中提及了葛林伯雷的“文化诗学”，如祁述裕的《市场经济中的文化诗学：话语的转换与命名的意义》[③]、张未民的《文化诗学：寻找新的生长点》[④]，等等。但这些直接挪用新历史主义意义上的文化诗学，并非出于大众文化语境和文化研究在中国的兴起而生发的，它甚至还没有文学理论学科建设的自觉意识。换言之，此时作为文学基础理论话语的文化诗学并没有发生。

1995年，蒋述卓在《当代人》上就刊发了一篇名为《走文化诗学之路——关于第三种批评的设想》的文章。它与作为文学基础理论话语的文化诗学有关。这样说，倒不是因为蒋述卓乃文艺学中人，也不是因为此后蒋述卓先生也引领一干学人从事了相应的研究，而是由于它乃中国语境中较早为“文化诗学”命名的篇什。该文对文化诗学的界定是这样的：“文化诗学，顾名思义就是从文化的角度对文学进行批评。这种文化批评既不同于过去传统的文艺社会学中那种简单的历史批评或意识形态批判又不简单袭用西方后现代主义文化或西方人所建立的第三世界文化批评理论。它应该是一个立足于中国本土文化语境、具有新世纪特征、有一定价值作为基点并且有一定阐释系统的文化批评”。[⑤]从其强调本土文化语境、

① 张京媛：《新历史主义与文学批评》，北京大学出版社1993年版。

② 中国社会科学院外文所《世界文论》编辑委员会编：《文艺学与新历史主义》，社会科学文献出版社1993年版。

③ 祁述裕：《市场经济中的文化诗学：话语的转换与命名的意义》，《上海文学》1995年第6期。

④ 张未民：《文化诗学：寻找新的生长点》，《作家》1995年第8期。

⑤ 蒋述卓：《走文化诗学之路——关于第三种批评的构想》，《当代人》1995年第4期。蒋述卓还发表了《文化诗学批评：第三种批评的设想》，《广州文艺》1997年第3期。需要指出的是，我们所言及的文化诗学，主要不是新历史主义意义上的文化诗学。而是指针对大众文化语境和文化研究在中国的兴起之后，文论界所提出来的一种文学理论构想。

文学的文化批评等方面看，它还与此后的文化诗学有一定的关联。但是，由于它作为一种批评话语，是为了区别于当时的形式批评和社会学批评，并没有针对现实的大众文化，也没有在理论上瞄准与文学理论关联甚密的文化研究，[①] 更没有彰显与文化研究相异的文学理论观念，也的确，那时的文化研究与文学理论的关联虽然在事实上已然存在，但是这种关联还未作为一个“问题”呈现出来，也就是说，文化研究尚未对文学理论形成“挑战”。为此之故，此文要引起文论界的普遍反响也就较为不易。从这个方面看，文化诗学的发生是不可能早于文化研究的。我们甚至可以将蒋述卓先生构想的文化诗学，视为与文化研究几近等同的“文化批评”。[②] 也因此，我们不认为自此中国的文化诗学正式拉开了理论研究的“序幕”。因为这样的话，就会得出文化批评是文化诗学的结论。这是不合乎实际情况的。换一个角度考虑，如果我们承认文化诗学是“审美诗学与文化研究的双重整合”，[③] 而文化研究在1995年那时又尚未切实发生，或者即使发生了但尚未对文学理论构成挑战与威胁，[④] 此时文化诗学又哪有可能去整合文化研究？如此说来，我们也就非得承认，作为基础理论的文化诗学此时并未发生。

此后，1996年，李春青提出了“中国文化诗学”的构想。依其之见，古代文论研究要将主体之维、文化语境和历史语境相结合，才能达到较好的效果。也就是说，某一诗学观念乃至文学作品，“必须被置放在一定的

---

① 文化研究与文学理论的关联虽然在事实上已然存在，但是这种关联还未作为一个问题呈现出来。从这个方面看，文化诗学的发生也不可能早于文化研究。因此，我们甚至可以将蒋述卓构想的文化诗学视为“文化批评”。

② 文化批评被作为一个问题进行讨论，主要发生在1998年前后（参见阎晶明《文学批评与文化批评》，《作家报》1997年11月13日；路文彬《救救文学批评——让文学批评回到文学》，《文艺争鸣》1998年第1期；吴义勤等《关于今日批评的答问》，《南方文坛》1999年第4期）。

③ 陶水平：《审美诗学与文化研究的双重整合》，《廊坊师范学院学报》2009年第1期。

④ 较早对文学理论学科进行反思，并将这种反思与文化研究勾连起来的文献，应该是杜卫的《评新时期文学理论中的“审美论”倾向》（《学术月刊》1996年第9期）一文。真正自觉地对文学理论进行反思，并涉及文化研究特质的，应该是陶东风的《在社会历史语境中反思中国当代文艺学美学》（《哲学动态》1998年第9期）一文。

文化语境、历史语境并联系主体心理状态才能够得到较为准确的解读”。[①] 不妨说，此一“中国文化诗学”并非与90年代的大众文化研究状况乃至基础文学理论研究有直接的关联，它更多的是考虑古代文论自身的研究方法问题，[②] 也就是它“并不是一种普泛理论，它只适于对中国古代文学现象，主要是古代诗学观念的研究”。[③] 但是，此一文化诗学的构想具有较大方法论意义，即它改变了那种抽象还原、纯粹求真的研究，而主张在具体的历史文化语境中分析某一文论观念是怎样建构的，在这种追问中展开阐释和理解，既而获取一种能与当下关联起来的意义。如果从这一点看，则可以认为这种“中国文化诗学”的研究构想具有走出古代文论研究领域而成为一种具有较大方法论意义的理论之可能性。简言之，即成为一种“基础理论”意义上的“文化诗学”。

接下来的1997年、1998年，虽然都发生了一些与文化诗学相关的事件。1997年童庆炳、王一川等先生申请了与文化诗学相关的教育部教改课题“在双向拓展中更新文学理论课程”[④]。1998年开始，北京师范大学文艺理论教研室为本科基地班的学生开设了“文化诗学”的必修课，为硕士研究生开设了“文化诗学专题”课程，为博士研究生推出了“文化与诗学”的课题研究。[⑤] 但是，就文献材料看，1999年才是文化诗学的提出年。[⑥] 这一年，童庆炳发表了《文化诗学是可能的》《文化诗学的学术

---

① 李春青：《浅谈中国古代诗学观念的特点及其阐释方法问题》，载钱中文等主编《中国古代文论的现代转换》，陕西师范大学出版社1997年版，第252页。

② 值得提及的是，李春青也曾将其《走向一种主体论的文化诗学》一文，置放在“中国古代诗学研究方法笔谈”中。该笔谈由李春青主持，包括童庆炳：《古今对话——中国古代文论研究的学术策略》、李春青：《走向一种主体论的文化诗学》、黄卓越：《传统文论的研究：途径与范围》、张海明：《胶柱鼓瑟与郢书燕说——关于中国古代文论研究方法的思考》、李建盛：《理解的有效性和开放性——从〈庄子〉的阐释看古文论研究方法》，等等。这也说明了李春青的文化诗学本来就是针对古代诗学研究而建构的。

③ 李春青：《中国文化诗学论纲——对古代文论研究方法的一种构想》，《社会科学辑刊》1996年第6期。

④ 童庆炳、王一川：《文学理论教学的双向拓展》，《中国大学教学》2001年第6期。

⑤ 同上。

⑥ 若不按文献发表论，则1998年也可谓文化诗学发生年，因为童庆炳先生1998年在扬州会议上第一次提出了中国文化诗学。参见童庆炳《文化诗学结构：中心、基本点、呼吁》，《福州大学学报》2012年第2期。

空间》《中西比较文论视野中的文化诗学》等论文。这些文献，才使作为基础理论的文化诗学或者说作为学科建设的文化诗学发生了。理由大致为：其一，它将文化研究与文学理论勾连了起来，并直接地受到了文化研究的影响。这一点童庆炳表达得最直接不过：“文化诗学是吸收了‘文化研究’特性的具有当代性的文学理论。”① 其二，它提出了与文化研究相异的文学理论观。甚至有学人指出，文化诗学是作为对文化研究的一种“限制”才发生的。② 这种限制使得它并没有抛弃80年代以来的文学理论传统，甚至还以这种传统作为了其理论的“内核”，并且还认为原有的不能完全适应当下现实需要的文学理论，在经过一番改造后就有可能与时俱进了。③ 文化诗学的这种文学理论观，既具有现实语境的针对性，又具有较为自觉的学理继承性。这是此前所出现的“文化诗学”说所不具备的。为此之故，我们认为此时作为基础理论意义上的文化诗学才得以发生。这样的认定也与文化诗学倡导者的看法一致，即“中国的文化诗学在上个世纪90年代末和新世纪初被提出来”。④ 我们无须怀疑文化诗学倡导者会因为话语权而无视历史事实，实际上，童庆炳先生往往将文化诗学的发明权冠以“北师大”，而且并不自封正统而排斥其他学人及学术机构的文化诗学研究。

然而，为了更好地厘清文化诗学的发生，我们有必要做一些相关的区分工作。毋庸讳言，90年代漳州师范学院文化诗学研究所开展的文化诗学研究也较有影响。但它更多的是对新历史主义文化诗学的引进和改造。就其已有的研究成果看，除个别研究者外，它并没有自觉针对文化研究，也没有承继80年代以来的文学理论传统。顺便提及的是，2000年11月份召开的文化诗学学术会议不能被抽象地认为是国内“第一次”文化诗学会议。⑤ 因为2000年4月，在北师大召开了“文艺学与文化研究”会议，其中文化诗学就已然成为一个话题，童庆炳作了题为“我所理解的

---

① 童庆炳：《植根于现实土壤的“文化诗学”》，《文学评论》2001年第6期。

② 李晓宁：《文化诗学的限制》，《漳州师范学院学报》2004年第2期。

③ 童庆炳：《再谈文化诗学》，《暨南学报》2004年第2期。

④ 童庆炳：《文化诗学结构：中心、基本点、呼吁》，《福州大学学报》2012年第2期。

⑤ 刘庆璋：《建构中国学人的文化诗学话语——我国第一次文化诗学会研讨问题述论》，《文艺理论研究》2001年第3期。

文化研究：问题意识与文化诗学”的发言。① 这一文化诗学才是与90年代以来当代文学理论相关的、作为基础理论的文化诗学。② 如此言说绝非为了话语权，而是因为我们认为，文化诗学的发生问题乃是一个文学基础理论的问题，是一个与学科建设和发展息息相关的问题。当前，文化诗学、文化研究与文学理论几者在文化场域中的位置并未尘埃落定，以至于文学理论学科的基础问题和前沿话题都模糊起来，文学理论走向何方也悬而未决，这恐怕与我们没有自觉的文学理论学科发展意识有关。而文化诗学则有着明确的文论发展观，即文学理论不能走文化研究的道路而应该守正创新，走向文化诗学。基于这种想法，我们认为文化诗学的发生应该明晰，也是可以明晰的。也只有对文化诗学的发生搞清楚了，才有可能寻找并理解当代文学基础理论的发展轨迹。这对于缓步推进文学理论学科的进程不无意义。

作为文学基础理论话语的文化诗学，还需要与美国新历史主义意义上的文化诗学相区分，前者是大众文化语境和文化研究在中国的兴起之后，文论界所提出来的一种文学理论构想，具有基础文论建设的直接意义，主要以北师大童庆炳等学人为代表。而后者只是西方文论的一个学派。童庆炳曾指出：“‘文化诗学’这个词最早是美国的‘新历史主义’提出来的，但是我在读‘新历史主义’的著作时并没有很注意他们的‘文化诗学’这个提法，我说的‘文化诗学’更多是和‘文化研究’有关。”③ 也的确，否则童庆炳先生也不会在新历史主义文化诗学已经风光不再的时候才在中国倡导文化诗学，也不会在倡导文化诗学的时候表现出与新历史主义文化诗学的根本差异即始终坚守“审美”这一“中心”。关于中国文化诗学与新历史主义的文化诗学的区分，姚爱斌先生作了很好的鉴别：“童庆炳先生所倡导的‘文化诗学’与格林布莱特所说的‘the poetics of culture’的汉译‘文化诗学’在名称上的相同纯属巧合。更重要的是，他所致力打造的‘文化诗学’与格林布莱特的‘文化诗学’在理论旨趣和思

① 赵勇：《“文化诗学”的两个轮子——论童庆炳的“文化诗学”构想》，《江西社会科学》2004年第6期。

② 陈雪虎：《走向文化诗学的文学理论——“文艺学与文化研究”学术研讨会在京举行》，《文学评论》2000年第4期。

③ 童庆炳：《植根于现实土壤的“文化诗学”》，《文学评论》2001年第6期

想观念上并没有直接关涉，前者在建构中并未将后者作为直接的、主要的理论资源，不是按照后者的理论逻辑发展而来，也并非在中国当代学术语境中对后者的‘挪用’、‘拿来’和‘改造’。”① 当然，两者之间并非没有关联，对此他也做了说明：“西方文化诗学的这一理论取向与稍后兴起的文化研究的旨趣甚为合拍，很快被后者的巨大声势所掩并融入其中，而文化诗学中的一些基本理念也构成了文化研究的理论基质。因此，当童庆炳先生等人在整体上将西方的文学理论和文化研究理论作为建构中国当代文化诗学足资借镜的重要理论资源时，新历史主义的‘文化诗学’思想也自然成为可资利用的一个部分。”② 不妨说，作为一种理论资源，新历史主义的文化诗学对中国文化诗学的影响，与其他西方思想如巴赫金的诗学思想所产生的影响，恐怕没有根本的不同。

第二节　文学诗学的“通变”：一种文学理论转型的方式

在当下文学理论界，文化诗学仍然是一种颇有感召力的学术话语，也是一种兼具基础性与前沿性的学科知识。有学者指出，中国文化诗学“是自然地承接和应对国际学术思潮，如‘人类学转向’（又称‘文化转向’）、文化研究与文化诗学等的理论创新运动。因此，它同样是具有世界性和前沿性的，既与国际学术思潮同步调，又是对国际学术思潮的中国式回应”。③ 文化诗学之所以兼具基础性与前沿性，其原因恐怕还在于，文化诗学与90年代以来当代文学理论学科建设与发展有内在的关联，它提供了文学理论转型发展的一种可能。

文化诗学，为什么可以提供90年代文学理论转型的可能性呢？这还得从其通变的发展观切入。不妨分为两个方面来看：

其一，文化诗学主张文学理论的变革创新。为什么要主张文学理论的变革创新呢？一方面是由于现实语境的变化所致，另一方面是由新的学术

---

① 姚爱斌：《移植西方与植根现实——20世纪90年代以来文化诗学研究的两种理论取向》，《黑龙江社会科学》2008年第4期。

② 同上。

③ 顾祖钊：《论中国文化诗学的理论创新性》，《文艺理论研究》2013年第3期。

资源特别是与文学理论相关的文化研究的挑战所引起的。

90年代以来尤其是1992年以后，由经济体制的变革所引发的社会转型，加之其他相当复杂的原因，导致了诸多的社会问题浮出水面。在可允许的范围内，这些问题已然构成了知识分子积极参与公共领域的一个批评文本。如何将这种批评话语引入文学理论建设中来，就成为一个现实的问题。但由于语境的变化，不可能如此前80年代那样，以退为进地远离现实，彰显审美自律，以立法者角色从事所谓的内部研究，借此来实现文学理论的批判性介入。90年代是一个大众时代，它要求的是积极介入、有效阐释，在对话中完成文学理论的知识合法性重建。这时，文学理论界有学人开始从事文化研究，并且在应对现实社会文化问题的时候表现出了相当的优势。有学人曾经指出："其巨大的理论创新能力、强烈的现实反思精神、跨学科的综合研究方法已经使它成为我国人文科学界最具活力的思想—学术活动领域之一。"① 文化研究的这种现实参与能力对于文学理论知识生产的有效性而言，应该是值得肯定的。正如童庆炳先生所言："'文化研究'就是从事文学理论研究的学者参与社会的主要形式之一。"② 同时，文化研究的这种现实参与能力还被视为是延续了一种文论的优良传统。改革开放以来的文学理论，几乎都是在对现实问题的关注中展开的，从审美论、主体论到20世纪八九十年代之交的语言论文论无不如此。比如审美论文论是为了规避极"左"意识形态，主体论文论表现出对僵化的反映论的不满，语言论文论都表达了对20世纪八九十年代之交的社会历史语境的不合作态度。③ 从这个方面看，文化研究承担了重建文学理论知识合法性的功能。

同时，文化研究在有效生产契合于语境的知识之时，表现出了与故有文学理论的诸多差异。这种差异具体表现在它没有固定的研究对象，甚至不研究文学。即使研究文学，它也不先在地将文学区分出好坏，甚至还专门以研究不被人看好的边缘文学为旨趣。同时，在研究方法上，它不以价值批评作为研究的预设，而以具体而冷静的分析见长。这又与其研究目的有关。其目的不在分辨包括文学文本在内的文本的好坏，而在于分析一种

---

① 童庆炳：《植根于现实土壤的"文化诗学"》，《文学评论》2001年第6期。

② 同上。

③ 同上。

文本之所以如此的具体的社会文化语境的原因。文化研究的这种差异，提供给了文学理论诸多的新东西，比如联系历史文化语境来研究文学，比如现实批判精神，比如跨学科的研究文学。

对于文化研究的现实参与能力，以及它的一些新的研究旨趣和方法等，都可谓是文学理论所需要师法效仿的。跨学科的研究方法，就被文化诗学汲取过来了。文化诗学倡导者认为：“我们研究文学，也一定要把它放到文学、艺术、宗教、哲学、政治、历史、教育等整个文化系统中，这样文学的本相才能充分显露出来。这种文学与其他文化样式的相关性跨学科的研究，将展现出辽阔的学术原野。在这种相关性的研究中，文学研究跨越自身的领域，进入到一个交叉地带，与别的学科进行对话，这种在交叉地带的对话必然会提供许多新的学术话语；同时由于有了别的参照系的比较、互动的研究，文学自身的特点也会鲜明地显露出来。”① 但是，在文化诗学倡导者看来，文化研究并非就是文学理论的“知识发言人”，更不可以替代文学理论。其最主要的原因在于它抛弃文学，不坚守审美。在这方面，文化研究非常相似于艾伦所论当代批评，“当代批评审视那些有能力对文学进行界定的人们所赖以做出界定的准则，并将扩大文学研究的范围，将‘非文学’与关于文本的批评话语包括在内”②。当代批评的研究不是为了区分文学与非文学，也不会“在作品中确立经典杰作的等级体系”。③ 与当代批评如此相似的文化研究就有可能在带给文学理论新视野的同时，颠覆文学理论的一切成规和传统。童庆炳先生为此写道：“我们最大的担心还是由于文化研究对象的转移，而失去文学理论的起码的学科品格。正是基于这种担心我们才提出‘文化诗学’的构想。”④ 从这里我们就可以看出文化诗学构想者的学术旨趣了。简言之，他们认为文学理论要变革，要吸收文化研究的新东西，但是又要保持文学理论的学科品格。“文化诗学研究并不脱离文学，我们不离开文学艺术这个对象，但是我们要采取一种新的比较宏大的文化视野来考察文学艺术的问题。我们觉

---

① 童庆炳：《文化诗学是可能的》，《江海学刊》1999年第5期。

② ［美］罗伯特·C. 艾伦编：《重组话语频道·序》，麦永雄等译，中国社会科学出版社2000年版，第28—29页。

③ 同上书，第29页。

④ 童庆炳：《植根于现实土壤的“文化诗学”》，《文学评论》2001年第6期。

得文化研究在中国落脚，取这样一种形态是比较可取的。”[①] 主张变革创新的文化诗学，它期待的是这样一种文学理论形象：能切合于当下文化语境，具有以文学/审美的方式参与公共领域的能力。同时，它还要能够在学理上不至于与此前文论传统发生根本的冲突。只有如此，方可谓实现了文学理论的转型。然而，这又如何可能呢？这就牵涉文化诗学的另一主张了。

其二，文化诗学认为文学理论的变革创新不能断裂式地完全抛弃传统，而要做到与故有文学理论相通。如何达到相通呢？简言之，就是要“继往开来”。在继承审美论文学理论和语言论文学理论传统的同时，又吸收文化研究的新传统，从而整合成一种新的文学理论知识形态。这种知识形态被命名为了文化诗学。

这样的文化诗学知识形态就宏观而言，表现出了两个特点：一是累积性。因为要达到相通，就应该在累积中变化，在“接着讲”的同时获得创新。这一点，文化诗学的倡导者说得很清楚：“‘文化诗学’的理论构想就是一种累积的成果，它要吸收过去诗学研究的成果，然后再加以开拓。我们把文化视野加上，实际上是往前走了一步。这样的理论是在建构中完成的，不是今天打倒这个，明天打倒那个。”[②]

二是整体性。要追求相通，继承故有成果，往往要完整全面方有可能。正如有学人所言，文化诗学的研究方法是一种新的综合，变得更为完整。[③] 另有学人则直接写道：“整体性研究是文化诗学生命之所在，即以宏阔的文化视野对文学进行全方位的审视，采用跨学科的方法，从多学科的视角观照文学。双向建构是文化诗学的基本方法，其要点是：一曰‘内外’，即阐释文学文本与外部世界的互动关系；二曰‘中西’，即关注不同文化间的沟通，寻找中西文化间的契合点与生长点；三曰‘古今’，即文史互动，今古互动，使文学文本具有历史的与当代的双重意义。”[④]

---

① 童庆炳、刘洪涛：《关于文学理论、文艺学学科的若干思考》，《文艺理论研究》2002年第4期。

② 童庆炳、耿波：《从文本中来到文化中去——关于“文化诗学”理论构想的对话》，《文艺报》2004年10月12日。

③ 童庆炳：《“文化诗学”作为文学理论的新构想》，《陕西师范大学学报》2006年第1期。

④ 林继中：《文化诗学刍议》，《文史哲》2001年第3期。

具体而言，文化诗学所追求的相通性又主要表现在将内部研究与外部研究结合起来。[①] 这是90年代文学理论在“方法论上的一种转变”[②]。如果说80年代更多的是“内部研究”，而90年代的文化研究相对而言是“外部研究”的话[③]，那么文化诗学则主张要将“内部研究”与“外部研究”结合起来。在展开文学研究的时候，既要对其进行语言文本的内部细读，又要将这种细读置于文化语境中来进行。之所以要置于文化语境中，那是因为在文化诗学看来，这种文化语境与传统文学社会学主要将之处理为一种外在于文学文本的做法不同，文化诗学将文化语境看作是与文学文本有内在的关联性，两者之间是互动的关系，是互成阐释的关系。这一点有论者分析得非常到位。他指出：“文化语境不仅仅是对文学施加外力的所谓‘背景’和‘环境’，同时也体现在文学文本的语言、形式、修辞、结构、体裁等内在因素之中。文化语境不仅表现为各种物质形式，而且表现为各种符号、信息和意义；作为物质形式的文化语境在文学文本之外，但是作为符号、信息和意义的文化语境却必然通过各种文学编码被组织进文本之内。同理，社会情境和背景也从内部决定了文学文本的结构。如果说传统文学社会学对文化语境与文学文本的关系所持的是一种‘外部决定论’，那么，文化诗学对文化语境与文学文本的关系所持的则是一种‘内部决定论’。”[④] 关于文化语境与文学文本的内在关联，童庆炳先生也曾以历史语境与历史背景之异来予以说明：“‘历史语境’则除了包含‘历史背景’要说明的情况之外，要进一步深入到作家、作品产生的历史具体的机遇、遭际和情景之中，切入到产生某个作家或某部作品或某种情调的抒情或某个场景的艺术描写的历史肌理里面去，这就是深层的联系了。”[⑤] 文化诗学的这种“内部决定论”的语境处理，的确表现出了与此

---

① 这又被表述为宏观研究与微观研究的结合。

② 童庆炳、黄春燕：《诗意人生，诗性守望——童庆炳先生访谈录》，《中文自学指导》2005年第5期。

③ 文化研究是否为外部研究，是一个有争议的问题。但文化诗学往往视之为外部研究。在相对而言的意义上，也是可以成立的。当然，这并不否认文化研究也有自己的内部研究。特此说明。

④ 姚爱斌：《移植西方与植根现实——20世纪90年代以来文化诗学研究的两种理论取向》，《黑龙江社会科学》2008年第4期。

⑤ 童庆炳：《文化诗学结构：中心、基本点、呼吁》，《福州大学学报》2012年第2期。

前文学理论的诸多不同，此前文学理论要不就忽视历史文化语境的存在，要不就将这种文化语境视为一种外在的背景，以至于常常出现巴赫金所指认的："文学史著作中，通常要描述文学现象所处时代的特征，但这种描述，在多种情况下与通史毫无差别，没有专门分析文化领域及其与文学的相互作用。"① 不妨说，在处理历史文化语境上，文化诗学与文化研究其实并无二致。一定意义上，它还是吸收了文化研究的成果所致。

然而，仔细琢磨起来，文化诗学既然担心文化研究将与文学脱钩，②甚至会失去文学理论的学科品格，那么在对待历史文化语境的问题上，肯定还是有其不同之处的。其不同之处，就在于文化诗学在重视文化语境与文学文本的关联性的同时，其实凸显的是文学文本的中心地位。换言之，文化语境的存在是围绕着文学文本来转的。它重建语境的目的，是为了更好地理解文学文本的诗意所在。从这个方面看，它其实是一种外部研究化入内部研究的思维方式。而文化研究重建语境的目的，并非是为了理解文学文本的诗意，它更多的是要找到文学文本之所以呈现出这样的"诗意"的意识形态征候和权力机制，正如陶东风先生所言，文化批评/文化研究"其目的也不是揭示文本的'审美特质'或'文学性'，不是作出审美判断。它是一种文本的政治学，揭示文本的意识形态，文本所隐藏的文化—权力关系，它基本上是伊格尔顿所说的'政治批评'"③。而文化诗学则将审美视为文学文本的理想型存在，甚至还作为了文学研究的一个尺度。文化诗学倡导者表露心迹道："我们无论如何不可放弃对诗意的追求。文化视角无论如何不要摒弃诗意视角。……我们可以而且应该是文学艺术的诗情画意的守望者。"④ 为此之故，文化诗学，在研究对象的选择上偏于文学文本。⑤ 其研究的目的是要对这种文学文本进行审美评价，区分好坏高低。重视文本细读与文化语境都是围绕着这一中心目的来的。简言之，审美乃文化诗学的内核、中心。⑥ 只有意识到这一点，我们才可以较好地理

① 转自姚爱斌《移植西方与植根现实——20世纪90年代以来文化诗学研究的两种理论取向》，《黑龙江社会科学》2008年第4期。

② 童庆炳：《"文化诗学"作为文学理论的新构想》，《陕西师范大学学报》2006年第1期。

③ 陶东风：《文化研究：西方与中国》，北京师范大学出版社2002年版，第6页。

④ 童庆炳：《新理性精神与文化诗学》，《东南学术》2002年第2期。

⑤ 童庆炳：《再谈文化诗学》，《暨南学报》2004年第2期。

⑥ 童庆炳：《文化诗学结构：中心、基本点、呼吁》，《福州大学学报》2012年第2期。

解文化诗学的构想：“以审美评价活动为中心的同时，还必须双向展开，既向宏观的文化视野拓展，又向微观的言语视野拓展。我们认为不但语言是在文学之内，文化也在文学之内。审美、文化、语言及其关系构成了文学场。文化与言语，或历史与结构，是文化诗学的两翼。两翼齐飞，这是文化诗学的追求。”① 也就是说，在文化诗学看来，文学的首要的与内在的性质功能乃审美，文学之外即使有性质功能也一定要“通过审美达到”②，我们从事文学研究的首要目的因此就是考察文学的审美特性，文学研究的最终目的也是为了审美评价。就此我们可以说，坚守审美，是文化诗学的最大特点，也是它不同于文化研究之所在。

常有学者认为，文化诗学所倡导的“历史—文化转型”，体现了一种新的文化研究旨趣。这种说法其实是不太符合我们的文化诗学。它没有意识到在中外倡导文化诗学者差异丛生。不加区分地将文化诗学与美国新历史主义的文化诗学等同起来是不妥当的。其实，文化诗学的本意并非要发生历史—文化转型，它更多的是要扭转历史—文化转型所可能发生的审美缺失。由此我们才可以理解为什么文化诗学倡导者会持这样一种观念，即：“文学批评的第一要务是确定对象美学上的优点，如果对象经不住美学的检验的话，就不值得进行历史文化的批评了。”③ 这正是由于文化诗学要区隔于文化研究，并不完全赞同文化研究的学术旨趣之所在。在文化诗学看来，文化研究如果不做“文学”研究，不把审美当作一个规范性的存在，就不足以充当文学理论的知识生产者。一定程度上可以认为，如何对待文学审美问题，成为文化诗学与文化研究对待文学的分水岭。同时，这也是两种文论发展观的差异所在。文化诗学认为文化研究乃断裂式发展，而文化诗学持守的是通变式发展。不妨再以文化诗学倡导者童庆炳先生的一段话为例：“文艺学研究应该吸收文化研究的方法和视野，但文艺学研究是要讲究诗意的，这同文化研究是不同的。我从来都主张，文学理论建设不应该一阵子搞这个一阵子又搞那个，一阵子提倡审美了就专注于审美，其他不管了；一阵子讲语言论转向了又把审美丢掉了；一阵子又搞文化转向了，就又把审美、语言全丢了。文学理论建设是一个不断累积

① 童庆炳：《文化诗学：宏观视野与微观视野的结合》，《甘肃社会科学》2008年第6期。

② 顾祖钊：《论中国文化诗学的理论创新性》，《文艺理论研究》2013年第3期。

③ 童庆炳、马新国：《文化诗学刍议》，《北京师范大学学报》2001年第3期。

性的过程。”[①] 由此可以认为，文化诗学在通变的过程中，继承了审美、语言等故有文学理论所强调的两个基本点，而且它还将审美视为是其理论最内核的东西。有论者因此指出：“文学的审美特性正是文化诗学在开拓创新时守成的主要对象和积累的主要资源。”[②] 这可谓是抓住了问题的关键。另有论者甚至这样评价道：“在童庆炳的文艺思想体系中，‘审美’不仅是其进行文艺研究的切入点，同时也是其理论体系的一个强有力的杠杆，是将其全部文艺研究凝聚起来的一种向心力……其理论研究本身就是对‘审美’这一命题的全面展开和具体化。”[③] 这从一个方面证明了文化诗学与审美的重要关联性。文化诗学的变化之处则主要在于其对于文化研究的选择性吸纳和合目的性改造，主要是将文化语境纳入了进来。

如此看来，在 90 年代文学理论的转型发展中，文化诗学基本上是守住了有的学者所提出的“两个底线”：“面向文化寻求新转变的文学理论，应当有两个不能遗忘的必要前提：第一，文学理论应当是以文学现象研究为中心的文学理论，它不能‘化’到文化研究里面没有了，而只是要在文化研究中提出新问题，寻求新的理论领域或地盘，即在文化语境中研究文学现象的文学理论。第二，在此过程中，文学理论应该创造性地继承过去的文论传统，尤其是 80 年代以来的美学化的文论传统，在文化研究中重新安置 80 年代以来美学化的文学理论所确立的经典命题如审美、审美意识形态、语言和心理等，使其获得创造性转化和重新定位。有了这两个‘底线’，文学理论无论再怎么变化也都还是文学理论。”[④] 文化诗学在“变革创新”中不忘“继往开来”，在坚持开拓文学理论“性质”的同时不忘文学理论的“自性”坚守。为此之故，我们可以说文化诗学在引领文学理论的通变之时，还是有其自身的考虑的。虽然在一定程度上它的确是有新变，但是怎样新变，却并非没有自己的理解以及基于这种理解的选择。不妨说，文化诗学正是通过这种通变，在继承和改造故有文学理论以

① 童庆炳、耿波：《从文本中来到文化中去——关于“文化诗学”理论构想的对话》，《文艺报》2004 年 10 月 12 日。

② 姚爱斌：《移植西方与植根现实——20 世纪 90 年代以来文化诗学研究的两种理论取向》，《黑龙江社会科学》2008 年第 4 期。

③ 杨晓青：《童庆炳文艺思想的基本特色》，载李春青《手握青苹果——童庆炳教授七十华诞学术纪念集》，广西师范大学出版社 2005 年版，第 228 页。

④ 王一川：《面向文化文学理论的新转变》，《文艺报》2000 年 7 月 4 日。

及文化研究的过程中，才逐渐获取了它在90年代以来的当代文学理论转型发展中的独特位置。

第三节　文化诗学的反思：关于文学理论转型的一个讨论

这种表征了文学理论“通变”式转型发展的文化诗学构想，并没有引发多少直接的争议。就现有的相关文献看，几乎没有提出什么异议。[①]但是，诸如日常生活审美化之争、文学理论边界之争等，都可谓是这种争论和异议的隐微书写。为此之故，文化诗学倡导者童庆炳才会有这样的判断：“我们还面临文化研究、文化批评的挑战。”[②] 这里我们不拟就此展开讨论，而仅提出一些与文化诗学有关，并涉及文学理论转型的问题，来作一必要的反思与讨论。需要事先说明的是，这里的反思与讨论当是学界对文化诗学的第一次“显白讨论”。其目的大体有二：

其一，为了促进文化诗学与西方对话。结构主义之后的西方文论，已然不是严格的“文学的”理论，而毋宁说是“理论”。这种理论，往往是以问题为导向的解释性话语。很多从事文学研究的学人接纳了这套话语，因为它虽然是文学研究领域之外的著作，但却“能够为文本和文化问题提供新的、有说服力的解释”，以至于它最终使得“文学研究的本质”发生了根本的改变。[③] 其中变化之一恐怕就是，当代西方文论天马行空无所不至，但却绕过了文学作品本身，[④] 建构了与此前不一样的文学研究形

① 黄应全（笔名闰泉）曾间接地对文化诗学提出了一些批评，比如说文化诗学没有具体的文学操作技能。但这种批评并没有道理。因为文化诗学所倡导的历史理性与人文关怀之间的“张力”说是“实践理性”下的一种具有运用价值的观念和技能（相关文献参见闰泉《精神的疾病还是精神的良药——评“新理性精神”文论》，《粤海风》2004年第4期；刘方喜《中国学术致命的“精神疾病”究竟是什么——评闰泉〈精神的疾病还是精神的良药〉》，《粤海风》2005年第1期；吴子林《批评的尊严到哪里去了？——与闰泉〈精神的疾病还是精神的良药〉商榷》，《思想战线》2005年第1期；罗慧林《作为一种现象：缺席的在场者与在场的缺席者——对闰泉、刘方喜论争的看法》，《粤海风》2005年第2期；郭持华《我们需要什么样的理论批评与对话——评〈精神的疾病还是精神的良药〉》，《粤海风》2005年第2期）。

② 童庆炳：《再谈文化诗学》，《暨南学报》2004年第2期。

③ ［美］乔纳森·卡勒：《文学理论入门》，李平译，译林出版社2008年版，第1—4页。

④ 陆扬：《西方当代文论的五副面孔》，《南国学术》2015年第3期。

态。文化研究兴起之后，文学研究者更是失去了研究文学语言、结构、审美的兴趣，而青睐于讨论文学中的性别、阶级、种族、年龄等问题。不妨说，20世纪60年代以来的西方文论是“理论”的天下，是文化研究占领统治地位的时期。由于文化研究其实就是作为批评理论的文化研究，它是以“理论的范式作为理论指导所进行的实践活动”①，我们因此可以说，西方文论在当代已然“理论”化，换言之也即是说，当代西方文论出现了“文化转向”。文化诗学一方面可以说顺应了这种文化转向，但是另一方面，文化诗学的文学审美观又似乎与这种转向不相契合，比如文化诗学认定审美乃文学的内核这一点就使得其名虽“文化诗学”，但其实对作为生活方式、作为表意实践的文化并不认同，这是值得文化诗学研究者深思的。

其二，出于推动基础文学理论新发展的需要。当代文学理论自80年代以来历经了审美诗学、心理学诗学、文体诗学、比较诗学、文化诗学等不同主导范式。不可否认，文化诗学依然是当前文学理论研究的最新范式。自90年代后期酝酿提出以后，至今差不多有二十年了。然而，文化诗学是否还能够有效把握当前文学/文化精神，能否在学理上依然契合社会历史文化发展的语境，这无疑可以通过讨论来进一步推动。在基础文学理论越来越遭遇冷遇的学术氛围下，反思与讨论主导文学理论范式，也许可以为当前文学理论研究的发展推波助澜。

对文化诗学的反思之一是，面对变化了的社会文化现实，文化诗学依旧坚持审美地看待文学，将审美视为文学的内在品质，这是值得肯定的。但是，文化诗学对审美的理解要作适当的调整。

诚然，在文化研究不以故有的文学作为研究对象，不以审美作为文学的规范尺度的时代，文化诗学仍然将自己定位为文学理论，以文学作为其研究对象，坚持以审美作为文艺的第一属性，并试图以此来抵制商业意识形态对文学及人的自由的侵蚀。② 这无疑是一种难能可贵的学术立场，有令人肃然起敬的文化担当。同时，受文化研究的刺激，文化诗学还主动地吸取了它的一些长处，试图在经过一番自身的改造之后，开显出更为有效的文学理论研究，既而发挥好文学理论参与公共领域事务的能力，这无论

① ［美］乔纳森·卡勒：《文学理论入门》，李平译，译林出版社2008年版，第45页。
② 童庆炳：《文化诗学结构：中心、基本点、呼吁》，《福州大学学报》2012年第2期。

如何也是一种以学术为重的通达之举。

具体点说，在文化诗学倡导者看来，以审美的方式来关怀现实，是需要坚持的一个基本前提。发挥审美的公共参与能力，也是合情合理的，因为“我们毕竟是文学艺术的理论批评工作者，我们不是政治家，不是社会学家，我们的批评似乎不能整天高喊这个‘主义’那个‘主义’。文学理论与批评离不开‘诗情画意’，我们必须是在‘诗情画意’的前提下来关怀现实”①。这种看法有相当的道理。它守护了现代知识生产体制下的文学理论研究的合法性，同时，在开放的语境下，又坚守了文学的相对自律，达到了“在建立起文本的关联之后，仍然区分文本之间可能的界限”② 的功效。而且，这在事实上也是有可能做到的。比如文化诗学可以借助于对文学文本的审美批评来展开现代化的反思和批判。

文化诗学倡导者童庆炳曾以张炜的长篇小说《柏慧》为例展开分析。小说的故事并不复杂，主要是讲述主人公“我”大学毕业以后，出于对城市工作和生活的不堪忍受，经过一番周折，最后选择了一个“葡萄园”作为自己的“安身立命”之所。可是由于葡萄园要资源“开发”，“我”再一次地无家可归。《柏慧》的故事，在文化诗学看来，触及到了现代化的反思这一重要的主题，发挥了文学参与公共领域事务的效用。③ 但是，小说对“我”的遭遇几乎表现出了完全的“同情”，而对与“我”成张力关系的城市文明和现代化表现出简单的“否定”倾向。这一点，在文化诗学看来，还不够“审美”，因为它未能较好地“在‘葡萄园’与现代矿井之间保持张力”④。如果能在可期待的范围里，让“我”与城市文明、现代化进程的矛盾冲突发挥到极致，才有可能有美学意义上的悲剧效应，才可能成为好的小说，从而更好地发挥文学的批判功能。这在中外文学史上的确有过成功的案例，甚至可以说优秀的文学作品多半都具有一定的悲剧品质。为此之故，在文化诗学的理论视域中，“当代的文学艺术应该有自己的独特的价值追求，这就是历史理性和人文精神这两者之间的一种张力”⑤。

---

① 童庆炳：《从文本中来到文化中去——关于“文化诗学”理论构想的对话》，《文艺报》2004年10月12日。

② 陈太胜：《文学文本与非文学文本的关联与界限》，《江西社会科学》2004年第6期。

③ 童庆炳：《植根于现实土壤的“文化诗学”》，《文学评论》2001年第6期。

④ 童庆炳：《历史—人文之间的张力》，《文艺报》1999年7月15日。

⑤ 童庆炳：《植根于现实土壤的“文化诗学”》，《文学评论》2001年第6期。

应该说，文化诗学持有这样的审美观，在回应文化研究的冲击之时，又实现了文学理论的公共参与能力的转型。然而，当面对90年代的语境，持如是审美观的文化诗学，在有效地发挥理论的功能，建构文学知识的合法性，并获取较大认同的同时，又是否会表现出一定的遮蔽性呢？如果我们面对的文本大多不是《柏慧》这种本来就很精英、很审美的文本，那么，它如何找到更多的研究对象？还有，它对《柏慧》的批评当然是有意义、有价值的，但是它更多的还是提供给小说一个应该要怎样的“理想”，而没有具体地去分析一种小说之所以成为一种小说的体制性原因，也就是将文学文本与社会文本/文化语境勾连起来，比如《柏慧》的这种虚构叙事和情节处理，是什么社会原因导致的，这种审美“困境”是在怎样特定的语境中出现的，又表达了一种怎样的“政治无意识”，如果转换历史文化语境，会不会有更好的叙事安排等问题恐怕也是值得探讨的。而且，如果我们能够以这样的思维方式来展开研究的话，是否就可以在研究对象的选择上没有这么多的选择禁忌，就可以切实地贯彻学科的开放精神，就不会出现某类文本值不值得研究的问题，而是任何文学文本都可以被纳入批评，都可以将其与现实文化语境勾连起来展开研究。这样就有可能将研究的注意力放置在建构文学研究与社会生活之间的关联性这一点上。这在一定程度上可以解放文学理论，让文学理论不必为文学创作所左右，而表现出更多的理论自主性来。借此可以大大提升文学理论研究的学术参与力，从而满足90年代以来文学理论接合公共领域的强烈诉求。而且，这也并非就意味着这样的研究会远离文学理论，会与文学脱钩。因为其一，它是在研究文学，而且是生存于大众文化语境中的文学；其二，它也可以提供人们关于文学的一种理解；其三，它多少也能够提供文学创作一些有益的参考，至少可以让它自觉到其创作之所以以这种面貌出现是有体制性原因的；其四，它还可以借助于对文学的批评，达到对社会的结构性问题进行批判的功效，等等。

这种不以审美作为裁判的文学理论研究，恐怕也有可能将文学理论带入新境。因为它回应了文化研究，而又依然属于文学理论，有学人甚至也将这种文学理论视为“文化诗学”。其理由很简单：“它之所以还是文学理论而不是一般的文化研究主要在于它拥有文学这种独特的研究对象以及文本分析的具体方法。在这个意义上将经过转型的文学理论称为‘文化诗学’似乎更加准确一些。”① 这样的文化诗学，虽然不标举审美之旗，但它一样还是文学理论，毕竟文学并非天然地就与审美相勾连。

其实，如果我们硬是要将文学与审美关联起来，也有可能会事与愿违。比如文化诗学的另一倡导者顾祖钊先生认为文化诗学对文学的解读会深入民族文化根基之中，因此能达到对文学的深度的理解。然而由于他过度强调文学的诗意，其解读出来的文学意蕴恐怕已然陷入了太诗意之境。比如他对阿Q形象作文化诗学的阐释，得出的看法是，阿Q的性格里有民族文化性格，他在困境中之所以要祭出“精神胜利法”，乃是借此反抗，表明“心不死”，而且他性格里还有“大丈夫能屈能伸”的精神。“精神胜利法并非无源之水，它是对一个古老民族生命韧性的诗意表达：无论处境怎样恶劣，对手如何卑鄙强大，生活和命运如何不堪无望，他（们）都不会有类似于贝克特《等待戈多》那样的破灭感，而始终心不死，始终怀着（哪怕一星半点的）希望。”并且认为，阿Q“保住了一个奴隶的底线，在精神上决不当奴才”。② 这样的诗意表达不知是否认同了文本意义确定的“读者反应批评”模式？若如此，倒也无话可说。否则，我们就至少要考虑一下，阿Q是在什么语境中写就的，鲁迅又有着怎样的意图，对民族主义保持警惕的读者又可能会如何理解，等等。考虑这几个因素之后，恐怕就会放弃一点在阿Q理解上的过度诗意审美吧？

另外，在审美的内涵上，文化诗学是否也可以考虑一个问题，那就是审美并非就只有那种个体形而上学意义上的，诸如生死、离别、命运、偶然性、人生感、宇宙意识，等等。虽然这种审美往往具有永恒性，甚至也具有“审美现代性”的救赎、批判乃至解放功能。③ 但是，除此之外，也还有其他的审美类型，比如政治审美。政治审美，这是我们受阿伦特影响所生发出来的一种审美观念。其基本的内涵就是，人们在摆脱目的–手段逻辑的境况下，在公共领域中行动、言谈，即可以获取人生的意义，达到尘世不死、生而不朽。阿伦特甚为推崇这种具有审美意味的政治生活，视它为人之境况的最高层次。如果这种说法多少有些道理的话，那么就有一种政治的审美。政治的审美，它不以咀嚼生死、离别这样的个体性问题为

① 李春青：《谈谈文学理论的转型问题》，《新疆大学学报》2004年第3期。

② 顾祖钊：《论中国文化诗学的理论创新性》，《文艺理论研究》2013年第3期。

③ 审美现代性，即卡琳内斯库等人所言及的两种现代性之一种。

旨趣，而将注意力放在是否存在一个共同世界来让人们获得意见式的真理、政治的自由等价值，从而活得有尊严等问题之上。文化诗学，有一个重要的研究旨趣就是要让这个社会变得审美起来，让每个人都能“全面”发展，这种学术话语中的人文关怀和担当精神当然是值得肯定的。但是，一个社会要审美起来，每个人要全面发展，与能否“政治审美”有更为内在的关联。因为，那种个体形而上学意义上的审美，有可能在体验中就得以实现，并有可能因此鼓励人们远离尘世。而政治审美却是切实的日常生活中的审美，是需要公共空间的审美。具有这种审美诉求的人，会更加地“爱这个世界”。

这里不妨再举一个相关的例子来说明文化诗学的审美问题。2007年，正在从事格林布拉特研究的傅洁琳，就文学艺术与审美问题，与格林布拉特通信。傅洁琳问道：“文学艺术不仅与历史环境、政治、阶级等社会因素有关，更重要的是个体审美经验的表达和追求，是一种具有审美价值的情感表达方式。文学文本与历史文本的不同之处就在于文学更多地渗透了个体生命的感性追求，在自觉与不自觉之间，作家企图通过文学艺术表达自己生命的畅想和生存的感受，宣泄自己的审美理想和对现实的不满与希冀，所以，我认为新历史主义缺少生命感性的维度，它仅仅强调文学中的历史、政治、阶级、商讨、流通等因素，其实，每个人都在潜意识中抗拒着种种社会理性的约束和规范，希冀一种审美的自由和生命的解放。实际上，感性的、美的、理想的乌托邦式的生存是人类内在的生命追求。人类除了经济的、理性的追求之外，更存在着审美的生存需求。理性的存在和感性的存在矛盾和冲突着，构成人类生命的意义和张力。您认为我说的对吗？”① 格林布拉特的回答是：“我很同意你的观点，历史环境、政治、阶级等的确不能概括艺术家所能够表达的一切。至少在我看来，在艺术家的内在的生活和人们所生存的社会、历史的环境之间有着巨大的间离，这些有时似乎对我造成了某些误导。你所感兴趣的艺术的维度——情感的、理想的和解放的因素——当然是存在的，并且实际上非常重要。但是，在很长一段时间里，至少在我受教育的时期里，英美形式主义与此有很大的不同。我很怀疑，在你的文学训练过程中，这些生命真实的维度是完全自主

① 傅洁琳：《格林布拉特新历史主义与文化诗学研究》，山东大学文艺学2008级博士学位论文，第3页。

的，好像历史就是一种装饰性背景，某些东西被礼貌地认可，然后就被遗忘了。我反对这种遗忘。”①

傅洁琳提问所表达的审美观念可谓是具有相当的代表性，表达的即是那种个体形而上学意义上的审美。格林布拉特虽然表示了一定的认同，但看得出来他更多的是反思文学、审美的完全自主性，而且反对把历史视为装饰性背景，反对一种历史的遗忘。正如傅洁琳所言，格林布拉特的回答开启了一个关于文学艺术、审美和历史关联的新维度。格林布拉特的新历史主义的文学艺术和审美观念，并非就是政治审美。但值得注意的是，他开启了文化诗学的另一种审美观。② 为此之故，如果一个文本具有这样的问题意识，表达了如此的诉求，承担了此一功能，也就可能具有政治审美的可能了，从而也不妨纳入研究的视域中来。比如以文学的方式，关注阶级、性别、年龄等与公共领域相关联的问题，这样的文学是具有政治审美特点的。如果一种文学研究，在对对象进行了合乎语境的文本分析之后，把其背后的体制性问题呈现了出来，既而勾连起了文学与公共领域之间的关系。这样的研究也是具有政治审美诉求的。简言之，文化诗学如果标举审美，是否也可以把这种政治审美作为文学的“诗意裁判”呢？其实，审美之所以是审美，与它是否具有公共性有关。为什么“文革”之后，只要强调个体、人性、情感等都可谓是审美，其中一个重要的原因就是这样的审美表达了一种与“文革”不同的观念，具有公共性。到了90年代，这样的审美就难以奏效了，原因恐怕就是因为它的公共性大大地降低了，或者说它过于“形而上”了，疏远了90年代这个大众社会的公共生活。在此语境之下，我们是否应该有意识地将那种个体形而上学的审美转换为公共领域中的政治审美呢？其实，历史—人文之间的张力这样的悲剧审美，其目的也是为了把现实问题呈现出来，甚至可以说，支撑这种悲剧审美的东西是它表达了时代的一个“困境”，触及到了什么是好生活这样的公共问题。如果我们有这样的公共审美观念，那是否也可以引发我们对葡萄园中的“我”在个体与国家之间如何平衡生活的一个思考呢？也就是说这种政治审美也可以成为文学研究的一种眼光。以这种眼光来看待大

① 傅洁琳：《格林布拉特新历史主义与文化诗学研究》，山东大学文艺学2008级博士学位论文，第3页。

② 据此我们也可以看出其与中国文化诗学的差异。

众文化，也有可能呈现出一片新的风景。

对文化诗学的反思之二是，文化诗学有积极介入大众文化的诉求，这是值得肯定的，但是文化诗学的大众文化研究往往因其坚持审美的方式对大众文化展开批判，而表现出脱离语境的嫌疑，并最终导致其无法更为有效地认知和研究大众文化现象与问题。

文化诗学倡导者童庆炳先生曾敏锐地指出："中国社会发展到90年代，情景发生转换，我们面对的问题已经不是'文革'的政治，而是……市场经济所伴生的大众流行文化以及'拜金主义'和'拜物主义'对人们欲望的挑动，有良知的知识分子为此感到忧虑，现实转折激起了他们再一次参与社会的热情。"① 童庆炳先生所言之意，当然是对知识人尤其是从事文化研究的知识人，通过研究大众文化介入社会之类的做法表示认同，但童庆炳先生要表达的更为内在的意思恐怕是，文学理论要吸收文化研究介入社会文化现实的优点，从而保持文学理论学科的当下合法性。或也因此，童庆炳先生认为，文化诗学"要解读的对象大大扩大，包括文学艺术中各种题材、各种类型的作品，包括现在发展起来的、流行的大众文化，如影视作品，这些都是解读的对象"②。换言之，文化诗学之与此前文论不同处，其中之一乃与其主动介入大众文化研究有关。

然而，对大众文化的研究，能够以文化诗学来进行吗？或换言之，大众文化能以视审美为内核的文化诗学来打量吗？这恐怕是一个需要讨论的问题。我们当然可以以审美，尤其是那种个体形而上学意味的审美去评价大众文化，但评判的结果往往倍显"悲观"，比如，"大众文化、流行文化，表面看来是无害的，实际上是用糖衣裹着毒药，把肉麻当有趣。文化诗学就要有一种批判精神，要义不容辞地对这些东西加以揭露与批判。"③之所以得出这种结论来，原因恐怕有二：

一是文化诗学的大众文化研究没有切实结合语境来展开研究。或者说结合了语境，但它更多的是让这种语境围绕着审美的中心来转，而这种审美的内涵又没有切合大众文化，它往往凭借一种故有的个体形而上学意义上的审美来对大众文化文本本身进行"诗意的裁判"，从而指出大众文化

---

① 童庆炳：《植根于现实土壤的"文化诗学"》，《文学评论》2001年第6期。

② 童庆炳：《"文化诗学"作为文学理论的新构想》，《陕西师范大学学报》2006年第1期。

③ 同上。

的诸多“反审美”之处。这种研究对于大众文化文本的制作而言，是有益处的。它毕竟提供了一种理想的大众文化应该是怎样的规范与理念。同时，它对大众文化接受也是有教益的，因为它让接受者自觉到了大众文化的某些局限。但问题是为什么会生产出这样的大众文化？这样的大众文化为什么可以流行开来，为什么大众依然会对这样的大众文化趋之若鹜？这也是文化诗学需要继续探讨的问题。

在大众文化的时代，每个个体都是参与者。就此而言，大众文化是私人文化。但是，大众文化要在公共空间中流传。而且，就大众文化的发生和实际的存在样态而言，大众文化是介于个体和国家之间的一种公共文化/市民文化。只有有了公共领域/市民社会的萌芽和相对独立，才有可能有大众文化的发生。这也是大众文化为什么在 90 年代兴起的一个重要原因。当然，这样说并非是要认为现实中国的大众文化就只能是一种公共文化。但如果回到大众文化的“事情本身”看，它的确是这样发生的。当然，即便如此也不妨碍我们用其他的不同眼光去打量大众文化。只是若以公共领域的视域去打量大众文化，恐怕有可能会获取更为有效的阐释力。这里不妨提及几点粗浅的看法。

首先，如果将大众文化视为了公共文化/市民文化，那么就要在总体上承认它的合法性。不管它的趣味如何，但它毕竟有值得肯定的积极意义，比如它使主导文化之外的空间得以扩大。其次，批评者对大众文化的批评，如果要达到有效，就得有一种“带着怀疑的眼光去考察一切等级化”① 划分的反思意识，因为任何等级的划分，可能更多的是一种并不正当甚至也不合法的权力使然。而且，即使大众文化相对而言会是低级趣味的，但它也具有被平等对待的正当性要求。这甚至也是我们从事大众文化研究的一个前提。再次，大众文化之所以呈现出如此多的不足，问题的实质恐怕不在于制作者的水准，也不在于观众的能力，根本原因也许还是在于没有一个生产和接受它的好环境。也就是说，它更多的是表征了一个畸形的有待优化的公共领域。试想，如果公共领域有足够的独立性乃至抵抗力，人们需要去“恶搞”吗？需要在恶搞这种大众文化的生产和接受中获取那么一点可怜的“娱乐”吗？在“无声”的语境中，大众文化要发

① 罗钢等主编：《文化研究读本》，中国社会科学出版社 2000 年版，第 83 页。

好声是较为困难的。最后，大众文化裹挟着资本的逻辑，一定意义上是可以认同的，而不能认同的恐怕是为什么这种资本的逻辑能肆无忌惮？如果有一个批评的空间，大众文化是否就有可能变得更好，有可能成为一个时代的文化表征呢？

我们认为，如果文化诗学要对大众文化进行审美的批评，这诚然是可以的。但如果要让这种批评更为有效，似乎就应该结合语境，去探究一种大众文化之所以成为一种大众文化的体制性原因在哪里。也就是要对大众文化所表现出来的这种“反审美”特征进行语境化的分析。在这种分析中，就有可能既实现对大众文化的反审美予以批判，又有可能发现“社会文本”的局限所在，既而建立起文学理论研究与生活的真实关联，并可能发挥文学理论批评的效用。

二是由于文化诗学没有挖掘与大众文化相契合的审美内涵。

文化诗学以审美观照大众文化，其有效性建构并非只有语境化之一途，它其实还可以通过挖掘审美的特性来进行。比如审美，它具有超越语境的特性，它可以是一种共通感，即如康德所言：“是一种共同的感觉的理念，也就是一种评判能力的理念，这种评判能力在自己的反思中先天地考虑到每个别人在思维中的表象方式，以便把自己的判断仿佛依凭着全部人类理性，并由此避开那将会从主观私人条件中对判断产生不利影响的幻觉，这些私人条件有可能会被轻易看作是客观的。”① 作为共通感的审美，它可以规避文本所不可逃脱的一些语境印痕，因此就有可能具有较好的沟通性，一如佛克马所认为的，“以一种文学审美方法来阅读的文本有很好的机会去帮助人们消除严重地阻碍对同一论题的解释性文本的接受的意识形态障碍”②。从这个方面看，文化诗学之注重审美，对于建构一种共同体的公共文化而言，无疑是有意义的。佛克马曾认为它有助于建构一种“世界文化”。出于此一考虑，他坚持认为：“文学审美式阅读方法需要保持和发展，特别是在人们把重点放在政治论题和内容问题上时更是如此。”③ 这与文化诗学之坚持审美可谓有一致之处。但对于文化诗学而言，需要进一步考虑的是，这种审美沟通与大众文化能够契合吗？

---

① ［德］康德：《判断力批判》，邓晓芒译，人民出版社2002年版，第135—136页。

② 王宁、薛晓源主编：《全球化与后殖民批评》，中央编译出版社1998年版，第257页。

③ 同上书，第264页。

答案是肯定的。大众文化，作为一种公共文化，具有共通性，本来就具有沟通的内涵。有学人曾指出，大众文化是一种共享文化，作为共享文化的大众文化，“它不是一种特定文化群体或地位群体所特有的亚文化，它一定具有了某些超越不同文化群体差别、分歧甚至利益冲突，进而变成人人都可以享受的文化”[①]。如果大众文化作为共享文化可以成立，那么要使得关于它的批评有效，重要的就应该是去调整审美的内涵了，比如挖掘出审美在人性建设、公民文化养成乃至制度建构等方面的共通性内涵来。这显然需要经过一番艰苦的学术工作方有可能。这里不拟详加论述。而仅以网络媒体中的公共事件类的新闻文本为例作一简要的说明。我们认为，公共事件类的新闻文本，可以视为一种“大众文化”，对它进行政治审美的解读，也是有可能的。比如通过思考和挖掘诸如怎样具体去分析和解读这样的文本，它具有怎样的文学性，[②] 为什么会出现这样的公共事件类新闻文本，为什么这样的事件需要被人们讨论，关注这样的事件对于个体生命而言有怎样的意义，如何看待新闻事件中所出现的各种观点等一些问题，是有可能养成一种公共审美的情怀的。其道理也很简单，因为如果不爱这个世界，对这个世界没有什么情感，对人性和一个共同体没有美好的期待，又怎么会去关注这样的公共事件呢？

如果我们沿着此思路进行下去，就有可能改变对大众文化的看法，就不会再将大众文化与审美的关系看得过于简单，比如不认为大众文化是低级的文化，而审美是高级的文化；比如不认为大众文化文本一定要以诸如唐诗、宋词乃至《红楼梦》那样的“审美”文本来呈现，才是好的大众文化文本，等等。果真如此，恐怕也就有可能建构出能够有效面对大众文化的文化诗学来。这样的文化诗学，与当代日常生活自然是息息相关的，因此它有可能重建文学理论的知识合法性。

反思文化诗学并非要人为颠覆文化诗学在学术场域中的位置。毋宁说，文化诗学的位置是不可撼动的。其原因之一是因为，文化诗学是有学术传统的，它之生成乃孕育于深厚的学术积淀而非横空出世的突发奇想。

---

① 周宪：《中国当代审美文化研究》，北京大学出版社1997年版，第83页。

② 需要说明的是，我们并非认为公共事件类的新闻就是文学文本，但在目前的语境下，这种新闻文本具有较强的“文学性”。这是值得文学研究者去进行研究的。它对于培养公民的审美素养恐怕也有益处。

这一点，从文艺学界的领军人物童庆炳先生一生的学术历程中足以见出。童先生合乎逻辑与语境地将文学理论研究从审美诗学、心理诗学、文体诗学、比较诗学带向新近的文化诗学。① 这几乎成为学界共识。

然而，我们又不可拒绝对文化诗学的必要反思。对文化诗学与审美、与大众文化的关系问题的反思与讨论，无疑是非常重要的。在大众文化方兴未艾的语境下，文化诗学需要继续关注这样的问题。这恐怕是一个关系到文化诗学这种"通变型"的文论转型方案能否获得更多学术承认的重要事情。事实上，也只有通过反思与讨论，才可能获得理论的完善。比如对文化诗学的反思可以让研究者在大众文化语境下从事文学研究之时，调整研究思维方式，从对象性的研究转变为合乎语境地具体分析，不以鉴别文本的好坏高低为目的，而是以反思一种文本之所以如其所示，其具体的社会历史文化原因是什么，是怎样的社会文化体制影响乃至决定了该文本的存在样态为追求，等等。文化诗学如果能直面大众文化语境下的文学文化活动，可以有效阐释当今时代的文学文化现象和问题，那么文化诗学所主导的文论将度过当前的知识合法性危机。

总之，持一种通变观的文化诗学，与那种断裂型的、守旧型的文学理论发展观不同，它所提供的文学理论发展方案，是最契合转型要义的。如果说90年代以来文学理论转型的其他方案如审美文化研究、理论的批评化、文化研究更多的是因为现实文化语境的变化而生，是由于具有弥补此前文学理论的不足而存在的，那么文化诗学，则是带着故有的文论传统，在新的现实和学理语境中，缓步累积而行的。它塑造出的是一种老成持重而又开放进取的学术形象。当然，如果现实语境的变故过于急遽，表现出与固有观念有较大出入，那么人们可能会做出一种革命性的选择。在这种情况下，文化诗学的命运将难以预料。但不管怎样，文化诗学所表征的这种通变式文论发展观及其所做出的实绩，已然是中国当代文学理论研究进程中的重要事件。

① 程正民:《从审美诗学到文化诗学——童庆炳新时期文学理论研究之旅》，《中国文化报》2015年6月30日。

第四章　后殖民批评与90年代文学理论转型的发生

在回望90年代文学理论的时候，我们切实地感到，后殖民批评是一种具有多重阐释空间的文学理论话语，牵涉诸多的社会文化/文学理论问题。简言之，可以相对而言地分述为三。①

其一，它牵涉20世纪八九十年代之交社会文化语境下文学理论的身份认同问题，诸如文学理论有“姓中姓西”的问题，文学理论在身份认同的建构中如何处理其与民族主义、保守主义乃至本质主义的关系等问题，可谓都与之相关。其二，它与现代性的问题更是有着较为复杂的勾连，比如怎样看待现代性发生以来的社会历史进程和文化/文学选择？在全球化越来越成为现实和认知框架的时候，文学理论的现代性及其反思又如何可能？② 其三，它还具体地牵涉90年代以来文学理论的学科建设和发展问题。后殖民批评是西方后殖民理论跨文化传播到中国之后，所生成的一种批评理论，但由于后殖民理论本身的指向是“反殖民”，因此中国后殖民批评如果一味地遵循从西方来的后殖民理论的“规训”，那就有可能使后殖民理论的“东方旅行”沦为一种对中国文学理论的“文化殖民”

---

① 需要说明的是，后殖民批评牵涉的身份认同、现代性等问题，并非互不相关的，比如身份认同问题也是一个现代性问题。

② 陶东风先生曾指出：“后殖民理论的引入对中国的文化研究影响极其深刻，作用不可低估。赛义德的《东方学》（《东方主义》），这部书对中国文化研究乃至整个中国思想界的影响都是非常大的，甚至是最大的，我觉得主要原因在于它改变了很多中国知识分子看待中国现代史的视觉，中国学术界从五四到80年代的主流一直是正面看待中国在西方影响下的现代化历史的，而在后殖民主义的理论‘启示’下，出现了一些学者，他们把现代化的历史解读为‘他者化’——也就是民族自我身份丧失的历史，甚至认为鲁迅等启蒙思想家的改造国民性的思想是内化了西方殖民主义的逻辑，是自我放逐，自我他者化。可以说它整个改写了中国的启蒙话语，改写了中国现代史的叙述模式。”（陶东风：《关于文化研究的答问》，《渤海大学学报》2010年第6期）

行为。换言之，后殖民批评究竟是一种“反殖民”的话语，还是一种“新殖民”的表征？此一境况之下，就引发了西方文学理论的中国化如何可能这样一个需要认真思考的问题。

诸如上述所及的问题，都是90年代社会文化语境转型之下才被“问题化”的。不妨说，如果20世纪八九十年代之交未曾出现身份认同的危机，如果不是在现代性反思的语境下，文学理论的“中国身份”诉求恐怕就不会在一个现代民族国家的框架内表现得如此强烈，后殖民批评恐怕也就不会作为一种文学理论形态在90年代凸显出来，更遑论表现出与80年代乃至现代性发生以来的文学理论的相异特点来。

为此之故，人们要理解90年代文学理论的转型问题，不回到后殖民批评并对其作语境化的理解几乎不太可能。与后殖民理论关联甚为密切的萨义德的《东方学》，被有的学者认为是引发了“当代西方学术思潮一次转型的重要著作”，而且它“真正做到了跨学科、跨语言、跨国界的突破，是我们了解当代理论来龙去脉和发展动态的必读书”。[①] 这也在某种意义上说明了，回望90年代文学理论学术转型，不能绕过后殖民批评。

第一节　后殖民批评的发生

后殖民批评在20世纪八九十年代之交的发生，是一件较为复杂的事情。它究竟发生于何时，又为什么发生，其发生所表现出来的特点有哪些，它对90年代文学理论而言又具有怎样的转型意义，等等，都已然成为需要考究的问题。

虽然就理论旨趣而言，后殖民批评对“西方”甚为敏感，几近“排挤”和抵制，但却并不妨碍其发生之与西方的关联。不妨说，就理论资源而言，后殖民批评的发生与西方，主要是与美国有直接的关联。这又主要具体落实在詹姆逊、萨义德等人身上。

先看詹姆逊与后殖民批评的关联。

1989年，詹姆逊的《处于跨国资本主义时代中的第三世界文学》一

① 刘禾：《语际书写———现代思想史写作批判提纲》，上海三联书店1999年版，第4页。

文刊登在《电影艺术》上。[1] 该文提出了“第三世界文化理论”，认为第三世界文化/文学是“民族寓言”，即“第三世界的本文，甚至那些看起来好像是关于个人和利比多趋力的文本，总是以民族寓言的形式来投射一种政治：关于个人命运的故事包含着第三世界的大众文化和社会受到冲击的寓言”[2]。简言之，第三世界文本表征了个体与民族国家之间并非分明的独立关系，更遑论紧张的对抗关系了。相反，个体与民族国家总是互为一体，在“政治无意识”中往往具有互相认同的积极性关联。詹姆逊还以鲁迅等人的文本为例来予以说明。依其之见，第三世界的知识分子是民族的代言人，他对外部殖民甚为敏感，而内部压迫却难以被“问题化”，他不是作为独立的个人来对国家进行批判，而是作为个人来同国家一道忧心于民族大业。[3] 因此，第三世界知识分子在“讲述关于一个人和个人经验的故事时最终包含了对整个集体本身的经验的艰难叙述”[4]。

詹姆逊的说法显然存在某种程度的“误读”。就以詹姆逊所举鲁迅的例子来说，鲁迅其实并非没有独立的个体意识，更非缺乏批判精神的民族主义者。这可以鲁迅的名言为证：“用笔和舌，将沦为异族的奴隶之苦告诉大家，自然是不错的，但要十分小心，不可使大家得着这样的结论：

① ［美］詹姆逊：《处于跨国资本主义时代中的第三世界文学》，《当代电影》1989年第6期。值得提及的是，1988年漓江出版社推出了王逢振的访谈录式的著述《今日西方文学批评理论》。该书对詹姆逊的第三世界文化理论有较为精练的介绍。1989年，程代熙在《西方文论的新信息——读〈今日西方文学批评理论〉》（《文艺理论与批评》1989年第2期）一文中，对詹姆逊的第三世界文化理论进行了评析。程文还被《文艺理论研究》（1989年第4期）以“弗·詹姆逊提出‘第三世界文化’的新观点”为题进行了观点摘编。不妨说，王逢振的著述恐怕是最早译介詹姆逊第三世界文化理论的了。但不可否认的是，大多数学人还是通过1989年《处于跨国资本主义时代中的第三世界文学》的译介来接受第三世界文化理论的。

② ［美］詹姆逊：《处于跨国资本主义时代中的第三世界文学》，《当代电影》1989年第6期。

③ 詹姆逊曾说：“在第三世界文本中个人和社会经验里的利比多和政治因素之间的关系，同西方对这个问题的看法以及形成我们自己存在的西方文化形式截然不同。我可以用下面的几点来概括这个不同或相反的特征：在西方，按照惯例，政治参与是以我刚才谈的那种公私分裂的方式而受到遏制和重新被心理化或主体化的。”（詹姆逊：《处于跨国资本主义时代中的第三世界文学》，《当代电影》1989年第6期。）

④ ［美］詹姆逊：《处于跨国资本主义时代中的第三世界文学》，《当代电影》1989年第6期。

‘那么，到底还不如我们似的做自己人的奴隶好。’”[①] 对于这种误读，詹姆逊也曾有过担心，他说：“我下面要谈的仅仅是推测，非常需要中国问题专家们的订正。我仅举一个方法论的例子，而不是提出关于中国文化的‘理论’。”[②] 詹姆逊也承认，“对于不习惯接触现实或集体的我们来说，这种寓言视野经常是难以忍受的”[③]。撇开詹姆逊是否误读这一点不谈，我们也可以说，詹姆逊看到的只是第三世界积极的一面，并试图将其建构为晚期资本主义时代的一个乌托邦，认为第三世界文化可以克服晚期资本主义的文化矛盾，弥补主体精神的分裂，这恐怕是出于一种对晚期资本主义进行现代性反思的需要。为此之故，他为第三世界进行了自觉的辩护，认为“在第三世界里（同时也在第二世界中的主要地区里）某种民族主义是十分重要的，因此我们有理由质问民族主义到底是否真的不妥当”[④]。詹姆逊还指出，虽然第三世界文化具有其民族独特性，但是第三世界文化受到了资本主义的“侵略”，这种侵略乃一种文化帝国主义，只是它往往冠以委婉的现代化渗透之名：“所有第三世界的文化都不能被看作是人类学所称的独立或自主的文化。相反，这些文化在许多显著的地方处于同第一世界文化帝国主义进行的生死搏斗之中——这种文化搏斗的本身反映了这些地区的经济受到资本的不同阶段或有时被委婉地称为现代化的渗透。”[⑤] 看得出来，詹姆逊指出了第一世界与第三世界存在“文化斗争”/“文化渗透”的“殖民”状况，这也就用第三世界文化的理论，书写了“形似”于后殖民理论的一些观念。需要说明的是，詹姆逊的第三世界文化理论，甚至被有些论者指出，事实上算不上什么西方的后殖民理论。[⑥] 这

① 鲁迅：《半夏小集》，《鲁迅全集》（第六卷），人民文学出版社2005年版，第617页。

② ［美］詹姆逊：《处于跨国资本主义时代中的第三世界文学》，《当代电影》1989年第6期。

③ 同上。

④ 同上。

⑤ 同上。

⑥ 赵稀方：《后殖民理论》，北京大学出版社2009年版，第262页。顺便一提的是，詹姆逊的《处于跨国资本主义时代中的第三世界文学》一文，曾被阿赫默德进行了严厉的批评（罗钢、刘象愚主编：《后殖民主义文化理论》，中国社会科学出版社1999年版，第333—355页）。邵建也曾指出该文的“东方主义”特点，认为“詹姆逊分明是站在西方文化业已超越了‘民族寓言’的层次来俯视东方文本的，在他看来，‘民族寓言’乃是‘我们的第一世界文化发展中的

倒也不难理解。就以哲学观念说，后殖民理论是受后结构主义的影响所生，它反对任何的本质主义，而第三世界文化理论具有本质主义的嫌疑，其本质主义从其支持“民族主义”这一点上就可以见出端倪，似乎第三世界要保持某种本质的族性，才能区分于第一世界。其实，即使“民族寓言”说能够成立，也并非因此就表明它就是第三世界的本质，而只能被视为是在某一特定历史语境下，出于特定的需要所建构出来的一种性质。至于第三世界的本质究竟是什么，对于后殖民理论而言，这样的提问方式本身就有本质主义的嫌疑。

然而，不管詹姆逊的这种形似于后殖民理论的书写是出于何种认知兴趣，又遭遇了怎样的批评，它毕竟凸显了第三世界文化理论的主体性及其存在境况。在20世纪八九十年代之交的文化语境下，它不期而遇般地成为中国后殖民批评的“理论武库”，而且其影响还甚为广泛①，被视为后殖民理论在中国旅行的滥觞。② 有论者甚至认为它超出了标志着后殖民理论发生的“东方主义”的影响：“该理论由于有完整的译本，因而它在我国的流行度反超出于‘东方主义’。它虽然并不属于‘后殖民理论’，但却是我国‘后殖民批评’的理论来源之一。”③

的确，詹姆逊的第三世界文化理论，影响迅疾，1989年就开始有了回应。④

（接上页）过了时的阶段’”（邵建：《谈后殖民理论与后殖民批评》，《文艺研究》1997年第3期）。早在1989年，程代熙在《西方文论的新信息——读〈今日西方文学批评理论〉》（《文艺理论与批评》1989年第2期）一文中，就对詹姆逊的第三世界文化理论提出了质疑，认为它不一定适合中国这个“半殖民”国家。的确，中国的现代化，不能完全视为是“殖民”与“反殖民”的结果，它恐怕更多的是一种自主的选择与理性的建构。如果是这样的话，那就有可能拆解第一世界与第三世界的对立状态，更遑论所谓的“后殖民”了。

① 罗钢、刘象愚主编：《后殖民主义文化理论·前言》，中国社会科学出版社1999年版，第6页。邵建称它为“后殖民批评”的一根“理论台柱”（邵建：《谈后殖民理论与后殖民批评》，《文艺研究》1997年第3期）。

② 赵稀方：《中国后殖民批评的歧途》，《文艺争鸣》2000年第5期。

③ 邵建：《谈后殖民理论与后殖民批评》，《文艺研究》1997年第3期。

④ 需要说明的是：其一，这里关于回应的举证是以明显使用了第三世界文化理论的文献为主。但还有一些文献，其实也是深受了第三世界文化理论影响的。这突出表现在一些影评类的批评实践中。比如张颐武等人的一些影评论文。其二，第三世界文化理论的回应，并非就仅受詹姆逊那一篇《处于跨国资本主义时代中的第三世界文学》文献的影响。研究者也恐怕受了“第三

《电影》《读书》《文艺争鸣》《电影评介》《电影艺术》等刊物刊发了诸如《马克思主义、中国电影和第三世界文化》① 《第三世界文化的生存困境——查建英的小说世界》② 《第三世界文化与中国文学》③ 《中国电影：第三世界文化的一种文本》④ 《第三世界文化中的叙事》⑤ 《叙事的觉醒——第三世界文化与当代小说探索》⑥ 《第三世界文化：新的起点》⑦《第三世界文化理论的提出与面临的困惑》⑧ 《民族问题和第三世界文化》⑨《文艺学的新视域：第三世界文化》⑩《"第三世界文化"与当代中国新观念》⑪《第三世界文化的提出及其前景》⑫《第三世界批评：民族·种族·性别》⑬《新中国电影：第三世界批评的笔记》⑭《从"第三世界文

（接上页）世界"理论的影响。比如张颐武的一些论文如《后新时期中国电影：分裂的挑战》（《当代电影》1994年第5期），其参考文献就有其他一些第三世界理论，如李琮的《第三世界论》（世界知识出版社1993年版）等，只是詹姆逊是较早将主要以研究政治经济为主的第三世界论移用到了文化领域，这是需要说明的。其三，第三世界文化理论的回应，在1993年以后还与东方主义一道汇合在了后殖民批评之中，这从此后一些有影响的文献，如张颐武的《全球性后殖民语境中的张艺谋》（《当代电影》1993年第3期）、陈晓明的《"后东方"视点：穿越表象与错觉》（《文艺争鸣》1994年第2期）往往兼用詹姆逊的第三世界文化理论和萨义德的东方主义理论，来进行后殖民批评的书写这一点上就可以见出。

① 姚晓濛：《马克思主义、中国电影和第三世界文化》，《电影》1989年第11期。

② 张颐武：《第三世界文化的生存困境——查建英的小说世界》，《当代作家评论》1989年第5期。

③ 张颐武：《第三世界文化与中国文学》，《文艺争鸣》1990年第1期。此文的发表，使张颐武被视为"当前中国学界最早一位试图从后殖民主义的视角来阐释和建构中国当代文学的学者"（丰林：《后殖民主义及其在中国的反响》，《外国文学》1998年第1期）。

④ 姚晓濛：《中国电影：第三世界文化的一种文本》，《文艺争鸣》1990年第3期。

⑤ 张颐武：《第三世界文化中的叙事》，《钟山》1990年第3期。

⑥ 张颐武：《叙事的觉醒——第三世界文化与当代小说探索》，《上海文学》1990年第5期。

⑦ 张颐武：《第三世界文化：新的起点》，《读书》1990年第6期。

⑧ 孟繁华：《第三世界文化理论的提出与面临的困惑》，《文艺争鸣》1990年第6期。

⑨ 王逢振：《民族问题和第三世界文化》，《文艺争鸣》1990年第6期。

⑩ 张颐武：《文艺学的新视域：第三世界文化》，《天津文学》1990年第7期。

⑪ 曾迪：《"第三世界文化"与当代中国新观念》，《电影评介》1990年第8期。

⑫ 乐黛云：《第三世界文化的提出及其前景》，《电影艺术》1991年第1期。

⑬ 张京媛：《第三世界批评：民族·种族·性别》，《电影艺术》1991年第1期。

⑭ 戴锦华：《新中国电影：第三世界批评的笔记》，《电影艺术》1991年第1期。

化”的小说修辞看新时期写作》[①] 等文。1993年，张颐武还结集出版了以“第三世界文化”的理论为“批评起点”的著述《在边缘处追索——第三世界文化与当代中国文学》[②]，这恐怕是第三世界文化理论研究中最有代表性的文本了。

综观上述文献，我们可以看出第三世界文化理论成为一个研究视角，并被具体运用到了历史问题的反思和当下文化/文学现象的批评实践之中，从而获取了此前理论研究所不曾有过的效果。其最为明显的两点就是：其一，在后现代语境下，将现代性反思置于了全球框架之内，并较为明确地反对西方中心主义和文化帝国主义，[③] 同时强调第三世界文化的独立性；其二，强调民族文化认同之于现代国家及其学术研究的作用。这恐怕是第三世界文化理论兴起之前所不曾强调的。有学者甚至认为这是“在中国学界10余年来的历史文化和文学建构的进程之上拦腰一刀，共时性空间问题一下子显露在中国学界面前”[④]。据此，我们也就有理由认为，20世纪八九十年代之交，通过詹姆逊的第三世界文化理论，后殖民批评在中国确已发生。[⑤]

---

① 汪民安：《从“第二世界文化”的小说修辞看新时期写作》，《江汉论坛》1992年第3期。

② 张颐武：《在边缘处追索——第三世界文化与当代中国文学》，时代文艺出版社1993年版。

③ 比如张颐武认为：“第一世界掌握着文化传媒和知识生产的绝对的权力，把自身的意识形态视为‘永恒’的和‘超然’的世界性的价值，把自身的偏见和想象编码在整个文化机器之中，强制性地灌输给第三世界。而第三世界的文化则处于边缘的、被压抑的地位上。他们无力在文化工业中占据中心的位置，只能处于被动的客体的位置上。他们的文化传统面临威胁，母语在流失，深受西方意识形态的贬仰和渗透。”（张颐武：《在边缘处追索》，时代文艺出版社1993年版，第197页）

④ 丰林：《后殖民主义及其在中国的反响》，《外国文学》1998年第1期。

⑤ 第三世界文化理论/批评兴起之后引发过学术讨论。其突出的原因恐怕在于，第三世界批评在中国更多的是“挪用”，而未曾批判性地阐释和语境化地“化用”，因此出现了“变形”。有论者曾以阿赫默德对詹姆逊的批评为例说：“同样是第三世界知识分子，为什么我们就不能提出像阿赫默德那样义正词严的诘问，相反却对之趋之若鹜呢？”（罗钢、刘象愚：《后殖民主义文化理论·前言》，中国社会科学出版社1999年版，第6页）关于第三世界文化理论的学术讨论可参见相关文献，这里仅列出《二十一世纪》中的两篇重要文献：赵毅衡：《“后学”与中国新保守主义》，《二十一世纪》1995年2月号。徐贲：《“第三世界批评”在当今中国的处境》，《二十一世纪》1995年2月号。

再看萨义德与后殖民批评的关联。

萨义德的“东方主义”理论,[①] 旅行到中国也是在20世纪八九十年代之交。[②] 1990年,《文学评论》刊发了《彼与此——评介爱德华·赛义德的〈东方主义〉》一文[③],对与后殖民理论息息相关的“东方主义”进行了提纲挈领的解读,可谓是学界专门引介后殖民理论的一篇较早的文献了。1992年,刘禾在《读书》上发表了《黑色的雅典——最近关于西方文明起源的论争》一文,对马丁·波纳尔的《黑色的雅典娜》进行了介绍。由于《黑色的雅典娜》一书的主题乃后殖民理论,因此刘禾一文还将其与萨义德、斯皮瓦克、巴巴等人相提并论,这自然也就起到了引介后殖民理论的功效。然而,截至此时的引介并没有引来学界的广泛关注。同时,由于它未能展开批评实践,也算不上后殖民批评的发生。

1993年,《读书》杂志刊发了张宽的《欧美人眼中的“非我族类”》、钱俊的《谈萨伊德谈文化》、潘少梅的《一种新的批评倾向》和李长莉的《学术的倾向:世界性》等文,这些文章总体看来有两个特点。

其一,大都涉及了后殖民理论,对萨义德的著作《东方学》(《东方主义》)、《文化与帝国主义》进行了有意识的评介,[④] 对其“东方主义”和文化霸权的理论学说多有认同。比如认为借用萨义德的东方主义理论乃一种有冲击力的“新的理论架构”[⑤],认为“萨伊德是当今众多西方文化批评理论家中最可读者之一”[⑥]。

其二,将后殖民理论自觉地运用到批评实践中来,对中国现当代社会文化问题进行了较为有冲击力的批评。其主导性的观念是:无论就故有的

---

① 需要说明的是,使用东方学,还是东方主义来命名萨义德的理论,这是一个有争议的问题。在一般情况下,我们不作区分地使用(参见罗厚立《“东方主义”与“东方学”》,《读书》2000年第4期)。

② 1988年漓江出版社出版的王逢振的访谈录著述《今日西方文学批评理论》,包含有对萨义德的访谈。

③ 张京媛:《彼与此——评介爱德华·赛义德的〈东方主义〉》,《文学评论》1990年第1期。

④ 张宽的《欧美人眼中的“非我族类”》、钱俊的《谈萨伊德谈文化》两文,前文的本意是要对萨义德的《东方主义》进行评介,后文的本意则是要对萨义德的《文化与帝国主义》进行评介。

⑤ 潘少梅:《一种新的批评倾向》,《读书》1993年第9期。

⑥ 钱俊:《谈萨伊德谈文化》,《读书》1993年第9期。

历史叙述，还是现代以来的文化观念，乃至当下的文化发展状况来说，我们都陷入了西方中心主义，被“后殖民化”了。

就历史叙述而言，《学术的倾向：世界性》一文认为，“我们中国的学人……在反思中国的近代化为何如此艰难曲折时，我们总是自然而然地把中国作为与西欧的对照物，而不是并立起来加以考虑，总是以西方近代化过程作为既定指标来衡量中国的问题。这就使我们难以看清一些属于我们自身的问题，更难于把握欧洲、亚洲及中国的各自的独特性”。[①] 因此，要摆脱西方中心主义，“把中国作为理解世界多元化发展的一种途径和方法，以求发现中国自身的近代化过程及特性”。[②] 不妨说，这对晚清以来特别是80年代以来占主导地位的现代性历史叙述进行了“问题化”，它使人们不再能够未加反思就将百年来的历史想当然地讲述为现代性的积极运作史，因为旧有的叙述有可能陷入了西方中心主义而被殖民化了，而且还长期的不自知。《欧美人眼中的“非我族类”》一文也认为，现代以来的一些文化观念同样陷入了“西方主义”，诸如中体西用论、中国文明优越论、全盘西化论、西体中用论、蔚蓝色论、基督教救国论等，都可谓是浮躁的、盲目的、非理性的对待西方文化所产生的一些说法，它们几乎都被“后殖民”了。[③] 而当下的文化发展状况，如张艺谋电影等一些获奖和畅销文艺作品，也只有置于“东方主义的模式”下才能被理解。换言之，都是西方霸权主义的产物。因此，张宽说：“非常使人遗憾的，是我们的一些优秀艺术家，在他们的作品‘走向世界’的过程中，用一些匪夷所思、不近人情的东西去让西方人感到刺激，感到陶醉，或者恶心，让西方的观众读者产生美学上所说的‘崇高感’、怜悯心和种族文化上的优越感，于是作品就捧红，就畅销。”[④]

---

① 李长莉：《学术的倾向：世界性》，《读书》1993年第9期。

② 同上。

③ 张宽：《欧美人眼中的“非我族类”》，《读书》1993年第9期。钱俊也表达了类似的看法：“八十年代的‘文化热’又一次证明帝国霸权主义的耐力，比如《河殇》就带有明显的帝国情结。更不用说目前帝国霸权主义在经济、文化、意识形态、生活方式各个方面在大陆的渗透。”不过，值得注意的是，钱俊还是有较为理性、开放的民族认同观，也深得后殖民理论的要义，因此他在同一篇文章中又指出：“说《河殇》带有帝国情结，这都才说了一半，而且主要是从外向内看。”（钱俊：《谈萨伊德谈文化》，《读书》1993年第9期）

④ 张宽：《欧美人眼中的“非我族类”》，《读书》1993年第9期。

《读书》的这组文章，一经刊发就引来了讨论，获得了“强烈的反响”①，它往往被视为后殖民批评在中国学术界开始引起广泛关注的一个标志。② 关于这一点，张宽自己也写道：“由于《读书》杂志在中国人文和社科知识分子中特殊的影响力，以萨伊德为代表的后殖民批评突然间成了中国的读书界竞相谈论的话题。”③ 因此，我们不妨认为，《读书》的这组文章，虽然本意在于介绍西方后殖民理论尤其是萨义德的学说，但它却也可以被视为后殖民批评在中国的发生之作，因为它在介绍后殖民理论的同时，还将其运用到了批评实践当中，并基本“规定”了此后后殖民批评的话语实践路向，甚至于此后深入研讨的每一个具体话题，都难免“影响的焦虑”，几乎都可以在这组文章中找到其影子。

具体而言，这组文章所引发的讨论及其“承前启后”的影响④，相对来说集中在两个方面。

第一个方面是，运用由该组文章所直接或间接引发的后殖民理论，接续此前的第三世界文化理论来对社会文化问题展开理论探讨。其中最具代表性的文献当是《从“现代性”到“中华性”》⑤ 一文。它使用后殖民的理论视角，⑥ 探讨了这样几个问题：其一，如何看待晚清以来的现代性文化史；⑦

---

① 陈厚诚：《后殖民主义理论在中国的传播》，《社会科学研究》1999年第6期。

② 陶东风等：《当代中国的文化批评》，北京大学出版社2006年版，第132页。

③ 张宽：《文化新殖民的可能》，《天涯》1996年第2期。董乐山也曾指出，《读书》上张宽、钱俊等人介绍萨义德的《东方学》和《文化帝国主义》两书，引发了后殖民批评（董乐山：《东方主义大合唱?》，《读书》1994年第5期）。

④ 由于后殖民批评在中国的发生有更早的“詹姆逊因素”，因此《读书》这组文章的发生就不仅有启后的功能，也有承前的作用。一方面，它呼应了第三世界文化理论，另一方面，它又扩大了第三世界文化理论，同时也汇合了第三世界文化理论，既而使后殖民批评的影响更加广泛起来。此后，随着后殖民批评其自身学理研究的深入，第三世界文化理论的影响渐趋变小。

⑤ 张法、张颐武、王一川，《文艺争鸣》1994年第2期。

⑥ 这种后殖民理论视角，与萨义德的东方主义理论相距更远，而与詹姆逊的第三世界文化理论更为接近。这主要表现在：一是更强调民族主义；二是依然有二元对立的思维痕迹。这恐怕也与张颐武受第三世界文化理论的影响较早有关。顺便提及的是，也因此此文虽然冠名集体创作，但恐怕张颐武的思想痕迹要更浓一些。

⑦ 认为现代性的历史，乃“丧失中心后被迫以西方现代性为参照系以便重建中心的启蒙与救亡工程”，其间经历了几个主导时期，但整体而言，“中国的‘他者化’竟成为中国的现代性的基本特色所在”。换言之，中国的现代性历史，乃是备受压抑的历史。早在《读书》那组文章发表之前，就有论者在后殖民视域下，表达了要释放被压抑历史的看法：“在‘后东方主义’和

其二，怎样看待20世纪八九十年代之交以来的“活着”的现实；① 其三，构建当代社会文化发展的愿景如何可能；② 等等。无论该文怎样试图做到全面平衡，但也依然持有一个核心的诉求，那就是要在反思中建构属己的“中华性”民族认同，以避免被西方“后殖民”。

第二个方面是，汇合此前的第三世界文化理论，同时承接该组文章所引发的后殖民话题，展开具体的文化/文学批评实践。概言之，又主要是围绕以下两个话题。

其一，关于张艺谋为代表的第五代导演所拍电影的批评。

由于张艺谋导演的电影在20世纪八九十年代之交屡屡在“西方”获奖，这就很容易被选为后殖民批评的对象。在《读书》那组文章中，张宽就以后殖民理论视角对张艺谋电影略有涉及。此后，萨义德的东方主义学说就更被自觉地移用来言说张艺谋电影了，并且它还汇合了先前第三世界文化理论的影响。③ 学界出现的相关的文献大致有：《“后东方”视点：

（接上页）‘后殖民主义’语境中，后现代主义作为一种权力话语出现了形态学意义上划界。如何将经验放回到历史中，把第三世界文化的历史经验置入整个世界文化格局的权力话语彼此起伏消长的过程中去，使‘潜历史’的表达成为可能，是摆在当代学者面前的艰巨任务。潜历史与主流话语之间的抗衡无非结果有二，一是潜历史经验将自身展示为对主流话语的反抗，在世界范围内为霸权所分割的空间和时间中重新自我定位，并在主流社会中获得一席之地，以继续这种话语抗衡；二是以取悦的‘人妖’方式作为为他人观赏的文化景观，甚至不惜挖掘祖坟，张扬国丑，编造风情去附和‘东方主义’的神话，以此映衬和反证‘西方文化中心论’的意识观念。然而，这种功利的精致零售‘潜历史’的方式，并不能真正解放被压抑的声音，而只能使‘潜历史’在转化为主流文化消费品的过程中，甚至在为主流文化话语形式操作提供廉价原料中，完成对‘潜历史’内容和价值的彻底压抑和最终遗忘。如果说，本世纪初学者们的任务是如何‘开窗’而让‘西学东渐’，那么，本世纪末的学者们的任务则是如何开门，而让中国文化精神走向世界，在新的世界格局中加入自己的声音，并通过主流话语对自身的历史经验加以重新编码。这是需要以潜历史解放者自居的当代知识分子艰苦努力的事。”（王岳川：《后现代主义文化与价值反思》，《文艺研究》1993年第1期）

① 20世纪80年代末以来，中国进入了“后新时期”，它意味着现代性的终结，意味着80年代新时期的终结，更意味着“‘现代性’伟大寻求的幻灭”，可以看出该文是在“后新时期”持肯定的乐观态度。

② 该文提出“中华性”新知识型，认为它“既是对古典性和现代性的双重继承，同时又是对古典性和现代性的双重超越”。

③ 需要说明的是，关于张艺谋电影的后殖民批评，《读书》那组文章，起到的恐怕更多的是接续的作用，也就是说，它呼应了此前的相关批评，并使得此后的张艺谋电影批评之后殖民视角更为凸显起来。

穿越表象与错觉》[①]《全球性后殖民语境中的张艺谋》[②]《电影在转变中》[③]《张艺谋神话与超寓言战略》[④]《面对生存的语言性——谈谈秋菊式错觉》[⑤]《张艺谋神话的终结——审美与文化视野中的张艺谋电影》[⑥]，等等。综观这类文献，虽然存在细微差异，但其核心的观点都是认为张艺谋电影有意或无意地迎合了西方的趣味，并不惜制造“伪民俗”[⑦]，无论如何也属于“后殖民”化的表意实践。

其二，对鲁迅为代表的国民性批判问题的讨论。

1993年《读书》那一组文章对现代性文化史进行了反思，这符合后殖民批评倡导对经典文本进行重估的理论诉求。此一境况之下，更为具体地对鲁迅等经典作家作品进行后殖民的批评也在情理之中。[⑧]因此，张隆溪的《关于几个时新题目》[⑨]、张宽的《再谈萨伊德》[⑩]围绕着鲁迅和后殖民的关系问题进行讨论，也就是正常的了。

---

① 陈晓明：《“后东方”视点：穿越表象与错觉》，《文艺争鸣》1994年第2期。

② 张颐武：《全球性后殖民语境中的张艺谋》，《当代电影》1993年第3期。就发表时间看，张颐武此文恐怕未曾受1993年《读书》那组文章的影响，但这并不排除张颐武受到了萨义德的后殖民理论的影响。因为张颐武该文，回应了扎西多的《劳瑞·西格尔，大红灯笼，异国情调及其它》（《读书》1992年第8期）一文。而扎西多此文批评了有关张艺谋电影的后殖民批评，认为“来自第三世界的知识分子，一旦解不开心理情结，摆不平呆在东西方之间小小自我位置，往往容易在主义的激流中皱起苦大仇深的眉头，动辄就要出击或捍卫”。据此，至少可以说，张颐武该文批评扎西多的立场，与1993年《读书》那组文章上张宽的张艺谋批评较为一致，相汇合起来了，两者对萨义德东方主义理论的理解较为一致。这是一个非常有意思的现象。难怪有论者写道：“从赛义德到杰姆逊，原本大相径庭的两种理论，在中国却被奇妙地组合起来，它们共同成为93年以后一度盛行的‘后殖民批评’的两根理论台柱”（邵建：《谈后殖民理论与后殖民批评》，《文艺研究》1997年第3期）。

③ 张颐武：《电影在转变中》，《群言》1993年第7期。

④ 王一川：《张艺谋神话与超寓言战略》，《天津社会科学》1993年第5期。

⑤ 王一川：《面对生存的语言性——谈谈秋菊式错觉》，《当代电影》1993年第3期。

⑥ 王一川：《张艺谋神话的终结——审美与文化视野中的张艺谋电影》，河南人民出版社1998年版。

⑦ 王干：《大红灯笼为谁挂？——兼析张艺谋的导演倾向》，《文汇报》1992年10月14日。

⑧ 詹姆逊的第三世界文化理论更是与鲁迅文本进行相互发明。鲁迅因此成为第三世界知识分子的代表。

⑨ 张隆溪：《关于几个时新题目》，《读书》1994年第5期。

⑩ 张宽：《再谈萨伊德》，《读书》1994年第10期。

然而，对鲁迅进行重估，却主要与刘禾的“国民性神话”[①] 说有更为直接的关联。不过，凸显刘禾的国民性神话说，倒不是要否认它与后殖民的关联。恰恰相反，刘禾的国民性神话说，其实是后殖民批评在翻译研究中的渗透。[②] 换言之，它即是翻译研究中的后殖民批评。[③] 此一后殖民批评视域之下，得出的基本的观点是，鲁迅的国民性批判乃一种后殖民文化现象，是受了西方他者的视点所左右的结果。[④]

至此，萨义德的东方主义理论，通过《读书》杂志一组文章所引发的中国后殖民批评，其基本的发生轨迹就已经大致地描述完毕了。[⑤] 但需要强调的是，由詹姆逊第三世界文化理论和萨义德东方主义理论为理论源头所带来的后殖民批评的发生，在1993年之后，已经出现了一定程度的“融合”。

其一，我们已经很难区分某一批评话语的理论资源究竟是詹姆逊的第三世界文化理论，还是萨义德的东方主义理论，特别是当某一后殖民批评文本不曾直接使用东方主义和第三世界文化的时候尤其如此。比如张颐武的电影批评，与《读书》上那一组文章的相关论点极其相近，完全可以通称为后殖民批评话语。这样的话，去追问后殖民批评中的理论旨趣是詹

---

① 刘禾的国民性神话说的文本，最初题为《一个现代性神话的由来：国民性话语质疑》，发表在1993年陈平原、陈国球主编的《文学史》丛刊上，经过修订后最终以“国民性理论质疑”为题收入刘禾《跨语际实践》（生活·读书·新知三联书店2002年版，第75—108页）一书中。这里使用的是《国民性理论质疑》这一文本。

② 陶东风曾专门撰文对此进行讨论。参见陶东风《“国民性神话”的神话》，《甘肃社会科学》2006年第5期。

③ 对于翻译与后殖民的关联，刘禾也是有自觉意识的。参见刘禾《跨语际实践》，生活·读书·新知三联书店2002年版，第27—34页。

④ 需要注意的是，关于鲁迅国民性批判问题的广泛讨论，是在2000年，由冯骥才发表《鲁迅的功与“过”——国民性批判之批判》（《收获》2000年第2期）一文所直接引发。

⑤ 后殖民批评所涉及的“本土性”问题还有更为具体的方面。如对新写实小说的批评（可参见张颐武《在边缘处追索》，时代文艺出版社1993年版，第77—91页；汪政、晓华《新写实与小说的民族化》，《文艺研究》1993年第2期；徐贲《走向后现代与后殖民》，中国社会科学出版社1996年版，第223—236页），如汉语书面语问题的讨论（郑敏：《世纪末的回顾：汉语语言的变革与中国新诗创作》，《文学评论》1993年第3期；范钦林：《如何评价“五四”白话文运动》，《文学评论》1994年第2期；郑敏：《关于〈如何评价“五四”白话文运动〉商榷之商榷》，《文学评论》1994年第2期；张颐武：《重估现代性与汉语书面语论争》，《文学评论》1994年第4期；张颐武：《在边缘处追索》，时代文艺出版社1993年版，第39—76页）。

姆逊的，还是萨义德的，这就相当困难，同时也没有多少必要。此外，还有其他一些著述如《后现代主义文化与价值反思》[①]《“后东方”视点：穿越表象与错觉》[②] 等文，也既有“第三世界文化理论”的影子，又频频使用东方主义/后殖民的理论话语。

其二，两种话语在旅行到中国以后，表现出了相似的文化旨趣。诸如二元对立的思维方式，把第三世界与第一世界主要建构为一种区隔和对抗的关系；民族主义的文化认同，试图寻找到较为纯粹的民族文化身份；保守主义的文化政治立场，与主导意识形态自觉或非自觉的结盟；文化批评的理论形态，其研究的旨趣不是为了对文本进行审美判断和品质区分，而是借此解读其裹挟的“政治无意识”；等等。这种相似的文化旨趣，使得继续区分第三世界文化与东方主义的意义已然不大。

但是就学理而言，中国后殖民批评在发生时所表现出的这些特性，如果要追溯到理论源头的话，那恐怕更多的是由詹姆逊的“第三世界文化理论”所规定的，而与萨义德的东方主义学说的义理相差较远。因为第三世界文化理论，的确有强调民族主义的旨趣，而萨义德的东方主义并非要为民族主义辩护，相反，它要反对任何形式的民族主义，所以萨义德说：“任何试图将世界上的文化和民族强行分割成相互独立的血统或本质的做法，都不仅会歪曲随后对这些文化和民族的表述，而且会暴露出其试图将权力加入到理解之中以生产出像‘东方’或‘西方’这类类型化概念的用心。”[③]

然而，为什么两种并不相同的理论资源，却能够融合起来，成为中国后殖民批评的理论根据呢？关于这一点早有论者已然发觉：“从赛义德到杰姆逊，原本大相径庭的两种理论，在中国却被奇妙地组合起来，它们共同成为93年以后一度盛行的‘后殖民批评’的两根理论台柱。”[④] 不妨说，这种融合的直接原因就在于，萨义德被有意无意地“误读”了，东方主义被简单移植了。有学者甚至认为这是一种混乱：“由于国内学界对

① 王岳川：《后现代主义文化与价值反思》，《文艺研究》1993年第1期。

② 陈晓明：《“后东方”视点：穿越表象与错觉》，《文艺争鸣》1994年第2期。

③ ［美］爱德华·萨义德：《东方学》，王宇根译，生活·读书·新知三联书店1999年版，第447页。

④ 邵建：《谈后殖民理论与后殖民批评》，《文艺研究》1997年第3期。

于后殖民理论认识上的种种混乱，我们经常可以听到如下说法：赛义德＝反西方主义＝提倡民族主义……"[①] 换言之，后殖民批评在中国的发生，出现了"误读"。但也正是因为存在诸如此类的误读现象，才引发了学界关于后殖民批评的进一步研究。这样，也就使中国后殖民批评的发生还表现出了另一突出的特点，那就是它一经发生，就引来了讨论，出现了后殖民批评的批评这一景观。的确，当1993年《读书》那组文章所引发的后殖民批评一经发生，就招致了批评。其面对的核心问题是，为什么后殖民批评会盛行于20世纪八九十年代之交？又为什么会以民族主义思维方式来理解和阐发后殖民理论？如何推动后殖民批评的深入发展？

综观文献，这种批评相对而言又主要是通过三种方式来进行。[②]

其一，对后殖民批评展开局限性分析，指出其问题。

这种批评方式，又大致可以分为两种，一是具体地回应《读书》那一组文章；二是总体谈论后殖民批评。

1994年，《读书》杂志刊发了《边缘·中心·东方·西方》一文。[③] 该文直接回应《读书》那一组文章，提出与之相异的看法，认为要理性地尊重中西方在发展过程中所存在的差异。同时，该文又从理论上反对民族主义和文化中心主义，呼吁"各民族文化都不要搞成中心的价值取向"[④]，认为过分强调"东方主义""西方主义"所具有的"后殖民性"，就有可能妨碍现代化的展开，因而具有危险性、反动性和保守性。[⑤] 这恐怕是较早一篇直接回应的文章，算是难能可贵。此外，《背景与错位——

① 刘禾：《互译性：现代思想史写作中的一个语言盲点》，《语际书写——现代思想史写作批判提纲》，上海三联书店1999年版，第4页。

② 需要说明的是，就文献看，这三种批评方式有可能在一篇文章中呈现，因此这里的区分是相对而言的。

③ 王一川、张法、陶东风、张荣翼、孙津：《边缘·中心·东方·西方》，《读书》1994年第1期。该文是由张宽等人刊发在《读书》杂志上的那组文章所引发的一个讨论。

④ 同上。

⑤ 比如该文强调："坚持对世界的开放立场，把中国融入世界。在这种世界性中才可以考虑拆解西方权威问题，不能盲目地关门反西方中心。否则东方主义话语真的是'反动'作用大于'进步'作用。"（王一川、张法、陶东风、张荣翼、孙津：《边缘·中心·东方·西方》，《读书》1994年第1期）

也谈中国的“后殖民”与“后现代”》一文，也对《读书》那一组文章进行了一定的批评，认为关键是要将后殖民理论中国化，与自己的背景/语境相契合，同时去除纯粹的中国话语陷阱，只有这样才能建构有效的后殖民批评。①

应该说，1994年以来，从整体上对后殖民展开批评的文章并不少见。② 这里不妨列举一些：《关于几个时新题目》③《东方主义大合唱?》④《东方之误》⑤《后殖民主义语境下的中国文化》⑥《后殖民文化批评之批评》⑦《后殖民主义与当代文化热点问题的反思》⑧《世纪末的文化偏航——一个关于现代性、中华性的讨论》⑨《“后学”与中国新保守主义》⑩《第三世界批评在当今中国的处境》⑪《走向后现代与后殖民》⑫

① 雷颐：《背景与错位——也谈中国的“后殖民”与“后现代”》，《读书》1995年第4期。

② 1994年，甚至有媒体报道说出现了“学界争说萨义德”（参见《文汇读书周报》1994年5月21日）。

③ 张隆溪：《关于几个时新题目》，《读书》1994年第5期。该文回应了张宽的《离经叛道——一场多元文化的论争》（《读书》1994年第1期）、王一川等人的《边缘·中心·东方·西方》（《读书》1994年第1期）等文。此后，张宽《再谈萨伊德》（《读书》1994年第10期）一文对张隆溪一文有一定的回应。可谓是批评与再批评了。

④ 董乐山：《东方主义大合唱?》，《读书》1994年第5期。

⑤ 邵建：《东方之误》，《文艺争鸣》1994年第4期。

⑥ 这是一组座谈论文，与此相关者按刊发顺序主要有：赵炎秋的《如何看待“后殖民主义”理论》、王一川的《不说东西而谈世界》、李春青的《主动出击的文化策略》、毛峰的《当代人文知识分子的使命》、李建盛的《文化体验与文化意识》、童庆炳的《“共享”与“对话”》等（《文艺争鸣》1994年第2期）。

⑦ 许纪霖：《寻求意义：现代文化变迁与文化批判》，上海三联书店1997年版，第247—257页。

⑧ 这是一组文章，包括王岳川的《后殖民主义中的“问题”和问题意识》、温立三的《文化民族主义：后殖民主义文化理论在中国》、吴戈的《后殖民主义文化理论的底蕴及我们的态度》、何杰的《我看萨义德的东方主义》、谭晓枫的《当代性：文化思考的基点》、杨寿良的《困境与误途：对一种文化理论的审视》等文（《中国人力资源开发》1994年第5期）。

⑨ 邵建：《世纪末的文化偏航——一个关于现代性、中华性的讨论》，《文艺争鸣》1995年第1期。

⑩ 赵毅衡：《“后学”与中国新保守主义》，《二十一世纪》1995年2月号。

⑪ 徐贲：《第三世界批评在当今中国的处境》，《二十一世纪》1995年2月号。

⑫ 徐贲：《走向后现代与后殖民》，中国社会科学出版社1996年版。

《文化批评往何处去》[①]《谈后殖民理论与后殖民批评》[②]《改良的西方话语与中国文化发展的现实》[③]《也谈后殖民主义》[④]《全球化、后殖民批评与文化认同》[⑤]《文化本真性的幻觉与迷误》[⑥]《"后"学与民族主义的融构——中国后殖民批评中一个值得警惕的倾向》[⑦]《当代中国的思想状况与现代性问题》[⑧]，等等。

这些批评后殖民批评的文章，概言之，主要是认为后殖民批评没有摆脱二元对立的思维方式，存在本质主义的嫌疑，陷入了民族主义的泥淖之中，以至于用种族问题代替和置换了阶级问题，同时，又用后现代性置换了现代性，以至于中断了那不曾完成的现代性工程。

其二，反思后殖民批评之所以发生的原因，爆破其文化逻辑。

这类文献并不多见，目前看来主要有：《边缘·中心·东方·西方》[⑨]《走向后现代与后殖民》[⑩]《全球化、后殖民批评与文化认同》[⑪]《社会转型与当代知识分子》[⑫]，等等。[⑬]

在《边缘·中心·东方·西方》一文中，陶东风率先对后殖民批评

---

① 徐贲：《文化批评往何处去》，香港天地图书有限公司 1998 年版。

② 邵建：《谈后殖民理论与后殖民批评》，《文艺研究》1997 年第 3 期。

③ 陈跃红：《改良的西方话语与中国文化发展的现实》，《中外文化与文论》，四川大学出版社 1996 年第 2 辑。

④ 陶东风：《也谈后殖民主义》，《中外文化与文论》，四川大学出版社 1996 年第 2 辑。

⑤ 陶东风：《全球化、后殖民批评与文化认同》，载王宁等主编《全球化与后殖民批评》，中央编译出版社 1998 年版，第 188—204 页。

⑥ 陶东风：《文化本真性的幻觉与迷误》，《文艺报》1999 年 3 月 11 日。

⑦ 陶东风：《"后"学与民族主义的融构——中国后殖民批评中一个值得警惕的倾向》，《河北学刊》1999 年第 6 期。

⑧ 汪晖：《当代中国的思想状况与现代性问题》，《天涯》1997 年第 5 期。该文增订后刊发于《文艺争鸣》1998 年第 6 期。

⑨ 王一川、张法、陶东风、张荣翼、孙津：《边缘·中心·东方·西方》，《读书》1994 年第 1 期。

⑩ 徐贲：《走向后现代与后殖民》，中国社会科学出版社 1996 年版。

⑪ 陶东风：《全球化、后殖民批评与文化认同》，载王宁等主编《全球化与后殖民批评》，中央编译出版社 1998 年版，第 188—204 页。

⑫ 陶东风：《社会转型与当代知识分子》，上海三联书店 1999 年版，第 88—90 页。

⑬ 此后，学界对后殖民批评的语境分析依然在持续进行。其中又以陶东风的分析更为详尽和深入（参见陶东风等《当代中国的文化批评》，北京大学出版社 2006 年版，第 128—132 页；陶东风《文学理论的公共性——重建政治批评》，福建教育出版社 2008 年版，第 83—98 页）。

兴起的社会文化语境进行了简要的分析，认为它“至少在一定程度上迎合了部分知识分子的本族中心主义的情绪，它与最近几年来文化讨论中的文化保守主义、东方文化复兴论以及反西化思潮是有内在联系的”①。这种联系文化语境来进行的分析，可以更好地理解和反思后殖民批评在中国为什么以这种形象示人。

在此之后，陶东风、徐贲等学者对后殖民批评的兴起的语境进行了更为详尽的分析。依其之见，后殖民批评之所以兴起，与20世纪八九十年代之交发生的特定社会文化事件有深刻的关联。② 它使知识分子在90年代最初两年里处于“迷茫”状，找不到认同，不知道自己是谁，要往哪里去，唯一能体会到的恐怕就是从中心走向了边缘，③ 甚至因此失去了言说的条件而归于沉寂。1993年前后，更加准确地说是1992年邓小平南巡谈话之后，中国的局势又开始明朗，知识分子也重新活跃起来④，带着重

---

① 王一川、张法、陶东风、张荣翼、孙津：《边缘·中心·东方·西方》，《读书》1994年第1期。

② 对此，陶东风曾指出：“通常的学术论文在描述后殖民主义出现的背景时，总是反复强调各种西方理论的‘启示’。其实，真正重要的是80年代末、90年代初那场震撼世界的政治风波，它导致国际社会主义阵营的瓦解……这个并非学术思想本身的变化引发了启蒙主义的话语危机，进而引发中国知识分子的认同危机。即使是90年代初期中国与美国以及其他西方国家的关系的高度紧张，根源也在这里。”（陶东风：《告别花拳绣腿，立足中国现实——当代中国文论若干倾向的反思》，《文艺争鸣》2007年第1期）

③ 八九十年代之交，知识分子的政治身份发生危机，经济地位也越来越降落，其所掌握的文化资本也贬值起来。陈平原曾写道：“1992年很可能是中国文化发展的重要转折关头。早已酝酿、积蓄多年的商品经济大潮，终于得到政治形态的认可。此后文化精英们所主要面对的，已经转为市场规律。对他们来说，或许从来没有像今天这样感觉到金钱的巨大压力，也从来没像今天这样意识到自身的无足轻重。此前那种先知先觉的导师心态，真理在手的优越感，以及因某种遭遇而产生的悲壮情怀，在商品流通中变得一文不值。”（陈平原：《近百年中国精英文化的失落》，《陈平原自选集》，广西师范大学出版社1997年版，第306—307页）孟繁华也指出：“启蒙和知识分子被叙述成一个个故事，他们以往的努力和想象，不再悲壮和令人感动，他们成了可笑的丑类，他们企望改变历史的活动变成了一个个被历史嘲笑的主角。在一个新的叙事叛变中，启蒙成了知识分子策动的一出闹剧。”（孟繁华：《众神狂欢——当代中国的文化冲突问题》，今日中国出版社1997年版，第188—189页）

④ 知识分子的言说空间在1992年“南方谈话”之后，才开始大了起来，也正是在此时出现了90年代的“第一场”讨论——1993年的人文精神讨论。而在此之前，由于社会文化语境的转换，如言说空间的变化、大众文化的兴起等原因使知识分子茫然失措起来。陶东风指出过

返中心的冲动，他们开始调整知识结构，寻找新的“他者”以便重新建构自己的文化认同。[①] 但经过了20世纪八九十年代之交的政治事件之后，这个“他者”不可能是本土官方，也难以是其他“第三世界”，而只可能是远离本土但似乎又对自己形成了压迫的“西方”。[②] 道理也很简单，因为批判这个新的霸权和中心，相对安全可靠，不会冲击20世纪八九十年代之交话语所能及的安全域限，又能起到重返中心，居于国家核心位置的效果，从而满足知识分子的认同需要。其中的奥秘在于，在国家合法性有待重建的20世纪八九十年代之交，[③] 民族主义成为了“最有利用价值的意识形态工具”。[④] 而在中国，近代以来的民族主义始终以反抗强势/中心

（接上页）1993年前后面临知识结构调整的问题（陶东风：《社会理论视野中的文学与文化·自序》，暨南大学出版社2002年版，第1—6页）。戴锦华甚至说80—90年代之交出现了“知识的破产”（戴锦华：《犹在镜中——戴锦华访谈录》，知识出版社1999年版，第5页）。赵毅衡也曾在1995年指出过，1993年左右，中国文化开始复苏，知识分子走出沉默，开始寻找自己的立足点（赵毅衡：《“后学”，新保守主义与文化批判》，《花城》1995年第5期）。

① 陶东风指出：“90年代中国学界经历着知识体系的深刻转型，这种转型体现出中国知识分子超越冷战思维模式、现代化意识形态与西方中心主义的努力，而它们均关涉全球化语境中文化认同与知识体系的重建。在关于后殖民主义、第三世界批评、社会科学的本土化（中国化）、现代性和中华性、‘五四’白话文运动的功过等讨论中，都不难发现这种重建文化认同的努力。”（陶东风：《全球化、后殖民批评与文化认同》，载王宁等主编《全球化与后殖民批评》，中央编译出版社1998年版，第191页）

② 汪晖曾对20世纪八九十年代之交，包括后殖民在内的“后学”的兴起，做了语境化的阐释。“‘后学’的兴起——借用他们自己的修辞方式——基本上是一个‘后1989’事件：既是对‘后1989’的反应，也是‘后1989’的产物。‘后学’与以1989年事件为标志的启蒙运动的衰弱存在着某种时间上的连续性，也和90年代中国发生急剧的社会变化、特别是由国家推动的市场化改革的新的发展有着某种呼应关系。‘后学’最为活跃的时期集中在1992—1993年，那个时期正是邓小平南方谈话之后的时期，中国的政治氛围发生了一些重要的变化，商业化以及与之伴随的消费主义成为主导性的社会意识形态。在一定意义上，我们可以说，‘后学’是在‘后1989’的历史情境中对这一过程作出的反应。”（汪晖等编：《九十年代的“后学”论争·编者前言》，香港中文大学出版社1998年版）

③ 徐贲指出：“从八十年代末到九十年代的中国社会身份结构的变化和意义，都还有待社会文化研究去总结和探讨，但不难发现的是，由官方话语长期规定的‘阶级分析’对当今各种身份的优越性等级和价值已经失去了解说能力。”（徐贲：《走向后现代与后殖民》，中国社会科学出版社1996年版，第197页）

④ 徐贲：《走向后现代与后殖民》，中国社会科学出版社1996年版，第221页。这恐怕也可以在“国学热”的兴起上看出一二。1993年，北京大学中国传统文化研究中心创刊《国学研究》。《人民日报》则在当年8月16日、18日分别以《国学，在燕园悄然兴起》和《久违了，国

的西方作为自己的特色，这次的民族主义也是如此。[①] 这样，知识分子批判西方，虽然不一定是有意迎合这种民族主义，但毕竟和国家一道，处在较之西方而言的同样的边缘位置上，由此也就起到了靠拢官方、顺应国家利益的效果。知识分子也就很容易地“为自己对本土文化的代表权上谋取了一个强势的身份”[②]。既而，也就进入了国内本土空间中的中心位置。

这样，1989年以后，后殖民知识分子在建构认同的过程中发现了“‘本土’这个民族身份对于身处身份危机之中的中国知识分子的‘增势’作用，并有意识地运用这种身份来提升他们的自尊和社会地位。他们利用‘本土’这一新归属来确立自己作为‘民族文化’和‘民族文化利益’的代言人”[③]。此一境况之下，后殖民批评也就自然而然地在将西方作为“他者”的同时，也将自身建构成为了民族主义的本土话语。而作为一种以西方为“他者”的本土话语，它往往对中西之间的中心/边缘关系较为敏感，而对本土的中心/边缘关系则常常自觉不自觉地盲视，[④] 其有意或

（接上页）学》为题进行连续报道，这标示了“国学”得到了主流媒体的“承认”。于是，1993年《国学研究》的创刊，就成为90年代“国学热”兴起的标志事件。虽然国学并非就是民族主义的代称，但毕竟它有强调民族文化的诉求，同时，主流媒体的承认，这本身就意味深长。

① 就具体情况而言，1993年发生的外交事件，如银河号轮船事件、申奥失败事件等都主要与西方尤其是美国有关，这样也就更使得美国被视为了他者。这一点张宽后来也说：“1993年里的几个国际性事件给了中国的知识分子较强烈的刺激：夏天里‘银河号’货轮在公海上遭受羞辱，秋天里北京申办2000年奥运会的希望之光被猛劲的西风吹灭。西方国家连续几年来对中国的所谓‘制裁’，已经在中国的知识分子中间激起强烈反弹。随着萨伊德的《文化与帝国主义》于1993年的出版，《读书》杂志将后殖民批评的思路以十分醒目的方式再次推出，正逢一个极为有利的时机。”（张宽：《文化新殖民的可能》，《天涯》1996年第2期）实际上，90年代也的确是将美国作为了他者，这可以从1996年出版的相关“反美”畅销书中见出。这些书大致包括宋强等：《中国可以说不》，中华工商联合出版社1996年版；李希光等：《妖魔化中国的背后》，中国社会科学出版社1996年版；孙恪勤等：《遏制中国》，中国言实出版社1996年版；彭谦等：《中国为什么说不》，新世界出版社1996年版；等等。

② 徐贲：《走向后现代与后殖民》，中国社会科学出版社1996年版，第200页。赵毅衡指出：“诸‘后’理论，针对西方社会文化的主流形态，平衡其价值偏向，在西方可以是批判理论，在中国，却正好顺应主流文化。”（赵毅衡：《“后学”，新保守主义与文化批判》，《花城》1995年第5期）

③ 徐贲：《走向后现代与后殖民》，中国社会科学出版社1996年版，第199页。

④ 徐贲因此指出，后殖民理论在旅行到中国之后：“被抽掉了它在原先社会环境中所具有的政治伦理价值、社会改革理想以及涉及敏感的压迫关系和文化暴力形式的具体抗争内容，变成了一种纯粹为了标榜‘差异’或者‘特殊性’而与某个‘他者’对抗的话语作秀姿态。”（徐贲：《走向后现代与后殖民》，中国社会科学出版社1996年版，第202—203页）

无意地对日常生存中更为真实的压迫保持沉默，同时也就和“现实世界的生存抗争严重脱离”起来，表现出“本土范围内的保守性”①。

为此之故，我们就会发现，后殖民批评，作为一种知识话语，它以怎样的面貌呈现出来，是有具体而深刻的体制性原因的。不妨说，它是特定语境下的产物。陶东风曾敏锐地指出，后殖民批评的发生及其流行，“从根本上说还是取决于90年代大陆本土的社会文化语境”②。因此，如果我们要对后殖民批评进行反思的话，也就应该对它进行具体的语境分析，寻找到一种批评话语建构的体制性原因。对此，徐贲可谓是有自觉意识的，他写道：“选择低风险和无风险批判对象是件无可奈何的事，我们不应当因此而责备当今中国的第三世界理论，而是应当从这种无可奈何的选择和处境中看到文化批评的一个更基本的任务，那就是促成公民性民间社会在中国的独立和成熟。……对当今中国的文化批判，包括对第三世界批评的真正压迫，不是来自本土之外的知识关系（无论这一关系所包含的结构压迫是多么不可忽视），而是来自它的本土社会文化结构本身。”③

不妨说，这种语境化的分析，使得后殖民批评的研究更为清晰了起来，它在分析和反思后殖民批评的同时，也为我们实践了较为纯正的文化研究/文化批评的分析方法。它在将后殖民批评纳入文化研究/文化批评的视域中来阐发的同时，也建构了属于90年代的文学批评/理论。

其三，译介和研究后殖民理论，建构专业的后殖民批评。

其实，就编辑的主导意图看，《读书》杂志刊发的这一组文章，或许主要是对后殖民理论尤其是萨义德的东方主义学说进行译介，但是实际的情况是，这一组文章并非学理的“书评”，而更多的是要由此理论来引发关于中国问题的探讨。可以说，1994年以前，学界展开的后殖民批评并没有依凭多少专业的学术知识，冷静而理性地就后殖民理论进行学理的分

---

① 徐贲：《走向后现代与后殖民》，中国社会科学出版社1996年版，第202、200页。

② 陶东风：《文化研究：西方与中国》，北京师范大学出版社2002年版，第197页。陶东风曾敏锐地指出：“与其说后殖民话语更加深刻地揭示了被启蒙话语遗忘的历史真实，不如说是启蒙话语的受阻给予后殖民话语的进入和流行提供了现实的可能和广阔的天地。”（陶东风：《告别花拳绣腿，立足中国现实——当代中国文论若干倾向的反思》，《文艺争鸣》2007年第1期）

③ 徐贲：《走向后现代与后殖民》，中国社会科学出版社1996年版，第236页。

析并不多见。[1] 陶东风曾以《东方学》的讨论为例，指出“从1993—1994年间关于《东方学》的讨论看，主要的焦点在于如何评价‘五四’以来的反传统与思想启蒙，而对于《东方学》自身的学理问题则没有深入探讨”。[2]

的确，发生之初的后殖民批评，并不着意于理论建构和学术研究。但即便如此，如果缺乏对后殖民理论的了解，就有可能思想大于学术，并易于造成理论的误读与变形，乃至讨论的情绪化，等等。这其实是后殖民批评发生过程中出现的事实。有论者回顾说，即使对后殖民批评进行反批评的文章，“也带有一定程度的情绪化色彩”[3]。为什么会这样呢？其中一个重要的原因就是缺乏原著的译介和学理研究所致。为此之故，在《读书》那一组文章的引发下，加之体制化学术研究的习惯，以及其他种种原因，1994年开始，研究和译介的工作也开始多了起来。到90年代末，后殖民理论的研究和引介可谓是取得了不菲的实绩。大致来说，可以分为两种形态。

第一种，学理研究。

1995年前后，相关的研究论文逐渐多了起来。这里简要列举一些：《后殖民主义理论与思潮》[4]《萨伊德和他的后殖民主义文艺批评理论》[5]

---

① 1990年张京媛的《彼与此——评介爱德华·赛义德的〈东方主义〉》（《文学评论》1990年第1期）一文，对东方主义进行了学理的介绍，但由于后殖民批评尚未发生，因此该文也多半处于被遮蔽的状态。即使在后殖民批评广泛接受的时候，人们也没有将兴趣放置于学理研究之上，这一点，我们还可以从许纪霖在一篇文章的题记中所说为证：“惭愧得很，我也是属于无缘请教萨氏真经又忍不住想凑热闹瞎起哄中的一员。批评总要有文本，西洋文本的匮乏只能以本土的文本替之，好在本意也非冲彼岸的萨教头而去，只不过对此岸的‘萨义德热’说三道四罢了。”（许纪霖：《后殖民文化批评之批评》，《寻求意义：现代文化变迁与文化批判》，上海三联书店1997年版，第247页）有论者因此指出：“当后殖民主义作为一种新的理论视角和理论话语受到中国学界的接纳和重视时，当中国学界把自我的批评视界重新架构到东西方或第一世界第三世界关系之上时，他们没有全面而深入地介绍和审视后殖民主义本身，而是更多地关注新理论话语的批评实践功能，关注新话语与中国当前文化和文学状况的结合，从而或展示一种新的批评价值，或追求一种理论话语的深度，或体验一种对话的意境。”（丰林：《后殖民主义及其在中国的反响》，《外国文学》1998年第1期）

② 陶东风等：《当代中国的文化批评》，北京大学出版社2006年版，第132页。

③ 周兴杰：《近十年中国后殖民批评综述》，《燕山大学学报》2003年第1期。

④ 王宁：《后殖民主义理论与思潮》，《光明日报》1994年9月14日。

⑤ 杨乃乔：《萨伊德和他的后殖民主义文艺批评理论》，《文艺争鸣》1994年第2期。

《东方主义、后殖民主义和文化霸权主义批判——爱德华·赛义德的后殖民主义理论剖析》① 《流亡者的家园——爱德华·萨伊德的世界主义》②《文学与霸权主义：萨伊德的文学的文化政治观照》③ 《小说的“始源”、权威与霸权：萨伊德文学霸权理论管窥》④ 《“东方主义”反思》⑤ 《从〈东方主义〉到〈文化帝国主义〉》⑥《关于后殖民主义问题的学术讨论》⑦《关于殖民话语和后殖民理论的若干问题》⑧ 《后殖民主义理论批判》⑨《后殖民主义文化批评》⑩《“后殖民主义”：一种立足于西方文化内部的理论反思》⑪《人文困惑与反思——西方后现代主义思潮批判》⑫《“后殖民”文化批评与第三世界的声音》⑬《后殖民主义批评：从西方到中国》⑭

---

① 王宁：《东方主义、后殖民主义和文化霸权主义批判——爱德华·赛义德的后殖民主义理论剖析》，《北京大学学报》1995年第2期。

② 陆建德：《流亡者的家园——爱德华·萨伊德的世界主义》，《世界文学》1995年第4期。

③ 丛郁：《文学与霸权主义：萨伊德的文学的文化政治观照》，《徐州师范学院学报》1995年第1期。

④ 丛郁：《小说的“始源”、权威与霸权：萨伊德文学霸权理论管窥》，《外国文学评论》1995年第4期。

⑤ 王宁：《“东方主义”反思》，《外国文学》1996年第5期。

⑥ 戴从容：《从〈东方主义〉到〈文化帝国主义〉》，《国外社会科学》1996年第6期。

⑦ 这是一组沙龙讨论的文章，刊发于《马克思主义与现实》1997年第1期。包括俞可平的《后殖民主义是一种值得注意和研究的当代新思潮》、杨金海的《后殖民主义概况综述》、柴方国的《后殖民主义是资本全球化的产物》、杨雪冬的《后殖民主义的态度和困境》、冯雷的《后殖民主义应该在文化的对流中寻找自身的新形象》等文。

⑧ 罗钢：《关于殖民话语和后殖民理论的若干问题》，《文艺研究》1997年第3期。需要说明的是，该文对詹姆逊的第三世界文化理论有一定的学理研究，该文还介绍了阿赫默德的《詹姆逊的他性修辞和“民族寓言”》一文对詹姆逊的批评。此外，邵建的《谈后殖民理论与后殖民批评》（《文艺研究》1997年第3期）、郑敏的《从对抗到多元——谈弗·杰姆逊学术思想的新变化》（《外国文学评论》1993年第4期）等文也有关于詹姆逊第三世界文化理论的“学理”分析。

⑨ 王宁：《后殖民主义理论批判》，《文艺研究》1997年第3期。

⑩ 同上。

⑪ 盛宁：《“后殖民主义”：一种立足于西方文化内部的理论反思》，《天津社会科学》1997年第1期。

⑫ 盛宁：《人文困惑与反思——西方后现代主义思潮批判》，生活·读书·新知三联书店1997年版，第170—198页。

⑬ 盛宁：《“后殖民”文化批评与第三世界的声音》，《美国研究》1998年第3期。

⑭ 刘康、金衡山：《后殖民主义批评：从西方到中国》，《文学评论》1998年第3期。

《萨伊德》[①]《后殖民主义》[②]《关于后殖民理论的点滴看法》[③]《爱德华·萨伊德：一个独特的批评家》[④]《法侬与后殖民主义》[⑤]《论后殖民理论》[⑥]《文化本真性的幻觉与迷误》[⑦]《用什么替代东方学？——对萨义德〈东方学〉的质疑》[⑧]《后殖民主义与女权主义》[⑨]《后殖民主义与新历史主义文论》[⑩]，等等。[⑪]

总体来看，后殖民批评发生之后，学界对西方后殖民理论的学术来源、核心观念、学术位置、研究现状、理论局限等各个方面都进行了相对而言的专门研究。这样，也就使后殖民批评在90年代后期变得逐渐学理化。

第二种，理论译介。

理论译介，对于汉语学界有着不可替代的作用，对于避免似是而非的理解不可谓不重要，因为真正能够完整阅读原著的学人毕竟不是太多。[⑫]刘禾就曾含蓄地指出译介与误读的关联。她说，萨义德的《东方学》，"至今不见有中文译本出现，也就罢了，但令人惊讶的是，无论是读过萨义德的书还是没有读过，国内参与评论萨义德的人近几年却踊跃非凡。时

① 朱刚：《萨伊德》，台北麦田出版股份有限公司1998年版。

② 陶东风：《后殖民主义》，台北麦田出版股份有限公司1998年版。

③ 王逢振：《关于后殖民理论的点滴看法》，《中外文化与文论》，四川大学出版社1996年第2辑。

④ 王逢振：《爱德华·萨伊德：一个独特的批评家》，《文学评论》1999年第4期。

⑤ 刘象愚：《法侬与后殖民主义》，《外国文学》1999年第1期。

⑥ 张法：《论后殖民理论》，《教学与研究》1999年第1期。

⑦ 陶东风：《文化本真性的幻觉与迷误》，《文艺报》1999年3月11日。

⑧ 陶东风：《用什么替代东方学？——对萨义德〈东方学〉的质疑》，《中华读书报》1999年9月15日。

⑨ 陶东风：《后殖民主义与女权主义》，《粤海风》1999年第5期。

⑩ 王岳川：《后殖民主义与新历史主义文论》，山东教育出版社1999年版。

⑪ 此后，关于后殖民理论的学理分析更为自觉和专门。相关文献大致有陶东风：《文化研究：西方与中国》，北京师范大学出版社2002年版，第112—234页；赵稀方：《后殖民理论》，北京大学出版社2009年版；章辉：《后殖民理论与当代中国文化批评》，河南大学出版社2010年版。

⑫ 许纪霖曾指出："一个西方的幽灵在神州大地徘徊。这个幽灵叫萨伊德。到处都在谈论萨伊德以及他的东方主义。但很少有人认识他，哪怕他的书。"（许纪霖：《后殖民文化批评之批评》，载《寻求意义：现代文化变迁与文化批判》，上海三联书店1997年版，第247页）

常听到有人对‘东方主义’和后殖民理论作些望文生义的阐释，遂又将那些释义平白无故地栽到赛义德头上，说赛义德对西方文化霸权的批评就是反西方”①。其实，出现这种误读的一个原因就是因为没有读原著。退一步说，即使不误读，道听途说、揣摩式的研究也容易流于情绪。值得注意的是，1996 年《东方不是东方——濒于消亡的东方主义时代》② 刊发以后，对后殖民理论的误读就明显的少了。

就文献看，理论译介主要集中在了 1999 年。这一年出版了《后殖民理论与文化批评》③《后殖民主义文化理论》④《东方学》⑤《赛义德自选集》⑥《后革命氛围》⑦ 等几种中译本著述。可以说，后殖民理论原著的译介为中国后殖民批评步入学术成熟期，提供了重要的理论基础，为避免没有学术的“思想”提供了更多的可能，使得中国学术界对西方后殖民理论的误读误用更趋减少。具体来说，它为人们批评后殖民批评提供了可靠的依据，比如赛义德的《东方不是东方》一文，就成为中国学者批评中国式后殖民批评的理论基础之一。同时，理论的译介也为人们更为全面地了解后殖民理论起到了更大的作用。比如，詹姆逊的那篇《处于跨国资本主义时代中的第三世界文学》，在《后殖民主义文化理论》中没有作为后殖民理论的代表文献予以选入，倒是收录了一篇关于此文的批评文章《詹姆逊的他性修辞和“民族寓言”》⑧。这样，就既有助于扩大学术视野，又可以深化人们关于后殖民的理解，对提升后殖民批评的学术水准和

① 刘禾：《互译性：现代思想史写作中的一个语言盲点》，《语际书写——现代思想史写批判提纲》，上海三联书店 1999 年版，第 4 页。

② ［美］爱德华·萨义德：《东方不是东方——濒于消亡的东方主义时代》，《国外社会科学》1996 年第 6 期（另刊于《文艺理论研究》，汤建清、张建明译，1997 年第 1 期。《天涯》，汤建清、张建明译，1997 年第 4 期）。

③ 张京媛主编：《后殖民理论与文化批评》，北京大学出版社 1999 年版。该编著的另一版本是台北麦田公司 1996 年版。

④ 罗钢、刘象愚主编：《后殖民主义文化理论》，中国社会科学出版社 1999 年版。

⑤ ［美］爱德华·萨义德：《东方学》，王宇根译，生活·读书·新知三联书店 1999 年版。

⑥ ［美］爱德华·赛义德：《赛义德自选集》，谢少波、韩刚等译，中国社会科学出版社 1999 年版。

⑦ ［美］阿里夫·德里克：《后革命氛围》，王宁等译，中国社会科学出版社 1999 年版。

⑧ 罗钢、刘象愚主编：《后殖民主义文化理论》，中国社会科学出版社 1999 年版，第 333—355 页。

建构更为有效的后殖民话语，无疑也是有所助益的。

后殖民批评的批评，大致就是以上述三种方式来进行的。到这里，我们也将90年代后殖民批评发生的理论源头、特点、进程等做了一个较为完整的叙述。然而，聚焦于文学理论的转型，关于后殖民批评的发生却依然有一些问题需要予以讨论，这里不妨从转型的视角来对后殖民批评的发生所引发的问题，作一番简要的讨论。

其一，后殖民批评的发生与文学理论民族身份认同的转型问题。

毋庸讳言，后殖民批评在中国的发生与西方后殖民理论的译介有关，甚至可以认为，没有对詹姆逊、萨义德的译介，就学理层面而言，后殖民批评恐怕就难以在20世纪八九十年代之交发生了。换言之，后殖民批评在中国的发生与西方理论的中国之旅具有无法否定的相关性。然而，中国的后殖民批评似乎并没有意识到这种关联，更不承认自己受惠于西方的后殖民理论，倒是时时表现出对“西方”的特别警惕，总是担心被西方殖民。吊诡的是，它的这种担心和警惕正是因为受了西方理论的启发。这同时又说明了，90年代文学理论的民族认同有多么的强烈！这恐怕是此前引介西方文论的过程中所不曾遇到的事情，也是当代中国文学理论建设不曾考虑的问题。

不管人们对后殖民批评的这种身份认同观持怎样的批评态度，后殖民批评一经发生，就使得身份认同成为一个不可回避的文学理论的学术问题。不妨说，虽然我们也许对后殖民批评所裹挟的具有较强意识形态意味的身份政治观念不能认同，但是，当这种观念引发出的问题被转换成为一个学术问题的时候，它还是值得重视的。[①] 恐怕也因此，90年代以来的文学理论对身份认同表现出了较大的兴趣。甚至于此后的文学理论研究与身份认同的关系问题成为一个基本的问题意识。它已然对文学理论的知识生产发生了两个方面的影响：一个方面是，学界试图生产出源发于中国的原创性文学理论。有些活跃于90年代的受到后殖民理论影响的批评家，深

① 张颐武曾自言其第三世界文化理论的提出与意识形态的关系问题。“我们处在人类的‘边缘’地位，受着他们的‘压迫’。这种地位对于我们是很屈辱的。因此就会产生一种需要颠覆这种东西的感情、意识形态和观念。所谓‘第三世界文化’理论的一种无意识的基础就在这里，它是来自于我们的母语、来自于我们的生命感受的。”（张颐武：《在边缘处追索》，时代文艺出版社1993年版，第173页）

陷中国文学理论的本真性焦虑和原创性焦虑，对“文学理论在中国”（意即中国没有自己的文学理论，有的只是在中国的西方文学理论）表现出相当程度的不满，力图走向“中国文学理论”。[①] 此一境况之下，90 年代以至于今，文学理论界一直都有“中国化”的诉求，诸如中国文论重建、马克思主义文论中国化、西方文论中国化等一些多少与民族认同有关的文论观念，都可谓与此有关。[②] 这恐怕也是寄希望于这种“中国化”的方式，来生产出中国文学理论的一个表征。

另一个方面的影响是，学界对中西文学理论的差异表现得更为自觉和敏感。不仅使用西方理论对中国文学/文化现象和问题的阐释动辄会被认为有“套用”的嫌疑，而且对中西文学理论自身的差异也变得开始敏感起来。中西比较诗学在 90 年代的盛行恐怕也与此多少有些相关。虽然中西差异的确存在，但如果不是后殖民批评发生所带来的民族认同强化了这种差异，恐怕我们也不会对中西差异表现得如此敏感。

这样说来，后殖民批评的发生一定程度上的确表征了 90 年代文学理论的身份认同的转型，并且，它已经楔入了当代文学理论的知识生产之中。顺便值得提及的还有，90 年代以来，学界以身份认同作为研究视角所从事的相关学术研究，恐怕就更是不可尽数了，这也是文学理论在 90 年代发生了转型的一个表征。

其二，后殖民批评的发生与文学理论的知识形态转型问题。

我们注意到，1995 年展开对后殖民批评的批评以来，特别是 1999 年前后，当较为深入的研究和译介展开之后，后殖民批评似乎少了早些时候的人文激情和批评冲动。1993 年前后，知识分子的确还发生过诸多的文化讨论，比如参与大众文化如张艺谋电影的讨论，比如对西方中心主义的批评，比如对民族文化认同的积极建构，等等。而且，此时的文学批评可谓激情荡漾，对社会政治问题多有议论，很有担当。这让人感到文学研究大有参与情怀，表现得与文化生活息息相关，在社会结构中因此也就有了

---

① 张颐武曾写道：“我们正面临着另一个世纪末的时代，二十世纪的动荡与革命将要成为过去，我们面对着新世纪的挑战。摆在所有批评者面前的困惑是：未来将会怎样？作为第三世界第一大国的中国的知识分子，我们将为未来的世纪创造些什么呢？我们的语言/生存将会呈现出怎样的形态呢？”（张颐武：《第三世界文化与中国文学》，《文艺争鸣》1990 年第 1 期）

② 需要说明的是，诸如此类的中国化诉求，也不仅是个民族认同的问题，它还与学界意识到文学理论的引介，以及文学理论知识生产自身需要“语境化”等有关。

一定的位置。但大约从1996年开始，后殖民批评的学术性越来越精深，学理性和专业化水平大为提高。然而，当此之时，它却似乎越来越远离了具体的文学/文化现象，与当下的社会历史文化/文学现象之间的关系松散甚至无关了起来。为什么在90年代最初炙手可热的话题，在90年代后期会渐已平和起来？

其原因固然有很多，这里不妨提及两个方面的原因。一方面，这恐怕是与后殖民批评的性质有关。后殖民批评更多的是一种文化批评，其使命乃在于获取更为具体而有效的阐释力，既而以公共理性的而非个人情绪的方式去推进社会文化发展。如果这样来看的话，后殖民批评走向学理一些，理性一点，变得更为平和，这都是值得肯定的了。这说明后殖民批评的文化批评特点渐已清晰起来了，说明后殖民批评越来越走向了“正途”。另一方面，它还与后殖民批评在中国发生时期所存在的“误读”有关。后殖民批评理论在西方是一个激进的批判性理论，但译介到中国之后，却变成了一种保守的民族主义话语。一如有学人所指出的那样：“后殖民话语在西方是一种激进的、边缘化的、反中心、反体制的政治—文化话语，但是在进入中国以后，由于语境的转换，却与中心话语处于一种暧昧不明、相互勾连的关系中。”① 也因此，在对后殖民批评的批评中，陶东风、徐贲等人就其发生进行了语境化的解读，从而较好地分析出了中国的后殖民批评之所以会误读西方的原因及其问题所在。而这种语境化的解读，就显得较为理性、平和。同时，这种语境化的解读方法从此之后还成了后殖民批评自身的一个研究特点。换言之，后殖民批评的批评本身，以及被批评之后的后殖民批评，都有意识地走向了具有语境化特点的文化批评。② 作为文化批评，它往往强调任何批评理论都“必须在中国本土的历史与当代环境中把西方的文化理论再语境化，防止它成为一种普遍主义的话语，从而掩盖真正的中国问题”③。不妨说，后殖民批评发生所遭遇的误读境况，使得此后的学界对语境化有了切身的认同。这就使得90年代

① 陶东风：《社会转型与当代知识分子》，上海三联书店1999年版，第91页。

② 比如，此后的后殖民批评更为关注民族国家内部的切身问题。其中有刘俐俐的《后殖民主义语境中的当代民族文学问题思考》（《南开学报》2000年第1期）一文，对少数民族的边缘化批评进行了专门反思。

③ 陶东风：《文化研究：西方话语与中国语境》，《文艺研究》1998年第3期。

文学理论/批评与此前的文学理论/批评表现出较大的不同。

仅以其研究中的提问方式来说，它不再是对某一文化/文学现象进行是什么的追问，也不是对某一文化/文学现象进行规范性的批评，由此来得出品质的高低。毋宁说，它要通过对某一文化/文学现象进行合乎语境的分析，以此来获得一种文化/文学现象之所以成为一种文化/文学现象的结构性原因和利益关联情况。虽然关于这种结构性原因和利益关联的说法有可能需要“再批评”，但它毕竟已然改变了思维方式，并试图通过这种研究来推动社会的解放。不妨说，这样的文学理论/批评恐怕称之为文化批评/文化研究/文化理论，会更为合适一些。其实后殖民理论/批评也即是这样一种文化批评。以其对解放政治的诉求而言，一如萨义德认为的那样，后殖民理论/批评与后现代不同，它更具有“政治历史要求”，感兴趣于一些“普遍性的问题”①。为此之故，后殖民理论/批评就站在了比后现代更为靠近全球化语境下的思想解放的前沿。难怪有学人会以后殖民理论/批评这种文化批评为例说：“文学理论要站在思想解放的前沿而不满足于提供关于文学的体系性知识就应走向文化批评。”② 由此，我们也就可以说，后殖民批评的发生使得90年代文学理论/批评走向了文化批评，并因其所具有的特性，而使得故有的文学理论/批评自觉或不自觉地就在20世纪八九十年代之交发生知识形态的转型。对此，我们不妨继续细而察之。

第二节　后殖民批评与90年代文学理论转型的三个维度

经由考察后殖民批评的发生，我们已经对后殖民批评及其与文学理论转型之间的关联问题有了一个整体的把握，并由此体会到了作为90年代文学理论重要组成部分的后殖民批评，与此前文学理论的一些不同，比如它强调民族文化认同，比如它伸张文化批评，等等。不妨说，正是这些不

① ［美］爱德华·萨义德：《东方学》，王宇根译，生活·读书·新知三联书店1999年版，第450—451页。

② 章辉：《学科·知识·权力——〈东方学〉的核心命题及其对当前文学批评的启示意义》，《湖北大学学报》2006年第6期。

同使后殖民批评成为 90 年代文学理论转型的一个表征。

然而，要更好地理解后殖民批评与 90 年代文学理论的转型问题，除了考察后殖民批评的发生所带来的这种总体效果意义上的转型之外，还应该结合后殖民批评本身，来对此一转型问题作一些更为详尽而具体的探讨。

综观后殖民批评的实践所为，我们大体上可以就其所表征的 90 年代文学理论的转型所在，陈述为三：

第一，从文学理论到批评理论/文化批评。

所谓从文学理论到批评理论，大体有两个意思，一是说后殖民批评所表征的 90 年代文学理论，不以建构纯粹的理论作为其研究的旨趣，而主要以有效使用和生产理论去解释现实社会文化问题为旨趣。它主张理论要与具体的批评实践结合起来，让理论在批评中存在，把批评当成一种理论活动，做到“在发展理论中阐释文本，在阐释文本中发展理论”。[①] 换言之，它不是拒绝理论，而是反对将理论体系化，把理论束缚在形而上学的思辨与玄想之中。二是说后殖民批评所表征的 90 年代文学理论，已经不再将研究对象局限于文学文本，它试图开放研究范围，勾连文学文本与其他文本之间的距离，并试图跨越故有的学科藩篱，把学术研究与社会文化政治问题相对接，从而将学术伸展到社会结构之中，并力求获得一定的位置。在后殖民批评发生的 1990 年，张颐武就在其引领后殖民批评发生的那篇文章中指出过：“无论在世界和中国，文学批评在人文科学中的位置都越来越重要了。批评已经成了一种独特的理论活动方式，它已经超出了对具体作品的品评和鉴赏而发展为独特的理论领域，产生了并还在产生着许多具有吸引力和冲击力的新的理论命题。”[②] 后殖民批评即是这种文学理论走向批评理论的一股实际的参与力量，也因此人们一般将它归属于批评理论。正是它使得 90 年代文学理论已然区隔于原来的那种文学理论了。

同时，这种没有固定的研究对象，不取单一的研究视角，而往往敏感于现实问题的批评理论，与文化批评有着某种内在的相通性。对此，已有不少学人予以了指认。陶东风就认为批评理论具有与文化研究/批评紧密

① 张颐武：《在边缘处追索——第三世界文化与当代中国文学》，时代文艺出版社 1993 年版，第 1 页。

② 张颐武：《第三世界文化与中国文学》，《文艺争鸣》1990 年第 1 期。

相关的特点，比如跨学科，比如研究对象开放，等等。[①] 卡勒也曾认为，批评理论乃文化研究的实践形态。[②] 这样，当我们观察到90年代文学理论知识生产因为后殖民批评的存在而发生了由文学理论到批评理论的转型的同时，我们也可以说，90年代文学理论走向了文化批评。它表现出了与此前文学理论的诸多不同，在研究对象、研发目的、研究方法等方面都不同程度地发生了变化。对此，我们有必要以后殖民批评为例来做一番具体的考察。

先看研究对象。

90年代后殖民批评，主要有三种文本类型被建构为了其研究对象。

一是将整个的社会政治文化问题进行文本化，以此作为其研究的对象，可谓是一种社会文化文本。在后殖民批评实践中所发生的"中华性"问题的讨论，就是此一类型文本的代表。

二是把与人们当下日常生活息息相关的文化/文学现象和问题纳入研究中来，此乃大众文化/文学文本。对张艺谋电影的后殖民解读，就是这类研究。

三是对已然经典化了的文学文本进行再解读，这是后殖民批评在将经典文学文本作为其研究对象。比如关于鲁迅国民性问题的"再解读"，即可归属于此一研究范围。

不妨说，后殖民批评存在这样三类文本本身，就已然表征了90年代文学理论，不再局限于以故有的文学现象和文学问题作为其研究的对象，它甚至可以扩大到以整个的社会历史文化问题作为其批评和言说的对象，整个世界都被文本化了，并因此被纳入其研究的视野之中。不妨说，这也正是第一类社会文化文本所出现的原因。我们不妨以"中华性"问题的研究为例来看。

"中华性"的提出，并非由文学文本引发，也不是要去阐释某一具体的文学文本，而是出于对现代性发生以来的整个社会政治文化发展的历史、现状以及未来走向进行全面的反思和建构的考虑。论者认为，90年代以前的社会政治文化发展，可以归总为受现代性的知识型所"框范"，

① 陶东风：《破镜与碎影》，云南人民出版社2001年版，第55页。

② ［美］乔纳森·卡勒：《什么是文化研究》，金莉、周铭译，《当代外国文学》2007年第4期。

而20世纪八九十年代之交出现了新情况，“现代性知识型在中国文化中的权威地位不可逆转地衰落了”，出现了“中华性”的端倪，而这正是未来中国社会政治文化发展的走向。[①] 显然，这是将社会道路的选择和走向的历史、现实和未来问题，也就是社会发展的模式问题，作为了研究的对象。只是由于它将现代性发生以来一直到20世纪八九十年代之交的整个历史，看作是受了西方中心主义的眼光限制，并且认为20世纪八九十年代之交以来的现实和未来，将回到中国的眼光，突出中华性的方式，并构建以中国大陆为核心的中华圈。这就有反思西方中心主义的意味，因此与后殖民理论有一定的关联，故而可谓之为后殖民批评。但这般的后殖民批评，在直接的意义上，并不是将文学文本而是将社会文化文本作为了其研究的对象。

也因此之故，此后因“中华性”问题所引发的讨论，也大多不是针对某一文学文本的理解而来，倒主要是对“中华性”所具有的“文化意味”进行的批评。综观起来，学界主要是围绕它所具有的民族主义倾向、反启蒙的思想倾向、保守主义的立场以及本质主义的认知方式等问题，来展开专门的反思、批评和讨论。但这些反思、批评和讨论所针对的对象，实际上还是整个的社会文化文本。虽然这种以社会文本为研究对象的文化批评，并非与文学研究毫无关联，但两者无论在研究方法、研究目的上恐怕都不能同日而语了。文化批评已然扩大了文学理论的研究视域和功能，的确发生了转型。

有学人也曾指出：“后殖民批评与我们惯常熟悉的文学研究十分不同。它的视野已经不再仅仅局限于文学文本中的‘文学性’，而是将目光扩展到国际政治和金融、跨国公司、超级大国与其它国家的关系，以及研究这些现象是如何经过文化和文学的转换而再现出来的。它讨论的范围包括：现代化、新技术、商品物化、金钱的抽象作用和其对符号系统的影响、大众文化、主体构成的新形式。虽然这些范围也是后现代主义研究的内容，但是后殖民话语批评更为侧重于分析新形势下的帝国主义文化侵略、宗主国与殖民地的关系、第三世界精英知识分子的文化角色和政治参与、关于种族/文化/历史的‘他者’的表述，揭露西方形而上学话语的

① 张法、张颐武、王一川：《从“现代性”到“中华性”》，《文艺争鸣》1994年第2期。

局限性。后殖民话语批评是对现存政治文化环境的探讨，它不是借批判后殖民主义之名来反对西方文化。这种批评旨在考察殖民主义和西方文化彼此之间的影响已经到了什么样的程度，以及这种相互影响又是怎样被表述的。”① 虽然这并非直接针对中国后殖民批评所言，但是，我们依然可以受此启发，得出结论说，就研究对象而言，后殖民批评的确是跨学科，乃至无学科的研究。我们很难按照故有的学科划分来对其定位，特别是当其以社会文化文本作为研究对象之时尤其如此，毕竟社会文化文本当是任何学科所共享的研究对象。从这个方面看，文化批评因此就的确打破了学科界限，让文学理论发生了转型。

再看研究目的。

后殖民批评，还改变了文学理论的研究目的，它不以审美作为文学研究的价值取向，甚至不以对文学作价值的好坏高低判断作为直接的研究目的。有论者就曾指出，后殖民批评“省略、排斥了文化的其它维度，比如美感体验”②。虽然对于这种省略、排斥可以有不同的理解，但是就后殖民批评所展开的实际工作来看，它的目的确实不在于对某一文本进行审美价值判断，不在于比较某一文学作品的品质。不妨说，它是要借学术研究来表达某种文化政治立场，其最终的目的恐怕是要建设一个平等、民主的社会文化环境。

比如有论者曾明确指出，第三世界文化理论，“是从一种独特的文化立场出发对整个文学理论的运作方式提出某种质疑”③，是要爆破第一世界与第三世界之间所存在的不平等的中心与边缘关系，以及这种关系造成的文化多元主义的不可能，因为“在承认文化多元化的普遍共识中，却也包含着西方式的价值观念来理解和判断第三世界文化的因素。当然，这往往并不是明确的观念，而是渗透于话语之中的无意识的因素”④。换言之，就是存在“后殖民主义”状况。为此之故，第三世界文化理论就力求要改变此一境况，其最终目的是要通过这种研究来达到第一世界与第三世界之间文化交流与对话的平等和民主之境。虽然第三世界文化理论关注

① 张京媛主编：《后殖民理论与文化批评》，北京大学出版社1999年版，第5页。

② 钱俊：《谈萨伊德谈文化》，《读书》1993年第9期。

③ 张颐武：《第三世界文化与中国文学》，《文艺争鸣》1990年第1期。

④ 同上。

的是外部的社会文化语境，并且有可能在20世纪八九十年代之交自觉或不自觉地迎合了主流意识形态，“避实就虚”地“掩饰了日常现实生存所造成的种种压迫”，[①] 甚至失去了知识分子的独立性，对现代性的判断和民族文化认同的确认，以及在人类共同价值观念的判断上，都存在着诸多的不足。但是，如果暂且悬置第三世界文化理论本身所具有的意识形态属性不论，而只考察其研究目的这一点，那么得出它并非是要就某一文学作品进行审美判断和文学价值的判断，而更多的是要表达一种文化政治立场，比如反对西方中心主义，激发“交流和对话的可能性”，[②] 等等，这恐怕还是能够予以承认的。

后殖民批评的这种文化政治立场的目的诉求，也可以从人们对后殖民批评的批评中见出。不妨说，正是因为后殖民批评的目的是要伸张一种文化政治立场，因此关于它的批评也就主要是针对其文化政治立场这一点。上述关于第三世界文化批评的批评即是如此。有学者在批评第三世界文化理论之后说：“要真正获得第三世界文化理论的精神实质和实践意义，一是须全面研究西方第三世界文化理论的基本主张；二是建立中国知识分子的公共空间，为批判性人文知识分子提供话语场；三是知识分子要自觉承担伦理责任，关注当代中国的文化现实和政治实践。中国后殖民批评需在吸收后殖民理论真精神的基础上，直面本土现实问题，以业余知识分子态度关注文化政治，祛除意识形态蔽障，行走在自由思想和纯粹知识的道路上，从而推动中国社会的变革。”[③] 从这里我们也可以看出两点：其一，它表达了后殖民批评的真正/理想研究目的乃在于推动社会的变革。其二，强调了文化政治以及公共空间的重要性。不妨说，这是因为它会牵涉研究者的问题意识和文化立场。由此，也可以看出后殖民批评为表征的文化批评的研究目的，恐怕与80年代强调审美，强调个体心性自由不同，它越来越关注外部语境和文化生产体制的重要性，的确发生了转型。

这里，我们不妨再举一例。比如有学者在批评“中华性”这个后殖民批评观念时，非常敏锐地指出，“中华性”所认同的“‘小康’这个发展模式的确是中国式的，但这不足以证明这是对‘西方现代性’的所谓

① 徐贲：《走向后现代与后殖民》，中国社会科学出版社1996年版，第200页。

② 张颐武：《第三世界文化与中国文学》，《文艺争鸣》1990年第1期。

③ 章辉：《当代中国“后殖民批评”论析》，《中国文学研究》2008年第1期。

‘超越’。事实上，它不过是把全面现代化的理想改写为单纯的经济发展和过日子而已”[①]。换言之，这即是说“中华性”这种后殖民批评观念，其文化政治立场是保守的。这倒不是说批评后殖民批评的学者持的是一种激进的立场。毋宁说，他是要直面后殖民批评回避政治文化现代化这一弊病，但此一回避已然造成后殖民批评的“花拳绣腿”等诸多局限，[②] 也的确是大大降低了后殖民批评的话语力量和学术有效性。因此，有勇气的学者就不能不说出这个“不便或忌讳提及的政治体制方面”的问题。[③] 由此也就不难看出，批评者关于中华性的批评的确是从文化政治立场的角度来切入的，这可谓是一种文化批评的入思方式。恐怕也只有如此按照文化批评的方式来切入思考，着重考察其文化政治立场，才能更为有效地理解有关“中华性”的问题。一如有论者所言：“从文学批评的文化转向看中华性，其理论的阐释限度及意义才能明了。”[④] 总之，无论是后殖民批评自身的研究目的，还是批评后殖民批评的入思方式等，都说明了后殖民批评所表征的文学理论已然转型为了文化批评，其研究目的确实与此前不再相同了。

如果说，后殖民批评的研究目的的转型，在那种以社会文化文本为研究对象者身上较为容易见出，那么在以大众文化/文学为研究对象的后殖民批评身上难道就不是如此吗？答案是否定的。以张艺谋电影为例。在后殖民批评视域中，它看到的不是张艺谋电影的艺术性有多高，有怎样的审美价值值得挖掘，等等。综观文献可以得知，它主要是将问题意识设置为了追问张艺谋电影作为一个“神话”，是怎样生产出来的，在这种生产过程和运作机制中又裹挟了怎样的权力关系，在这种权力关系之下，民族文化认同受到了怎样的伤害，等等。比如，张宽就认为，张艺谋电影只有放在东方主义的框架下才可以理解，并且认为它是受到了西方中心主义的文化殖民之后的产物。[⑤] 这样的观念在当时甚为流行，这从当年某媒体采访文章之以《中国电影：不要按西方人的口味制作东方》作为标题这一点，

---

① 陶东风：《文学理论的公共性》，福建教育出版社2008年版，第90页。

② 陶东风：《告别花拳绣腿，立足中国现实——当代中国文论若干倾向的反思》，《文艺争鸣》2007年第1期。

③ 陶东风：《文化与美学的视野交融》，福建教育出版社2000年版，第354页。

④ 章辉：《关于当前文化批评中“中华性”问题的思考》，《江汉大学学报》2007年第6期。

⑤ 张宽：《欧美人眼中的“非我族类”》，《读书》1993年第9期。

恐怕就可看出一二。[①] 指出这一点，我们并不是要论其是非，而仅是要说明，后殖民批评的文化批评，其研究目的的确不是为了审美，甚至也不是要挖掘某一文本的人文属性来陶冶性情，来建设和完善心性品质。

由此，我们恐怕就可以下一结论：无论是就研究对象，还是从研究目的来看，后殖民批评为表征的90年代文学理论都已然发生了转型，走向了批评理论/文化批评。[②]

第二，从“呼唤现代化”到“反思现代性”。

整个80年代，知识界的主导性问题框架是要反思极“左”意识及其实践所带来的社会危害。其凸显的是一种时间的焦虑，以至于只要是古代的就是落后的，现代的就是先进的，同时，还将空间时间化，西方的就是先进的，东方的就是落后的。换言之，人们追求的是一个相异于传统的现代化社会，而这个现代化社会更多的是将古代传统，而非西方文明作为了“他者”，于是“西方”倒是成为“自我”的一部分。这恐怕是因为，80年代是一个讲述“现代化”话语的时代，虽然当时也不乏“现代性反思”话语的引介和追逐。但正如有学人解释的那样：“20世纪80年代，尼采、马尔库塞、弗洛伊德、萨特也都引起过翻译和介绍的热情，但是当时人们对他们的诠释总体上是服从‘主体性’这个概念的。它们与当时的异化和人道主义问题的讨论一样，都带有对‘文化大革命’的结果和原因加以清算的意味。从对乌托邦和集权主义的批评这层意义上看，对这些哲学家的介绍，也可以说具有现代性批评的意义；但是，显而易见的是，当时的主流意识并没有现代性批判的理性自觉。因为当时通行的模式是将现代化与人的解放连结在一起，或者说，人的解放是服从于实现现代化的历史

① 黄会林：《中国文化报》1996年4月26日。

② 以后殖民批评为表征的90年代文学理论走向了文化批评之后，其研究方法也发生了改变，这从其提问方式中可以见出。不妨说，它越发不以那种规范性的研究，不以回答某一文本应该怎样作为其旨趣，而将重心放置在了具体分析一种文本之所以成为一种文本的生产机制的研究中，既而来勾连起文学/文化文本与整个社会文化问题以及具体历史语境的关联，这样就将学术研究伸张到了社会结构之中，有助于参与社会公共事务的理解、批评和建设。比如考察某一时期的“经典”文学作品与某一时期的民族国家内部的文化领导权建构之间有着怎样的关联，它建构了一种怎样的“参照结构”，使用了一种怎样的文化价值标准，又造成了怎样的效果，等等。通过诸如此类的追问，来挖掘“文化殖民”是否存在以及它的运作逻辑又是怎样的，等等，这可谓即是后殖民批评为代表的文化批评所使用的一种研究方法。

规律的。”[①] 可以说，正是由于现代化在80年代的主导性地位，因此，1987年前后，就有了反资产阶级自由化思潮，但是它并未实质性地影响知识界关于西方的立场。1985年以来的文化热，“走向世界”派的影响是居于主导地位的。在文论界，1985年前后的方法论热也主要是与西方理论的引介有关。这些恐怕都说明了，80年代“西方”并未“他者化”。

然而，20世纪八九十年代之交的事件一经发生，无论是实践层面的现代化，还是观念层面的现代性，都受到了较大的影响。有学者很有概括力地将80年代与90年代分别冠以“呼唤现代化”与“反思现代性”，认为进入90年代以来，反思现代性是一个不可回避的问题，[②] 几近成为学界的“知识型”[③]，其核心的表现即是对“现代化理论以及现代化意识形态的批判性审视”。[④] 发生于90年代的后殖民批评，可谓是这种现代性反思的构成部分，同时又是其推动力量。比如，有论者就曾以第三世界文化理论为例，说此一后殖民话语是“现代性话语变成了后现代性，各种边缘话语重新进入中国之后，我们才产生了第三世界的意识”[⑤]。虽然现代性的反思并非就是后现代性，但后现代性的确可视为现代性反思的一种。因此，这也就道出了第三世界文化理论具有现代性反思的特点。也的确，持第三世界文化理论者，甚至认为现代性走向了终结。[⑥]

事实上，后殖民批评有一个关于现代性的判断，就是认为发源于西方的现代性几近影响、扩散并侵入到了全球任何一个角落。随着90年代前一两年里如“东欧剧变”事件的发生，以及1993年间中国市场经济体制

① 高瑞泉、杨扬：《转折时期的精神转折——“新时期”以来中国社会思潮及其走向》，上海古籍出版社2008年版，第468页。

② 陶东风：《审美现代性：西方与中国》，《文艺研究》2000年第2期。

③ 徐友渔就曾指出，在90年代“现代性往往成了反思、质疑，甚至批判的对象”，并且认为因此发生了范式的转换。徐友渔：《学术范式的转换》，载赵汀阳、贺照田主编《学术思想评论》（第一辑），辽宁大学出版社1997年版，第17页。在90年代出现了诸多反思现代性的话语类型，的确成为那个时代的一个“知识型”。陶东风曾很有概括力地指出了90年代的三种较为典型的现代性反思的话语，即以后现代、后殖民为代表的中国版的“后学”话语；依附理论和世界体系理论；讨论社会主义、资本主义和自由主义等问题的一些话语；等等（陶东风：《文化与美学的视野交融》，福建教育出版社2000年版，第342—375页）。

④ 陶东风：《从呼唤现代化到反思现代性》，《二十一世纪》1999年6月号。

⑤ 陈晓明、戴锦华、张颐武、朱伟：《东方主义和后殖民文化》，《钟山》1994年第1期。

⑥ 张颐武：《现代性的终结》，《战略与管理》1994年第3期。

被纳入国家意识形态的层面等的出现，人们越来越感受到了中国与西方的关联，似乎中国卷入了全球化的资本运行体系之中。这个时候，现代性更是被认为取得了全球性的胜利，它使得任何民族国家都切身地进入到了“世界历史”之中。被80年代“自我化”的西方逐渐“问题化”了，西方越来越成为“他者”，“国际关系”也因此成为一个需要认真对待的问题。此时，人们便立足于全球框架，去反思现代性所存在的结构性压迫，既而发起关于它的批判。[①] 后殖民批评就是这种反压迫的批判性话语。这也就是说，后殖民批评乃现代性高度发达，已然进入了实际的全球一体化的语境之下，所出现的一套针对现代性本身进行全面反思的话语。依其之见，现代性的历史，乃西方中心主义的现代性对东方世界的文化霸权和殖民的历史，而且这种霸权和殖民往往是隐微不现地通过文化的力量来进行的，因此被称为“后殖民主义”。而后殖民批评则是要力求爆破这样的历史诡计，将其所隐藏的意识形态公之于世，重新审视现代性的历史和文化，进而来实现全球范围内的民族解放。出于这种考虑，后殖民批评既对整个的现代性历史进行反思，又对当下的文化/文学活动进行批评，还对未来的社会提出了超越现代性的愿景。因此，它对文学理论的历史传统、价值观念等都起到了重要的影响，使得90年代文学理论发生了从现代性到现代性反思的转型。这里仅以对现代性历史的反思为例。

由于现代性的历史往往被指发生于晚清，因此这种反思的时段也往往从晚清开始，来展开其关于社会历史文化的全面清理工作。其代表性的文献当是《从“现代性”到“中华性”》[②] 一文。该文将晚清至90年代这百余年来的历史分成两个时期，认为90年代以前为“现代性”时期，

---

① 非常有意思的是，在1993年，具有马克思主义立场的德里克，在中国讲学的演讲稿《世界体系分析和全球资本主义——对现代化理论的一种检讨》（《战略与管理》1993年创刊号），即立足于世界体系和全球化的框架下，对现代化理论进行了一番检讨，起到了将西方“他者化”的效果。也就是不再简单地将西方视为中国现代化的“自我”了。由于德里克的演讲，“立刻在国内学术界产生了很大的影响”（俞可平：《全球化研究的中国视角》，《战略与管理》1999年第3期），因此也就对那种将西方他者化的“后殖民”的发生起到了一定的支持作用。德里克本就是知名的马克思主义的后殖民理论家。此外，1993年《战略与管理》杂志社还召开了“重估中国现代化”主题研讨会，对80年代乃至晚清以来的现代化进行了一定的反思，无疑也起到了将西方“他者化”的效果。因此，“重估中国现代化”与后殖民有共同的问题意识和理论旨趣（参见《重估中国现代化》1994年第1期）。

② 王一川等：《从“现代性”到“中华性”》，《文艺争鸣》1994年第2期。

之后走向了“中华性”。其中，现代性时期，经历了技术主导、政体主导、科学主导、主权主导和文化主导等五次重心转移，但这五次转移的过程由于都是以西方为中心的参照，因此整个的乃一“他者化”工程，并最终都走向了失败，现代性也就随着这种失败而走向了终结。历史因此进入了第二个时期。这一时期，经由20世纪八九十年代之交的一些文化事件的转型，历史开始重新审视现代性，并发生了现代性的转型，之后便走向了中华性。中华性虽然初露端倪，但它却具有充当“愿景”的重要功能。

这里我们先不拟对该文进行是非曲直的评判，而只是先行强调一点，那就是它对现代性历史的反思，并将这种反思深入到知识型的层面，因此就必然使得文学史/文学理论史的书写，从此以后变得不再那样未经反省就可以叙述了。不管这种后殖民批评的文化观念是否具有完全有效的知识合法性，它至少有一点会得到人们的承认，那就是我们总会碰到这样一个问题，即那些未曾逃离现代性视域的人们，在叙述现代以来乃至整个的历史的时候，是单一的西方现代性观念在发挥作用么？换言之，90年代文学理论已然难以摆脱现代性反思的视域，甚至只能在现代化与殖民化之间摇摆。

对此，我们有必要来对这种关于现代性历史的反思问题做一分析。因为90年代由中华性所引发的关于现代性历史的讨论，本身即是文学理论走向现代性反思的一个表征。试想，如果不是现代性反思的发生，又怎会专门地将现代性问题纳入文学理论研究之中呢？同时，现代性反思之于历史，往往是由当前立场所决定，因此需要展开辩论。

对于现代性历史是否是一段后殖民的故事，它又是否终结了，中华性能否构成一种愿景等问题都引发了讨论。大致而言，其批评话语又可以分成三个角度来看。

其一，关于身份认同的民族主义。概言之，批评者认为持现代性的历史乃后殖民主义的历史的观念，概因民族主义所生，是“文化民族派”①所为。其文化逻辑是，用西方的后殖民理论来论证民族主义的合法化，既

① 邵建：《世纪末的文化偏航——一个关于现代性、中华性的讨论》，《文艺争鸣》1995年第1期。

而再用这种民族主义反对源发于西方的现代性。[①] 如果我们保持开放的民族认同观，就会打破现代性的中西之分，而不再去追寻一个“本真的幻觉”，[②] 既而还将承认存在有民族之间的共同价值/普世价值。[③]

其二，关于思维方式的二元对立。将现代性历史视为“后殖民主义”的历史，与思维方式上的本质主义有内在的关联。这一点陶东风的批评最为自觉，指出了“这种以自我/他者为主轴的历史—文化描述恰好具有西方后现代与后殖民所要解构的本质主义特征”。[④] 其实，如果将自我与他者看成是二元对立的关系，而且认为两者之间乃主奴、中心与边缘关系，自我就必定成为备受他者侵略的一方。然而，就后殖民理论的本意而言，他者的存在乃是作为自我建构的一种符号而存在，其本意是要反对身份认同的实体观，而认同于建构观。如果这样来看的话，恐怕就不会去寻找一个本真而幻觉式的民族文化认同了。现代性的历史因此也就会看成传统不断生成的历史，是民族的生生不息的显现史。其实，就实际的历史发展来看，中国现代性的历史，也不是被西方完全殖民的历史。因此有论者不无道理地指出：“中国百年文化的西化倾向是中国学习西方寻求民族强大的结果，具有历史的必然性和合理性。”[⑤]

其三，关于文化政治立场的保守主义。如果不是 20 世纪八九十年代之交的事件，使文化政治的言说空间逼仄起来，如果论者不是自觉地追寻“政治正确性”，那么，现代性的历史恐怕就不会被视为被殖民的历史，而是需要继续在 90 年代予以建构的历史，是现代性需要持续完善的历史。也因此，中华性一经提出，就招来了批评。赵毅衡指出：“诸‘后’理

① 有论者概括道：“在中国的后殖民批评中，后殖民理论是作为一种消解西方现代性话语、建立中国的‘民族性’的工具而出现的。”（赵稀方：《中国后殖民批评的歧途》，《文艺争鸣》2000 年第 5 期）

② 陶东风：《文化本真性的幻觉与迷误》，《文艺报》1999 年 3 月 11 日。

③ “现代性或现代化乃是全人类的共同追求，也是全人类的共同财富，更是全人类的共同趋势”（邵建：《东方之误》，《文艺争鸣》1994 年第 4 期）。

④ 陶东风：《文化与美学的视野交融》，福建教育出版社 2000 年版，第 349 页。陶东风：《全球化、后殖民批评与文化认同》，载王宁等主编《全球化与后殖民批评》，中央编译出版社 1998 年版，第 188—204 页。陶东风：《文化本真性的幻觉与迷误》，《文艺报》1999 年 3 月 11 日。

⑤ 章辉：《关于当前文化批评中“中华性”问题的思考》，《江汉大学学报》2007 年第 6 期。

论，针对西方社会文化的主流形态，平衡其价值偏向，在西方可以是批判理论，在中国，却正好顺应主流文化。”①徐贲指出了它“避实就虚”，掩饰切身性的问题，甚至加入到了官方权力之中。②陶东风更是直接指出了其有意或无意忽视政治维度的现代化问题。③晚近还有论者也指出要警惕其制造意识形态神话的可能：“在缺乏自由的批判理性精神的社会文化中，有些知识分子做幕僚的渴望成为潜意识，他们一旦与权势阶级共谋就很容易制造意识形态神话，而神话式的意识形态论述就更需要警惕了，这也是中华性命题最需要关切的地方。”④也就是说，当这种反思现代性历史的话语，其本身成为一种主流意识形态，并对日常生活中的结构性问题不闻不问甚至产生助纣为虐的效果时，它的保守性就将相当严重起来。

实际上，20世纪八九十年代之交一系列事件的发生，的确给人造成了全球化的世界史想象，似乎民族国家都已然要失去合法性。然而，其一，20世纪八九十年代之交的某些事件，如东欧剧变，在一定程度上使得国家政治意识形态的冷战格局有了实质意义上的突破，但是它并非就切实地达到了“历史终结”的效果，一个同质的世界史并未出现。其二，虽然现代性在西方已然高度发达，被描述成了晚期资本主义、全球一体化，但是民族—国家依然是国际关系的主体，民族国家的政治体制及其意识形态的差异性依然存在，甚至还有着根本的区别。

如果这样的判断可以成立，那么我们就可以认为，现代性即使到今天都还没有胜利，更遑论终结。既然如此，我们是否有必要优先在全球框架内从事现代性反思呢？是否有必要因此认定晚清以来的现代性历史与20世纪八九十年代之后的中华性就有着本质的区隔呢？有学者因此非常理性地指出：“就人文—社会科学研究而言，我们可以而且应当反思中国激进思想界在现代化理论的影响下对于传统文化作了简单化的全盘否定；但是，却不能因此而全盘否定反思自己文化传统的必要性，也不能把西方文化简单地等同于侵略文化（更何况西方知识分子自己从来就没有停止自

---

① 赵毅衡：《“后学”，新保守主义与文化批判》，《花城》1995年第5期。

② 徐贲：《走向后现代与后殖民》，中国社会科学出版社1996年版，第199—200页。

③ 陶东风：《文化与美学的视野交融》，福建教育出版社2000年版，第354页。

④ 章辉：《关于当前文化批评中“中华性”问题的思考》，《江汉大学学报》2007年第6期。

我批判，包括对于西方中心主义与殖民主义的批判）。”[①] 如果说，后殖民理论在西方的发生乃是由于其内部的问题所生[②]，是西方学者试图通过现代性反思，以寻求更为现代的存在。[③] 那么，对于还未曾发生现代性的切身弊病的地方，恐怕就更不应该把已然发生过并取得了较好效果的现代性书写为一种需要去除的虚幻的意识形态。与其说现代性的历史，表征的是一段被西方文化所殖民的意识形态，不如说它是借助于西方来反对封建主义的意识形态，与其说现代性的历史乃是一段被西方“他者化”的历史，不如说它是一段“自我”不断生长和建构的历史。而且，退一步说，即使现代性已经高度发达，现代性的反思难道是要终结现代性，回到民族传统中去吗？当我们不以二元对立的思维方式看待世界，并且尊重已然不能逃避的世界史的时候，我们恐怕就不会把事实上可能存在的中心与边缘看得如此的对立和水火不容，相反，我们会认为这恐怕是提供了对话与交流的一种可能，提供了自我建构的多种可能性，也只有如此，世界才会走向多元有序。为此之故，对于现代性问题，这样的看法可能更为理性、更为学理一点：“在当前世界一体化越来越势不可挡之际，哈贝马斯后期所钟情并用其交往理论加以论证的多元文化主张（或曰文化交往主义）恐怕不失为一种我们的认同对象吧。”[④]

不妨说，围绕着现代性反思展开的讨论，已经构成了文学理论研究的一个部分，当然此时的文学理论也已经转型为了文化批评。不管人们取何种文化政治立场，90年代的文学理论研究之与现代性反思的密切关联这一点，几近成为平常之事。甚至可以说，当现代性反思已然作为了一种知识型而存在，90年代文学理论的话语就只能如此这般讲述了。

第三，从政治经济学的政治到身份政治/微观政治。

---

① 陶东风：《从呼唤现代化到反思现代性》，《二十一世纪》1994年6月号。

② 盛宁：《人文困惑与反思——西方后现代主义思潮批判》，生活·读书·新知三联书店1997年版，第176页。

③ 徐贲曾指出：“在西方社会中的后殖民批判同样也有推动民主发展的任务。后殖民批判所追求的民主不再停留在尊重权利和法治、言论自由、选举程序的制度化、权力的制约和平衡这样的资产阶级民主层次上。它要进一步揭露和纠正由这些‘民主’现象和程序所掩蔽的种种经济和文化不平等关系，以及它们对社会边缘群体（妇女、少数族裔等等）所造成的压迫和控制。”（徐贲：《走向后现代与后殖民》，中国社会科学出版社1996年版，第190页）

④ 曹卫东：《理性的批判与现代的重建》，《花城》1998年第1期。

民族文化认同在 90 年代被凸显为了一个学术问题，同时，也是一个政治问题。其原因恐怕有很多，这里不妨简要提及几点：其一，20 世纪八九十年代之交的社会历史语境，凸显了民族文化的政治特性。具体点说，由于东欧剧变，意识形态的冷战有结束的征兆，此一语境之下，亨廷顿指出："在后冷战的世界中，人民之间最重要的区别不是意识形态的、政治的或经济的，而是文化的区别。……在这个新的世界里，最普遍的、重要的和危险的冲突不是社会阶级之间、富人和穷人之间，或其他以经济来划分的集团之间的冲突，而是属于不同文化实体的人民之间的冲突。部落战争和种族冲突将发生在文明之内。"① 这即是说，民族文化认同问题上升到了能够左右国际政治关系的高度，成为此后世界冲突的主导性原因。这样，民族文化认同就与政治发生了关系。其二，20 世纪八九十年代之交的事件，为政治进入校园之中提供了可能。简言之，一方面，它使得学术有意无意地都回避现实的政治问题，另一方面，它使得被有意无意所回避的政治转换成了学术话语。在这种情况下，校园内的身份政治凸显就是可以理解的了。其三，后现代政治观念的影响。比如福柯强调微观政治，认为"话语天然地是政治的"②，这无疑也加剧了身份政治的流行。

后殖民批评，与民族文化认同有直接的关联，因此后殖民批评也就与政治勾连了起来，成为 90 年代以来一种备受关注的学术话语。需要注意的是，后殖民批评的政治是身份政治，但是它并非与现实政治没有关联。恐怕可以这样说，后殖民批评的身份政治本身就是一个政治问题。对此，我们不妨从两个方面来看。

先看第一方面。不妨说，后殖民批评的政治，是特定语境下建构出来的。

这一点，与上述民族文化认同之所以能与政治勾连起来的缘由很是接近。对此，有学人也予以了指认："受到西方理论的影响，同时也由于中国国内内部环境的原因……后殖民主义近几年也发展迅猛，这也在一定

---

① ［美］塞缪尔·亨廷顿：《文明的冲突与世界秩序的重建》，周琪等译，新华出版社 2002 年版，第 6—7 页。

② ［美］查尔斯·J. 福克斯、休·T. 米勒：《后现代公共行政》，楚艳红等译，中国人民大学出版社 2002 年版，第 10 页。

程度上推进了身份政治的流行和阶级政治的淡化。”[①] 就此说来，20世纪八九十年代之交，后殖民批评表征了政治的转型，即走向了身份政治。所谓走向身份政治，即是说，后殖民批评关注的政治已然不是此前的政治经济学意义上的政治，它对阶级问题不再投以热情，对现实政治经济体制问题也采取悬置的态度，既而关注起了族性、认同等一些微观的文化政治。

需要注意的是，如此描述后殖民批评的政治转型，与怎样看待80年代的政治有关。如果认为80年代有政治经济学的政治，那么这种转型就可以成立。但如果认为80年代没有这种政治经济学的政治，那么这种转型就恐怕不能成立，而且需要追问它与80年代政治的关联。

不妨说，这并非一个简单的问题。因为80年代并非铁板一块。我们既可以认为80年代有政治经济学意义上的政治，特别是当我们将目光放置在80年代前期之时，我们会发现那时候有“实践是检验真理的唯一标准”“价值规律与商品经济”“人道主义与异化问题”等一些可视为与阶级，乃至政治经济体制有关的讨论。汪晖甚至认为80年代是“以社会主义自我改革的形式展开的革命世纪的尾声，它的灵感源泉主要来自它所批判的时代”。[②] 按此说法，我们可以较为轻易地认为，后殖民批评的发生表征了政治的转型，即从政治经济学的政治转向了身份政治。[③]

然而，陶东风却指出，后殖民批评所表征的身份政治的兴起，乃

① 陶东风：《文学理论的公共性——重建政治批评》，福建教育出版社2008年版，第100页。

② 汪晖：《去政治化的政治——短20世纪的终结与90年代》，生活·读书·新知三联书店2008年版，第19页。不过需要指出的是，对于汪晖将80年代纳入社会主义的框架来讨论这一点，尚需细辨，因为80年代如果有政治经济学意义上的政治，那么它与此前的50年代、60年代、70年代也恐怕是有区分的。

③ 对于政治经济学的政治与身份政治区分，陶东风予以了精练的分析：“政治经济学虽然也承认其他的权力结构，但是却依然把阶级结构——即，获得生产资料的结构和分配经济剩余价值的结构——看作是统治结构的关键；而身份政治则把性别、种族还有其他差异的制造者看作是不由生产范式和阶级关系决定的独立统治结构。”（陶东风：《文学理论的公共性——重建政治批评》，福建教育出版社2008年版，第101页）

"是80年代对被庸俗化了的马克思主义阶级分析方法的逆反心理的延续"①。如果按照这种看法，即使不能说80年代没有政治经济学意义上的政治，但也可以认为80年代与90年代在规避阶级这一点上是一致的。这样的话，80年代与90年代在这一点上看就似乎没有本质的区别了，也就不存在转型之说了。为什么会出现这样迥然相异的判断呢？合理的解释恐怕是，这种看法更多的是看到80年代与此前"文革"的不同。因此，如果说"文革"是意识形态政治，那么作为反思"文革"的80年代，它持有乃至想象的是现代意义上的公民政治。在公民政治这一点上，80年代与90年代有诸多不同。因此，陶东风接着指出，90年代走向身份政治，"恐怕是公民政治和阶级问题在90年代基本上是一个很难深入讨论的话题。谈论性别领域、族性（在中国常常被简单化为民族—国家之间，特别是中国和西方国家之间）领域的权力和不平等，比谈论公民权利和阶级问题安全得多而且还显得很时髦"②。这也就是说，陶东风并没有否认90年代所发生的身份政治转型，只是他认为这种转型的参照物，当是80年代所想象和认同的公民政治。是因为公民政治的受挫，才导致身份政治的转型。

再看另一方面。后殖民批评的政治与特定时期里的主流意识形态的关系状况，又会影响到它的"政治正确性"，而通过考察这种关系状况，则可以借此判断后殖民批评的政治转型的内在逻辑。

后殖民批评凸显身份政治，而且又将这种身份政治主要定位在民族国家之间的族性认同上。这倒也无可厚非，因为它的确增加了一个认知国际政治关系的视角。对于反思和解构西方中心主义也是有所助益的。但问题是，后殖民批评这种民族国家之间的族性认同政治，却更多的是表达一种民族主义，甚至还有族性中心观的诉求。这一点突出地表现在以中华性为命题的后殖民批评上。比如中华性提倡者试图建构了一个以中国大陆为核心的中华圈。对此，汪晖批评道："具有讽刺意味的是，有些中国后现代主义者利用后现代理论对西方中心主义进行批判，论证的却是中国重返中心的可能性和他们所谓'中华性'的建立。"③ 后殖民批评的这种身份政

---

① 陶东风：《文学理论的公共性——重建政治批评》，福建教育出版社2008年版，第101页。

② 同上。

③ 汪晖：《当代中国的思想状况与现代性问题》，《文艺争鸣》1998年第6期。

治诉求因此就显得不合时宜。这倒还不是最为关键的，最为关键的恐怕在于，后殖民批评与意识形态政治的关联性。后殖民批评的身份政治，自觉或不自觉地与 20 世纪八九十年代之交的主流意识形态政治有某种程度的耦合，符合“政治正确性”。这倒也未尝不可，特别是“民族寓言”理论能够成立的时候尤其如此，因为在某一时期个体与国家之间保持高度的一致性也是常有之事。但问题是，20 世纪八九十年代之交，却恰逢是个体与国家之间的分离期，而且国家的合法性危机凸显之时，按理这时候除了沉默之外，就只能作为独立的个体，在可期待的范围内，去争取一个可供讨论的公共领域，以此来重建合法性，弥合个体与国家之间的裂隙。然而，后殖民批评却不是如此作为，它选择的是继续充当民族的代言人，将西方他者化，从而转移了问题意识。为此之故，它被指为保守主义也就情有可原了。

当然，如果我们念及任何批评话语的生产，都是由具体的语境所决定的，那么后殖民批评也是受害者，它也是受到了 20 世纪八九十年代之交现实语境的限制。这一点旅美学者徐贲的说法最有说服力。他指出：“在海外的人指出当今中国第三世界批评的避实就虚和舍近求远倾向，并不是要想表现什么了不起的知识勇气，或者自夸敢担风险。他们之所以能这样做，无非是因为他们有幸不必顾虑有官方意识形态的文检钳制，有幸能在一个‘公民领域’中说自己想说的话而已。”① 从这个方面看，后殖民批评的身份政治不管有多少局限性，恐怕也注定了它只能发生如此这般的转型。换言之，它所表征的文学理论在 90 年代所发生的由政治经济学的政治走向身份政治，就是可以理解的了。然而，这却并不意味着转型之前的政治经济学的政治以及公民政治诉求就可以被遗忘。② 相反，政治经济学的政治以及公民政治显得更为紧迫。仅以公民政治论。不妨说，公民政治的缺乏，必然使得身份政治无论如何也难以践行和奏效。所以有论者说，

---

① 徐贲：《走向后现代与后殖民》，中国社会科学出版社 1996 年版，第 236 页。

② 需要提及的一点是，如果没有公共领域的存在，90 年代关于后殖民批评的讨论恐怕就不能展开，批评后殖民批评的景观大概也不可发生，人们恐怕也就难以发现后殖民批评的“避重就轻”等特点。从这个方面也可以看出 90 年代文学理论研究所具有的公民政治的内在诉求。人们只是将一些实际的公共事务转换成了学术话语，也因此 90 年代文学理论具有隐微政治的功能。一定程度上可以认为，90 年代的学术讨论，表征了公共领域的存在，也表达了对公共领域的诉求。

身份政治的诉求，其实表明的是“美国公民社会中的平等权利价值观，就其深入人心和社会共识影响而言，已经达到了一个能允许讨论少数族裔的文化和权益问题的水平”①。这就从一个方面说明了公民政治对于身份政治的作用。而只有在此基础上，身份政治才具有更多的积极意义，比如能够防御种种的不公正，挑战单一文化群体的霸权地位。② 但是，身份政治本身又可能危及公民政治的建设。正如有论者所言，即使对于美国来说，身份政治也有损于其民主的进程，比如“特定的群体作为一个整体，在投票选举的时候往往更多地从自己的群体利益出发，而不是考虑广大社会的利益”③。为此，究竟应该选择何种政治认同，恐怕更多的是与特定的语境诉求有关。不妨说，在公民政治诉求强烈的语境下，强调身份政治就显得更加的不合时宜。

也正因此，在后殖民批评发生身份政治转型之时，后殖民批评的批评会兴发起来，其内在的政治诉求不妨说是要将公民政治给请回来，并以之作为认同。比如徐贲在批评后殖民批评的时候，就特别强调第三世界内部所存在的结构性压迫问题的急切性和真实性，认为“身处一个公民社会尚受国家机器控制、尚未完全建立的环境之中，难道建立公民社会不比完善它来得更迫切吗？难道为公民社会申辩不比对它的批判更重要吗”④？其实，不满于后殖民批评的学人，大多对公民政治有自觉的认同及追求。比如陶东风在批评后殖民批评的时候，强调后殖民批评具有本质主义的文化认同，其目的也不是要否定民族文化的差异性，而更多的是要“在争取国际间平等文化关系与争取国内自由知识分子身份之间形成良性关系”⑤。换言之，也就是要提醒人们不可因为身份政治而忽视公民政治的建设。多年后，他甚至把“不合时宜”的身份政治，冠以“遮蔽了政治的

① 徐贲：《走向后现代与后殖民》，中国社会科学出版社1996年版，第184页。

② ［英］保罗·霍普：《个人主义时代之共同体重建》，沈毅译，浙江大学出版社2010年版，第117页。

③ 同上书，第115页。

④ 徐贲：《走向后现代与后殖民》，中国社会科学出版社1996年版，第186页。

⑤ 陶东风：《全球化、后殖民批评与文化认同》，载王宁等主编《全球化与后殖民批评》，中央编译出版社1998年版，第203页。

身份政治”之名。[1] 为此之故，我们可以说，在后殖民批评的批评中，其实已然表征了文学理论研究的公民政治诉求。

行文至此，我们也就大致完成了关于后殖民批评所表征的90年代文学理论的转型问题的探讨。需要说明的是，分别从三个角度所指出的转型，它们之间并非没有关联，只是因论述的需要才剥离开来。为此，这里不妨简要地指出一点，那就是，就学理而言，文化批评的转型、现代性反思转型、身份政治的转型三者之间可以互相发明。比如身份政治不具有根本性的、革命性的政治诉求这一点，表明了现代性反思并非要否定现代性。同时，从这个方面也可以看出，90年代的文学理论转型，的确并非“断裂”，文学理论与文化批评不是非此即彼的关系。

① 陶东风：《文学理论的公共性——重建政治批评》，福建教育出版社2008年版，第98页。

第五章　女性主义文学批评与 90 年代文学理论的转型

在考察 90 年代文学理论转型的时候，关注女性主义文学批评往往会显得意义充盈，尤其是当我们感觉到文学理论似乎在越来越与社会结构脱钩，越来越难以参与到公共领域之中的时候，更会如是看待。的确，女性主义文学批评，有可能是当今文论与社会现实问题勾连最为紧密的一种。这或许与它能够较为真实地提供一种理解当下日常生活的“实用”感有关。比如人们往往觉得女性主义文学批评可以给女人尤其是弱势的女人提供文化的力量，可以为其谋取合法的权利，可以促进性别政治和整个社会的现代化。因此，女性主义文学批评在学术大众化方面具有较为明显的优势。

然而，就学术自身而言，女性主义文学批评在 90 年代文论中是怎样发生的，它是如何参与到 90 年代文学理论的转型中来的，又是否有其需要再反思之处呢？

第一节　女性主义文学批评在 90 年代

就发生而言，女性主义文学批评在 90 年代之前就悄然兴起，出现了诸多的女性主义文学批评的研究成果。但是，如果将女性主义文学批评的身份认同置于性别政治的视域中来考察的话，我们会发现只有 90 年代才提供了女性主义文学批评所需要的政治视野和制度基础。换言之，女性主义文学批评与 90 年代的社会文化语境有着切实的关联性。

在 90 年代以前，批评家和作家的文化与政治认同话语往往缺乏性别的维度。那时，人们对表征较强身份政治的女性主义并没有多少好感，因为在 80 年代那个以现代自由解放为追求的启蒙语境里，女性主义所具有的反思和解构现代性的特性，及其所表现出来的“对现代性、现代理论以及现代政治”的不信任，[①] 这多少是有与启蒙不相兼容的嫌疑。[②] 这就使得女性主义与80年代的知识精英所参与构造的“主流文化存在着结构性的冲突”[③]。此一境况之下，女性主义的文化形象往往是负面的，以至于有学人回忆说：“尽管在80年代中后期，女性学已初具规模，但女性主义的观念与方法却没有进入到中国的妇女研究中去……当时的人们对女权主义这一字样有着某种程度的反感，或惧怕、厌恶。因为从字面上理解，女权主义仅仅关乎权力之争，因而可能是一种极端的女性的自我张扬，甚至恶性膨胀。如果说，许多词都有自己的形象，那么，这时候，作为一种大众想象，女性主义/女权主义的形象是一些丑陋不堪而又张牙舞爪的女人。”[④]

女性主义之与文学，与80年代的主导观念也是相异其趣的，比如它不以审美为重，不关心诸如人道主义精神、现代国家建构等宏大叙事。这就造成了如果认同女性主义，就有可能或被盲视或被置于边缘和另类的境地。这一点，我们可以从有些学人的自述中见出一二，比如刘思谦就写道：“我奇怪自己写了十余年文学评论动不动便是人的发现和觉醒什么的，可是女性的发现女性的觉醒在我的视区里竟是一个大盲点，借用一位女评论家文章里的一个概念来说，我过去用的原来是‘无性眼光’‘无性姿态’。”[⑤] 此一境况之下，也就有可能使得即使出现了女性主义写作实

---

① ［美］道格拉斯·凯尔纳、斯蒂文·贝斯特：《后现代理论》，张志斌译，中央编译出版社2006年版，第238页。

② 需要说明的是，女性主义并非铁板一块，但即使被指认为具有本质主义和非历史化的女性主义，它也有反思父权制的文化诉求，更遑论后现代主义女性主义的解构了（参见苏红军、柏棣主编《西方后学语境中的女权主义》，广西师范大学出版社2006年版）。依后现代女权主义之见，“对妇女的压迫一直受到现代理论及其本质主义、基础主义以及普遍主义哲学的支持和辩护。尤其是人本主义话语中大写的‘人’（man）字直接掩盖了男女之间的差别，暗中支持了男性对女性的统治。人本主义话语假设了一种作为人类构成要素的普遍的本质，并将在社会历史环境中形成的男性特征与活动（如理性、生产、权力意志等）推崇为人类的本质。在这种现代话语中，男人是人的典范，而妇女则是另外的一种东西，一种附属的性别”（［美］道格拉斯·凯尔纳、斯蒂文·贝斯特：《后现代理论》，张志斌译，中央编译出版社2006年版，第238页）。

③ 叶舒宪主编：《性别诗学》，社会科学文献出版社1999年版，第24页。

④ 戴锦华：《犹在镜中》，知识出版社1999年版，第136页。

⑤ 刘思谦：《娜拉言说——中国现代女作家心路历程》，上海文艺出版社1993年版，第328页。

践，也得不到女性主义文学批评理论“观照”的局面，一如有学人所观察到的那样：“新时期女作家写作空前活跃，但由于中国新时期特殊的人文境遇，使得‘小荷才露尖尖角’的女性写作淹没于启蒙主义和人本主义的大潮之中未能被观照。”① 换言之，也就是女性主义文学写作往往得不到命名，不能被承认。同时，即使出现了较为自觉地实践女性主义的主体，她们也常常不愿领受女性主义的名号。正如有学人所指出的那样：“90 年代之前，相当一批女作家并不愿被视为具有性别色彩与女性风格的作者，而更愿意被看成是涉及重大题材、体现宏大主题与具有主流思想的作家，甚至不愿与‘女’字有涉，惟恐这样就会贬低了其作品的档次，降低了其作为非性别的精英知识分子参与社会主流话语建构的价值。”② 当然，这其中也恐怕有出于一种应付当时文化语境的策略性考虑。这一点较为集中地在学者李小江身上表现了出来。李小江可谓是自 80 年代以来为女性主义所做工作较多的学者，然而她却不承认自己的女性主义身份。非常有意思的是，她对此这样解释了一番：“有必要在一个命名问题上争出你是我非吗？如果我们都能自食其力，能自助也能互相帮助，帮助自己，帮助女人，帮助这个世界更加美好，还要什么名分么？难道这不就是女权主义一向奋斗的目标，它要求的还有比这更多的东西吗？”③

然而，不管怎样说，在 90 年代之前，女性主义的身份是一个问题，所以 1989 年，还有学人这样述说：“在目前中国这种文化环境中搞女权主义需要有点避嫌的那种感觉，这可能也是中国女性面临的一种困境和现实。”④ 而当经历了 20 世纪八九十年代之交的诸多社会文化历史事件之后，知识精英的文化观念发生了较大的变故，宏大叙事归于了沉寂，故有的激情和理想逐渐降落在了学术场域之中。此时，女性主义等一些与后现代转向以及语言学转向有关的诸如性别政治等文化问题才有可能被学人所容纳和接受。也的确正是在此时，如有学人所言：“女权主义的问题才得

---

① 陈虹：《中国当代文学：女性主义·女性写作·女性本文》，《文艺评论》1995 年第 4 期。

② 杨莉馨：《女性主义诗学在中国：双重落差与文化学分析》，《文艺研究》2003 年第 6 期。

③ 李小江等：《女性？主义：文化冲突与身份认同》，江苏人民出版社 2000 年版，第 282 页。

④ 谢玉娥：《女性文学研究教学参考资料》，河南大学出版社 1990 年版，第 299 页。

已了较为切实的关注，关于它的研究成果才渐渐地多了起来。”[①] 具体而言，关于女性主义的关注和研究，可陈述者至少有四。

其一，女性主义的文化形象变得中性化甚至褒义化了，女性主义逐渐被社会所认同。以两个事件为例。一是1992年张京媛主编的《当代女性主义文学批评》一书所倡导的女性主义译名，得到了较大的认同，因为它既建构了较好的女性主义文化形象，又凸显了女性主义的学术品格。因此，如有学人所注意到的那样，这本书出版之后，采用“女性主义”的译名的人多了起来。[②] 二是1995年在北京召开了世界妇女大会，这无疑有助于女性主义文化观念的社会化传播，同时也对相关的学术研究起到了积极的推进作用，以至于1995年被命名为女性作家的狂欢节[③]、中国文化中的“女性年”[④]、中国女权精神的高潮年。[⑤]

其二，对女性主义的理论译介更为深入专业。这可以从两个方面看出。

一是翻译介绍西方女性主义批评理论的工作较之以前更为自觉和专业。出现了《当代女性主义文学批评》[⑥]《女智者共谋——西方三代女性主义理论回展》[⑦]《妇女：最漫长的革命——当代西方女权主义理论精选》[⑧]《社会性别研究选译》[⑨] 等一些选本。同时，还有一些译著出版，如《性与文本的政治》[⑩]《女权辩护·妇女的屈从地位》[⑪]《性的政治》[⑫]，

① 孟鑫：《国内学者对西方女权主义七个流派的评介》，《教学与研究》2001年第3期。

② 张岩冰：《女权主义文论》，山东教育出版社1998年版，第197页。

③ 王光明：《女性文学：告别1995——中国第三阶段的女性主义文学》，《天津社会科学》1996年第6期。

④ 杨莉馨：《异域性与本土化：女性主义诗学在中国的流变与影响》，北京大学出版社2005年版，第94页。

⑤ 荒林：《中美比较：女权主义的现状与未来——美国密西根大学王政教授访谈录（下）》，《文艺研究》2008年第8期。

⑥ 张京媛主编：《当代女性主义文学批评》，北京大学出版社1992年版。

⑦ 郑伊编选：《女智者共谋——西方三代女性主义理论回展》，作家出版社1995年版。

⑧ 李银河主编：《妇女：最漫长的革命——当代西方女权主义理论精选》，生活·读书·新知三联书店1997年版。

⑨ 王政、杜芳琴主编：《社会性别研究选译》，生活·读书·新知三联书店1998年版。

⑩ ［挪］陶丽·莫依：《性与文本的政治》，林建法等译，时代文艺出版社1992年版。

⑪ ［英］玛丽·沃斯通克拉夫特、斯图尔特·穆勒：《女权辩护·妇女的屈从地位》，汪溪译，商务印书馆1996年版。

⑫ ［美］凯特·米利特：《性的政治》，钟良明译，社会科学文献出版社1999年版。

等等。无论是选本，还是译著，都较80年代自觉，因此其学术影响力也往往超过以前。[①] 以张京媛选本为例，它对英、美、法三国的女性主义理论都做了译介，同时还从阅读与写作两个方面对女性主义批评理论进行了较为专门的介绍。因此，此一选本的影响超过了此前伊格尔顿的选本《女权主义文学理论》[②]，“成为20世纪90年代以来引用频率最高的一个选本，为推动中国女性主义批评实践的发展做出了重要贡献”。[③]

二是海外妇女学会自1993年以来，在大陆组织了多次学术活动，推动了女性主义批评理论的译介和传播。由于海外妇女学会处于女权主义学术的重镇，往往占有学术的优势，因此它参与女性主义的相关学术活动，无疑对90年代女性主义在中国的发展能起到积极的影响。在某种程度上说，由于它的加入，人们对海外女性主义的学术了解才变得更为顺畅和及时，甚至使整个90年代以来的女性主义的学术才显得更为专业和深入。以社会性别理论为例，1993年海外妇女学会与天津师范大学合作举办研讨班，第一次介绍了“社会性别”理论，此后又组织出版了《西方女性主义研究评介》[④]《社会性别研究选译》《社会性别与发展译文集》[⑤] 等著述，对社会性别理论又作了阐发。可以说，学界对社会性别理论这一女性主义学术的核心关键词的广泛了解即是海外妇女学会之功。或也因此，多年以后，有学者在讲述女性主义学术历史的时候，就曾以在海外妇女学会的核心人物之一的王政视为“翻译的女权主义”的代表。[⑥]

其三，由于女性主义文学批评的积极介入，女性主义的文学创作实践

① 比如，《性与文本的政治》的译介对于更为详尽地了解法国女性主义的理论，《性的政治》的译介对于更为深入地理解英美女性主义理论都有助益，这恐怕都是80年代译介所不能及的。因为此前对于法国理论的介绍较少，而《性的政治》则是一本标志美国女性主义成熟的著作（杨莉馨：《异域性与本土化：女性主义诗学在中国的流变与影响》，北京大学出版社2005年版，第114页）。

② ［英］玛丽·伊格尔顿主编：《女权主义文学理论》，胡敏、林树明等译，湖南文艺出版社1989年版。

③ 杨莉馨：《异域性与本土化：女性主义诗学在中国的流变与影响》，北京大学出版社2005年版，第88页。

④ 鲍晓兰主编：《西方女性主义研究评介》，生活·读书·新知三联书店1995年版。

⑤ 马元曦等主编：《社会性别与发展译文集》，生活·读书·新知三联书店2000年版。

⑥ 荒林：《中美比较：女权主义的现状与未来——美国密西根大学王政教授访谈录（下）》，《文艺研究》2008年第8期。

获得了较大的合法性，甚至于有了专门用以命名女性主义创作的术语，如“女性写作”“身体写作”。在80年代即使有过女性话语，但正如有学人所观察到的那样，“她们的话语也确实汇入了伤痕、反思、改革、寻根、新写实等文学思潮的主流话语中，成了这种文学大合唱中的一个声部。90年代以来，只是由于女性主义这种他者话语的渗透和启迪，大多数女性作家才逐渐明确了自己的写作身份”。[①]

兹举与之相关的林白为例。1994年林白发表了《一个人的战争》，此后围绕着它的批评此起彼伏，甚至至今都聚讼纷纭。虽然我们不一定完全认同这样的判断，“林白以及林白的《一个人的战争》已经成为一个典型的有意义的女性作家的女性主义文本，无疑是可以作为从中国内地生发出来的、一个正面的、可以同国际女权主义理论和实践紧密接轨的文学范例”,[②] 但不可否认的是，女性主义文学批评理论的确阐发和确证了女性写作的存在。正如有学人所言：“到更为幸运的一代林白和海男，她们有女性主义理论，有女性经验，开始自觉地、有意识地关注女性主义问题。”[③] 有学人甚至因此将出版了林白《一个人的战争》等作品的1995年前后，视为中国女性主义文学思潮的形成阶段。[④] 不妨说，这种女性主义文学批评之与女性文学的阐发和确证恐怕也参与到了此后的女性写作实践及文学再生产之中，因此当人们提及女性写作/身体写作之时，却总是难免要从90年代的林白等人说起。对于女性主义文学批评与90年代女性文学的关联，有学人从否定的意义上予以了表达：“中国的女权主义文学在20世纪90年代得到了迅猛的发展，之所以形成这种态势，其中的一个重要因素就是90年代的中国文学在很大程度上受到了西方女权主义批评理论的蛊惑和制约。”[⑤]

其四，女性主义的文学研究更具学术性。90年代出版了众多与女性

---

① 赵勇：《怀疑与追问：中国的女性主义文学能否成为可能》，《文艺评论》1996年第6期。

② 徐坤：《双调夜行船：九十年代的女性写作》，山西教育出版社1999年版，第71页。

③ 陈虹：《中国当代文学：女性主义·女性写作·女性本文》，《文艺评论》1995年第4期。

④ 王光明：《女性文学：告别1995——中国第三阶段的女性主义文学》，《天津社会科学》1996年第6期。

⑤ 丁帆：《中国的女权主义文学到底能够走多远?!》，《长城》2001年第3期。

主义文学相关的学术研究著述，如《中国新时期女作家论》[①]《娜拉言说——中国现代女作家心路历程》[②]《中国女性的文学世界》[③]《中国当代文学的叙事与性别》[④]《性别与中国》[⑤]《镜城突围》[⑥]《当代中国女性文学史论》[⑦]《女性主义文学批评在中国》[⑧]《走出男权传统的藩篱——文学中男权意识的批判》[⑨]《二十世纪中国女性文学史》[⑩]《神话的窥破——当代中国女性写作研究》[⑪]《女权主义文论》[⑫]《犹在镜中》[⑬]《执着与背叛——女性主义文学批评理论与实践》[⑭]《双调夜行船——九十年代的女性写作》[⑮]，等等。总体而言，这些著述的学术价值当是无须质疑。不过，要窥见其学术价值所在尚需具体阐发。这里仅选择两种作一简述。

刘慧英的《走出男权传统的藩篱》一书具有较高的学术价值，就此不妨分述为二。

一是对本土的男权中心文化进行了有效的反思和批评，发挥了良好的学术效应。这从王蒙在该书序言中的言论即可见一斑："刘慧英的书稿改变了我的许多认识与观念……男权价值标准男权意识在生活中在文学作品中的表现真是数不胜数触目惊心……刘慧英的书稿的价值在于提出了这些我们视而不见的问题，它开始动摇了我们一些习焉不察的传统男权观念，使我们开始把问题作为问题来看，使我们对于许多天经地义源远流长的东西进行新的观照与思考；它表达了智慧的痛苦；它使我们的男性公民恍然

---

① 盛英：《中国新时期女作家论》，百花文艺出版社1992年版。

② 刘思谦：《娜拉言说——中国现代女作家心路历程》，上海文艺出版社1993年版。

③ 乔以钢：《中国女性的文学世界》，湖北教育出版社1993年版。

④ 陈顺馨：《中国当代文学的叙事与性别》，北京大学出版社1994年版。

⑤ 李小江等主编：《性别与中国》，生活·读书·新知三联书店1994年版。

⑥ 戴锦华：《镜城突围》，作家出版社1995年版。

⑦ 林丹娅：《当代中国女性文学史论》，厦门大学出版社1995年版。

⑧ 林树明：《女性主义文学批评在中国》，贵州人民出版社1995年版。

⑨ 刘慧英：《走出男权传统的藩篱——文学中男权意识的批判》，生活·读书·新知三联书店1995年版。

⑩ 盛英、乔以钢主编：《二十世纪中国女性文学史》，天津人民出版社1995年版。

⑪ 陈慧芬：《神话的窥破——当代中国女性写作研究》，上海社会科学院出版社1996年版。

⑫ 张岩冰：《女权主义文论》，山东教育出版社1998年版。

⑬ 戴锦华：《犹在镜中》，知识出版社1999年版。

⑭ 屈雅君：《执着与背叛——女性主义文学批评理论与实践》，中国文联出版社1999年版。

⑮ 徐坤：《双调夜行船——九十年代的女性写作》，山西教育出版社1999年版。

大悟地开始思考女性们的严峻处境。”①

二是从学术上改变了对女性文学的看法。此前人们一般都将女性主义文学批评的对象限定在女性创作主体之上，即使影响颇大的《浮出历史地表——现代妇女文学研究》②，也概莫能外。诚然，《浮出历史地表》一书在学术史上的地位颇高，有论者称“因为有了这部著作，中国大陆的女性主义文学批评才名副其实”③。这样的评价是有道理的，因为它有反思和批判男权文化中心的诉求，厘清了被压抑的女性文学历史，建构了女性主义文学传统。然而，该著却主要是在“女性批评”的层面从事相关的学术工作，相对而言忽视了“女权主义批判”层面上的工作，也因此它未将男性创作的相关文本纳入女性主义批评的视野。从这个角度看，该著并不能完全“名副其实”地表征女性主义文学批评。而依据西方女性主义文学批评理论，尤其是肖瓦尔特在《走向女权主义诗学》中对“女性主义批评”和“女性批评”的理论区分，刘慧英的《走出男权传统的藩篱》对女性文学进行了再理解，将作为作者的女性主义文学批评和作为读者的女性主义文学批评都纳入研究实践之中。这就显得很新颖。

我们知道，作为作者的女性主义文学批评，主要是对“作为作家的女性，即作为本文意义的创造者的女性的考察，涉及出自女性之笔的文学作品的历史、主题、类型和结构”④。换言之，它主要偏于对女作家创作的文本进行女性主义的批评，其目的是建构独特的女性批评话语，建构一种分析女性文学的女性模式，在研究女性体验的基础上建立新的模式，而不是采用男性的模式和理论。女性批评的起点在于我们使自己摆脱了男性文学史的束缚，不再强使女性适应男性的传统，而是专注于新的可见的女性文化世界。作为读者的女性主义文学批评，是说批评者是女性，她去阅读男性作家的文学，有可能读出属于女性自己的“新意”，她往往“以历史研究为基础，致力于发掘文学现象的意识形态假定（或前提），文学批评中对女性的忽略和误解，以及由男性构造的文学史的缺陷。这种批判还

---

① 刘慧英：《走出男权传统的樊篱——文学中男权意识的批判》，生活·读书·新知三联书店 1995 年版，序言第 2—4 页。

② 孟悦、戴锦华：《浮出历史地表——现代妇女文学研究》，河南人民出版社 1989 年版。

③ 林树明：《新时期女性主义文学批评述评》，《上海文论》1992 年第 4 期。

④ 刘慧英：《走出男权传统的樊篱——文学中男权意识的批判》，生活·读书·新知三联书店 1995 年版，第 7 页。

要探讨通俗文化和电影中的女性观众，分析在符号系统中作为符号的女性"[①]。换言之，这类批评偏向于对男性作家的文本进行女性主义的批评，以反抗男权中心主义。而将两类批评都纳入女性主义批评中来，就避免了仅仅从单一的自然性别来界定女性文学的弊端，使女性文学的概念"既更严密（排除了女作家非妇女问题的写作），又更具松散性（接纳了男性作家或其它主题和题材的作品中有关女性问题的思考以及与此相关的故事情节和艺术形象）"。[②] 这种既严密又松散的女性文学概念的界定，具有较强的理论和实践意义，改变了过去我们所忽视的作为读者的女性主义文学批评，[③] 同时，它也是对社会性别理论的具体运用，因为它避免了从自然性别的差异中去建构女性主义文学批评，而是将性别问题社会化，重点考察的是何种结构性原因和社会机制区隔了性别，并人为地筑就了藩篱且造成了压抑。

1998年出版的《女权主义文论》是张岩冰据其博士学位论文修订而成的。它恐怕是国内最早的一部女性主义文学批评的博士学位论文，同时也是对西方女性主义文学批评理论介绍得最为详尽和深入的著作。它曾被誉为"是迄今为止国内学者研究西方女权主义文学批评的典范之作，视野开阔，资料丰富，尤其是对西方女权主义文学理论与文学批评的衍化与发展，作了较为精当的梳理"[④]。具体而言，可以这样来看其"典范"之所在。

第一，它较为准确地把握了女性主义文论的性质，对其政治原则、分类原则以及主体与对象等各个方面都有论及，并较为准确地将女性主义文学批评理论表述为是"一种开放性的、颠覆性的文学理论，它从性别意识出发，清理着父权制的性政治，在建立女性美学和标举差异中，不断建树着自己的理论"。[⑤]

第二，它对西方女性主义文学批评的历史承传和现实发展作了较为清晰的描述，对西方女性主义文学批评理论的主题、方法等不同方面都有阐发。不妨说，它对西方三次女性主义"浪潮"都有较为全面和深入的把

① 刘慧英：《走出男权传统的樊篱——文学中男权意识的批判》，生活·读书·新知三联书店1995年版，第6—7页。

② 同上书，第13页。

③ 屈雅君：《关于女性主义文学批评学科建设的若干问题》，《学术月刊》1999年第5期。

④ 李涛：《女权主义文学批评的20年历程》，《江苏教育学院学报》2002年第6期。

⑤ 张岩冰：《女权主义文论》，山东教育出版社1998年版，第23页。

握，的确是提供了一幅较为清晰的学术“地形图”。

第三，它还对女性主义文学批评理论进行了影响研究和反思研究，厘清并回答了女性主义文学批评在中国的历史走向和现实问题。特别对女权主义文学批评的政治性与文学性的关系问题，对女性界定所遭遇的本质主义与反本质主义之争等一些学术问题较早地在中国进行了反思。

女性主义文学批评在90年代所展开的工作是难以尽数的。比如，1995年成立了中国当代文学研究会女性文学研究会；比如，1995年以来召开了多届中国当代女性文学研讨会；[①] 比如，90年代创办了众多的女性主义学术刊物；等等。这些无疑都是值得提及的学术事件。然而，就已然列举之事，我们就可以看出，女性主义文学批评的历史、理论、创作、问题等在90年代都得到了较为深入的研究。难怪有学人说，女性主义文学批评的登堂入室是发生在90年代。[②]

不妨说，女性主义文学批评的切实发生是在90年代。这恐怕是因其初步具备了两个条件有关：一是它有一个现代性反思的文化语境，[③] 相对来说提供了知识生产的一个独立空间。这种语境和空间的提供，使得女性主义这种性别政治诉求能够得到切实的回应。从这里，我们就能够理解为什么晚清到“五四”时期就已经有了较为鲜明的女性主体意识的中国文学创作和批评界，却并没有一股女性主义思潮的现代发生？较为合理的解释恐怕是，如果缺乏一个现代性反思的文化语境和相对独立的知识生产空间，即使有一定的女性主体意识，它也往往会因为民族国家的上位需要，而或被容纳和消弭在现代民族的解放运动之中，或无法获取独立的文化意义。[④] 这一点，已有不少学者予以了指认，比如认为作为女性的“她们太

① 张晓全：《第一届“妇女与文学”国际研讨会综述》，《北京大学学报》1995年第5期。陆梅：《女性文学的回顾与重建：记中国当代女性文学第二届学术研讨会》，《文学报》1996年11月21日。邵青莲：《中国当代女性文学第三届研讨会在厦大举行》，《厦门大学学报》1998年第1期。采薇：《女性文学研究与大文化视野：第四届中国当代女性文学学术研讨会侧写》，《文艺评论》1999年第2期。

② 杨莉馨：《异域性与本土化：女性主义诗学在中国的流变与影响》，北京大学出版社2005年版，第85页。

③ 陶东风：《审美现代性：西方与中国》，《文艺研究》2000年第2期。

④ 比如出现文学中女性的雄化、角色紧张等（李小江：《当代妇女文学中职业妇女问题》，《文艺评论》1987年第1期）。比如使女性“承受着巨大的精神压力和肉体消耗”（远婴：《女权主义与中国女性电影》，《当代电影》1990年第3期）。

专注于社会进步的历程，太自觉地将自觉的解放纳入社会历史的轨迹之中，使她们很难在这轰轰烈烈的大革命中认真反思一下自身。她们用男性的眼光看待自觉，她们没有认识自身自然存在的特殊性，更不会如西蒙·波伏娃那样发现这个社会已经把她们变成了没有主动性和创造性的对象性存在——第二性"。[①] 若是如此，又如何可能有女性主义文学批评在90年代之前的切实发生呢？难怪有学人在对"女性主义文学批评在中国"进行了专门研究之后，也不得不说，女性主义文学批评开始真正成为学界关注的一个带前沿性的问题，也是始自90年代。[②]

二是知识生产主体有文化政治的内在诉求，也就是能意识到知识生产并非与政治无关的纯粹事件。由于20世纪八九十年代之交的社会历史文化事件的发生，使得进入90年代之后，知识分子将人间情怀放置在了其专业的岗位之中，并将其转换成为学术话语。此一境况之下，知识分子才有了较大可能去发现知识与权力的深刻关联，也才能更好地产生对文化政

---

① 张岩冰：《女权主义文论》，山东教育出版社1998年版，第191页。另有学人指出："中国有史以来从未发生过自发的、独立的妇女解放运动。妇女的解放从来都是从属于民族的、阶级的、文化的社会革命运动。"（刘思谦：《关于中国女性文学》，《文学评论》1993年第2期）"一方面，妇女枉担了解放的虚名，她们实际上额外地扮演了力不胜任的男性角色。另一方面，个别妇女虽掌握了权力，但她们实质上只是男性权威的代理人。从某种程度上说，男女平等反而加深了妇女的异化。"（康正果：《女权主义与文学》，中国社会科学出版社1994年版，第131页）"在民族救亡的浪潮中，个体的权力（对于整个民族来说，女性是整体中的一个局部）不可能被作为一个首要问题提出来。因而，真正意义上的'女权'问题就更是一种奢侈品了。"（屈雅君：《女性主义文学批评二题》，《妇女研究二题》1997年第2期）"我认为以上所讨论的所谓'妇女问题'，根本不是女性意识，更没有多少女权的成分。究其原因，首先，这里的女子问题均是由男子提出来的，并且将由男性来解决。这种由男性提出并解决女性问题的思维方式及运作策略实质上是男性中心主义的产物。另外，女子问题在当时看来决不是孤立的或独立的问题，它实际上只是当时反封建斗争的一部分，或者说是男性用以反封建的有力武器。所以，反封建这一中心问题常常替代或淹没了真正的女子问题。最后，女子问题并没有进入文化层面，女权主义理论常常会具体地联系批评实践。更没有进入语言层面，即并没有从女子价值标准与女性话语角度出发对全部人类社会文明加以质疑、批判和重估。中国以后的妇女运动基本上都遵循着五四运动的方向发展着。"（曾艳兵：《女权主义与中国女性意识》，《台州师专学报》1997年第1期）"中国的妇女解放运动只停留于政治解放层面，始终没有过渡或深化到社会解放层面。""中国妇女在其政治解放中只获得了形式上的独立、平等权，而没有获得事实上的独立、平等权。"（何萍：《中国女性主义问题与中国社会的变革》，《武汉大学学报》2005年第6期）

② 陈志红：《反抗与困境——女性主义文学批评在中国》，中国美术学院出版社2002年版，第35—37页。

治、文化批评等诸如此类学术思想的认知兴趣。而当此时，女性主义这种知识才能得到关注。在80年代，知识分子并没有发生严重的分化，无论男女都有一个较为一致的问题意识和批判目标，都有一套具有较大共识的主导话语，比如人性、理性、启蒙，等等。正如有学人所言："在整个八十年代，对现代化的一种'现代性'追求始终是主流，几乎没有遇到过完整的抵抗和质疑。"[①] 也正因为80年代有这套关于现代性的共识，使得无论在问题意识、批判目标，还是主导话语方面，都基本上没有身份政治的诉求，甚至于在那个宏大叙事凸显的年代，人们还对性别这种身份政治表现出一定的厌恶和反感。不妨说，在80年代，人们大多将这种身份政治或看成为不值一提，或不急于提及，或视之为一种正是80年代所要清理的意识形态的幽灵。正如蔡翔所回忆的，那时候人们大多相信，只要社会现代化了，一切问题当然也包括性别政治的问题都可以迎刃而解。"八十年代的单纯，包括它的理想主义，很大程度上缘于'现代化'这个概念的整合力量，它逐渐建立起一套强大的话语体系，对现代的朦胧而热情的向往，不仅使得知识分子建立起了暂时的联盟，同时，也使得知识分子和大众结成同盟，人们相信，一旦'现代'，国家乃至个人的所有问题都能够迎刃而解，尤其是在八十年代前期"[②]。既如此，所以有学人在分析女性主义之所以在80年代遭遇落差时会说，其中的一个原委即是，那时候的人们出于对"文革"式阶级话语的不信任，对那种有政治/意识形态色彩的文论都持拒斥的态度。此一境况之下，女性主义文论要进入90年代之前的知识场域的难度就可想而知了。[③]

---

① 吴越：《蔡翔：什么在影响我们对八十年代的记忆?》，《文汇报》2011年9月10日。

② 同上。

③ 顺便提及的是，学界有一种较为典型的关于女性主义难以在中国发生的说法，即"中国的人文环境和经济基础使得刚刚或还在摆脱封建传统的中国妇女目前还不可能提出'女权主义'的口号，或者根本谈不上女权"（张抗抗、刘慧英：《关于"女性文学"的对话》，《文艺评论》1990年第5期）。此说有一定的道理，特别是当我们将之置于80年代的语境中，就更能理解了。因为80年代刚刚从"文革"走出，那时候人们认为80年代主要是要走出"封建社会"，要完成启蒙的任务，因此对于之前的阶级政治话语唯恐避之而不及，这样就对那些与政治有关的话语，诸如女性主义都缺乏认知兴趣了。这一点甚至延续到了当下的文论场。

第二节 女性主义文学批评参与的90年代文学理论转型

女性主义文学批评既是90年代文学理论的主要构成之一，同时又是90年代文学理论转型的推动力量。要见证90年代文学理论的转型，不提及女性主义文学批评几乎是不可能的了。

就理论层面看，女性主义文学批评的转型表征主要有二。

其一，它表征了90年代文论的语言学转向。

20世纪的思想史发生了语言学的转向，这几近一个常识。这里，我们不拟对此一转向进行全面的考察，而仅只提及与女性主义有关的部分。女性主义文学批评认同并建构了这样一些与语言有关的基本理念。

一是，语言是一种存在。也就是说，整个世界是语言的，人们处处与语言打交道，要理解这个世界就要理解这个世界的语言，而且理解这个世界的语言的时候也依旧离不开语言，以至于即使沉默，也是一种语言的表达，即道说。[①] 这可谓是一种无可逃脱的宿命，真可谓“语言是存在的家”[②]，能够理解的存在即是语言。为此之故，“语言的命运植根于一个民族对在的无论何时的关联之中，所以在我们看来，询问在的问题与询问语言的问题在最中心处相互交织在一起”[③]。

这种存在论的语言观被女性主义文学批评吸纳了过来。女性主义因此重视语言问题，在询问女性的存在之时，不脱离与女性相关的语言，也就是把关于女性自身命运的问题，与语言尤其是文学这种语言相勾连起来。在阅读相关的女性主义文献之时，我们会发现，众多女性主义经典著作，大多重视女性的语言及妇女的写作，这尤其表现在诸如西苏的“女性写作”、伊瑞格瑞的“女人腔”等一些法国女性主义者身上。同时，我们也注意到，在西方，有关女性主义的观念都往往是假借于对文学文本的分析来予以表达的，诸如《第二性》《一间自己的屋子》《性政治》《走向女

---

① ［德］海德格尔：《在通向语言的途中》，孙周兴译，商务印书馆1997年版，第225页。

② ［德］海德格尔：《海德格尔选集》（上卷），孙周兴选编，上海三联书店1996年版，第358页。

③ ［德］海德格尔：《形而上学导论》，熊伟、王庆节译，商务印书馆1996年版，第51页。

权主义诗学》《她们自己的文学》《阁楼上的疯女人：女作家与19世纪的文学想象》《文学妇女》等一批西方女性主义著作都与文学有着不可忽视的关联。在中国，探讨女性主义者也往往以从事文学研究者众，其中一些较有代表性的学术著述也无不与语言尤其是文学语言有关，它们都注重对文本展开具体的分析。

女性主义文学批评之重视语言，也反映在了其关于妇女解放的见解之中，比如有学人写道："妇女解放实质上是一场文化变革，它不是仅仅靠经济、政治或社会结构的变动所能完成的。"[①] 这也就是说，没有进入到文化层面的解放，没有从事与语言相关的女性主义文学批评实践的解放，恐怕都难以切实完成妇女解放的目的。有学人还以此来反思五四以来的妇女解放运动，认为这种解放所力求解决的"女子问题并没有进入文化层面，女权主义理论常常会具体地联系批评实践。更没有进入语言层面，即并没有从女子价值标准与女性话语角度出发对全部人类社会文明加以质疑、批判和重估"[②]。因此，其解放的任务就没有有效地完成。

二是，语言的意义不是本质的存在，不是认知的对象，也不是透明和纯粹的。毋宁说，意义是在与他者的差异和比较中呈现出来的，是特定社会文化语境下的一种建构。为此之故，任何事物都没有一个实体性的本质。

女性主义者认同了此类观念，所谓"女人并不是生就的，而宁可说是逐渐形成的"[③] 一说，当是这种意义观的最好表征。在女性主义者看来，"所有社会规范、常识都建立在语言是明晰、公正、不容歪曲而富有理性这样一种观念之上，女性主义批评首先要消解的便是这种男性神话。语言是一种权利，正是它歪曲了女性的真实存在"[④]。女性主义文学批评之所以要重新审视故有的文学史，要对特定的女性文学进行一番新的评述，要对看似已然有了定评的说法进行再解读，其道理恐怕也正缘于此。依其之见，各种说法所呈现出来的意义并非一个实体，它们完全可以在新

---

① 刘慧英：《走出男权传统的樊篱——文学中男权意识的批判》，生活·读书·新知三联书店1995年版，第212页。

② 曾艳兵：《女权主义与中国女性意识》，《台州师专学报》1997年第1期。

③ ［法］波伏娃：《第二性》，陶铁柱译，中国书籍出版社1998年版，第309页。

④ 陈厚诚、王宁主编：《西方当代文学批评在中国》，百花文艺出版社2000年版，第434页。

的社会文化语境下进行重构，或者至少也可以去反思某一种说法之所以形成的结构性原因及其运作的机制。一如有学人所言，女性主义批评“认真研究文学和批评的社会文化语境，向传统文学史和美学概念提出挑战”①。

三是，语言具有塑造功能，是话语，是一种具有政治意味的述行。要理解和改变世界，就要和语言发生关联。女性主义者往往都试图通过颠覆既定的语言来满足某种利益诉求，甚至于还不惜使用身体语言，来触摸历史并理解现实，从而有效地改变现实。

女性主义文学批评对如此这般的语言观持赞同的态度。然而，它为什么要颠覆既定的语言，同时，为求达到目的甚至还要使用身体语言来进行写作呢？直接来讲，那是因为在女性主义文学批评看来，“文学作品是表现社会和传播男性对女性统治的最有力的工具，父权社会所有的艺术形式都是最具有宣传性的，其目的是强化两性身份中的性别因素”。② 也就是说，既定的文学语言都并非纯粹的表意符号，而是一种男性中心主义的表征，甚至于它还形成了话语体系，以至于只要进入其中使用这套话语，就几乎没有可能摆脱其所具有的并且为女性主义所不认同的塑造功能。为此之故，就要另讲一套，也就是使用女性自身的独特语言即身体语言来表征，从而避免陷入男性话语的陷阱之中，而以此来达到反抗故有话语秩序的效果。女性主义的这种颠覆话语的活动，既是一种文学活动，同时也是一种自觉的政治行为，一如有学人所言：“女性主义文论以它始终如一地对改造社会文化的一个期许，成为当代批评理论中最具生命力与活力的一个领域。从来没有一个文论像女性主义这样公然地宣称它的政治企图，而或许也没有其他理论批评在政治与诗学的平衡索上，在矛盾与紧张中走得如此活力充沛。”③ 对于女性主义的政治诉求，有学人甚至以不容辩解的语气表述为：“女性主义必须永远是在一种具有特殊政治目标的政治运动中妇女所结成的联盟，它是一种基于政治利益而非基于共同经验的联

① 张京媛主编：《当代女性主义文学批评·前言》，北京大学出版社1992年版，第1页。

② ［美］凯特·米利特：《性政治》，宋文伟译，江苏人民出版社2000年版，第35页。

③ 宋素风：《多重主体策略的自我命名：女性主义文学理论研究》，山东大学出版社2002年版，第214页。

合。”[①] 这种不同于实体政治形态的文化政治，在女性主义批评者那里几近成为一个共识。

女性主义所认同和建构的上述语言观，改变了人们的知识观念。简言之，它把语言本体论化了，并因此改变了二元对立的思维方式，去除了本质主义的知识观，于是被认为是发生了语言学转向。女性主义文学批评是一种在语言中建构与解构意义的政治活动。它不认为这种语言中的政治活动是虚而不实的。相反，它认为这种与语言意义相关的政治活动才是最为值得重视的，而且，只有当这种活动发生了效果，女性主义的问题才能够得到最终解决。对于女性主义的这种语言学转向，姚晓濛曾有一个非常到位的理解：“女权主义批评主要不是一种社会现象的批评，或者说也不是对小说电影中再现的某种社会现象的批评，而是对这种社会现象得以再现或表述本身进行的批评。具体点说，女权批评主要不关注关于‘妻管严’问题，‘大龄女青年’等，它关注的是：谁在说这些问题？是怎么说这些问题的？是说给谁来听的？社会问题应由妇联解决，只有表述问题才进入批评领域。现在国内一些女权主义者纠缠于文学作品中反映出来的社会现象，而不去研究反映这些现象的语言规则、叙事结构和视点变化隐含的意识形态，这是值得思考的。”[②] 这也即是说，在女性主义文学批评看来，现实层面的社会问题，恐怕要由实际的相关部门去解决，而语言在某一社会问题的出现中起到了怎样的作用，语言是怎样建构人们的社会认知，又如何从语言的层面上消解这种社会问题等，却是女性主义文学批评的事情。

其二，它是文学理论走向文化批评/文化研究的一个学术典型。

女性主义文学批评已然不同于以往的文学研究，无论是在研究对象、研究目的还是在研究方法上，它都表现出了与此前文学理论不同的学科特性。

就研究对象来说，女性主义文学批评的研究对象，可以是文学现象，也可以是文化现象；可以是历史上的文本，也可以是当下的文本；可以是已然有了定评的经典，也可以是那些处于边缘化的或者被打入另册的文本。简言之，它没有固定的文本。之所以女性主义文学批评没有固定的文

① 张京媛主编：《当代女性主义文学批评》，北京大学出版社1992年版，第85页。

② 谢玉娥：《女性文学研究教学参考资料》，河南大学出版社1990年版，第299页。

本，乃是因为依其之见，任何文本都可能是男权主义的话语，都可能受了男权主义的压抑，恐怕只有经过一番性别政治的追问，方能获取性别的平衡，并达致女性的解放。对此，有学人曾指出："真正的女权主义文学和艺术批评，重要的在于提供一种女性视点，用女性视点去解构文学中的男权主义文化中心的存在和整个男权社会的权力机构。在这个视点引发下，所有的作品都是我们批评的对象，特别是男性作家的作品更是我们批评的对象……实际上，女权主义批评可以对一切作品进行分析。"① 不妨说，当我们将女性视为一种社会性别，将女性主义文学批评视为包括文学创作和文学阅读两个方面的构成时，无疑可以将任何作品都揽入其研究之中。

就研究目的看，女性主义文学批评的研究目的，不是提供一种对文本的审美阐释，不是鉴赏某一文本的审美价值，不是要对文本作审美品质高低的区隔，而是要建构该文本与社会生活，特别是现实文化语境中的权力之间的真实关联，在这种关联中就性别问题进行一种批判性的考察，从而解构男权中心主义，释放被压抑的女性，达到性别政治的解放。正如有学人所言："如果女权主义不反对作为一种'自由价值'来运用的文化批判所表现的父权制概念，它就有失去其最后一点政治可信性的危险。"② 托里·莫依也说："正是政治及对父权制与性别歧视的反对，给予女权主义批评以特性。"③

女性主义文学批评的政治目的，还引发了其研究旨趣的政治化，有学人曾这样认为："只有提出体制问题——这些体制的政治、产生及运转于这些体制中的表现方式及对这些表现方式的评估——我们才有资格发表对'女性主义阅读'的意见。忽视这些问题就是忽视女性主义的重要传统。……女性主义者很清楚形象和语汇的物质作用及可能牵涉于其中的压迫与拒绝。这种关注已激起了对于压迫性的陈旧模式的斗争，也引发了关于早已为马克思主义传统提出重要挑战的意识形态角色问题的政治和理论论述，还引发了女性主义在电影、戏剧和文学这些文化政治中的有力出现，如果……认为小说不是政治斗争的争夺领域而只是我们在两周一次的

① 谢玉娥：《女性文学研究教学参考资料》，河南大学出版社1990年版，第299—300页。

② 康正果：《女权主义与文学》，中国社会科学出版社1994年版，第107页。

③ ［英］玛丽·伊格尔顿编：《女权主义文学理论》，胡敏等译，湖南文艺出版社1989年版，第347页。

假日将‘真正’的政治连同一切武器放到一边时才阅读的消遣之物，那将是一种耻辱。”① 对于女性主义文学批评的这种政治诉求以及因此所带来的理论特点，常常并不为人所理解，比如有学人说：“它对于文学文本的泛女权主义的解读，从妇女的立场评判作品的‘真实性’，并以这‘真实性’为第一原则，实际上已经混淆了文献资料与文学作品的区别，同时也抹煞了文学作品在艺术上的高低之分。”② 如果说完全是泛女性主义的批评，不顾及文学作品的起码品格，这的确就是一种庸俗的学术研究，也算不上文学批评了。然而，实际的情况是，女性主义文学批评并非泛女性主义文学批评，它的确不对文学文本作审美高低的鉴别，因为在它看来，没有纯粹的审美，审美总是要与政治勾连起来，要理解文本的审美特性，就要联系具体的语境，作具体的分析，如此才能得到文本的意义，包括审美意义。因此，我们没有必要去强其所难，一定要从它这里去获得那种较为抽象的审美理解。至于说它混淆文献资料与文学作品的区别，这恐怕也不恰当。对于这一问题当这样来看，虽然女性主义文学批评不对文本进行审美鉴别，但也不至于没有最基本的文学观念。实际的情况恐怕是，它悬置了对文学文本作抽象的区隔，比如哪一种文本是好的，哪一种文本是差的。它要分析的是女性创作的文本为什么不能够参与到好坏的评价过程中去，为什么既定的文学批评理论往往不能显现女性经验的独特性，为什么某一文学文本要这样来塑造女性形象，等等。

就研究方法而言，女性主义文学批评的方法，它不是那种体验式的、思辨性的哲学方法，而往往是语境分析的、反思社会学的方法，这一点从其研究过程中使用的思维方式以及问题意识中可以看出，女性主义文学批评的思维方式和问题意识往往是这样的：某一文本之所以如此讲述和建构女性，其结构性原因和具体的文化机制是怎样的。通过这样的反思和追问，女性主义文学批评就可以达到对既定的审美标准进行质疑，对以往的文学经典进行重新评价，对具体的文学作品进行性别的阐释，并借此来建构女性主义的批评理论、文学传统和文化形象，等等。

女性主义文学批评的方法所出现的新情况，还表现在其跨学科研究方法的运用这一点上，一如有学人所言：“20世纪90年代以来，中国女性

---

① 张京媛主编：《当代女性主义文学批评》，北京大学出版社1992年版，第85页。

② 陈慧：《娜拉是女权主义者吗?》，《滇池》1996年第4期。

主义文学批评显示出一种综合和扩展的趋势，开始从一种较为单纯的文学研究转向跨学科的文化批评。"[①] 女性主义文学批评的确不局限于单一的文学学科，它至少与哲学、社会学、语言学、政治哲学、生态哲学等多个学科相关。之所以它要保持这种开放的跨学科视野，王政曾给予了一个解释："跨学科的产生是因为女权主义所涉猎的问题都很宽广，没有任何一个单独的学科可以给出一个比较令人满意的答案。于是，妇女学和社会性别学就将女性置于多种社会范畴——包括国家、地区、种族、阶级、宗教、性倾向来研究妇女问题。这些众多的范畴自然而然涉及许多学科，如哲学、宗教研究、文化与社会人类学、种族与文化、健康研究与政策、历史、人类生物学、法律、语言学、医学、商务、政治学、心理学和社会学等。"[②] 也就是说，女性主义文学批评之跨学科的一个更为重要的原因，乃是因为它要获取更多有效的理解，就必然要将原本属于人文学科的文学研究深入到社会科学乃至自然学科的视域之中。

女性主义文学批评的这种文化研究转向旨趣常常被认为是"外部研究"。有学者曾言简意赅地指出："女权主义文学批评最根本的出发点是对全部传统的批评工具和价值观念的怀疑，它企图平衡一种不平衡的传统。女权主义的方法是文学的外在研究或文学社会背景的研究：它视文学为一种社会惯例，认为文学大体上反映的是居统治地位的男子的文化，并以为没有任何文学批评和文学理论在政治上是纯洁的。"[③] 对此，需要强调的是，女性主义文学批评的这种外在研究，并不是与内在研究相脱离的，更不是与文本的"新批评"完全对立的。不妨说，它也非常重视语言，重视文本分析，甚至于把语言和文本分析视作有本体论的意义，只是它不认为这种语言以及关于它的分析是客观的，是与政治无涉的纯粹事件。在女性主义文学批评看来，一种语言以及关于这种语言的分析都是话语事件，都是特定语境下，由特定的人出于特定的目的建构出来的，因此关于它的分析就要尽量语境化，尽量做到具体一些，这样才有可能获得更多的有效理解。女性主义文学批评的这种研究旨趣，可谓是一种文化批

① 任一鸣：《女性主义文学批评与中国本土特色》，《中华女子学院学报》2005年第1期。

② 王政：《女性的崛起：当代美国的女权运动》，当代中国出版社1995年版，第56页。

③ ［美］罗里·赖安等编：《当代西方文学理论导引》，李敏儒等译，四川文艺出版社1986年版，第284页。

评/文化研究，或也可名之为性别政治批评。作为一种参与文学理论转型的女性主义文学批评，它对于文学理论的文化研究转型起到了重要的作用，是一个典型。透过女性主义文学批评，人们可以具体地了解到文学理论向文化批评/文化研究的转型情状。为此之故，有学人这样描述道："随着当代文学批评向文化研究转型，作为一种'边缘诗学'的女权主义文学批评已逐渐走向中心。"①

女性主义文学批评的这种文化批评/文化研究的旨趣常常招致质疑，比如有学人说："在西方女性主义批评理论的影响下，中国女性主义文学批评也很少从文学特性的角度研究女性文学，而往往仅从女性意识、性别抗争、女性命运、婚恋主题等社会学的视角进行研究，而甚少从文体特征、叙述方式、语言风格、象征隐喻等视角展开批评，以致使女性主义文学批评疏离了诗性观照，仅仅成为了一种社会学的批评。"② 要承认，女性主义文学批评的确取社会学的视角，但是它却并非将女性意识、性别抗争等视为直接的社会问题，于是就采用社会学批评，而不再重视文体特征等一些与语言有关的问题了。应当说，女性主义文学批评其实是非常看重语言，非常看重诸如文学的诗性叙事的塑造功能，也因此它要进行文学/文化批评，试图在语言的世界里把社会问题予以解决，而这种解决在女性主义文学批评看来是比之于直接的社会解决更为彻底和深入的。一如有学人所指出的那样，女性主义"试图全面消解父权文化背景下的社会观念和社会体制，彻底铲除滋生性别歧视现象的社会文化土壤。由此，女权主义作为一种新的世界观和意识形态对所有父权社会的文化遗产进行了规模空前的批判和清理"。③

有学人甚至将这种语言文化的解放视为更困难、更高级的解放，认为

---

① 徐岱：《走向中心的边缘诗学——当代女权主义批评之批评》，《学术月刊》2003年第7期。

② 杨剑龙：《中国女性主义文学批评与"女性诗学"》，《海南师范学院学报》2003第1期。另有学人也发出了相似的质疑："目前盛行的'女权主义文学批评'其实并不是'文学批评'，因此，至少在现阶段，我们应该慎用这一所谓批评方法。'女权主义文学批评'之所以不是'文学批评'是因为它缺少文学批评理论的基本特征。在批评实践方面，女权主义批评没有提出一套切实可行的方法。女权主义文学批评实际上是将文学重新变为哲学或政治的奴仆，本质上是文学理论的倒退。"（白劲鹏：《论女权主义批评应该缓行》，《求是学刊》2007年第1期）

③ 孙绍先：《女权主义》，《外国文学》2004年第5期。

“根深蒂固的文化观念的转变绝不比经济制度的变革更省力。这就是许多摆脱经济和政治压迫的妇女们仍然感到无形的沉重枷锁束缚着她们的原因之所在。妇女在政治经济上的解放是基础性的解放，思想、文化等领域的解放是高层次的解放”。① 为此之故，女性主义文学批评总是非常重视语言与文化的存在，总是要对文本进行细读，只不过它相信：“那种不偏不倚的解释和评价，大概正如新批评采取的策略，实际上隐含以男性经验为中心，并承认父权等级制合理的观念性臆想”。② 因此，所谓的诗性观照有可能是被男权塑造了的，并且还不自知的一种话语实践，于是女性主义文学批评认为文本细读要保持一种自觉的反思意识，要与不可避免的政治勾连起来，而女性主义选择的则是性别政治，并试图在文学语言与性别之间互相发明，建立理解关系。因此有学人的如下表述，恐怕对于认清女性主义文学批评所具有的文化批评转向这一特点要更为恰当一些：“从批评形态上看，女性文学批评最显著的特征是对文学艺术的外部研究或曰社会学研究。它所关心的不只是妇女在艺术中的地位，更重要的是通过她们在文学中的地位来透视她们现实的社会地位和作用，并通过文学批评实践与整个女性主义政治运动相连接”。③ 如此说来，就不能简单地认定女性主义文学批评即是一种单一的社会学的批评了。把它视为文化批评/文化研究的具体形态倒是再合适不过了。

---

① 季明：《马克思主义与女权主义》，《学习与探索》1991年第2期。

② 张京媛主编：《当代女性主义文学批评》，北京大学出版社1992年版，第276页。

③ 屈雅君：《关于女性主义文学批评学科建设的若干问题》，《学术月刊》1999年第5期。对于女性主义文学批评的文化批评转向问题，不妨再看一下该文的相关表述：“中国的女性主义文学批评不仅可以是女性主义理论在文学领域，进而在艺术领域中的延伸，同时也应被视为一种能够对整个社会的性别观念和性别意识施加影响的力量。女性主义文学批评所独有的优势在于，它的基本原则不仅可以运用于其他艺术批评，而且可以运用于社会批评和文化批评。比如，对于既存的流行时尚及公众审美标准的探讨和评判，对于大众传播媒介（如新闻、公益宣传、广告、以及从幼儿教育到大学教育中使用的教材等）的性别分析和研究，由于这些传媒中的内容普遍地涉及思想倾向、审美趣味、内容/形式、语言风格、人物、叙述模式等专门性问题，因此，对它们的分析不应是情绪化的阅读反应，不应是纯道德的声讨，不应是独断的政治说教，也不应该仅仅是一般社会学方法的借用或套用，而需要依据强有力的思想文化理论作为背景资源。女性主义文学批评的产生本身就是对那种拘泥于纯美学思考的形式主义批评理论（如新批评等）的突破和发展。作为后结构主义批评思潮的一个分支，它与西方当代文化思潮特别是后现代主义文化思潮一同生长发育，它借助语言哲学、文化人类学、精神分析学、现代阐释学、符号学等一系列学科作为理论背景。因此，女性主义文学批评有能力也有责任承当女性主义文化批评的使命。”

第三节 关于女性主义文学批评的反思

女性主义文学批评在90年代的切实发生及其所参与的文论转型，显示了其对于现实历史文化语境的敏感，起到了较好的学术和政治效用，以至于成为90年代中国文学理论与批评中“最具活力的思想领域”[①]。然而，它也并非没有理论和政治的局限，有学人从知识生产的角度，对女性主义的学风问题进行了较为切实的反思，殊为不易。[②] 这里我们不拟再寻此故途前行，而试图结合社会文化语境，将反思的重点放置在90年代以来的女性主义文学批评的性别政治等问题上。

女性主义文学批评的身份政治诉求，一定程度上可以认为是面对社会问题做出的及时反应，正如有学人所指出的，中国女性主义文学批评的发生发展，与人们对普遍存在的、由性别问题引起的压抑和焦虑有关。[③] 但是，女性主义文学批评的这种反应恐怕也是契合于主流意识形态，与20世纪八九十年代之交的政治氛围有某种一致性的。由于“分权制衡原则与方法”在80年代末终止了，这就使得公共空间变得模糊和逼仄起来。[④] 换言之，80年代感兴趣的话题如启蒙、公共政治的讨论无法深入下去。这个时候，包括性别政治在内的身份政治才凸显了出来。因此，有学人敏锐地指出，“身份政治的兴起本身就是公民政治被悬置的一个结果”。[⑤] 对此，人们不禁要问，女性主义文学批评是否能够切实地解决其所指向的问题呢？能否真实地参与到公共领域事务的讨论中来？它是否回避了时代的结构性问题，转移了人们对更为急切的政治形态，如政治经济学的政治、公民政治等的认知及实践兴趣呢？如果答案都是肯定的，那它恐怕也背离了作为一种文化批评所固有的理念与追求，因为“如果不伴以对在经济

① 杨扬：《论90年代文学批评》，《南方文坛》2000年第5期。

② 宋声泉：《当前中国女性主义文学批评的学风问题》，《山西师大学报》2011年第3期。

③ 徐艳蕊：《当代中国女性主义文学批评二十年》，广西师范大学出版社2008年版，第10页。

④ 王安：《25年：1978—2001年中国大陆四分之一世纪巨变的民间观察》，世界知识出版社2003年版，第29页。

⑤ 陶东风：《告别花拳绣腿，立足中国现实——当代中国文论若干倾向的反思》，《文艺争鸣》2007年第1期。

资源的控制方面的大规模的转变，任何强化妇女权力的努力都不会有大的成效"[①]。为此之故，90年代女性主义文学批评在反抗男性中心主义的时候，就有必要反思一下是否自身的问题意识脱离了语境，以至于找错了批评的对象，甚至应该反思一下是否自觉或不自觉地沦为了一种权力的合谋者。

女性主义文学批评对语言是非常信任的，在其发生语言学转向的同时，也塑造了其自身较强的后结构特性。有学人甚至非常肯定地指出，只要把后结构主义研究好，就能看懂和理解女性主义。[②] 然而，如果连基本的话语空间都还很欠缺，就去一股脑儿地沉浸在语言的世界里，这是否过早地相信了语言文化及其理论的效用？

有学人曾根据其见证的女性疾苦，深情地写道："如果有可能，或者我自己更应该创造机会，去帮助她们，替她们呐喊或做一些实际的事情。在这个意义上，我建议仍然继续使用'女权'和'女权主义'这种提法与'女性'和'女性主义'同时并举，而不是用更具文人气的后一组将前一组取代。说到底，并不是一个词汇（Feminism）的翻译问题，关键是我们自身的实践和实践的需要。"[③] 的确，只要我们看看实际的妇女生存状况，就恐怕会感叹其基本的公民权都还没有得到落实！不妨说，当做人的尊严都成问题的时候，又如何去做好一个文化认同意义上的女人呢？虽然做好一个女人，有可能也就做好了一个人，但是毕竟还是有个先后的问题，或者说，就实际的情况看，只有做好了人，才提供了做好女人的基本条件。有学人为此引入了女性公民理论，认为要"在对传统公民资格（女性缺席）的批判当中，建立一个中立的没有任何歧视（包括性别歧视）的多元意义的公民以及公民资格概念，在此基础上建构一种包容不同身份差异（包括性别差异）的公民制度"[④]。这种女性公民理论，恐怕是一个较为切实的选择，因为没有公民权利的落实，要获取女性的解放几

---

① 陶东风主编：《文化研究精粹读本》，中国人民大学出版社2006年版，第216页。

② 荒林：《中美比较：女权主义的现状与未来——美国密西根大学王政教授访谈录（上）》，《文艺研究》2008年第7期。

③ 崔卫平：《我的种种自相矛盾的观点和不重要的立场——关于女性主义批评的反思》，《南方文坛》1998年第2期。

④ 陈彩云：《从"平等"、"社会性别"到"公民资格"——西方"女性主义"的理论转向》，《妇女研究论丛》2002年第4期。

近空谈而已。阿伦特甚至反对那种没有公民政治诉求的女权主义运动，更遑论女性主义话语了，因为在她看来，“妇女运动提出的许多问题基本上都是社会的而非政治的，它们关心妇女的经济解放而非公民的自由”。[①]就实际的情况来看也往往是，如果没有公民政治权利的落实，即使有了女性的解放，恐怕也就是多获取了一些生活必需品而已，一如90年代的女性文学创作，它可能获得了较多的版税，有了更自由的消费权利，获得了不少人的凝视，等等。而至于是否因此改变了女性的“人之境况”，是否让女性有了做人的尊严，有了更加自由的行动能力，其答案恐怕是否定的。因此有学人认为，女性审美想象，只有落实为“女性—公民”才有了一片真实的大地。[②] 学者陶东风更为明确地指出：“只谈男性和女性的不平等关系，而不谈男性和女性共同遭受的更重要的政治体制和经济结构的压迫，只谈论或孤立谈论性别权利，而不提男性和女性应该共同争取的公民权利（好像中国的女性所受的只是男性的压迫，或者男性的压迫是最主要的压迫），这是中国女性主义批评的一个严重问题。”[③] 可以说，只要男女有共同的压迫及共同的公民身份诉求，并且当这种压迫和诉求还是第一位的时候，我们就更会认同这样的看法：“女性只有与男性携起手来，面对不合理的以男性主义文化为中心的政治统治格局，面对物质主义对人类文化的共同侵害，作出共同不懈的努力与奋斗，才能完整地表现这个时代真正的人性内容”[④]。

也正是因此之故，女性主义文学批评因其所具有的后结构特性，而开始或已然放弃了现代性的追求，把与现代性启蒙有关的主体性、人性、理性等话语钉在了历史的审判台上的做法，也就恐怕不太合适了。有学人因此清醒地写道：“当人性和理性只是一种教科书中的摆设，依靠血缘或其他特殊纽带获得的特权和建立的等级制度成为压倒弱势群体的主要力量的时候，致力于对人性和理性的解构恐怕是选错了方向；这种错误的选择不

---

① ［英］玛丽娅·马尔库斯：《汉娜·阿伦特的反女权主义》，王寅丽译，《国外社会科学》1998年第4期。

② 万莲子：《20世纪中国女性文学发展的误区》，《湘潭大学社会科学学报》2001年第1期。

③ 陶东风：《告别花拳绣腿，立足中国现实——当代中国文论若干倾向的反思》，《文艺争鸣》2007年第1期。

④ 丁帆：《女性主义批评与男性文化视阈》，《海南师范学院学报》2003年第1期。

但有可能导致对真正的压抑机制的纵容甚至维护，而且会与真正有利于女性主义发展的精神资源失之交臂”。[①] 这种说法的现实针对性当是不可否认的，着实要引起女性主义文学批评者的切实关注。恐怕也因此，有学人早已给女性主义文学批评泼了“凉水”。[②] 当然，需要说明的是，并非所有的女性主义文学批评都是后结构主义的，比如刘思谦等学人就总是力倡一种现代性的启蒙价值观，认为女性文学研究的价值目标是“包括男性在内的人的价值的全面实现，便是社会压抑的解除和人的彻底解放这个十分遥远的价值目标”[③]。

值得一提的是，在90年代还有学人提出女性主义文学批评的学科化构想，出现了《关于中国女性文学研究学科建设的思考》[④]、屈雅君的《关于女性主义文学批评学科建设的若干问题》[⑤] 等多篇文献。不妨说，学科化的诉求是有其合理性的，它使得女性主义文学批评变得更为专业、更为精致。但是，这又是否意味着或主动或被动地将其自身体制化了呢?而这种体制化是否与其凸显身份政治的特性有某种程度的暗合？答案恐怕是肯定的。因为女性主义文学批评切实发生的90年代正是一个身份政治凸显，而公民政治不可切实伸张的时期，同时，90年代开始的学科建设也正是体制的要求。而这一要求直到今天也没有彻底改观，因此有学人如此敏锐地写道：“如果说目前国内的女性主义理论确实在表述现实、解决问题方面还有很多空洞、无力的地方，西方理论对本土问题的遮蔽并不是最核心的问题，更为直接的原因，是体制多大程度上允许人们言说现实，是不是有足够合理的机制鼓励知识分子将精力和兴趣放置在对问题的解决而非资源和权力的争夺之上。而不断地面对现实，则是本土化最有效的途

① 徐艳蕊：《当代中国女性主义文学批评二十年》，广西师范大学出版社2008年版，第10页。

② 季广茂：《这文学，怎一个“女”字了得？——给女性主义批评泼点凉水》，《文艺评论》1995年第5期。

③ 刘思谦：《娜拉言说——中国现代女作家心路历程》，上海文艺出版社1993年版，第23页。

④ 乔以钢：《关于中国女性文学研究学科建设的思考》，《南开学报》1999年第2期。

⑤ 屈雅君：《关于女性主义文学批评学科建设的若干问题》，《学术月刊》1999年第5期。

径。”[1] 这恐怕值得身居学院之内的人们投以持续的关注与思考。当然，对女性主义文学批评进行的简要反思，其意并不是要否定其存在，毋宁说是要让女性主义文学批评更为自觉地做到语境化和本土化，以实现其更大的阐释效用，增强其参与公共领域事务的能力。

① 徐艳蕊：《当代中国女性主义文学批评二十年》，广西师范大学出版社2008年版，第203页。

结　语

一

20世纪八九十年代之交尤其是1993年前后所发生的社会历史事件，在改变90年代社会文化语境的同时，也改变了文学理论的知识社会学语境，使得90年代文学理论无论在研究对象、研究方法、理论资源，还是在价值取向、身份认同、功能定位等方面，都发生了转型。“理论的批评化”、文化研究、文化诗学、后殖民批评、女性主义文学批评等一些90年代生产出来的文学理论知识和观念即是这种转型的具体表征。为此之故，结合更为具体的如大众文化的兴起、现代性反思的发生以及身份政治的凸显等90年代社会文化语境的具体构成，来理解“理论的批评化”、文化研究、文化诗学、后殖民批评、女性主义文学批评等一些90年代的文学理论话语，就是必要的了。在此基础上，再对它们所共同构成的转型这一具有知识型意义的问题作一简要分析和总结，这恐怕也是有其必要的。

不妨说，“理论的批评化”、文化研究、文化诗学、后殖民批评、女性主义文学批评等文论话语，一定意义上可谓是走向了“大文学理论”①。所谓大文学理论，并不是一种实体性的文学理论形态，而是我们借以概括90年代文学理论转型之后的文学理论的一个知识型。其具体的内涵表征大致可以从三个方面来看。

其一，文学理论的研究对象已然跨出了单一的文学形态，其构成大致

---

① 这是借用童庆炳教授的一个说法：“著名文艺理论家童庆炳教授在最近的一次学术沙龙上，提出了一个‘大文学理论’的观念，引起了与会学者的极大兴趣和热烈讨论。”（毛峰：《重建一种诗性尺度——走向大文学理论的时代》，《文艺评论》1996年第2期。另可参见魏家川《走向“大文学理论”?》，《文艺评论》1996年第2期）

可以分为三个方面。

第一个方面是文学活动。它往往被视为文学理论的直接研究对象，显得天经地义。

这种文学活动就其形态看，在90年代开始也已然切实地发生了分化，有大众文学、精英文学、主流文学和民间文学的不同样式。这种研究对象的分化也导致文学理论研究方法和研究范式的分化，比如文化研究就主要以研究大众文学/文化为旨趣，而文化诗学则更多地对具有审美意味的精英文学感兴趣。换言之，这种分化使得90年代文学理论生产了各种各样的相关学术构想和文化策略，诸如“理论的批评化”、文化研究、文化诗学恐怕都可以纳入其中来理解。

以“理论的批评化”为例。可以说，正是考虑到理论如果故步自封、偏安一隅，而不参与到分化了的文学活动现实之中，就难以获取有效的阐释力，有学人才提出了“理论的批评化”这一构想，即所谓“一味崇信‘体系’、‘系统’，或恒定不变的理论，往往会牺牲对象的特殊、个别、具体或变化特性。这时理论走向批评，从批评中吸取活的灵性，正是理论本身变革的必然要求”①。

第二个方面是文化活动，尤其是当代大众文化活动。大众文化活动，往往是指那些与大众的日常生活息息相关的表意实践活动和具有较大生活构造力的物质产品。

文学理论关注大众文化等文化活动似也天经地义。其理由也很简单，那就是大众文化是这个时代的重要表意符号，甚至文学都已然在这个市场经济时代不可避免的大众文化化了。② 正如有学人所言：“大众文化的转型使文学面临其产生以来最大的挑战，文学进入边界日益模糊的‘泛文化’状态。”③ 另有论者指出，作为大众文化的影视，用参照、吸收、改

① 王一川：《文艺理论的批评化》，《文艺争鸣》1993年第4期。

② 不仅文学已然大众文化化了，甚至文学批评都有大众文化化的趋势，就微观而言，它已然成为一种批评形态，媒体批评即可谓是这样的形态。就宏观来说，文学批评的任何形态都有可能脱离不了大众文化语境下的书商、媒体等，以至于有学者提出，“‘书商’等‘文化工业’对批评的‘引导’及各种批评形态间的互动关系，都是需要认真研究的新问题”（王一川：《批评的理论化》，《文艺争鸣》2001年第2期）。

③ 黄崇超：《大众文化转型背景下文学的“泛文化”转向分析》，《东北师大学报》2010年第2期。

编等手段，使曾在80年代诗意启蒙主流中扮演精英角色的文学，转向大众文化。[①] 从这个方面看，大众文化抑或并非专指一种具体的文化形态，而是指包括文学在内的任何一种文化所具有的“现代性”。有学人甚至还认为，用“泛文化”并不准确，因为它本就是社会转型的必然伴随物，是一种全新的文化现象。[②] 文学理论因此也就与大众文化研究不相冲突，甚至于转向为一种大众文化研究、文化研究或文化理论，才算做到了大众文化时代文学知识生产的名副其实。有学者为此指出，90年代文学作品大都是以一种文化文本的面目出现的，因此90年代文学批评转向文化批评，“是一种合情合理的选择”。[③]

同时，如果考虑大众文化时代的文学性扩散，使得广告、媒体信息等都具有文学性，[④] 那么我们不妨说，文学理论的研究对象确实需要变化，并且，这种变化也一直在进行着，那就是以“文学性”作为了其研究的对象。这种以文学性作为研究对象的文学理论，常常被命名为批评理论/文化研究，这恐怕也是文化研究之所以发生的一个原因。

此外，我们还可以就此补充一点，那就是大众文化的兴起促成了一种新的文学文本观的产生。这种新的文学文本观将“文学”视为一种“语言符号”，并且不将此一语言符号看作是壁垒森严的“牢笼”，也就是认同了德里达的此一观念：“当批评家们把我的工作看作是这样一个见解的时候，我总是感到非常惊讶：语言之外别无他物，我们被囚禁于语言之中；实际上，解构主义想要阐明的恰恰是相反的观点。对逻各斯中心主义的批判首先也是对于‘他者’和‘语言的他者’的探寻。”[⑤] 不妨说，大

① 王一川：《面向文化文学理论的新转变》，《文艺报》2000年7月4日。

② 李春青、赵勇：《反思文艺学》，北京师范大学出版社2009年版，第9页。

③ 赵勇：《文化批评：为何存在和如何存在》，《当代文坛》1999年第2期。

④ 余虹：《文学的终结与文学性蔓延——兼论后现代文学研究的任务》，《文艺研究》2002年第6期。该文对几种“文学性”形态的归纳可谓较为全面，也简洁深刻。对于广告的文学性，该文的说法是，它是“最为极端的消费文学，它将虚构、隐喻、戏剧表演、浪漫抒情和仿真叙事等文学手段运用得淋漓尽致”。对于媒体信息的文学性，该文的说法是，“按‘美’的编码规则对‘现实’进行‘面部化妆’正是媒体信息的文学性之所在，那些被认为最无文学性的‘现场直播’或‘新闻报道’也是设计编排的结果，它有作者意图、材料剪接、叙事习规、修辞虚构和表演”。

⑤ ［法］雅克·德里达：《解构和他者》，转引自沃林《文化批评的观念》，商务印书馆2000年版，第294页。

众文化的兴起，使我们接受了语言学转向之后的解构主义的观念，即认为世界都文本化了，而且相信这个文本的“文本性”仅是一种“语言符号”。作为语言符号，任何文本都是一种差异性的存在，永远不能实体化地显身为一个“本质”，而只能持续地延异下去，这就是“文本之外无他物”。因此，我们能做的工作就是去理解文本的意义，而文本的意义是在与其他文本的比较、组合中显身，也就是文本乃文本间性的一种关系性存在。换言之，在大众文化的视域中，文学/文化没有一个什么永恒的实体需要坚守，文学/文化乃一种“整体的生活方式”①。所谓的高雅与低俗、民粹和精英、审美与非审美、文学与非文学的界限几乎都是可以任意跨越的，甚至根本就不把这样的区分当成是一个问题。原来的经济基础决定上层建筑的唯物论也被重构，认为文化也是一种物质力量，是“社会再生产的有机组成部分”②，与政治、经济之间的关系不是决定与被决定，而是互证、互释与互择的关系。

与此一致，大众文化语境下的文学理论研究也往往不认为文学/文化有一个什么本质，而更多地将它视为一个文本，一个需要置于社会历史文化语境中定位和理解的文本。人们可以从各个不同的角度去理解文本，不同的文本之间可以成为阐释的关系。批评理论的兴起和文化研究的发生都可谓是与这种大众文化语境下的文本观有内在的关联。此一境况之下，文学/文化又如何可能守护80年代那种无功利的审美，又怎能区隔出自己的趣味和身份？这恐怕正是文化研究要在90年代成为文学理论话题的一个原因。

第三个方面是理论自身。文学理论以其自身作为了研究对象。基于此，文学理论主要研究文学理论的学科特性与自身建设等一些思想与学术问题，比如文学理论的研究方法、研究目的、研究对象、研究功能以及理论资源、价值立场等一些与学科自身相关的问题。同时，当人们将关于此类问题的回答应用到实际的研究中去，就有可能建构出某一文学理论的研究范式。“理论的批评化”、文化研究、文化诗学都是这样的范式。

以文化诗学为例。不妨说，它即是一种自觉地以考量文学理论学科走

① ［英］雷蒙·威廉斯：《关键词》，生活·读书·新知三联书店2005年版，第101—109页。

② 汪晖：《九十年代中国大陆的文化研究与文化批评》，《电影艺术》1995年第1期。

向为旨趣的理论构想。简言之，它不满足于文化研究对文学理论学科的开拓与推进，所以它认为文学理论研究不能离开文学，文学理论要坚守审美的价值立场，文学理论研究要区分出文学作品的好坏高低，等等。这无疑都是以文学理论自身作为研究对象所生发出来的关于学科建设的具体话语。

需要强调的是，研究文学理论学科的文学理论，它将文学理论自身作为研究对象，极具反思性，可谓是“文学理论学”。[①] 自文学理论学科建制以来尤其是90年代以来，随着学科建制的切实执行，这种文学理论就备受重视起来。但这种文学理论往往是“没有文学的文学理论”。[②] 不过，它对于文学理论的学术自觉而言，却是有意义的。有学人因此写道：“通常人们把文学理论定义为研究文学活动规律的知识体系，但与其说文学理论是研究文学活动规律的，不如说它是研究文学活动的规律是如何被建构的？谁在建构这种‘规律’？为什么建构这种‘规律’？通过什么媒介建构这种‘规律’？这种建构受到哪些因素的制约？能否像‘上帝’超越地那样去建构？”[③] 这也即是说，文学理论不是关于文学的知识，而是关于某一文学知识是怎样生产出来的知识。

关于文学理论研究对象的泛化问题，我们还需要强调的一点是，某一文学理论话语，它恐怕兼顾二种对象，比如文化诗学，它在以理论自身作为研究对象的同时，其实也对文学活动起到了一定的研究功效，因为当它认为文学理论应该怎样建设的时候，就已然包含了具体的文学研究的方法论问题。文化诗学的研究方法，被表述为了：“以审美评价活动为中心的同时，还必须双向展开，既向宏观的文化视野拓展，又向微观的言语的视野拓展。我们认为不但语言是在文学之内，文化也在文学之内。审美、文化、语言及其关系构成了文学场。文化与言语，或历史与结构，是文化诗学的两翼。两翼齐飞，这是文化诗学的追求。”[④] 文化诗学的这种方法论对于文学活动来讲无疑是有可指导的意义的。也因此，它就以文学活动作

---

① 需要说明的是，那种以“教材”形式出现的所谓“元文学理论”也可谓是一种文学理论学。只是这种文学理论学往往缺乏反思性。关于此一问题，还需具体论证。

② 金惠敏：《有文学的文学理论——一种元文学或者文论“帝国化”的前景》，《文艺理论与批评》2004年第3期。

③ 陶东风：《走向自觉反思的文学理论》，《文艺争鸣》2010年第1期。

④ 童庆炳：《文化诗学：宏观视野与微观视野的结合》，《甘肃社会科学》2008年第6期。

为了研究对象。

其二，研究中的理论资源及其提问方式发生了变化。90 年代文学理论，不再局限于传统本体论的那种哲学式的提问方式，而选择了现代社会学/社会理论的研究路径。[①] 或者更准确地说，它更为自觉地成为一种跨学科，乃至反学科/无学科的研究形态，任何学科资源都可以被使用。

早在 1994 年，张法就认为："有一个共通的东西是可以感觉到的，这就是文学研究正在汇入超学科的文化研究之中。"[②] 这种跨学科的文化研究如果要说是文学理论，那它也只能被称之为一种"大文学理论"。这种"大文学理论"研究的提问方式，它不以问"是什么"为旨趣，而以解释其发生的现实文化逻辑、社会机制和语境为旨归，其学术旨趣是试图将研究伸入到社会结构中，达到接合学术与现实的效果。因此，它不再去抽象地问文学是什么，文学有什么用，作家创作的心理机制怎样，读者怎样欣赏文学等所谓的文学理论基本问题。不但如此，它还改变了这种问题意识，认为"文学是什么"这样的问题甚至是没有意义的。退一步说，即使追问，也将无功而返，要不也是认为，文学是什么没有一个正当的答案，任何答案都需要合法性论证。而任何一个合法的答案，如果要走向中心之位，获取了"认同"，那都可能是运用了一套话语压抑机制，是权力的隐蔽运作所致。从这个方面说，任何合法的答案又不具有普遍意义，并且，任何答案，都可能随着语境的变化而变化。同时，它也不以文学应该怎样作为直接的问题意识，不对研究对象作规范性的、立法式的提问，而往往转向一种具体而语境的阐释。换言之，它将研究的问题转换为了一种文本之所以成为一种文本是如何可能的？不妨说，在 90 年代的大众文化语境下，任何文本都难免是大众媒介、市场逻辑、大众趣味等合谋的产物。因此只有这种提问方式，才有可能切入到问题之中，并得到实在的回答，才能追问到其文化逻辑、社会机制和语境原因，等等。甚至可以认为，只有转换这种提问方式及其所表征的研究方式，所获得的回答，才有可能具有较大的阐释效用。这也正是 90 年代文学理论之所以如此提问的一个实际原因。在这种提问方式的转换中，也就逐渐地发生了 90 年代文

① 陶东风：《社会理论视野中的文学与文化・自序》，暨南大学出版社 2002 年版，第 1—6 页。

② 张法：《中国文论转型的几个维度》，《思想战线》1994 年第 4 期。

学理论的转型，从此以后的主导研究方式主要是“描述并介入‘文本’和‘话语’（即文化实践）在人类日常生活和社会构成之内产生、插入和运作的方式，以复制、抗争乃至改造现存的权力结构”①。

其三，研究的目的不再以建设内在的心灵世界为重，而将理解外在的社会历史文化世界视为其旨归。内在的心灵世界被指具有道德理想主义和审美理想主义的嫌疑，这种嫌疑所表征的也正是几千年来的中国文化的局限。在世俗化时代，它们不是证明为虚幻，就是被指认为需要被“转换”。比如，我们不再以建构能体验生死、偶然、命运、宇宙感等个体形而上学的人格形态为能事，而以对话、合作、分享、交往等外向实践型的人格形态为旨归。不妨说，从建设内在的心灵世界为重，转换到注重理解外部世界为主，抑或就有一种难能可贵的启蒙意味了。

这种转换还使得文学理论研究，不以对文本、受教育者、其他研究者的“立法”指导为指向，而以与文本、受教育者、其他研究者共同攀谈和“阐释”这个外在世界为旨趣。在90年代，有不少学人发生了这种转换。比如有学人指出大众文化语境下的学术研究之于沟通、对话的重要性。② 比如有学人指出面对大众文化文本，知识阶层要调整身份，“一方面置身其中，促进其深入发展，一方面又超乎其外，积极建构与商品经济相适应的社会价值观”③。这些都可谓是较早地实践了文学理论的这种转换。

而之所以要发生这种转换，一个直接的原因就是因为90年代兴起的大众文化塑造了这个时代的精神趣味所致。这种精神趣味，在我们看来就是公共性精神趣味。所谓公共性精神趣味，结合阿伦特的看法，不妨认为，它是现代世俗社会的一种精神认同，是一种具有可见性、世界性特点的精神形态。它表明每个个体都能够在一个共同的世界里用言说、行动等可见的方式来凸显其个体性，并因此而获取一种超越但不取消其私人生活

---

① ［美］劳伦斯·格罗斯伯格：《文化研究的流通》，载罗钢等主编《文化研究读本》，中国社会科学出版社2000年版，第69页。

② 陶东风、金元浦：《从碎片走向建设——中国当代审美文化二人谈》，《文艺研究》1994年第5期。

③ 李春青：《“大众文化”与文学的命运》，《求索》1994年第4期。

的、有尊严的公共性存在。[①] 大众文化时代的公共性精神趣味，使得文学理论研究的目的越来越世俗化、公共化了，也因此 90 年代以来的文学理论较为看重其与公共领域关联的知识合法性。

具体而言，文学理论研究因此有了更为切实的目的，那就是要参与到社会文化的建构之中。大多数研究者是希望通过切实的学术研究，来推动大众文化/文学朝着更为公共性的方向发展，既而让这个世俗的现实社会变得更为自由、平等、公正，等等。

当然，需要说明的是，这并非说此前的文学理论就没有自由、平等、公正的诉求，不是的！这只是说，此前的这些诉求更多的是一种体验中的建构，表现出远离尘世和疏远政治的旨趣，是以退为进的方式，而且这种诉求还非常的有“共识”，一如有学人所言及的新时期的“个人共识”，即强调个人主体、个人解放乃文化的中心议题。[②] 而 90 年代以来的当代文学理论所追求的自由、平等、公正的目的则更为具体，更强调落到实处的建设，因此它的研究也就更加的语境化和分析化。而且，由于不同学人对这种自由、平等、公正的理解判然有别，因此更多的是表现出分化，所谓的“新时期共识”几近消失。[③] 这恐怕也正是 90 年代文学理论构成越来越多元，越来越没有中心的一个原因。据此，也可以看出 90 年代以来文学理论与 80 年代文学理论的研究目的的异同以及这种异同之下的学术新图景。

不妨再以文化研究/大众文化研究为例。90 年代的“大文学理论”关注大众文化，一个重要的原因就是因为大众文化通过其强劲的“新意识形态”能力在塑造这个社会的结构，因此才引发了诸多文学研究的知识分子的学术兴趣，这其中恐怕暗含着的正是一种学术研究的目的和利益诉求。而这种目的和利益诉求，无疑因为大众文化而发生了转换。它更多的不是分析大众文化如何审美，而是爆破其隐含了怎样的权力，表征了哪样的意识形态，是什么具体的社会机制和语境原因使得一种大众文化之所以

---

① ［美］汉娜·阿伦特：《人的境况》，王寅丽译，上海人民出版社 2009 年版，第 14—59 页。

② 张颐武：《“新文学”的终结与新世纪文学》，王宁主编：《文学理论前沿》（第 3 辑），北京大学出版社 2006 年版，第 248—250 页。

③ 同上。

成为一种大众文化，等等。通过这种研究，既有可能找到大众文化的征候所在，还有可能爆破一个社会的结构性矛盾，既而推动整个社会文化变得更为合乎自由、平等、公正等现代性价值。这样的研究目的也恐怕是一种更为切合语境的人文关怀。所以它并非如有学者所指陈的那样，认为大众文化研究“缺乏了人文的关怀”①。当然，这与此前的文学理论更多的是局限在文本之中和审美之中表现出明显的不同。大致有二：一是，它扩大了阐释的视域，将文本置于更大的社会文化语境中来理解，并且将这种理解视为一个文本与另一个文本之间的互证与互释的关系。因此这并不意味着被研究的文本就只有依附地位，就是“附属物”，② 就失去了自己的主体性/自主性。毋宁说，只是它不认为文本是完全区隔的，不主张意义/价值是没有公共性的存在。

二是，它不以区分出文本的好坏高低作为最终的目的，不以审美判断作为文本评价的旨趣和标准。它的最终目的更多的是为了解释一种文本之所以如此的原因。但是，这并不排除文学理论的审美追求，更为合理的解释恐怕是，它的审美追求较为隐蔽和间接。一方面它往往将一种好的审美、理想的审美有意无意地作为了评判的参照物，只是在具体的研究中将这种好坏予以了必要的悬置。另一方面，它要追问的是为什么一种好的审美、理想的审美不能在某一文本及其存在的语境中存在。这样它又间接地回答了审美的高低好坏。如果这样来理解，恐怕就不能说审美因素“被排除、榨干了”。③

二

90 年代文学理论的转型，以及它所表现出来的“大文学理论”的走向，还没有得到学界的完全承认。比如，在反思当下文学理论知识生产的境况时，人们往往将其不尽如人意之处与大众文化兴起的语境勾连起来，认为 90 年代以来我国文学理论的“影响力逐渐减弱的重要原因之一，就在于它仍然拘守在原有的学科体系和模式中，与正在发生深刻变化的大众

---

① 钱中文：《全球化语境与文学理论的前景》，《文学评论》2001 年第 3 期。

② 同上。

③ 同上。

日常审美经验和文化生活的关系越来越疏远”[①]。这样的说法固然有其道理，在一定程度上可谓是凸显了大众文化及其研究的重要性，但它有忽视90年代以来的文学理论已然发生了转型的嫌疑。事实上，90年代的文学理论，并非拘守在原有的学科体系和模式中，且不说转型已然一如上述的发生，仅就大众文化已然作为了专门研究的领域就可以看出。有学人曾较早地指出过，90年代以来，大众文化从“被歧视、受冷落的境遇一跃而成为影响文化主导性的力量，实践呼唤一种面对当下发言、富有阐释效力的文学理论话语的生成。在这种情势下，文学理论研究发生了潜在的然而却异常明显的转向”[②]。不妨说，这样的判断是较为准确的，这恐怕是由于把大众文化研究纳入了文学理论转型的框架之中，将诸如大众文化研究以及与大众文化语境相关的文化研究、文化诗学都视为了一种新的文学理论形态，才可能得出的结论。

然而，为什么发生了转型的90年代文学理论往往会被人视若无睹，甚至不予承认呢？这里不拟展开论述。而仅仅提出一个与之相关的问题来予以简要的讨论。在我们看来，问题的重要性在于90年代社会文化语境的转换，为什么就必然要使得文学理论发生转型，这样一个前提性的问题并没有得到自觉的论证。这绝非一个不重要的问题。

其一，转型并不具有天然的合法性。比如将90年代社会文化语境构成之一的大众文化的兴起与文学理论的转型勾连起来，其合法性的获得更多的是借助于对社会历史文化语境的理性分析而来。但这种语境，毕竟与文学理论之间有着难以量化的诸多中介环节，诸如为什么语境变换，就一定会导致文学理论的随从更替的问题就并非有了答案。如此境况之下，诸如文学理论为什么要转型，以及如何看待这种文学理论的转型等问题难免会引起诸多的争议。

还有更为现实的问题是，我们往往是依据于一种知识社会学的分析框架，认为有怎样的社会文化语境，就会有怎样的文学理论转型，甚至还是在相对而言纯粹、理想的语境中想象与认同于这种“时兴”的转型，而对这种转型本身却缺乏深入的、有学理的批判性思考。然而，事实上，某

① 陈传才：《当代文化转型与文艺学的重构——关于当代文艺学建设的思考》，《文艺争鸣》2003年第3期。

② 邢建昌：《90年代文学理论的发展》，《文艺报》2000年12月5日。

一具体的社会文化语境其实并没有这么纯粹和理想，它所裹挟的某种弊端，也完全有可能酿成一个日后的病灶。90 年代文学理论的转型，其社会文化语境恐怕也没有这么纯粹和理想。因此，它所固有的弊病难免早已植入到了文学理论的转型之中，使得这种文学理论的转型也就不可否认地具有某种局限性。比如，晚近有学者非常敏锐地意识到了这一点，认为一个并不完美的社会语境使得 90 年代的大众文化/文学在发挥其“祛魅”的积极功能时，也携带有犬儒化、无聊化、娱乐化的弊病。[①] 这种境况之下，90 年代的大众文化的兴起与文学理论的转型之间的关联性问题，岂不应该被重新“事件化”地加以理解和思考吗？答案是肯定的。比如，90 年代文学理论在其具体的研究中，并没有很好地培养出一种公共性精神和实践参与的能力，这一点就值得被重视。它恐怕是引发人们对 90 年代乃至于今的文学理论表现出不满的一个重要原因。

其二，什么是好文学理论，这个既与合法性相关，又具有正当性的问题，并没有在 90 年代文学理论转型的语境中加以讨论，更遑论达成共识。如此，就会导致什么是文学理论这个问题被遮蔽起来，以至于人们不认为与转型有关的大众文学研究、文化研究、文化理论、批评理论甚至文化诗学、后殖民批评、女性主义文学批评等一些理论话语与文学理论有关。不妨说，文学理论界对于 90 年代文学理论是怎样发生的，它包括了哪些形态、探讨了哪些问题、有哪些好的文学理论文献，恐怕都不是很清楚。它也不可能随着大众文化的发生、现代性反思的兴起以及身份政治的凸显等社会文化语境的转换及其所导致的文学理论的转型而得以自然而然地解决。

正因此，90 年代社会文化语境与文学理论的转型之间的关系，就成为一个需要继续进行研究的课题。诸如什么是 90 年代社会文化语境中的好文学理论，转型之后的文学理论研究如何可能等问题都应该得到更为深入的论证，都应该接合到 90 年代的社会文化语境乃至当下的问题意识中予以理解。其意义不可谓不大，至少它是一个牵涉文学理论学科发展的基础理论问题。

这里我们再稍加对好文学理论的问题进行一番构想与追问，以缓解

① 陶东风：《文学的祛魅》，《文艺争鸣》2006 年第 1 期。

90年代文学理论转型的焦虑。不妨简要地列举为三。

其一，什么是好文学理论，这个问题的答案不是现成的、实体的存在，但是我们可以基于所认同的理由，将好文学理论选择性地进行设定。比如我们可以这样设定：好文学理论，往往具有文学阐释力，能够对某些古今中外那种被认为是文学活动、文学现象和具体的文学文本等，提供出一种有效的理解。这种有效的理解，能使被批评的对象既得到阐释，又获得升华。同时，它还能在各种理解中占有独特的位置。换言之，这种文学理论具有独立性、批判性、建设性。但同时，我们也可以设定另外一种好文学理论的理念：好文学理论，具有人文学的想象力、阐释力，能够参与到人们的思维活动之中，能够得到人们的价值认同，能够回答人们的困惑与问题，在“社会结构”中有其存在的位置，它也参与着当下社会结构的建造，等等。

其二，如果某种设定的好文学理论，经过学理的论证之后，非常具有说服力，继而在学术场域中争胜了，也就是得到了合法的承认，那么文学理论的转型与重建工作，就已然随着好文学理论争胜的过程展开了，接下来的工作就主要是将这种好文学理论观进行具体化的实践的问题了。

其三，这样的好文学理论如果的确存在，那么转型之所以发生以及之所以这样发生、如此走向等问题，也就自然而然地有了说法，甚至有了具有较强说服力的说法。

上述的假定性说明如果有道理，那么好文学理论的问题就恐怕的确是个重要的问题了。不过，值得提及的是：第一，在诸神纷争的现代语境下，好文学理论往往不只一种，因此无须担心好文学理论乃“现代性的敌人”，似乎好文学理论之问就是要回到思想专制。其实，好文学理论之问，是为了弥补现代性发生所可能出现的不分好坏之弊病，以及这种弊病所导致的文学理论合法性危机问题。第二，好文学理论的论证，除了学术场域的争胜途径之外，还有在更大的公共领域中争胜的多种途径，因此也无须担心好文学理论的学术体制化。但目前，我们要不就是缺乏好文学理论之问的意识，要不就是将好文学理论的争胜的空间锁定在一个体制化的学术场域之中，从而导致了即使有好文学理论，也难以有更大合法化的好文学理论。而没有合法化的所谓好文学理论，往往就会沦为一种个体想象乃至文化控制的文学理论，它的公共效用就可想而知了。这就是为什么大学课堂都难以有合法化的好文学理论的一个重要原因。更遑论在其他与文学有关联的空间中要存活一种这样的文学理论了。

既然如此，我们是否应该在90年代文学理论转型及其所取得的研究成果的基础上，来发起一场关于什么是好文学理论的追问和讨论，并借此来展开90年代以至于今的文学理论合法性重建工作呢？这无疑是一个值得学界投以关注的文学理论基本问题。[①] 理由很简单：一方面，它会使得90年代文学理论转型的研究有一个较好的当代问题意识，其被承认之日也恐因此不远矣；更为重要的另一方面是，90年代文学理论转型中所生发出来的一些文学理论话语，如"理论的批评化"、文化研究、文化诗学、后殖民批评、女性主义文学批评等，以及它们所表现出的"大文学理论"走向，无疑都参与到了当代文学理论的知识生产之中，如果它们都能置于"好文学理论"的问题意识中来进行追问和讨论，就有可能使得当代文学理论知识生产变得更好，也更合法。

① 需要说明的是，这里的好文学理论之问，受了陶东风等先生有关"好生活"讨论的启发，特此致谢！（参见陶东风《应该发起一场关于什么是"好生活"的大讨论》，http：//blog. sina. com. cn/s/blog_ 48a348be01017aw6. html，2010年12月29日；陶东风《再谈应该发起一场关于好生活的大讨论》，http：//blog. sina. com. cn/s/blog_ 48a348be01017azl. html，2011年1月5日；陶东风《何为好生活——论后神学时代的好生活问题》，《探索与争鸣》2011年第5期；徐贲《论好生活与公民教育》，《探索与争鸣》2011年第5期）

参 考 文 献

a. 专著、论文集、学位论文

鲍晓兰主编：《西方女性主义研究评介》，生活·读书·新知三联书店1995年版。

陈顺馨：《中国当代文学的叙事与性别》，北京大学出版社1994年版。

陈慧芬：《神话的窥破——当代中国女性写作研究》，上海社会科学院出版社1996年版。

陈慧芬、马元曦主编：《当代中国女性文学文化批评文选》，广西师范大学出版社2007年版。

陈刚：《大众文化与当代乌托邦》，作家出版社1996年版。

陈平原：《陈平原自选集》，广西师范大学出版社1997年版。

陈传才主编：《文艺学百年》，北京出版社1999年版。

陈厚诚、王宁主编：《西方当代文学批评在中国》，百花文艺出版社2000年版。

曹卫东：《交往理性与诗学话语》，天津社会科学院出版社2001年版。

陈思和、杨杨编：《90年代批评文选》，汉语大词典出版社2001年版。

陈晓明：《表意的焦虑：历史祛魅与当代文学变革》，中央编译出版社2002年版。

陈志红：《反抗与困境——女性主义文学批评在中国》，中国美术学院出版社2002年版。

陈昕：《救赎与消费——当代中国日常生活中的消费主义》，江苏人民出版社2003年版。

程正民、程凯：《中国现代文学理论知识体系的建构》，北京大学出版社2005年版。

陈弱水：《公共意识与中国文化》，新星出版社2006年版。

蔡英文：《政治实践与公共空间》，新星出版社2006年版。
陈太胜：《西方文论研究专题》，北京大学出版社2008年版。
陈庆祝：《九十年代中国文论转型——接受研究的视角》，中央编译出版社2009年版。
杜卫：《走出审美城——新时期文学审美论的批判性解读》，东方出版社1999年版。
戴锦华：《镜城突围》，作家出版社1995年版。
戴锦华：《犹在镜中——戴锦华访谈录》，知识出版社1999年版。
戴锦华：《隐形书写——90年代中国文化研究》，江苏人民出版社1999年版。
邓正来：《关于中国社会科学的思考》，上海三联书店2000年版。
邓正来、亚历山大主编：《国家与市民社会——一种社会理论的研究路径》（增订本），上海人民出版社2006年版。
杜书瀛：《文学会消亡吗》，中山大学出版社2006年版。
邓利：《新时期女性主义文学批评的发展轨迹》，中国社会科学出版社2007年版。
董学文、金永兵等：《中国当代文学理论（1978—2008）》，北京大学出版社2008年版。
邓晓芒：《新批判主义》，北京大学出版社2008年版。
费孝通：《乡土中国》，北京出版社2005年版。
冯黎明：《走向全球化：论西方现代文论在当代中国文学理论界的传播与影响》，中国社会科学出版社2009年版。
傅洁琳：《格林布拉特新历史主义与文化诗学研究》，山东大学文学与新闻传播学院文艺学2008届博士学位论文。
高小康：《大众的梦》，东方出版社1993年版。
高小康：《世纪晚钟——当代文化与艺术趣味评述》，东方出版社1995年版。
葛红兵：《障碍与认同——当代中国文化问题》，学林出版社2000年版。
盖生：《价值焦虑：新时期以来文学理论热点反思》，上海三联书店2008年版。
高瑞泉、杨扬等：《转折时期的精神转折——“新时期”以来中国社会思潮及其走向》，上海古籍出版社2008年版。

葛卉:《话语权力理论与90年代后中国文论的转型》,华东师范大学人文学院人文学院文艺学专业2007届博士学位论文。
黄会林主编:《当代中国大众文化研究》,北京师范大学出版社1998年版。
洪子诚:《中国当代文学史》,北京大学出版社1999年版。
贺桂梅:《批评的增长与危机》,山西教育出版社1999年版。
贺桂梅:《人文学的想象力——当代中国思想文化与文学问题》,河南大学出版社2005年版。
金元浦、陶东风:《阐释中国的焦虑——转型时代的文化解读》,中国国际广播出版社1999年版。
金元浦:《范式与阐释》,广西师范大学出版社2003年版。
金元浦主编:《文化研究:理论与实践》,河南大学出版社2004年版。
蒋原伦:《90年代批评》,天津社会科学院出版社2000年版。
蒋原伦:《媒体文化与消费时代》,中央编译出版社2004年版。
蒋原伦主编:《媒介文化十二讲》,北京大学出版社2010年版。
金耀基:《金耀基自选集》,上海教育出版社2002年版。
蒋述卓主编:《文化诗学:理论与实践》,人民文学出版社2005年版。
贾明:《现代性语境中的大众文化》,上海人民出版社2007年版。
康正果:《女权主义与文学》,中国社会科学出版社1994年版。
赖安等:《当代西方文学理论导引》,刘连青译,四川文艺出版社1986年版。
刘思谦:《娜拉言说——中国现代女作家心路历程》,上海文艺出版社1993年版。
刘国光、吴敬琏等:《九十年代改革开放与经济发展》,湖南科学技术出版社1993年版。
李小江等主编:《性别与中国》,生活·读书·新知三联书店1994年版。
李小江等:《女性?主义:文化冲突与身份认同》,江苏人民出版社2000年版。
林丹娅:《当代中国女性文学史论》,厦门大学出版社1995年版。
刘慧英:《走出男权传统的樊篱——文学中男权意识的批判》,生活·读书·新知三联书店1995年版。
林树明:《女性主义文学批评在中国》,贵州人民出版社1995年版。

李银河主编：《妇女：最漫长的革命——当代西方女权主义理论精选》，生活·读书·新知三联书店 1997 年版。
李泽厚、刘再复：《告别革命》，香港天地图书股份有限公司 1997 年版。
李西建：《重塑人性——大众审美中的人性嬗变》，湖北人民出版社 1998 年版。
刘小枫：《现代性社会理论绪论——现代性与现代中国》，上海三联书店 1998 年版。
刘小枫：《沉重的肉身——现代性伦理的叙事纬语》，上海人民出版社 1999 年版。
罗钢、刘象愚主编：《后殖民主义文化理论》，中国社会科学出版社 1999 年版。
罗钢、刘象愚主编：《文化研究读本》，中国社会科学出版社 2000 年版。
刘禾：《语际书写》，上海三联书店 1999 年版。
刘禾：《跨语际实践》，生活·读书·新知三联书店 2002 年版。
陆扬、王毅：《大众文化与传媒》，上海三联书店 2000 年版。
李世涛主编：《知识分子立场——民族主义与转型期中国的命运》，时代文艺出版社 2000 年版。
李世涛主编：《知识分子立场——激进与保守之间的动荡》，时代文艺出版社 2000 年版。
李世涛主编：《知识分子立场——自由主义之争与中国思想界的分化》，时代文艺出版社 2000 年版。
林大中、孟繁华主编：《九十年代文存》（上、下卷），中国社会科学出版社 2001 年版。
李彬、王君超主编：《媒介二十五讲》，清华大学出版社 2004 年版。
罗婷：《女性主义文学批评在西方与中国》，中国社会科学出版社 2004 年版。
鲁迅：《鲁迅全集》（第六卷），人民文学出版社 2005 年版。
李春青：《在审美与意识形态之间——中国当代文学理论研究反思》，北京大学出版社 2006 年版。
李春青、赵勇：《反思文艺学》，北京师范大学出版社 2009 年版。
刘康：《文化·传媒·全球化》，南京大学出版社 2006 年版。
陆贵山：《文艺理论与文艺思潮》，中国人民大学出版社 2007 年版。

赖大仁：《当代文学及其文论——何往与何为》，江西高校出版社2008年版。
李红春：《自由空间与审美话语：私人领域视角下的当代审美文化研究》，博士学位论文，山东大学，2004年。
孟悦、戴锦华：《浮出历史地表——现代妇女文学研究》，河南人民出版社1989年版。
马元曦等主编：《社会性别与发展译文集》，生活·读书·新知三联书店2000年版。
马振清：《中国公民政治社会化问题研究》，黑龙江人民出版社2001年版。
毛崇杰：《颠覆与重建：后批评中的价值体系》，社会科学文献出版社2002年版。
马大康：《叛乱的眼睛——审美与文化视野中的文学》，宁夏人民出版社2006年版。
孟繁华：《众神狂欢——世纪之交的中国文化现象》，中国人民大学出版社2009年版。
孟繁华、程光炜：《中国当代文学史》，中国人民大学出版社2009年版。
闵冬潮：《全球化与理论旅行：跨国女性主义的知识生产》，天津人民出版社2009年版。
聂振斌、滕守尧、章建刚：《艺术化生存》，四川人民出版社1997年版。
南帆：《理论的紧张》，上海三联书店2003年版。
南帆：《后革命的转移》，北京大学出版社2005年版。
欧阳友权等：《网络文学论纲》，人民文学出版社2003年版。
潘知常：《反美学——在阐释中理解当代审美文化》，学林出版社1995年版。
潘知常：《美学的边缘》，上海人民出版社1998年版。
乔以钢：《中国女性的文学世界》，湖北教育出版社1993年版。
钱中文、李衍柱主编：《文学理论：面向新世纪》，山东人民出版社1997年版。
钱中文：《文学理论：走向交往对话的时代》，北京大学出版社1999年版。
钱中文、刘方喜、吴子林：《自律与他律——中国现当代文学论争中的一些理论问题》，北京大学出版社 2005 年版。
钱中文主编：《理论创新时代：中国当代文论与审美文化的转型》，知识产权出版社 2009 年版。
祁述裕：《市场经济下的中国文学艺术》，北京大学出版社 1998 年版。
屈雅君：《执着与背叛——女性主义文学批评理论与实践》，中国文联出版社 1999 年版。
邱运华主编：《文学批评方法与案例》，北京大学出版社 2006 年版。
任一鸣：《建构与解构——中国女性文学与美学衍论》，九州出版社 2004 年版。
任一鸣：《抗争与超越——中国女性文学与美学衍论》，九州出版社 2004 年版。
盛英：《二十世纪中国女性文学史》，百花文艺出版社 1992 年版。
盛英、乔以钢主编：《二十世纪中国女性文学史》，天津人民出版社 1995 年版。
盛宁：《人文困惑与反思》，生活·读书·新知三联书店 1997 年版。
孙占国主编：《当代中国大众文化》，吉林人民出版社 1999 年版。
宋素凤：《多重主体策略的自我命名：女性主义文学理论研究》，山东大学出版社 2002 年版。
孙立平：《断裂——20 世纪 90 年代以来的中国社会》，社会科学文献出版社 2003 年版。
邵燕君：《倾斜的文学场——当代文学生产机制的市场化转型》，江苏人民出版社 2003 年版。
苏红军、柏棣主编：《西方后学语境中的女权主义》，广西师范大学出版社 2006 年版。
童庆炳等主编：《新中国文学理论 50 年》，安徽大学出版社 2000 年版。
童庆炳：《中国古代文论的现代意义》，北京师范大学出版社 2001 年版。
童庆炳主编：《新时期高校文学理论教材编写调查报告》，春风文艺出版社 2006 年版。
童庆炳：《美学与当代文化讲演录》，广西师范大学出版社 2007 年版。
童庆炳著，赵勇编：《在历史与人文之间徘徊》，北京师范大学出版社 2007 年版。
童庆炳：《文学审美论的自觉——文学特征问题新探索》，北京师范大学出版社2011年版。
陶东风:《后殖民主义》，台北麦田出版股份有限公司1998年版。
陶东风:《文化与美学的视野交融》，福建教育出版社2000年版。
陶东风:《社会转型与当代知识分子》，上海三联书店2001年版。
陶东风:《破镜与碎影》，云南人民出版社2001年版。
陶东风:《文化研究：西方与中国》，北京师范大学出版社2002年版。
陶东风:《社会理论视野中的文学与文化》，暨南大学出版社2002年版。
陶东风主编:《文学理论基本问题》，北京大学出版社2004年版。
陶东风、徐艳蕊:《当代中国的文化批评》，北京大学出版社2006年版。
陶东风:《文学理论的公共性——重建政治批评》，福建教育出版社2008年版。
陶东风主编:《大众文化教程》，广西师范大学出版社2008年版。
陶东风、和磊:《中国新时期文学30年（1978—2008）》，中国社会科学出版社2008年版。
谭好哲、马龙潜主编:《文艺学前沿理论综论》，山东大学出版社2001年版。
谭桂林:《转型期中国审美文化批判》，江苏文艺出版社2001年版。
陶水平:《现代性视域中的文艺美学》，江西高校出版社2008年版。
汤学智:《新时期文学的欢乐与哀伤》，郑州大学出版社2009年版。
王逢振:《今日西方文学批评理论》，漓江出版社1988年版。
王政:《女性的崛起：当代美国的女权运动》，当代中国出版社1995年版。
王政、杜芳琴主编:《社会性别研究选译》，生活·读书·新知三联书店1998年版。
王晓明编:《人文精神寻思录》，文汇出版社1996年版。
王晓明:《半张脸的神话》，南方日报出版社2000年版。
王德胜:《扩张与危机：当代审美文化理论及其批评话题》，中国社会科学出版社1996年版。
王德胜:《文化的嬉戏与承诺》，河南人民出版社1998年版。
王德胜:《当代处境中的美学问题》，中国社会科学出版社2007年版。
王德胜:《视像与快感》，安徽教育出版社2008年版。
王德胜主编:《问题与转型——多维视野中的当代中国美学》，山东美术出版社 2009 年版。
王一川：《修辞论美学》，东北师范大学出版社 1997 年版。
王一川：《张艺谋神话的终结——审美与文化视野中的张艺谋电影》，河南人民出版社 1998 年版。
王一川：《文学理论讲演录》，广西师范大学出版社 2004 年版。
王一川：《中国现代学引论》，北京大学出版社 2009 年版。
王一川：《大学从游——王一川文学批评讲稿》，北京师范大学出版社 2009 年版。
王岳川：《思·言·道》，北京大学出版社 1997 年版。
王岳川：《后殖民主义与新历史主义文论》，山东教育出版社 1999 年版。
王岳川：《目击道存：九十年代文化研究散论》，湖北教育出版社 2000 年版。
王岳川：《中国镜像：九十年代文化研究》，中央编译出版社 2001 年版。
王岳川主编：《中国后现代话语》，中山大学出版社 2004 年版。
汪晖、余国良编：《90 年代的“后学”论争》，香港中文大学出版社 1998 年版。
汪晖：《死火重温》，人民文学出版社 2000 年版。
汪晖：《去政治化的政治——短 20 世纪的终结与 90 年代》，生活·读书·新知三联书店 2008 年版。
王宁、薛晓源主编：《全球化与后殖民批评》，中央编译出版社 1998 年版。
王宁：《全球化：文化研究与文学研究》，广西师范大学出版社 2003 年版。
王宁：《“后理论时代”的文学与文化研究》，北京大学出版社 2009 年版。
王元骧：《探寻综合创新之路》，陕西师范大学出版社 2000 年版。
王元骧：《文学理论与当今时代》，浙江大学出版社 2002 年版。
王元化：《九十年代反思录》，上海古籍出版社 2000 年版。
汪民安、陈永国、马海良主编：《后现代性的哲学话语》，浙江人民出版社 2000 年版。
汪民安等：《现代性基本读本》（上、下），河南大学出版社 2005 年版。
王朔：《无知者无畏》，春风文艺出版社 2000 年版。
王铁仙、杨剑龙、方克强等：《新时期文学二十年》，上海教育出版社

2001年版。
王干等：《王干文学对话录》，漓江出版社2004年版。
吴炫：《中国当代文化批判》，学林出版社2004年版。
吴炫：《中国当代思想批判》，学林出版社2004年版。
王先霈主编：《新世纪以来文学创作若干情况的调查报告》，春风文艺出版社2006年版。
王绍光：《安邦之道——国家转型的目标与途径》，生活·读书·新知三联书店2007年版。
王光明等：《市场时代的文学——二十世纪九十年代中国文学对话录》，安徽教育出版社2008年版。
伍世昭：《中国20世纪文学理论批评价值取向研究》，人民文学出版社2009年版。
吴义勤：《中国新时期文学的文化反思》，江苏文艺出版社2009年版。
谢玉娥：《女性文学研究教学参考资料》，河南大学出版社1990年版。
谢冕、张颐武：《大转型：后新时期文化研究》，黑龙江教育出版社1995年版。
谢冕、洪子诚主编：《中国当代文学史料选》，北京大学出版社1995年版。
夏之放：《转型期的当代审美文化》，作家出版社1996年版。
夏之放、李衍柱、赵勇、李建盛：《当代中西审美文化》，山东教育出版社2005年版。
徐贲：《走向后现代与后殖民》，中国社会科学出版社1996年版。
徐贲：《文化批评往何处去》，香港天地图书有限公司1998年版。
肖鹰：《形象与生存——审美时代的文化理论》，作家出版社1996年版。
肖鹰：《真实与无限》，中国工人出版社2002年版。
肖鹰：《体验与历史——走进艺术之境》，作家出版社2003年版。
许纪霖：《寻求意义：现代文化变迁与文化批判》，上海三联书店1997年版。
徐坤：《双调夜行船：九十年代的女性写作》，山西教育出版社1999年版。
萧俊明：《文化转向的由来》，社会科学文献出版社2004年版。
徐岱：《基础诗学——后形而上学艺术原理》，浙江大学出版社2005年版。

许纪霖、罗岗等：《启蒙的自我瓦解——90年代以来中国思想文化界重大论争研究》，吉林出版集团有限责任公司2007年版。

徐艳蕊：《当代中国女性主义文学批评二十年》，广西师范大学出版社2008年版。

杨春时：《生存与超越》，中国社会科学出版社1998年版。

杨春时：《现代性与中国文学思潮》，生活·读书·新知三联书店2009年版。

叶舒宪主编：《性别诗学》，社会科学文献出版社1999年版。

杨飏：《90年代文学理论转型研究》，中国社会科学出版社2001年版。

余虹：《革命·审美·解构——20世纪中国文学理论的现代性与后现代性》，广西师范大学出版社2001年版。

杨俊蕾：《中国当代文论话语转型研究》，中国人民大学出版社2003年版。

杨莉馨：《异域性与本土化：女性主义诗学在中国的流变与影响》，北京大学出版社2005年版。

杨春忠：《二十世纪中国文学理论史论》，齐鲁书社2007年版。

杨扬主编：《新中国社会与文学》，上海人民出版社2009年版。

雍青：《寻找一种言说的方式——90年代文学批评话语转型研究》，博士学位论文，武汉大学，2006年。

张京媛主编：《当代女性主义文学批评》，北京大学出版社1992年版。

张京媛主编：《新历史主义与文学批评》，北京大学出版社1993年版。

张京媛主编：《后殖民理论与文化批评》，北京大学出版社1999年版。

中国社会科学院外文所编：《文艺学与新历史主义》，社会科学文献出版社1993年版。

张颐武：《在边缘处追索》，时代文艺出版社1993年版。

张颐武《从现代性到后现代性》，广西教育出版社1997年版。

张颐武：《新新中国的形象》，山东文艺出版社2005年版。

张颐武主编：《现代性中国》，河南大学出版社2005年版。

赵祖谟主编，张国义编：《生存游戏的水圈》，北京大学出版社1994年版。

赵剑英：《世纪之交的中国文化》，广西人民出版社1994年版。

郑伊编选：《女智者共谋——西方三代女性主义理论回展》，作家出版社

1995年版。
张岩冰：《女权主义文论》，山东教育出版社1998年版。
庄锡华：《二十世纪的中国文艺理论》，上海三联书店2000年版。
张婷婷、杜书瀛：《新时期文艺学反思录》，山东文艺出版社2001年版。
张婷婷：《中国20世纪文艺学学术史》（第四部），上海文艺出版社2001年版。
张景超：《滞重的跋涉：新时期文学批评透视》，黑龙江教育出版社2002年版。
张法：《文艺与中国现代性》，湖北教育出版社2002年版。
赵稀方：《翻译与新时期话语实践》，中国社会科学出版社2003年版。
赵稀方：《后殖民理论》，北京大学出版社2009年版。
赵勇：《透视大众文化》，中国文史出版社2004年版。
赵勇：《整合与颠覆：大众文化的辩证法》，北京大学出版社2005年版。
赵勇：《大众媒介与文化变迁——中国当代媒介文化的散点透视》，北京大学出版社2010年版。
赵勇主编：《大众文化理论新编》，北京师范大学出版社2011年版。
赵慧平：《批评的视界》，中国社会科学出版社2004年版。
周宪：《审美现代性批判》，商务印书馆2005年版。
周宪：《文化表征与文化研究》，北京大学出版社2007年版。
张旭东：《批评的踪迹——文化理论与文化批评》，生活·读书·新知三联书店2003年版。
周平远：《文艺社会学史纲》，中国大百科全书出版社2005年版。
朱立元主编：《新时期以来文学理论和批评发展概况的调查报告》，春风文艺出版社2006年版。
郑崇选：《镜中之舞：当代消费文化语境中的文学叙事》，华东师范大学出版社2006年版。
曾繁仁主编：《中国新时期文艺学史论》，北京大学出版社2008年出版。
赵黎波：《新时期文学批评的启蒙话语研究》，中国社会科学出版社2008年版。
曾军主编：《文化批评教程》，上海大学出版社2008年版。
章辉：《后殖民理论与当代中国文化批评》，河南大学出版社2010年版。
伊格尔顿：《二十世纪西方文学理论》，伍晓明译，陕西师范大学出版社

1986年版。
科恩主编：《文学理论的未来》，程锡麟译，中国社会科学出版社1993年版。
韦勒克、沃伦：《文学理论》，刘象愚等译，生活·读书·新知三联书店1984年版、江苏教育出版社2005年版。
卡勒：《文学理论》，李平译，辽宁教育出版社1998年版。
艾柯等：《诠释与过度诠释》，王宇根译，生活·读书·新知三联书店1997年版。
巴赫金：《陀思妥耶夫斯基诗学问题》，白春仁、顾亚铃译，河北教育出版社1998年版。
昂热诺、贝西埃等编：《问题与观点——20世纪文学理论综论》，史忠义等译，人民出版社2010年版。
塞尔登编：《文学批评理论——从柏拉图到现在》，刘象愚等译，北京大学出版社2000年版。
威廉斯：《文化与社会》，吴松江、张文定译，北京大学出版社1991年版。
杰姆逊：《后现代主义与文化理论》，唐小兵译，北京大学出版社1997年版。
詹明信：《晚期资本主义的文化逻辑：詹明信批评理论文选》，张旭东编，陈清侨等译，生活·读书·新知三联书店1997年版。
詹姆逊：《政治无意识》，王逢振、陈永国译，中国社会科学出版社1999年版。
贝尔：《资本主义文化矛盾》，赵一凡等译，生活·读书·新知三联书店1989年版。
勒庞：《乌合之众——大众心理研究》，冯克利译，中央编译出版社2000年版。
斯特里纳蒂：《通俗文化理论导论》，阎嘉译，商务印书馆2001年版。
斯道雷：《文化理论和通俗文化导论》，杨竹山等译，南京大学出版社2001年版。
默克罗比：《后现代主义与大众文化》，田晓菲译，中央编译出版社2001年版。
费斯克：《理解大众文化》，王晓珏、宋伟杰译，中央编译出版社2001

年版。
费斯克：《解读大众文化》，杨全强译，南京大学出版社2001年版。
迈克盖根：《文化民粹主义》，桂万先译，南京大学出版社2001年版。
斯蒂文森：《认识媒介文化》，王文斌译，商务印书馆2001年版。
斯威伍德：《大众文化的神话》，冯建三译，生活·读书·新知三联书店2003年版。
加塞特：《大众的反叛》，刘训练等译，吉林人民出版社2004年版。
鲍尔德温等：《文化研究导论》，陶东风等译，高等教育出版社2004年版。
霍克海姆、阿多尔诺：《启蒙辩证法》，渠敬东、曹卫东译，上海人民出版社2006年版。
凯尔纳：《媒体文化——介于现代与后现代之间的文化研究、认同性与政治》，丁宁译，商务印书馆2004年版。
阿格：《作为批评理论的文化研究》，张喜华译，河南大学出版社2010年版。
鲍曼：《立法者与阐释者：论现代性、后现代性与知识分子》，洪涛译，上海人民出版社2000年版。
科塞：《理念人：一项社会学的考察》，郭方译，中央编译出版社2001年版。
雅各比：《最后的知识分子》，洪洁译，江苏人民出版社2002年版。
萨义德：《知识分子论》，单德兴译，陆建德校，生活·读书·新知三联书店2002年版。
古德纳：《知识分子的未来和新阶级的兴起》，顾晓辉、蔡嵘译，江苏人民出版社2002年版。
马克思、恩格斯：《马克思恩格斯选集》（4卷本），人民出版社1995年版。
李普塞特：《政治人——政治的社会基础》，张绍宗译，上海人民出版社1997年版。
利奥塔德：《后现代状态：关于知识的报告》，车槿山译，生活·读书·新知三联书店1997年版。
利奥塔：《后现代性与公正游戏》，谈瀛洲译，上海人民出版社1997年版。

韦伯:《学术与政治》，冯克利译，生活 · 读书 · 新知三联书店 1999 年版。
韦伯:《新教伦理与资本主义精神》，于晓、陈维纲译，陕西师范大学出版社 2006 年版。
曼海姆:《意识形态与乌托邦》，黎鸣等译，上海三联书店 2011 年版。
海德格尔:《存在与时间》(修订译本)，陈嘉映、王庆节译，熊伟校，生活 · 读书 · 新知三联书店 2006 年版。
海德格尔:《海德格尔选集》(上卷)，孙周兴选编，上海三联书店 1996 年版。
海德格尔:《形而上学导论》，熊伟、王庆节译，商务印书馆 1996 年版。
海德格尔:《在通向语言的途中》，孙周兴译，商务印书馆 1997 年版。
伽达默尔:《真理与方法》，洪汉鼎译，上海译文出版社 1999 年版。
阿伦特:《集权主义的起源》，林骧华译，生活 · 读书 · 新知三联书店 2008 年版。
阿伦特:《人的境况》，王寅丽译，上海人民出版社 2009 年版。
哈贝马斯:《交往行为理论:行为合理性与社会合理化》，曹卫东译，上海人民出版社 2004 年版。
哈贝马斯:《后形而上学思想》，曹卫东译，译林出版社 2001 年版。
哈贝马斯:《公共领域的结构转型》，曹卫东等译，学林出版社 1999 年版。
罗蒂:《后哲学文化》，黄勇编译，上海译文出版社 2004 年版。
亨廷顿:《文明的冲突与世界秩序的重建》，周琪等译，新华出版社 2002 年版。
亨廷顿:《第三波——二十世纪末的民主化浪潮》，刘军宁译，上海三联书店 1998 年版。
福山:《历史的终结及最后之人》，黄胜强等译，中国社会科学出版社 2003 年版。
萨义德:《东方学》，王宇根译，生活 · 读书 · 新知三联书店 1999 年版。
赛义德:《赛义德自选集》，谢少波、韩刚等译，中国社会科学出版社 1999 年版。
萨义德:《文化与帝国主义》，李琨译，生活 · 读书 · 新知三联书店 2003 年版。

德里克：《后革命氛围》，王宁等译，中国社会科学出版社1999年版。
德里克：《跨国资本时代的后殖民批评》，王宁等译，北京大学出版社2004年版。
波兹曼：《娱乐至死》，章艳译，广西师范大学出版社2004年版。
哈维：《新自由主义化的空间》，王志弘译，台北群学出版有限公司2008年版。
福柯：《知识考古学》，谢强等译，生活·读书·新知三联书店1998年版。
福柯：《规训与惩罚》，刘北成、杨远缨译，生活·读书·新知三联书店1999年版。
福柯：《权力的眼睛》，严锋译，上海人民出版社1997年版。
布迪厄：《文化资本与社会炼金术》，包亚明编译，上海人民出版社1997年版。
布迪厄、康华德：《实践与反思》，李猛等译，中央编译出版社1998年版。
吉登斯：《现代性与自我认同：现代晚期的自我与社会》，赵旭东、方文译，王铭铭校，生活·读书·新知三联书店1998年版。
吉登斯：《现代性的后果》，田禾译，译林出版社2000年版。
费瑟斯通：《消费主义与后现代社会》，刘精明译，译林出版社2000年版。
波普诺：《社会学》（第十版），李强译，中国人民大学出版社1999年版。
瑞泽尔：《后现代社会理论》，谢立中等译，华夏出版社2003年版。
贝斯特、凯尔纳：《后现代理论——批判性的质疑》，张志斌译，中央编译出版社2006年版。
莫依：《性与文本的政治——女权主义文学理论》，林建法、赵拓译，时代文艺出版社1992年版。
沃尔斯通克拉夫特、穆勒：《女权辩护·妇女的屈从地位》，汪溪译，商务印书馆1996年版。
波伏娃：《第二性》，陶铁柱译，中国书籍出版社1998年版。
弗里丹：《女性的奥秘》，程锡麟译，北方文艺出版社1999年版。
米利特：《性的政治》，钟良明译，社会科学文献出版社1999年版。
詹妮特·A. 克莱妮等编著：《女权主义哲学》，李燕译校，东方出版社

2006 年版。
罗斯玛丽·帕特南·童：《女性主义思潮导论》，艾晓明等译，华中师范大学出版社 2002 年版。

b. 期刊文章

白劲鹏：《论女权主义批评应该缓行》，《求是学刊》2007 年第 1 期。
白露：《生活在不可理解之中——对〈读书〉9 月份〈文化研究与文化空间〉讨论会的记录与感想》，《读书》1994 年第 12 期。
程代熙：《西方文论的新信息——读〈今日西方文学批评理论〉》，《文艺理论与批评》1989 年第 2 期。
陈晓明：《“后东方”视点：穿越表象与错觉》，《文艺争鸣》1994 年第 2 期。
陈晓明：《“历史终结”之后：九十年代文学虚构的危机》，《文学评论》1999 年第 5 期。
陈晓明：《元理论的终结与批评的开始》，《中国社会科学》2004 年第 6 期。
丛郁：《文学与霸权主义：萨伊德的文学的文化政治观照》，《徐州师范学院学报》1995 年第 1 期。
丛郁：《小说的“始源”、权威与霸权：萨伊德文学霸权理论管窥》，《外国文学评论》1995 年第 4 期。
陈虹：《中国当代文学：女性主义·女性写作·女性本文》，《文艺评论》1995 年第 4 期。
畅广元：《论文艺学的人文价值》，《陕西师范大学学报》1996 年第 1 期。
陈慧：《娜拉是女权主义者吗？》，《滇池》1996 年第 4 期。
陈跃红：《改良的西方话语与中国文化发展的现实》，《中外文化与文论》，四川大学出版社 1996 年第 2 辑。
柴方国：《后殖民主义是资本全球化的产物》，《马克思主义与现实》1997 年第 1 期。
崔卫平：《我的种种自相矛盾的观点和不重要的立场——关于女性主义批评的反思》，《南方文坛》1998 年第 2 期。
采薇：《女性文学研究与大文化视野：第四届中国当代女性文学学术研讨会侧写》，《文艺评论》1999 年第 2 期。

陈彩云：《从“平等”、“社会性别”到“公民资格”——西方“女性主义”的理论转向》，《妇女研究论丛》2002年第4期。
曹卫东：《理性的批判与现代的重建》，《花城》1998年第1期。
陈雪虎：《走向文化研究的文艺学》，《文艺报》1999年12月21日。
程光炜：《拒斥文学性的年代》，《山花》2001年第4期。
陈传才：《当代文化转型与文艺学的重构——关于当代文艺学建设的思考》，《文艺争鸣》2003年第3期。
陈太胜：《文学文本与非文学文本的关联与界限》，《江西社会科学》2004年第6期。
戴锦华：《新中国电影：第三世界批评的笔记》，《电影艺术》1991年第1期。
戴锦华：《文化地形图及其它》，《读书》1997年第2期。
戴锦华：《大众文化的隐形政治学》，《天涯》1999年第2期。
董乐山：《东方主义大合唱?》，《读书》1994年第5期。
杜卫：《文化研究视野中的文学》，《浙江师范大学学报》1998年第5期。
杜卫：《作为一门学科的文学理论》，《文艺研究》1999年第5期。
戴从容：《从〈东方主义〉到〈文化帝国主义〉》，《国外社会科学》1996年第6期。
董学文：《中国百年文学理论嬗变的反思》，《文艺理论与批评》1998年第3期。
董学文：《近三十年我国文学理论的“转型”问题》，《吉林大学社会科学学报》2008年第4期。
杜书瀛：《新时期文艺学反思录》，《文学评论》1998年第5期。
杜书瀛：《内转与外突——新时期文艺学再反思》，《文学评论》1999年第1期。
丁帆：《中国的女权主义文学到底能够走多远?!》，《长城》2001年第3期。
丁帆：《女性主义批评与男性文化视阈》，《海南师范学院学报》2003第1期。
董希文：《文学文本理论与理论的批评化》，《德州学院学报》2006年第1期。
党秀云：《公民社会的精神与时代意义》，《中国人民大学学报》2008年第 2 期。
方克强：《“批评家”与大众文艺》，《上海文论》1991 年第 1 期。
冯骥才：《一个时代结束了》，《文学自由谈》1993 年第 3 期。
冯雷：《后殖民主义应该在文化的对流中寻找自身的新形象》，《马克思主义与现实》1997 年第 1 期。
丰林：《后殖民主义及其在中国的反响》，《外国文学》1998 年第 1 期。
冯黎明：《明天谁来招安文学理论》，《三峡大学学报》2006 年第 5 期。
范玉刚：《对大众文化时代命名的哲学阐释》，《江苏行政学院学报》2010 年第 2 期。
高丙中：《中国文化的群体差异及其变异》，《社会科学战线》1996 年第 2 期。
葛红兵：《个体文化时代的大众文化批评》，《上海文学》1998 年第 1 期。
盖生：《质疑反“本质主义”并商榷“文学理论的批评化”》，《浙江社会科学》2003 年第 1 期。
盖生：《批评化不是中国文学理论的出路》，《扬州大学学报》2006 年第 5 期。
何杰：《我看萨义德的东方主义》，《中国人力资源开发》1994 年第 5 期。
韩少功：《哪一种“大众”?》，《读书》1997 年第 2 期。
何萍：《中国女性主义问题与中国社会的变革》，《武汉大学学报》2005 年第 6 期。
何言宏：《当代中国文学的“再政治化”问题》，《当代作家评论》2008 年第 3 期。
荒林：《中美比较：女权主义的现状与未来——美国密西根大学王政教授访谈录（上）》，《文艺研究》2008 年第 7 期。
荒林：《中美比较：女权主义的现状与未来——美国密西根大学王政教授访谈录（下）》，《文艺研究》2008 年第 8 期。
黄崇超：《大众文化转型背景下文学的“泛文化”转向分析》，《东北师大学报》2010 年第 2 期。
季明：《马克思主义与女权主义》，《学习与探索》1991 年第 2 期。
蒋原伦：《大众文化的兴起与纯文学神话的破灭》，《文艺研究》2001 年第 5 期。
季广茂：《这文学，怎一个“女”字了得？——给女性主义批评泼点凉水》，《文艺评论》1995年第5期。
金元浦：《重新审视大众文化》，《中国社会科学》2000年第6期。
金元浦：《文艺学的问题意识与文化转向》，《中国人民大学学报》2003年第6期。
金惠敏：《没有文学的文学理论》，《文艺理论与批评》2004年第3期。
金永兵、杨伯特：《新时期以来文学理论的“他者化”问题》，《黑龙江社会科学》2008年第5期。
孔耕蕻：《论理论的批评化——对文学研究中唯逻辑规范主义的批判》，《文艺理论研究》1994年第1期。
孔耕蕻：《论理论的批评化》，《文学评论》1994年第1期。
旷新年：《作为文化想象的“大众”》，《读书》1997年第2期。
李培林：《另一只看不见的手：社会结构转型》，《中国社会科学》1992年第5期。
李长莉：《学术的倾向：世界性》，《读书》1993年第9期。
李春青：《主动出击的文化策略》，《文艺争鸣》1994年第2期。
李春青：《“大众文化”与文学的命运》，《求索》1994年第4期。
李春青：《中国文化诗学论纲——对古代文论研究方法的一种构想》，《社会科学辑刊》1996年第6期。
李春青：《对文学理论学科性的反思》，《文艺争鸣》2001年第3期。
李春青：《在消费文化面前文艺学何为》，《北京师范大学学报》2004年第2期。
李春青：《谈谈文学理论的转型问题》，《新疆大学学报》2004年第3期。
李欧梵、汪晖：《什么是“文化研究”》，《读书》1994年第7期。
李欧梵、汪晖：《文化研究与地区研究》，《读书》1994年第8期。
雷颐：《背景与错位——也谈中国的“后殖民”与“后现代”》，《读书》1995年第4期。
陆建德：《流亡者的家园——爱德华·萨伊德的世界主义》，《世界文学》1995年第4期。
刘康、王一川、张法：《中国90年代文化批评试谈》，《文艺争鸣》1996年第2期。
刘康、金衡山：《后殖民主义批评：从西方到中国》，《文学评论》1998年第3期。

李陀：《“文化研究”研究谁?》，《读书》1997 年第 2 期。
李陀、杨建平：《失控与无名的文化现实——访“当代大众文化批评丛书”主编李陀》，《天涯》2000 年第 1 期。
李陀：《我们为什么要搞文化研究?》，《电影艺术》2000 年第 1 期。
罗钢：《关于殖民话语和后殖民理论的若干问题》，《文艺研究》1997 年第 3 期。
罗钢、孟登迎：《文化研究与反学科的知识实践》，《文艺研究》2002 年第 4 期。
刘俐俐：《后殖民主义语境中的当代民族文学问题思考》，《南开学报》2000 年第 1 期。
罗厚立：《“东方主义”与“东方学”》，《读书》2000 年第 4 期。
刘庆璋：《建构中国学人的文化诗学话语——我国第一次文化诗学会研讨问题述论》，《文艺理论研究》2001 年第 3 期。
林继中：《文化诗学刍议》，《文史哲》2001 年第 3 期。
李涛：《女权主义文学批评的 20 年历程》，《江苏教育学院学报》2002 年第 6 期。
刘安海：《阻隔与沟通：异元批评与对话批评——文论建设中的一个问题》，《华中师范大学学报》2002 年第 1 期。
李晓宁：《文化诗学的限制》，《漳州师范学院学报》2004 年第 2 期。
李世涛：《社会转型与审美变迁》，《河北师范大学学报》2004 年第 6 期。
刘小新：《文化研究的激进与暧昧》，《文艺研究》2005 年第 7 期。
刘锋杰：《试构“文学政治学”》，《学习与探索》2006 年第 3 期。
孟繁华：《第三世界文化理论的提出与面临的困惑》，《文艺争鸣》1990 年第 6 期。
毛峰：《重建一种诗性尺度——走向大文学理论的时代》，《文艺评论》1996 年第 2 期。
孟鑫：《国内学者对西方女权主义七个流派的评介》，《教学与研究》2001 年第 3 期。
马征：《文化研究在中国》，《文艺理论与批评》2005 年第 1 期。
马龙潜：《论新时期文学理论发展进程回顾和反思的思想理论基础》，《甘肃社会科学》2007 年第 4 期。
倪伟：《作为视野和方法的文化研究》，《中国现代文学研究丛刊》2002

年第3期。
欧阳友权:《中西文论60年行进态势及成因》,《贵州社会科学》2009年第10期。
潘少梅:《一种新的批评倾向》,《读书》1993年第9期。
钱俊:《谈萨伊德谈文化》,《读书》1993年第9期。
屈雅君:《女性主义文学批评二题》,《妇女研究二题》1997年第2期。
屈雅君:《关于女性主义文学批评学科建设的若干问题》,《学术月刊》1999年第5期。
乔以钢:《关于中国女性文学研究学科建设的思考》,《南开学报》1999年第2期。
任一鸣:《女性主义文学批评与中国本土特色》,《中华女子学院学报》2005年第1期。
孙津:《后什么现代,而且主义》,《读书》1992年第4期。
邵建:《东方之误》,《文艺争鸣》1994年第4期。
邵建:《世纪末的文化偏航——一个关于现代性、中华性的讨论》,《文艺争鸣》1995年第1期。
邵建:《谈后殖民理论与后殖民批评》,《文艺研究》1997年第3期。
盛宁:《"后殖民主义":一种立足于西方文化内部的理论反思》,《天津社会科学》1997年第1期。
盛宁:《"后殖民"文化批评与第三世界的声音》,《美国研究》1998年第3期。
邵青莲:《中国当代女性文学第三届研讨会在厦大举行》,《厦门大学学报》1998年第1期。
孙绍先:《女权主义》,《外国文学》2004年第5期。
孙文宪:《文学理论三十年:从新时期到新世纪国际学术研讨会综述》,《文学评论》2007年第6期。
陶东风:《欲望与沉沦——当代大众文化批判》,《文艺争鸣》1993年第6期。
陶东风:《"人文精神"遮蔽了什么?》,《二十一世纪》1995年第12月号。
陶东风:《超越历史主义与道德主义的二元对立:论对于大众的第三种立场》,《上海文化》1996年第3期。

陶东风、金元浦：《人文精神与世俗化》，《社会科学战线》1996 年第 2 期。
陶东风：《超越精英主义与悲观主义》，《学术交流》1998 年第 6 期。
陶东风：《文化研究：西方话语与中国语境》，《文艺研究》1998 年第 3 期。
陶东风：《全球化、后殖民批评与文化认同》，载王宁等主编《全球化与后殖民批评》，中央编译出版社 1998 年版。
陶东风：《文化本真性的幻觉与迷误——中国后殖民批评之我见》，《文艺报》1999 年 3 月 11 日。
陶东风：《用什么替代东方学？——对萨义德〈东方学〉的质疑》，《中华读书报》1999 年 9 月 15 日。
陶东风：《从呼唤现代化到反思现代性》，《二十一世纪》1999 年 6 月号。
陶东风：《80 年代中国文艺学主流话语的反思》，《学习与探索》1999 年第 2 期。
陶东风：《后殖民主义与女权主义》，《粤海风》1999 年第 5 期。
陶东风：《“后”学与民族主义的融构——中国后殖民批评中一个值得警惕的倾向》，《河北学刊》1999 年第 6 期。
陶东风：《审美现代性：西方与中国》，《文艺研究》2000 年第 2 期。
陶东风：《大学文艺学的学科反思》，《文学评论》2001 年第 5 期。
陶东风：《大众消费文化研究的三种范式及其西方资源》，《文艺争鸣》2004 年第 5 期。
陶东风：《文学的祛魅》，《文艺争鸣》2006 年第 1 期。
陶东风：《告别花拳绣腿，立足中国现实——当代中国文论若干倾向的反思》，《文艺争鸣》2007 年第 1 期。
陶东风：《走向自觉反思的文学理论》，《文艺争鸣》2010 年第 1 期。
陶东风：《革命的祛魅：后革命时期的革命书写》，《渤海大学学报》2010 年第 6 期。
陶东风：《关于文化研究的答问》，《渤海大学学报》2010 年第 6 期。
童庆炳：《大众文化需要人文引导》，《东方论坛》1994 年第 1 期。
童庆炳：《“共享”与“对话”》，《文艺争鸣》1994 年第 2 期。
童庆炳：《隐忧与人文关怀》，《文艺研究》1994 年第 1 期。
童庆炳：《历史—人文之间的张力》，《文艺报》1999 年 7 月 15 日。

童庆炳：《文化诗学是可能的》，《江海学刊》1999 年第 5 期。
童庆炳：《植根于现实土壤的“文化诗学”》，《文学评论》2001 年第 6 期。
童庆炳等：《文化诗学刍议》，《北京师范大学学报》2001 年第 3 期。
童庆炳、王一川：《文学理论教学的双向拓展》，《中国大学教学》2001 年第 6 期。
童庆炳、刘洪涛：《关于文学理论、文艺学学科的若干思考》，《文艺理论研究》2002 年第 4 期。
童庆炳：《新理性精神与文化诗学》，《东南学术》2002 年第 2 期。
童庆炳：《媒体变化与审美文化的品位追求》，《北京社会科学》2003 年第 2 期。
童庆炳：《再谈文化诗学》，《暨南学报》2004 年第 2 期。
童庆炳：《“文化诗学”作为文学理论的新构想》，《陕西师范大学学报》2006 年第 1 期。
童庆炳：《政治化—学术化—学科化—流派化——从三十年来文艺学学术的发展看高校学术组织任务的演变》，《江西社会科学》2007 年第 3 期。
童庆炳：《文化诗学：宏观视野与微观视野的结合》，《甘肃社会科学》2008 年第 6 期。
童庆炳：《走向新境：中国当代文学理论 60 年》，《文艺争鸣》2009 年第 9 期。
童庆炳：《当下文学理论的危机及其应对》，《文化与诗学》2010 年第 2 辑。
谭好哲：《由一元至多元 从多元到综合——当代文艺学历程的宏观描述与思考》，《山东大学学报》1999 年第 3 期。
汤学智：《90 年代文学理论批评走向考察》，《文艺评论》2000 年第 3 期。
汤学智：《90 年代文学理论批评走向考察（续）》，《文艺评论》2000 年第 4 期。
汤拥华：《告别与执守：有关文学理论的论争》，《浙江学刊》2004 年第 1 期。
王逢振：《民族问题和第三世界文化》，《文艺争鸣》1990 年第 6 期。
王逢振：《关于后殖民理论的点滴看法》，《中外文化与文论》第 2 辑，四川大学出版社 1996 年版。

王逢振：《爱德华·萨伊德：一个独特的批评家》，《文学评论》1999 年第 4 期。
王逢振：《“理论过剩”说质疑》，《文艺研究》2005 年第 11 期。
汪民安：《从“第三世界文化”的小说修辞看新时期写作》，《江汉论坛》1992 年第 3 期。
王岳川：《后现代主义文化与价值反思》，《文艺研究》1993 年第 1 期。
王岳川：《后殖民主义中的“问题”和问题意识》，《中国人力资源开发》1994 年第 5 期。
王一川：《面对生存的语言性——谈谈秋菊式错觉》，《当代电影》1993 年第 3 期。
王一川：《文艺理论的批评化》，《文艺争鸣》1993 年第 4 期。
王一川：《张艺谋神话与超寓言战略》，《天津社会科学》1993 年第 5 期。
王一川、张法、陶东风、张荣翼、孙津：《边缘·中心·东方·西方》，《读书》1994 年第 1 期。
王一川：《不说东西而谈世界》，《文艺争鸣》1994 年第 2 期。
王一川：《面向文化文学理论的新转变》，《文艺报》2000 年 7 月 4 日。
王一川：《当代大众文化与中国大众文化学》，《艺术广角》2001 年第 2 期。
王一川：《批评的理论化》，《文艺争鸣》2001 年第 2 期。
王一川：《理论的批评化》，《文艺争鸣》2005 年第 2 期。
王一川：《从启蒙思想者到素养教育者——改革开放 30 年文艺理论的三次转向》，《当代文坛》2008 年第 3 期。
王宁：《后新时期与后现代》，《文学自由谈》1994 年第 3 期。
王宁：《后殖民主义理论与思潮》，《光明日报》1994 年 9 月 14 日。
王宁：《东方主义、后殖民主义和文化霸权主义批判——爱德华·赛“东方主义”反思》，《外国文学》1996 年第 5 期。
王宁：《后殖民主义理论批判》，《文艺研究》1997 年第 3 期。
王宁：《后殖民主义文化批评》，《人文杂志》1997 年第 3 期。
王宁：《文学批评和文化批评：学术化和国际化》，《山花》1999 年第 3 期。
王德胜：《审美文化批评与美学话语转型》，《求是学刊》1994 年第 5 期。
王德胜：《回归感性意义：日常生活美学论纲之一》，《文艺争鸣》2010

年第5期。
温立三：《文化民族主义：后殖民主义文化理论在中国》，《中国人力资源开发》1994年第5期。
吴戈：《后殖民主义文化理论的底蕴及我们的态度》，《中国人力资源开发》1994年第5期。
汪晖：《九十年代中国大陆的文化研究与文化批评》，《电影艺术》1995年第1期。
汪晖：《当代中国的思想状况与现代性问题》，《天涯》1997年第5期（该文增订后刊发于《文艺争鸣》1998年第6期）。
王晓华：《大众文化的独特功能与根本局限》，《南京社会科学》1995年第6期。
王光明：《女性文学：告别1995——中国第三阶段的女性主义文学》，《天津社会科学》1996年第6期。
王干：《告别八十年代的光荣与梦想》，《文学评论》1996年第5期。
吴炫：《中国的大众文化及其批评》，《上海文学》1998年第1期。
王达敏：《理论与批评的一体化》，《文艺理论研究》1998年第1期。
吴义勤等：《关于今日批评的答问》，《南方文坛》1999年第4期。
王光明、南帆、孙绍振等：《关于学科开放与文艺理论建设的对话》，《福建师范大学学报》1999年第3期。
王晓明：《九十年代与"新意识形态"》，《天涯》2000年第6期。
王晓明、蔡翔：《美和诗意如何产生有关一个栏目的设想和对话》，《当代作家评论》2003年第4期。
王晓明：《文化研究的三道难题》，《上海大学学报》2010年第1期。
万莲子：《20世纪中国女性文学发展的误区》，《湘潭大学社会科学学报》2001年第1期。
王珂：《论当前大众文化的尴尬生态——为大众文化辩护》，《文艺评论》2002年第3期。
汪正龙：《文艺学研究三十年》，《文艺争鸣》2008年第11期。
徐贲：《"第三世界批评"在当今中国的处境》，《二十一世纪》1995年2月号。
徐友渔：《学术范式的转换》，赵汀阳、贺照田主编：《学术思想评论》（第一辑），辽宁大学出版社1997年版。

徐岱：《走向中心的边缘诗学——当代女权主义批评之批评》，《学术月刊》2003 年第 7 期。

肖红柳：《〈文艺理论研究〉研究》，华东师范大学人文学院文艺学专业 2009 届硕士学位论文。

姚晓濛：《马克思主义、中国电影和第三世界文化》，《电影》1989 年第 11 期。

姚晓濛：《中国电影：第三世界文化的一种文本》，《文艺争鸣》1990 年第 3 期。

远婴：《女权主义与中国女性电影》，《当代电影》1990 年第 3 期。

乐黛云：《第三世界文化的提出及其前景》，《电影艺术》1991 年第 1 期。

杨乃乔：《萨伊德和他的后殖民主义文艺批评理论》，《文艺争鸣》1994 年第 2 期。

尹鸿：《为人文精神守望：当代大众文化批评导论》，《天津社会科学》1996 年第 2 期。

尹鸿：《意义、生产与消费》，《现代传播》2001 年第 4 期。

俞可平：《后殖民主义是一种值得注意和研究的当代新思潮》，《马克思主义与现实》1997 年第 1 期。

俞可平：《全球化研究的中国视角》，《战略与管理》1999 年第 3 期。

杨雪冬：《后殖民主义的态度和困境》，《马克思主义与现实》1997 年第 1 期。

杨金海：《后殖民主义概况综述》，《马克思主义与现实》1997 年第 1 期。

杨春时：《中国文学理论的现代性问题》，《学术研究》2000 年第 11 期。

余虹：《文学的终结与文学性蔓延》，《文艺研究》2002 年第 6 期。

杨剑龙：《中国女性主义文学批评与“女性诗学”》，《海南师范学院学报》2003 第 1 期。

杨莉馨：《女性主义诗学在中国：双重落差与文化学分析》，《文艺研究》2003 第 6 期。

姚爱斌：《移植西方与植根现实——20 世纪 90 年代以来文化诗学研究的两种理论取向》，《黑龙江社会科学》2008 年第 4 期。

张京媛：《彼与此——评介爱德华·赛义德的〈东方主义〉》，《文学评论》1990 年第 1 期。

张京媛：《第三世界批评：民族·种族·性别》，《电影艺术》1991 年第

1期。
张颐武:《第三世界文化与中国文学》,《文艺争鸣》1990年第1期。
张颐武:《全球性后殖民语境中的张艺谋》,《当代电影》1993年第3期。
张颐武:《电影在转变中》,《群言》1993年第7期。
张颐武:《现代性的终结》,《战略与管理》1994年第3期。
张颐武:《后新时期中国电影:分裂的挑战》,《当代电影》1994年第5期。
张颐武:《反思九十年代:新的课题与挑战》,《文学自由谈》1998年第2期。
曾迪:《"第三世界文化"与当代中国新观念》,《电影评介》1990年第8期。
张抗抗、刘慧英:《关于"女性文学"的对话》,《文艺评论》1990年第5期。
扎西多:《劳瑞·西格尔,大红灯笼,异国情调及其它》,《读书》1992年第8期。
郑敏:《从对抗到多元——谈弗·杰姆逊学术思想的新变化》,《外国文学评论》1993年第4期。
张宽:《欧美人眼中的"非我族类"》,《读书》1993年第9期。
张宽:《离经叛道——一场多元文化的论争》,《读书》1994年第1期。
张宽:《再谈萨伊德》,《读书》1994年第10期。
张宽:《文化新殖民的可能》,《天涯》1996年第2期。
张法、张颐武、王一川:《从"现代性"到"中华性"》,《文艺争鸣》1994年第2期。
张法:《中国文论转型的几个维度》,《思想战线》1994年第4期。
张法:《论后殖民理论》,《教学与研究》1999年第1期。
张法:《文学理论与文化研究之争》,《天津社会科学》2005年第3期。
赵炎秋:《如何看待"后殖民主义"理论》,《文艺争鸣》1994年第2期。
张隆溪:《关于几个时新题目》,《读书》1994年第5期。
赵毅衡:《"后学"与中国新保守主义》,《二十一世纪》1995年2月号。
赵毅衡:《"后学",新保守主义与文化批判》,《花城》1995年第5期。
周小仪:《文学研究与理论——文化研究:分裂还是融合?》,《国外文学》1995年第4期。

周小仪:《批评理论之兴衰与全球化资本主义》,《外国文学》2007 年第 1 期。

张未民:《文化诗学:寻找新的生长点》,《作家》1995 年第 8 期。

赵勇:《怀疑与追问:中国的女性主义文学能否成为可能》,《文艺评论》1996 年第 6 期。

赵勇:《意象形态与 90 年代中国文学》,《文艺争鸣》2000 年第 6 期。

赵勇:《文化批评:为何存在和如何存在》,《当代文坛》1999 年第 2 期。

赵勇:《"文化诗学"的两个轮子》,《江西社会科学》2004 年第 6 期。

赵勇:《新世纪文学理论的生长点在哪里》,《文艺争鸣》2004 年第 3 期。

曾艳兵:《女权主义与中国女性意识》,《台州师专学报》1997 年第 1 期。

赵稀方:《中国后殖民批评的歧途》,《文艺争鸣》2000 年第 5 期。

张闳:《变迁中的"大众文化",方法论的"文化理论",在场的"文化批评"》,《郑州大学学报》2005 年第 6 期。

章辉:《学科·知识·权力——〈东方学〉的核心命题及其对当前文学批评的启示意义》,《湖北大学学报》2006 年第 6 期。

章辉:《关于当前文化批评中"中华性"问题的思考》,《江汉大学学报》2007 年第 6 期。

章辉:《当代中国"后殖民批评"论析》,《中国文学研究》2008 年第 1 期。

詹姆逊:《处于跨国资本主义时代中的第三世界文学》,张京媛译,《当代电影》1989 年第 6 期。

德里克:《世界体系分析和全球资本主义——对现代化理论的一种检讨》,俞可平译,《战略与管理》1993 年创刊号。

萨义德:《东方不是东方——濒于消亡的东方主义时代》,《国外社会科学》1996 年第 6 期(另刊于《文艺理论研究》,汤建清、张建明译,1997 年第 1 期。《天涯》,汤建清、张建明译,1997 年第 4 期)。

卡勒:《什么是文化研究》,金莉、周铭译,《当代外国文学》2007 年第 4 期。

后　记

本书是在著者博士学位论文基础上删改而成的，但基本保持了原貌。为此之故，本书具有作为我人生记忆的“物性”。而且，她还可能是我注定平庸的人生中“最不平庸”的见证！但庆幸的是，书中大部分篇章都已经修改成论文发表了。在此，我要感谢诸多素昧平生的杂志编辑和主编的谬爱。同时，我也要感谢人民大学复印资料《文艺理论》特别是主编张永清先生对我论文的转载。《中国社会科学文摘》的李琳女士和孙伟先生对我论文也有过摘编，太谢谢了！我常常为自己能够如此幸运地遇见您们而体认到人世间的美好。每一次有刊发或转载的好消息之时，我都感到那是我人生中最幸福的时刻。这种幸福于我而言，的确是审美的快感！

这里，我还要感谢当初审阅和参加了我论文答辩的诸多先生，他们是肖鹰教授、张柠教授、赵勇教授、王光明教授、邱运华教授、王德胜教授。我的导师陶东风先生是我要再次感谢的。博士毕业以后，他对我的关爱依然。每当我遇见成长中的重要决断时，都能得到他的关怀。他是影响我人生很大的人！

由于本书与博士学位论文有关，当初的致谢因此是永恒的。为此，我想将它照录于此：

历经一番坎坷和曲折，博士学位论文终于写就。油然而生的却是一种愧疚之情、感谢之意和期待之心。

“博士”这个名号是我最愧疚的。2008 年清秋，经过一番周折，我来到了向往已久的北京师范大学。那时候，我就开始焦虑起来：连我都在读博了，这个“博士”的“符号”也真是“差异”到了“绝对的相对主义”，我因此“虚无主义”了起来。这个“相对”而“虚无”的焦虑问题，还因此成就了我的一篇论文《博士教授怎么了——关于博士和教授的符号学与社会理论思考》。而当此刻正写后记之时，我才意识到，我当初的相对、虚无等所谓的“主义”，并非自卑，更不是“中举”后的矫情，而是我有一份切身的愧疚，怕自己把一个“博士”给“污名化”了。

是的，放置在这种愧疚情结的阐释框架之下，才能解释我为什么在平时总有写作论文的莫名冲动。读博期间毫无理性更无计划地就随意“涂鸦”了《文学理论研究：从知识发现、价值阐释走向科学反思》等十余篇论文。并且，非常幸运的是，这些论文大都在或“中文核心”，或“CSSCI”刊物上发表。这让那位曾听我一再念叨“连我都在读博了”的同学大惑不解起来。我想，她大概曾经因言推测了我的“差”，以为我“混进”了读博群体，于是替我“后怕”起来，但没想到我怎么还会写论文呢？我想，她是不会明白的。她甚至更不明白的是，其实，到我现在写后记的即刻，我依然有愧疚的情结。发表了几篇论文并不能证明有学问，也不能证明有研究的潜力。的确如此，我的论文选题如此艰难，我的博士学位论文没有写得让我导师陶东风教授满意，这就是“如山铁证”吧！

说到我的导师，我想用“愧疚”就更加精准了。当初复试时，我就傻傻地说过愧对他的话了，以至于当他依然没有把我拒之门外之时，我的这种愧疚之情和感谢之意就愈加强烈起来。为了做到让自己更为心安一些，我试图以好好读书来弥补这份愧疚。

非常有幸的是，由于导师是兼职博导，因此，我除了能在北师大听取所有的专业课程之外，还能从 2008 年下学期始，连续 3 个学期，每个星期都 6 点左右起床，挤一两次公交赶往导师所在的首都师范大学听他上课。课后，我又不亦乐乎地到图书馆借阅与课堂相关的文献资料阅读。这可是我最难忘的一段学习时光，也是我的故有知识结构最受冲击的一次经历。每次看到陶老师课堂坐不下要换教室的时候，每次我本习惯于 8 点后起床但却因为听课而 6 点左右起床的时候，每次能有耐心也很静心地待在图书馆的时候，每次读完一本书能若有所悟会心一笑的时候，我就觉得自己是在好好读书，也总有一份踏实的感觉向我幸福地袭来。也正是在此期间，我便想着要好好地选个题目，专攻下去，做出个好水准的博士论文来。

于是，也是在 2008 年下学期那时，我就开始和导师说选题了。一年之后的 2009 年 6 月，在一个个选题被放弃之后，达成的初步共识却依然是做那个曾经被否定过一次的“新时期中国海德格尔接受史研究（1980—2010）”。写出了两万余字的开题报告之后，一种愧疚之情又遭遇了我，让我在“内部开题”之时，一开始陈述的却是论文的“难度”，还专门将它写成了一篇随笔《倾听海德格尔的“天书”》。其实，我并非是要表达我没有把握把它做出来，只是怕会愧对我的博士论文选题，也怕我是否在选题伊始就在做一件愧对“海德格尔”的事情。终于，在这种愧疚的情结之下，选题被再次否定了。但我却并没有很难过。其实，每次的被否定，我都有另一种轻松的感觉，因为一种愧疚之情，终于又得以纾解。若非不是一定要有个选题，我想我是一定不会专门去做个什么题的。

带着这种矛盾，我并没有非得要做个什么题的“坚定”。在这种“不坚不定”中，我又开始了选题的蹉跎岁月，延续了2008年下学期以来的那种“选题的否定”，其中的甘、苦、忧、乐或许只有我还有我的导师才有切身的体会。2009年9月份的那个学期，陶老师依旧和以前的那两个学期一样，总会对我说，别急，再去读文献，考虑考虑，总会有个好题目的。这样的鼓励，于我而言，不知道有多重要！而且，陶老师常常还会在课后把我留下，和我讨论选题。常常，他还请我以及其他一块儿上课的几位同学一起共进午餐，共同为我考虑选题之事。后来2010年1月9日的开题报告的选题，就是在一家“宏状元”里议定的。现在想来，都觉得很温馨、很幸福，以至于眼泪在眼眶里不由自主地打起了转，真是要谢谢我的导师，还有我的那几位同门！

然而，没有料到的是，开题之后，当我要进入具体的写作之时，我却感到力不从心，这无论如何也让我觉得对不住我的导师，还有一起参与了我选题过程的，以及那几位专门打车前来听取了我开题的同门。因此我又觉得很愧对他们！一个美丽的构想和集体的期待始终得不到开显，这恐怕难逃一份遗憾乃至罪责的吧。但是，“选题的生活”还得继续，再继续。几经失眠，多次亢奋，思来想去，在陶老师的宽容、指导和鼓励下，我选择的做法是，在论题精神不变的情况下，对它一而再、再而三地作较大的调换。其间，我又愧对了我的导师，因为每一次的调换，都让他费心良多，几经周折，跟着我一起熬过了这段辛苦的岁月。

终于还是有这么一天，当我以各种方式阅读了百余本专著，万余篇论文之后，我做了近两百万字的读书笔记，自然而然地，初稿也就终于在“电脑”的辛勤劳动之下，得以生成。可是，这时候导师又被我折磨起来，几番多轮的电话、短信、邮件、面谈，恐怕又左右过多次他本来平静的心思，让他生出恨铁不成钢的感叹！这期间，陶老师也批评过我，在他一字一句的论文批改里，他也曾经表达过否定，但无论怎样批评、如何否定，都纯粹是为了我好，都是为了把论文做得更好。这着实让我切身地感受到了教师这个职业的伟大！在今天这个“教师们都忙着写论文”的时代，陶老师依然能如此费时费心，一字一句地为我修改论文，这是一种难得的相遇和馈赠。然而，我却不能完全领悟陶老师的指教，也没有一一落实他的修改意见，依然不能把论文写得满意。这于我，难道不要承受一种“不可教”的愧疚吗？

虽然我明白，所有的方式，要赎回我对陶老师的愧疚之情，都几乎是不可能的了，但我依然要在这里说声朴素的谢谢！谢谢陶老师如此地指导我的论文，如此地和我一起走过这段坎坷的岁月！此外，我还要谢谢陶老师给了我深刻的听课记忆，那一次次的布迪厄和阿伦特研读，那一讲讲的文艺思潮和文化热点问题分析，常常让我感受到听课的愉悦，总能触发我读书的兴趣和写作的灵感。多年以后再想起，也恐怕是有余味的吧。陶老师的摄影、唱歌乃至喝酒等一些具有风格的生活方式，还有他牵头举办那些有创意的学术会议，他主持的国际学者的讲座以及到欧洲讲学、在全国调研等各种学术活动，加上他的报刊专栏和新浪博客，可谓都给了我一种学者人生和学术生活的美好体会和想象空间，我真的要谢谢他！以后的连年间岁，我想我一定会心存感念，并尽量在实际中做到不辜负陶老师，不再那样愧对于他。

愧疚，于我而言，并非一种纸上的矫情，毋宁说是一种深切的感谢述行。北京师范大学文艺学研究中心的童庆炳老师、程正民老师、李壮鹰老师、李春青老师、王一川老师、蒋原伦老师、方维规老师、赵勇老师、季广茂老师、曹卫东老师、陈太胜老师、陈雪虎老师、钱翰老师、吕黎老师也是让我油然而生愧疚和感谢的一些老师。三年来，他们营构的精彩课堂，他们举办的各种学术会议，他们开展的“文心随谈”“文心讲座”，他们所给予我的点滴教育和阵阵熏陶，恐怕都是一流的水准。然而，冥顽不化如我者，却总体会到一种“学，不可教”的不安。虽然中期考核时，还取得了他们的认同，获取了较好的成绩，但是，学位论文却写不出好水准，恐怕也达不到北京师范大学文艺学研究中心满意的目标，自己也深感由于才气天资和故有的环境以及现在的努力等各种原因，使得无论如何都与导师一代，以及诸位老师那时候的博士水平差去甚远，这是一件让我最为愧疚乃至悲凉的事情。

有一回，因为有事，到童庆炳老师家。话茬一开，自然是少不了要说起我的论文。可是，才刚说起，就有门铃响起，有童老师的学生从外地专程看望老师来了。我的论文自然就没有再说了。可是让我没想到的是，在我们就要离开童老师家的道别之时，童老师却轻巧地拍了我一下，要我第二天下午 3 点到文艺学研究中心去等他，他要继续给我说说论文。那一刻，我切身地感受到了，真的学者是怎样的！

回到寝室，顾不上休息，就开始准备起要见童老师的材料来了。把自己的思路理一理，把一些研究中的疑难问题写将出来，把最有心得的研究也陈述出来，我想这样向童老师汇报、请教和讨论。那篇《分化、危机与重建——90 年代以来文学理论知识生产状况的一个考察》的论文初稿，就是那时候写就的。然而，第二天下午，向来见了老师就紧张的我，在有准备的情况下，却依然结结巴巴说不出个所以然，弄得童老师还提醒我说“别紧张”。哎！这真是有愧于童老师对我的一番心思，那一刻我实在是感到无地自容。更让我愧疚的是，正是由于我的这种表现，童老师只好自己说。那天下午，他给我说了近两个小时，基本上都是他一个人在说，好似给我上课般的样子，我只是偶尔提问一下。说了近两个小时的童老师，还要在那天晚上去给本科生作讲座。一位 75 岁的老人竟能如此的待承我，这叫我怎不幸福，而又愧疚呢！于是，在回寝室的路上，我就自怨自艾起来，要是我论文写得好好的，又怎会到这地步呢？现在提及，一切也已晚矣，唯有说声对不起，并祝福童老师身体永远健康！

李春青老师，也是我心存谢意的老师。是他，在 2008 年下学期主持上的那个中国古代学术史课堂里，让我这个原本对中国古代没有多少接触的“门外汉”，在课堂上居然可以“滔滔不绝”的“大儒”起来，还写就了多篇相关的所谓“学术随笔”。现在想来，虽有点“胆大艺却依然不高”的感觉，但是李老师提供给我们的那种学术的氛围，那种师生几人，清谈学术心得的“逍遥派”风格，着实让我有点入迷。此后好几回，我都曾不由自主地回忆起它的一些情节来。我想，这恐怕就是倘若以后再有机会，我还是会再去关注一下中国古代的“政治哲学”问题。

其他诸位老师，就不再一一提及了，但我想说，对于他们，我其实也很有感谢之情，因为给我留下了记忆。程正民老师很关心我的学业，并曾指导过我那个后来被否定了的“雷锋形象建构”的选题；李壮鹰老师曾给我说写书法是锻炼身体，让我知道了什么是趣味和境界；在开题报告会上，王一川老师提出了中肯的意见。在一次全国青年学者会议上，他点评我的论文的时候也很中肯；蒋原伦老师在开题报告、论文预答辩时，对我都批评有度，让我如沐春风。他那本《90年代文学批评》，总让我觉得是本虽薄却厚之书；方维规老师的国际学者形象和批判型文人风格也给我留下了非常深刻的印象；曹卫东老师对我的开题报告提出了真实的想法，在一次论坛上他还间接地肯定了我提问的重要性，在论文预答辩时高屋建瓴的批评，加深了我的研究感受；季广茂老师肯定了我开题报告“敢于”有理论；赵勇老师也对我的开题报告提出了建设性的意见，在预答辩时也给了我很具体的修改建议。他的博客也是我经常光顾的地方，看其博客就知道他分明就不是“文艺界的小卒”了。还记得有一次买他的那本《透视大众文化》费了一番周折，到实体店两次都说没有，只好去孔夫子网上搜，可我在孔夫子网上搜到的还是那实体店的书，颇为失望。没想到下单之后，第三天实体店打电话来要我去取书了，可见网络还是很管用的，很有希望的；陈雪虎老师对我的一篇投稿给予了宝贵的批评和指正；陈太胜老师、吕黎老师主持了有我参加的讲座论坛，钱翰曾是我们专业的负责老师，等等。另一个记忆是，我读过这些老师的好文章，真的要感谢他们的文章，让我备受教育，并且常常自叹不如！当然，偶尔也有英雄所见略同的愉悦。我曾经还想，有那么一天，我要将这些老师的好文章，还有我论文写作中读过的其他一些好文章，编订成册，予以注疏，当作学术史“教案”。

杨玲师姐、李俏梅师姐，这两位博士后，也是我要特别感谢的同门。每次去杨师姐那里吃饭的时候，我就觉得自己很幸福。希望下次见到她的时候，她还有那种纯粹的学术个体性，这也是她留给我的好印象。她在国外参加国际会议忙碌之际，都能给我的论文提供及时的帮助，实在让我难以言谢。而李师姐对我生活的帮助，对我论文写作中的鼓励，也是永远难以忘怀的。其他北师大、首师大没有提及的同学们，特别是我的室友，也将成为我人生中的永恒记忆，谢谢您们！

这里还要特别感谢的是，我所在的单位江西师范大学和文学院以及我的一些在江西的同学和朋友。作为一个在职的“在外人”，我总把他们当成“自己人”。可见我在工作单位、在南昌生活是多么的温馨。真的要感谢他们对我求学期间的无私帮助。但愿我能做到不愧对他们！在以后的岁月里，我唯有努力以对。这里就不一一诉说了！

我的硕士导师陶水平老师，则是我要提及的人，每次想起他，就觉得愧疚得不行。是他，引我进入学术的门，那时我还在读大四。读硕期间，他又对我厚爱有加。对我来读博，他应也抱有较大的期待。可是愚钝如我者，长进似乎总不太大，定也没有达到陶老师的要求。这常常让我扼腕自叹，要是天生我有大才，该是多好的事情啊！哎，只好留下一份期待了。我还想说，陶老师在任何境况下都能保持一份虔诚学术的心态，在让我肃然起敬之时，也让我不由自主地说出一声谢谢，谢谢他给我的所有言传身教。在这里唯有祝福陶老师能够每天有个美好的心情，年年有个健康的身体！

我的同学曾洁，她本是我的老师辈。后来我们成为同事，但她在教育学院。她并不认识我。然而2008年在来北京的火车上，我们居然在同一节车厢里不期而遇，还不约而同地成为北师大文学院的同学。一年半前，她又从教育学院调回了文学院，于是我们成为真正的同事。同学三年里，我们常常为一些问题思来辩去我说她听她说我听，似为知音般地聊得忘乎所以。她的不耻下问的好学精神，她对好坏之分的“现代性”追问，她的那种纯粹的信念和认同，都给了我难以磨灭的记忆。也不知道他年来日，我们是否还能有这种在北师大的心情、时空和氛围？

我的祖母，年逾九旬，也是我很愧对的。因为求学在外，我和她相见的日子就少了许多。每次回家，听说我要离开的那刻，她始终不忘叮嘱我几句，有时候还要把一段时间里晚辈们孝敬她的所有钱财不管多少全部硬塞给我。今年过年，由于论文忙不过来，我只好在北京度过。妻子和儿子回到家里，我祖母没见我回来，却不甚高兴。这也足见我是多么的重要！她对我的情感因此也可见一斑了。我想，是的！我甚至每次都觉得我的祖母恐也会因为我的离家远行而生出一种莫名的落寞。反正自离家念初中时候起，一直到现在，我每次回家也总有一个重要的原因，就是因为想看看她老人家，甚至有时候还因为不能回家见她而生出想哭的情愫来，这种状态一直伴随了我好多年。我甚至觉得自己有恋祖母情结。哎，好在毕业在即！如若可能，我定要常回家看看她去。这里却只能说声谢谢和祝福了，谢谢我祖母三十多年来对我的这份情，祝福她能始终有一份自然所赐予的健康！

我的父亲母亲，年过花甲，头发斑白。每每想起，我也觉得愧疚得很，有时候只好不由自主地流下几行泪水，来平衡一下内心的慌张。由于我来读书，自然而然地就没有很好地承担起本该赡养的责任，让他们本来就不宽裕的生活更加拮据起来，于是只好从2009年的五亩地种到了2010年的十亩地。今年2011年春耕之时，我打电话回家，得知他们已然要了十五亩地种了。我都很为这两位老人的身体担心，于是我只好与妻子一道，尽量去参加他们的农活，以减轻一点他们的疲惫。或许，也只能如此吧。当然，对于父母来说，身体的累也算不了什么，近五十年的种地生涯也都挨过去了。

虽然“汗滴禾下土”的滋味，并非如此的诗意。但我依然觉得，我更愧对他们的是，我不应该让父母为我读书“生惊受怕”。读博士，对他们来说，和我一样也依然有些神圣，于是他们常常担心我没有办法读好，特别是我母亲，听说要写十来万字的博士学位论文，担心得不行。而当他们每次打电话来问我论文选题、写作的进展之时，我却没有考虑他们的感受，将真实的情况告诉了他们，使他们也为我的论文一直挂念起来。

记得我曾经给父亲说自己可能要延期的事情，而他听后，却是嘟囔着说了句：“你要‘留级’啊?”我知道父亲是以中小学生的留级和延期比附，而留级在他看来，就是学习成绩很差的那种学生。这样联想起来，父母就更加担心我的学业了，生怕我成为那种“差学生”。这样的担心，在我们从小到大的教育过程中，恐怕是任何“中国父母”都不愿意见到的，定会生出很多沮丧的心情。虽然我后来一再解释，与留级不同，但效果都不是很好，以至于父亲常常打电话来过问情况，也很是担心我承受不住“留级”的打击。

哎，其实要说，延期和留级也是有一定的关联的吧。总之，现在想想，父母的这种担惊受怕，这种将“延期”留级化的理解，我是多么的不应该给予他们。好在4月份开始，我就给他们说，我已经写得很顺利了，这让他们多少放心了很多。而当我在写后记之时，我却依然没敢告诉他们，我的论文是否一定可以顺利通过，只好让他们以为我还在正常的写作当中。待到我的论文通过时，我一定要在第一时间里告诉他们。

说到这里，我又想起我妻子的父母，我的岳父岳母一家。他们在我读书期间的付出，着实解决了我最为私人的生活问题。岳母不远千里地来照看我儿子，给他养成了一个好习惯；岳父则只好一人独自持家务业，予以了伟大的支持；妻弟每个月都给我们生活费，数额也在好几万元了。三年来，我的岳父岳母的这种江西、山东的两地生活，因为我常年在外读书，而持续两年有余，只有在妻子寒暑假时，他们才能过上团圆的生活。这恐怕是他们几十年来离开最久最远的一段生活时光了。这于我，难道不会生出一种莫大的愧疚之情？有时候我也想，要如何才能表达我所受馈赠的谢意，才能缝合我这份愧疚的创伤呢？

我的妻子和儿子也是我非常愧对的。就在我论文行将定稿预答辩之际，一次发短信，妻子说，三年了终于可以盼到我回家了。这样真实而朴素的表达，难道不足以让我心存惭愧吗？是啊，当我离开家里，来京求学之时，儿子才八个多月，养育儿子的重担几乎都是由我妻子一个人默默承受着。且不说因为我的远行，所造成的诸多家里家外之事，需要她多少的能力才能应对，就以情感来说，连我这个男儿身，都会梦里想家，带泪写诗。甚至可以说，想家，已然是我在外三年里的一种生活。我想，一个女人家又何尝不会有更“诗意”的情感诉求呢？哎，再想想我那离别父亲三年的儿子，心里顿时也生出几许愧意来。不知我的远行，是否已然成为儿子成长过程中的一种遗憾？如若这般，也只好期待未来的岁月里，我能够尽量学会做一个好父亲！

北京师范大学及其文学院，是我要特别感谢的。我想说的是，我曾经因为能来这里学习而感到非常的荣耀，但愿我以后不会愧对于她！更期待着有那么一天，当人们说起我的时候，会将我和她相关联起来。如此，也就够我努力的了。首都师范大学及其文学院也是我要感谢的，因为那里有我的导师，有我的同窗好友，还有我曾经轻轻走过的足迹。我和她的确是有一种特殊的感情。谢谢了！

最后，我还要感谢辛勤“盲审”过我论文的诸位老师，以及将要参加我答辩的各位老师，谢谢您们！我想对您们说的是，论文的不尽如人意，让我很是觉得愧对了您们。而您们所给予我的所有美好期待，我会虔诚地在未来的岁月里去慢慢地努力实现！

一篇论文，两地相处，三年时光，四处愧对，诸多感谢，又怎一个期待和努力了得？

默语无际，不言言也！

在“后记”的最后，我还要感谢江西师范大学文学院、江西师范大学当代形态文艺学研究中心对本书的资助出版。同时也感谢本书的责任编辑任明先生。

是为记。

肖明华

2016年11月